Scarlet
스칼렛

www.b-books.co.kr

너에게 젖어들다

너에게 젖어들다

1판 1쇄 찍음 2020년 6월 22일
1판 1쇄 펴냄 2020년 6월 30일

지은이 | 하얀어둠
펴낸이 | 정 필
펴낸곳 | (주)뿔미디어

기획·편집 | 박경희 권자영 김산혜
표지 디자인 | 우 물

출판등록 | 2002년 9월 11일 (제1081-1-132호)
주소 | 경기도 부천시 소향로 17, 303(두성프라자)
전화 | 032)651-6513 팩스 | 032)651-6094
E-mail | scarlets2012@hanmail.net
블로그 | http://blog.naver.com/dahyangs
비북스 | http://b-books.co.kr

값 10,000원

ISBN 979-11-6565-256-2 03810

SCARLET ROMANCE STORY

너에게 젖어들다

하얀어둠 장편 소설

목 차

서유의 이야기 1

2007년 그해 여름.

추적추적 비가 내렸다.

베란다 문턱에 걸터앉아 창문에 부딪히는 빗방울 소리를 들었다. 어둑한 하늘에서 이따금 천둥 번개가 내리쳤다.

"조루야."

어느샌가 입에 붙어 버린 이름을 부르며 주위를 둘러보았다. 언제 이렇게 어두워진 걸까. 시계는 이제 겨우 오후 네 시를 가리키고 있을 뿐인데.

냐아옹.

어둠 속에서 눈을 빛내던 고양이가 도도한 걸음걸이로 다가왔다. 검은색과 밝은 갈색의 털로 이루어진 등이 물결치듯 움직였다. 발목에 얼굴을 비빈 조루가 발라당 드러눕자 윤기 나는 흰 털로 덮인 배가 모습을 드러냈다. 처음 만났을 땐 갈비뼈가 선명하게 도드라지던 몸이 제법 불었다.

"조루야."

자꾸만 이름을 부르자 귀찮은 듯 가늘게 뜬 눈이 이쪽을 향했다. 동그란 머리를 매만지며 베란다 창으로 시선을 돌렸다. 회색빛으로 물든 하늘과 연신 창을 타고 흘러내리는 빗물. 집 안 가득 스며든 비릿한 물 냄새.

6월의 문턱을 넘어온 빗소리는 오래도록 그칠 줄 몰랐다.

— 오늘 만날 수 있어?

"네, 시간 돼요."

수화기 너머의 목소리에 답하며 다리에 매달리는 조루를 안아 들었다. 한쪽 팔이 기울 정도로 묵직한 무게가 싫지 않았다.

— 그럼 아홉 시에, 808호에서 보자.

냐앙. 냐앙. 냐아앙.

허기진 조루가 날카로운 울음을 흘렸다. 세상살이에 관심 없다는 듯 무심한 조루지만 끼니를 챙기는 문제만큼은 예외였다.

"맛있어?"

밥그릇에 코를 박은 조루를 쓰다듬자 성가신 듯 꼬리를 바닥에 탁탁 내리쳤다. 더 귀찮게 굴다간 발톱에 긁힐 것 같아 도서관에서 빌려 온 책을 펼쳤다. 잠시 후 배를 채운 조루가 발치에 다가와 몸을 말고 꾸벅꾸벅 졸기 시작했다.

시계를 보고 자리에서 일어섰다. 꼼꼼히, 오래도록 몸을 문질러 씻었다. 머리를 말리고 원피스에 얇은 카디건을 걸쳐 입었다. 화장은 보기 싫은 잡티를 가릴 정도로만 가볍게 했다.

"다녀올게."

잠꾸러기 조루는 현관 앞으로 나와 배웅을 해 주는 일만큼은 잊지 않았다. 조루에게 인사한 뒤 밖을 나섰다. 사흘 만의 첫 외출이었다.

"오늘도 고마웠어."

2주 만에 얼굴을 마주한 남자는 어쩐지 안색이 좋지 않았다. 먼저 침대에서 일어나 속옷을 입었다.

"오늘분은, 여기."

"고맙습니다."

남자가 바닥에 떨어진 바지에서 지갑을 꺼내 돈을 건넸다. 약속한 금액에 두 배가 넘는 액수였다. 두 달 전 처음 만난 그때부터 네 번째 만남인 오늘까지 그의 태도는 한결같았다. 말없이 그가 건넨 돈을 받아 핸드백 속에 넣었다.

"곧장 집으로 가는 거지?"

"네."

"쉬는 날엔 뭐 해? 친구도 만나고 시내도 놀러 가고 그래?"

몸을 대가로 돈을 받는 것, 그것이 내 일이었다. 그뿐인데 남자는 늘 묻고 싶은 게 많은 것 같았다.

이상한 사람.

"친구는 없어요. 사람 많은 곳은 별로 좋아하지 않구요."

무엇보다 이해하기 어려운 건 지금 남자가 짓고 있는 표정과 같은 것이었다. 친구가 없다는 말에 안타까운 듯 흐려지는 얼굴. 왜일까. 인간관계에 서투른 나지만 그가 나를 대하는 태도가 특별하다는 것은 알았다.

"있잖아, 기분 나쁘게 생각하지 말아 줬으면 좋겠는데…… 이런 일 하는 거, 싫지 않아?"

대답 대신 빤히 바라보자 당황한 듯 그의 귓가가 붉어졌다.

"내가 이런 말 할 처지는 아닌 거 아는데 그냥, 너도 평범하게 누군가를 사귀고 결혼도 하고…… 그렇게 살고 싶지 않은가 해서."

평범하게 누군가를 만나고 결혼을 한다.

보통의 여자라면 꿈꿔 볼 만한 삶이지만 현실감이 없었다. 내 기분이 상했을까 눈치를 살피는 남자의 오해를 풀어 주기 위해 말을 골랐다.

"전 지금도 괜찮아요. 딱히 누구를 만나고 싶은 마음도 없고, 이 일로 괴로워한 적도 없어요."

"……그렇구나."

"이제 가 볼게요."

"그래, 조심히 들어가. 매번 밤늦게 불러내서 미안해."

지난번처럼 밤길이 어둡다며 정류장까지 바래다주려 할까 걱정했지만 이번엔 그럴 마음이 없는 모양이었다. 등 뒤로 따라붙는 시선을 느꼈지만 돌아보지 않았다. 문을 닫고 나와 막힌 숨을 토해 냈다.

지은 지 이십 년이 넘은 빌라는 경사가 가파른 언덕 꼭대기에 있었다. 습관처럼 언덕길을 오르다 몇 주 동안 공사로 어수선하던 건물에 시선이 닿았다. 거의 마무리되어 가는 건지 오늘은 큼지막한 간판이 달려 있었다.

"행복 마트."

행복. 입 안에 머무는 낯선 울림이 어쩐지 어색했다.

체력이 없어 얼마 가지 않아 금세 숨이 차올랐다. 멈춰 서서 흐트러진 호흡을 고르는데 어쩐지 등 뒤가 서늘했다. 뒤를 돌아보았지만 텅 빈 거리는 바람 한 점 없이 고요했다.

뻑뻑한 눈을 비비며 책을 덮었다. 거실은 온통 석양빛에 잠겨 있었다.

냐앙.

조루가 신경질적인 울음소리를 내며 박박 잠옷 바지를 긁었다.

"미안. 얼른 줄게."

얼마나 가차 없이 긁었는지 바지 너머 속살이 따끔거렸다. 자리에서 일어서자 조루가 날렵한 움직임으로 뒤를 따라왔다. 사료를 채워 주고 밥상을 폈다. 빌라 1층에 버려져 있던 둥근 소반은 밥상으로 사용하기에 안성맞춤이었다.

입맛이 없어 남은 밥을 물에 말아 먹었다. 부엌에서 바라본 하늘은 어느덧 검푸른 빛으로 물들어 있었다. 배를 채운 조루는 유유히 방으로 들어간 뒤였다. 일정한 간격으로 들려오는 시계 초침 소리만 아니라면 세상이 멈춰 버린 것처럼 사방이 적막했다. 넘어가지 않는 밥을 꼭꼭 씹어 삼키고 그릇까지 치우고 나니 막막함이 밀려왔다.

이제 무엇을 해야 할까.

하루가 너무 길었다. 한 달은, 일 년은 빠르게 흘러가는데 어째서 하루하루는 이토록 긴 것인지 알 수 없었다.

"그러니까 김 부장 그 자식이 말이야."

불룩한 배에 짓눌린 탓에 숨 쉬는 것이 버거웠다.

"제대로 듣고 있긴 한 거야?"

"죄송해요."

"이따위로 해서 내가 돈을 줄 것 같아?"

가슴께에 난 덥수룩한 털을 긁으며 남자가 말했다. 씻은 지 얼마 되지 않았지만 금세 땀이 찬 겨드랑이에서 시큼한 냄새가 났다.

"너 때문이야. 내 취향은 가슴이 빵빵한 년이라고."

삼십 분이 넘도록 그의 성기는 발기하지 않았다.

"죄송해요. 제가 노력할게요."

"김 사장 말만 믿고 왔는데 이거 원, 짜증 나게."

무작정 상대를 찾아 거리를 서성이던 이전과 달리 지금은 손님으로 만난 술집 사장에게 남자들을 소개받았다. 그가 중개료라는 명목으로 절반을 가져갔지만 상관없었다. 세상은 빠르게 변했고 경찰의 단속을 피해 거리에서 손님을 찾기란 쉽지 않다. 다행히 그는 돈만 떼먹지 않고 제때 보내면 아무것도 문제 삼지 않았다.

사람에 속아 업소에 끌려갈 뻔한 적도, 끌려갔다 나흘 만에 간신히 탈출한 적도 있었다. 하는 일은 다름없지만 다른 사람들과 어울려 지내는 일은 피하고 싶었다. 손님이든 장소든 익숙해진다고 생각하면 옮겨 다니는 생활을 반복해 왔다. 일 년이 넘도록 한곳에 머문 건, 이번이 처음이었다.

"제가 다시 한번 해 볼게요."

일을 제대로 하지 못해 나를 소개한 그가 피해를 보게 할 순 없었다. 침대 아래로 내려가 남자의 허벅다리 사이에 자리 잡았다. 한껏 고양된 남자의 눈빛을 뒤로한 채 천천히 고개를 숙였다.

조루와 함께 점심을 먹고 나니 할 일이 없었다. 나른함에 취한 조루를 두고 홀로 산책을 나섰다. 비가 오는 낮의 거리는 한산했다. 그저 발길이 닿는 대로, 하염없이 텅 빈 골목길을 걸었다.

얇게 입고 나온 탓인지 금세 몸이 얼어 편의점에 들렀다. 뜨거운 캔 커피를 골라 계산대로 가다 유리창 너머 빗속에 선 누군가를 발견했다.

맞은편 보도블록 위에 짧게 머리를 자른, 키가 큰 남자가 비를 맞고 서 있었다. 아니, 남자가 아니라 소년이었다. 소년은 빗물에 짙게 물든 교복을 입은 채였다. 착각인지 눈이 마주친 것 같았다.

계산을 마치고 문을 나섰다. 빗줄기가 한층 더 거세져 있었다. 퍼붓는 빗소리가 예사롭지 않았다. 맞은편의 소년을 바라봤다. 거리는 멀지 않지만 비 때문에 얼굴이 흐릿했다.

우는 걸까.

빗물인지 눈물인지 알 수 없는 액체가 창백한 얼굴을 흠뻑 적시고 있었다. 때마침 짐을 가득 실은 트럭이 굉음을 내며 앞을 지나갔다. 검은 구정물이 종아리에 튀었다.

　우산을 펼치고 천천히 걸음을 옮겼다. 손에 쥔 캔 커피에서 온기가 느껴졌다. 우산에 구멍을 낼 것처럼 세차게 떨어지는 비는 멈출 기미가 없었다.

　문득 올려다본 하늘은 짙은 잿빛이었다.

　"미안해. 사실 이런 건 불편하지?"

　그가 미소 짓자 눈가에 부드러운 주름이 잡혔다. 말쑥하게 양복을 빼입은 남자는 사십 대 후반의 나이가 무색하게 준수한 외모를 뽐내고 있었다.

　— 오늘 저녁에 잠깐 시간 좀 내 줄 수 있을까.

　산책을 마치고 집에 도착했을 무렵 연락을 받았다. 평소와 다른, 떨리고 억눌려 있는 듯한 목소리에 거절의 말이 나오지 않았다. 막상 마주한 그의 얼굴은 아무 일 없다는 듯 평온했지만.

　"밥은 내가 살 거고 당연히 함께한 시간만큼 페이도 제대로 줄게."

　그가 앞에 놓인 잔에 와인을 따라 주었다. 무심코 한 모금 머금었다 쓴맛에 놀랐다. 와인은 포도주스와 다르구나. 새삼스레 깨달은 사실에 감탄하다 이쪽을 보고 있는 남자와 눈이 마주쳤다. 다정한 시선에 나도 모르게 고개를 숙였다.

　"어색해?"

　화려한 조명과 잔잔하게 울려 퍼지는 클래식 음악. 절도 있게 실내를 오가는 웨이터들.

　"처음, 이라서요."

　어린 시절 보았던 드라마 속에나 있을 법한 풍경이었다. 이런 공간에 내가 있다는 사실이 이상하게 느껴졌다.

"너무 부담 갖지 마. 아무리 화려하게 치장했어도 결국엔 밥 먹는 곳일 뿐이니까."

스테이크가 나왔다. 메뉴판을 앞에 두고 고민하던 나를 위해 그가 골라 준 메뉴였다. 웨이터가 떠나간 후 포크와 나이프를 들었지만 망설여졌다. 돈가스처럼 먹으면 되는 걸까. 고민을 알아챈 건지 그가 먼저 시범을 보이듯 고기를 썰기 시작했다.

"괜찮지?"

태어나 처음 먹어 본 스테이크는 촉촉하고 부드러웠다. 맛있어요. 내 대답에 그가 안심한 듯 미소 지었다.

식사 내내 그는 가볍고 유쾌한 화제들로 대화를 이끌어 나갔다. 말하는 것이 서툰 나는 이따금 고개를 끄덕이고 가벼이 웃으며 그의 노력에 보답했다. 식사 후엔 예쁘게 장식된 아이스크림이 후식으로 나왔다. 그의 앞에는 커피 한 잔이 놓였다.

"디저트가 너무 달진 않아?"

"맛있어요."

손바닥만 한 그릇에 담긴 아이스크림이 거의 사라져 갈 때쯤 남자가 물었다.

"궁금하진 않니? 내가 왜 널 여기 데려왔는지."

궁금했지만 물을 마음은 없었다. 어쨌거나 그에겐 나를 이곳으로 데려올 만한 합당한 이유가 있었을 테니까.

"내가 먼저 말하지 않으면 아무것도 묻지 않는구나."

"기분 나쁘셨다면 죄송해요."

"아냐, 내가 미안해. 꼭 투정 부리는 것처럼 굴었네. 그런 뜻은 아니었어. 네가 말수가 적다는 건 잘 알고 있으니까."

역시 이상한 사람.

많은 남자들을 상대했다. 사무적으로 몸을 섞는 경우가 태반이지만 드물게 연인이 되고 싶어 하는 이들도 있었다. 그런 남자들의 눈빛은 잘 알았다. 하지만 나를 보는 남자의 눈빛엔 좀더 둥글고 따뜻한, 어딘가 애틋함마저 섞인 무엇인가가 있었다. 그래서 그가 더 껄끄럽게 느껴지는 것이겠지만.

"도움을 많이 받았으니까 보답을 하고 싶었어. 그런데 도무지 네 나이대의 여자애들이 뭘 좋아하는지 모르겠더라고. 왠지 넌 선물같이 형태가 남는 건 싫어할 것 같고 밥이 가장 무난할 것 같았어."

몸을 주고 돈을 받는다. 그뿐이었는데 그는 무슨 도움을 받았다는 걸까.

"혼자 산다고 했지?"

"고양이가 한 마리 있어요."

"고양이? 고양이도 길렀어?"

"일 년 정도 됐어요."

"이름이 뭔데?"

"조루요."

푸흑. 주위의 시선이 그와 내게로 꽂혔다. 커피를 뿜어낸 그의 얼굴이 어찌할 수 없을 정도로 붉게 달아올랐다. 웨이터가 다가오자 그가 괜찮다며 손사래를 쳤다.

"그, 그…… 고양이 이름이……."

"조루요."

"그래, 그렇구나. 미안. 그게…… 그, 비뇨기과 쪽 질병하고 이름이 같아서 말이지. 기분 나빴다면 사과할게. 분명 다른 의미가 있을 텐데."

"그 뜻이 맞아요."

"……하필 왜?"

잠시 고민했다. 말하고 싶지 않아서가 아니라 어떻게 설명해야 할지 알 수 없었기 때문에. 나는 정말로 말하는 것이 서툴렀다.

"예전에 알고 지냈던 손님의 부인이 키우던 고양이예요. 부부 사이가 별로 안 좋았는데 어느 날 고양이를 데려오더니 그렇게 불렀대요."

"그 아저씨가 그거……여서?"

"네. 근데 얼마 안 가서 암으로 돌아가셨어요."

그의 얼굴이 굳어졌다. 말을 멈추자 그가 신경 쓰지 말라는 듯 고개를 저었다. 무언의 재촉에 다시금 말을 이었다.

작년 여름이었다. 해가 서쪽으로 기울어 가는 시간에도 한낮의 열기가 남아 금세 땀이 났다. 공원을 가로질러 다른 남자와의 약속 장소로 가던 길에 바스락대는 소리를 들었다. 사용하는 이가 없는지 수풀이 우거진 벤치 뒤편으로 무엇인가 모습을 감추었다. 잠시 멈추어 서서 살펴보려는 순간 건너편에서 다가오는 남자를 보았다. 평소엔 이목 때문에 나를 못 본 척했을 그가 반가운 얼굴을 하며 다가왔다.

'그년이 암으로 죽었어. 너무 늦게 발견해서 손써 볼 틈도 없었어.'

더없이 개운해 보이는 얼굴이었다.

'돈도 못 벌고 밤일도 못 하는 병신이라 그리 욕하더니 세상은 공평해. 덕분에 보험금도 타고 그 괭이 새끼까지 치워 버릴 수 있으니 아주 살맛이 나. 그년 살아 있는 동안 그 노란 눈깔을 파 버리고 싶어 어찌나 손이 근질거리던지.'

나도 모르게 발톱에 긁힌 자국으로 가득한 그의 손등과 팔목에 눈길이 갔다. 시선을 눈치챈 그가 아득 이를 갈더니 작은 방울을 눈앞에 흔들어 보였다.

'확 목을 졸라서 풀숲에 던지려 했는데 이 약은 새끼가 도망을 가 버렸네? 빨리 찾아내서 숨통이 끊어지는 꼴을 봐야 하는데 말이야. 혹시 못 봤어?'

'……저쪽으로, 뭐가 뛰어가는 것 같긴 했는데.'

가늘게 뜬 눈으로 내 손가락이 가리키는 방향을 보던 그가 낮게 욕을 뇌까렸다. 네놈이 꼭꼭 숨는다고 못 찾을 줄 알고. 바닥에 버려진 방울이 구둣발에 짓이겨졌다. 고맙다 말한 그가 등을 돌려 멀어졌다.

잠시 후 벤치 뒤쪽에서 희미한 고양이 울음소리가 들려왔지만 무시하고 지나쳤다.

"아직도 잘 모르겠어요."

"뭐가?"

"왜 절 따라온 걸까요."

모텔을 나와 어둑해진 거리를 걷는데 고양이 소리가 들려왔다. 돌아보니 갈비뼈가 도드라질 만큼 비쩍 마른 고양이가 인도 한편에서 울고 있었다. 헐렁한 목걸이엔 방울 장식이 있었을 흔적만이 흉하게 남은 채였다. 외면하고 돌아섰지만 부서질 듯 애처로운 울음소리는 멈추지 않고 따라왔다.

"조, 아니 그 고양이는 잘 있어? 건강해?"

긍정의 뜻으로 고개를 끄덕였다. 영양부족 상태였던 조루는 보기 좋게 살이 오른 고양이가 되었다. 둥글게 몸을 말아 잠든 조루의 모습은 보는 것만으로도 가슴 한편을 푸근하게 했다.

"그 고양이가 보는 눈이 있네. 자길 돌봐 줄 사람을 잘 찾았어."

의아하게 바라보자 그의 눈가에 웃음이 고였다.

"서유는 상냥하거든. 무심한 것 같은데, 그래도 다 받아 준다?"

오늘도 봐 봐, 싫었을 텐데도 이렇게 나와 있잖아. 그가 중얼거리듯 덧붙였다.

"아저씨가 더 상냥해요."

"그런 말은 나 같은 놈한테 쓰는 말이 아니지. 난 나쁜 놈이야. 아니, 정확히는 못난 놈. 소중한 사람들을 상처 입히기만 하는, 그런 못난 놈."

그는 필사적으로 웃으려 했지만 더는 눈가에 다정한 주름이 잡히지 않았다.

쾅쾅.

요란한 소리에 나도 모르게 놀라 침대에서 일어났다.

쾅쾅.

잠에 취해 있던 조루가 놀란 듯 커다랗게 꼬리를 부풀렸다.

"누구세요?"

잠든 지 얼마 되지 않았으니 아직 한밤중이었다. 이대로라면 이웃들이 모두 깰 것 같았다. 잠금장치를 풀자마자 바깥쪽에서 문을 확 열어젖혔다. 서늘한 공기가 열린 문을 타고 끼쳐 들었다.

"누구?"

검은 인영이 들어옴과 동시에 문이 닫혔다. 어둠 속에서 새파란 안광이 번뜩였다. 적개심으로 가득한 눈동자가 이쪽을 노려보았다.

"도대체…… 누구……."

"별것 아니잖아."

입술 사이를 비집고 나온 목소리는 낮고 음울했다.

"죽고 못 살 정도로 얼굴이 예쁜 것도 아니고."

한 마디 한 마디 느릿느릿 흘러나오는 말투가 눈빛만큼이나 시렸다.

"몸매도…… 별로."

평가하는 듯한 시선이 위아래로 나를 훑었다.

"이딴 보잘것없는 몸뚱이 하나 가지고 이 남자 저 남자, 다 만나고 다니는 거야? 너무 뻔뻔한 거 아니야?"

"전……."

"웃음 팔고 몸 팔아서 쉽게 돈 버는 인생, 행복하냐? 만족해? 너는, 너는 네가 무슨 짓을 하고 있는지 모르지? 네가 하는 일이 얼마나 끔찍한 건지, 그저 너 하나 편히 살겠다고 하고 다니는 그 짓거리가 얼마나 추잡한 건지 생각해 본 적도 없지?"

한 걸음씩 다가오는 남자를 피해 본능적으로 뒷걸음질 쳤다.

"왜, 무서워? 너한테 무슨 해코지라도 할까 봐?"

"……."

"안 만져. 안 건드려. 너같이 더러운 쓰레기에게 손댈 마음 따윈 추호도 없어."

혀가 굳어 버린 것처럼 말이 나오지 않았다.

"죽어 버렸으면 좋겠어."

남자의 움켜쥔 주먹이 바르르 떨렸다.

"너 같은 거, 정말 죽어 버렸으면 좋겠어."

주먹으로 내리친 벽에서 쿵, 소리가 났다. 놀라 눈을 감았다 뜨자 베일 듯 서늘한 얼굴이 코앞까지 다가와 있었다.

"내 손으로 죽이고 싶은데, 참아. 왜냐면 너 같은 인간의 피를 손에 묻히는 것도 역겨우니까. 하지만 다음번엔 모르지. 경고하는데, 더 이상 설치지 마. 더러운 몸뚱이 들고 돌아다닐 생각 하지 말란 말이야."

한참이나 말없이 노려보던 남자가 돌아섰다. 현관문이 닫히는 순간 다리에 힘이 풀려 그 자리에 주저앉았다.

죽어 버려.

씹어뱉듯 토해 낸 남자의 마지막 말이 귓가를 떠나지 않았다.

의문의 남자가 한밤중에 찾아온 이후 일주일이 지났다.

평소와 다름없는 생활이 이어졌다. 배가 고프면 밑반찬으로 끼니를 때우고 도서관에서 빌린 책을 읽으며 시간을 죽였다. 전화가 오는 날이면 외출했다 돌아와 다시 꼼꼼히 몸을 씻고 잠들었다. 느리지만 흘러가는 시간 속에서 그 밤의 기억도 서서히 지워져 갈 무렵이었다.

빌라 입구에 들어섰을 땐 열한 시가 넘어 있었다. 우편함 속

고지서를 집어 들고 계단을 올랐다. 센서가 고장 나 캄캄한 현관문 앞에 검은 물체가 놓여 있었다.

쓰레기 불법 투기인가.

천천히 다가갔다. 쓰레기는 아니었다. 누군가 쪼그려 자고 있었다. 짧은 머리카락. 최대한 몸을 구겼음에도 비죽이 튀어나온 기다란 팔다리. 무릎 사이에 얼굴을 묻었지만 알 수 있었다. 집에 찾아왔던 그 남자였다.

'죽어 버렸으면 좋겠어.'

온몸으로 나를 미워한다 말하던 사람이 왜 여기 있는 걸까. 더군다나 커다란 가방까지 옆에 두고서. 심장이 불안하게 뛰었지만 남자를 깨우지 않고서는 집에 들어갈 수 없었다.

"저기, 일어나세요."

미동 없는 남자를 향해 손을 뻗는 순간이었다.

'너같이 더러운 쓰레기에게 손댈 마음 따윈 추호도 없어.'

머릿속을 맴도는 냉랭한 음성에 손을 거두었다.

"저기요."

몇 번쯤 불렀을까.

"……뭐, 야."

"집에 들어가고 싶은데요."

말이 끝나기 무섭게 남자가 벌떡 일어났다. 한 걸음 다가서자 남자도 한 걸음 옆으로 물러섰다. 무언의 허락에 열쇠로 문을 열었다.

"그럼."

고갯짓으로 인사하고 안으로 들어가려던 찰나였다. 가방을 든 남자가 나를 밀치고 안으로 들어섰다.

"불 어딨어?"

신경질적인 음색에 서둘러 신발을 벗고 불을 켰다. 형광등 불빛 아래 단정한 이목구비가 드러났다. 눈이 부신지 미간을 찌푸린 남자는 끝이 올라간 눈매 탓인지 서늘해 보이는 인상이었다. 하지만 무엇보다 시선을 사로잡은 건, 남자가 입고 있는 새하얀 셔츠와 회색 바지였다. 이상했다. 분명 이상한데 그게 무엇인지 선뜻 다가오지 않았다.

"씨발, 뭘 봐?"

"실례지만…… 나이가?"

"보면 몰라? 교복 입고 있잖아, 교복!"

"아……."

진심으로 당황했다. 나로서는 지극히 당연한 반응이었지만 그런 내 반응은 남자, 아니 소년에게 더할 나위 없는 불쾌감을 준 듯했다.

"똑똑하게 머리에 박아 둬. 열일곱 살. 고등학교 1학년이니까."

미성년자는 상대한 적이 없는데.

불현듯 편의점 앞에서 만났던 소년이 생각났다. 세차게 내리던 비 때문에 얼굴은 정확히 기억나지 않지만 큰 키도, 교복도, 비슷한 것 같았다. 어쩌면…….

생각에 잠긴 사이 거실 이곳저곳을 훑어보던 소년이 하나뿐인 방문을 열어젖혔다. 씨발, 완전 공주병이잖아. 소리 나게 문을 닫은 소년이 소름 끼친다는 듯 제 팔을 긁으며 돌아섰다. 나도 모르게 시선을 피했다. 벽과 침구가 모두 분홍 일색인 건 사실이라 변명의 여지가 없었다. 문득 소년의 명찰에 박힌 '이진우' 라는 이름이 눈에 들어왔다.

"하는 수 없지. 이불 내놔."

잠시 망설였다. 말을 높여야 할까.

"……왜?"

숱 많은 눈썹이 크게 꿈틀거리더니 다시 제자리로 돌아왔다. 소년은 눈썹으로 말을 하는 능력이 있었다.

"잘 거니까."

"왜, 여기서?"

"앞으로 여기서 살 거야."

팔짱을 낀 소년이 짜증스럽게 덧붙였다.

"엄마, 아빠 모두 죽었으니까."

'그런 거 없어. 난, 그딴 거 없어.'

소년의 목소리가 기억 속 목소리와 겹쳐졌다.

"네 탓이야. 그러니까, 네가 책임져."

"야, 일어나."

자고 있는데 누군가 거칠게 몸을 흔들었다. 깨우는 사람이 누군지 깨닫는 데 시간이 걸렸다.

"밥 줘."

서늘한 얼굴을 한참이나 보고서야 상황을 파악했다.

"학교 가야 하니까 십 분 안에 밥 차려."

"몇 시?"

사위는 아직도 어두웠다.

"빨리 일어나기나 해. 학교 늦으면 책임질 거야?"

비몽사몽 자리에서 일어났다. 부엌으로 들어가 밥통을 열었지만 밥이 없었다. 당연한 일이었다. 언제나 아홉 시에 일어나 하루에 먹을 만큼만 밥을 지었으니까.

"밥이 없어."

"그럼 편의점 가서 햇반 사 와. 기다릴 테니까."

잠옷 차림으로 현관 앞에 떠밀렸다. 지갑을 못 챙겼다는 얘기를 하려는데 소년이 만 원짜리 지폐를 내밀었다. 빌려줄 테니까 빨리 사 와. 내쫓기듯 밖으로 나가니 새벽의 찬 공기가 몸속을 파고들었다.

"어서 오⋯⋯세요."

편의점에 들어서자 점원의 시선이 따라붙었다. 분홍색 잠옷 차림에 구두와 슬리퍼를 한 짝씩 신고 있으니 그럴 만도 했다. 편의점을 한 바퀴 빙 둘러본 후에야 햇반을 집을 수 있었다. 손에 꼭 쥐고 있던 만 원을 내놓고 거스름돈을 받았다. 햇반을 품에 안고 걸음을 서둘렀다. 신발이 짝짝이라 자꾸만 몸이 휘청거렸다.

간신히 집에 도착했다. 열쇠가 없어 머뭇거리다 손잡이를 돌리니 다행히 문이 열렸다.

너무 늦었나 봐.

소년은 없었다. 거실 한편에 커다란 짐 가방이 그대로 있는 것으로 보아 학교에 간 것 같았다. 소파에서 밤을 지새운 건지 이불은 꺼내 준 모습 그대로였다.

추웠을 텐데.

경황이 없어 보일러를 켜는 것도 잊었다. 잔기침이 나왔다.

품에 안고 있던 햇반을 찬장에 넣어 두고 방으로 들어갔다. 이불 속에 파고들자 남은 온기가 몸을 감쌌다. 따뜻함에 노곤노곤 잠이 쏟아졌다.

해 질 무렵 집을 나설 준비를 하고 있는데 누군가 현관문을 두드렸다. 예상대로 소년이었다.

"어디 가는데?"

대답을 망설이자 문가에 선 소년의 입꼬리가 삐뚜름하게 올라갔다.

"아아, 몸 팔러? 근데 그렇게 차려입고 가 봤자 어차피 다 벗을 거 아냐?"

위아래로 몸을 훑는 시선에 조소가 가득했다.

"밥은."

나를 밀친 소년이 신발을 벗으며 물었다. 넉넉히 밥을 해 둔 터라 있다고 대답했지만 돌아오는 대꾸는 없었다.

"열쇠 주고 가."

"······왜?"

"내가 지금 안 왔으면 가 버렸을 거잖아. 나보고 어쩌라고."

만나지 못했으면 우유 투입구 안에 열쇠를 두고 갈 생각이었다 말하기도 전에 눈앞으로 손이 다가왔다.

"열쇠가 하나뿐이라서."

"근데."

"계속 집에 있을 거면 내가 들고 가는 게······."

"이따 나갔다 올 거야. 문 열어 놓고 다녀도 되면 그냥 가든가."

핸드백에서 열쇠를 꺼내 내밀자마자 소년이 낚아채듯 가져갔
다.

"가, 얼른."

떠밀리듯 밖으로 나서기 무섭게 쾅, 소리와 함께 문이 닫혔
다.

나를 무릎 위에 앉혀 둔 남자의 손이 점차 허리 아래로 내려
갔다. 우악스러운 손길이 엉덩이를 움켜쥐었다. 흥분한 듯 딱딱
해진 성기가 쿡, 쿡, 몸을 찔러 대기 시작했다.

"요즘 애들은 시끄럽고, 요구 사항도 많고…… 몸 팔아 돈 버
는 것들이 말야."

그런 의미에서 넌 좋아. 얌전하니까. 나긋나긋한 목소리가 귓
가에 속삭여 왔다.

절정에 이른 남자가 침대에 드러누웠다. 씻기 위해 일어났지
만 이내 거친 손길에 끌려갔다. 남자치고는 가느다란 팔과 다리
가 온몸을 얽어 왔다.

"가긴 어딜 가. 한 번 더 해야지."

"이미 시간이……."

남자의 손가락이 불쑥 안쪽을 파고들어 왔다. 봐 봐, 너도 이
렇게 젖어 있잖아. 아직 부족해서 그런 거라구.

"우리 사이에 시간이 무슨 의미가 있어. 응? 너도 좋잖아."

말할 새도 없이 몸이 뒤집혔다. 좋으면서 튕기지 마. 얼굴이
베개에 짓눌려 숨을 쉬기가 어려웠다. 잠시 후 팔의 힘을 푼 남
자가 중얼거렸다. 봐 봐, 얌전하니까 얼마나 좋아. 거칠어지는

숨소리를 느끼며 몸에서 힘을 뺐다.

이 시간이 지나가기를 바라며 눈을 감았다.

조심스레 문을 두드렸지만 안에선 아무 반응도 없었다. 벨은 고장 난 지 오래였고 밤이 깊어 큰 소리를 낼 수도 없었다. 눈치를 살피며 다시 문을 두드렸지만 주변은 고요했다.

불 꺼진 복도에 멍하니 서 있었다. 십 분째 문은 열리지 않았고 하나뿐인 열쇠는 소년에게 건넨 뒤였다.

여분의 열쇠가 없다는 걸 알고 있는 소년이 깊이 잠든 건지, 아니면 일부러 열어 주지 않는 건지 알 수 없었다. 현관문 앞에 쪼그려 앉았다. 바닥에서 올라오는 한기가 엉덩이를 타고 올라왔다.

소년을 손님으로 만난 적은 없었다. 그럼 어떻게 날 알고 이곳을 찾아왔을까. 일주일에 많으면 서너 번 전화를 받고 일을 나가지만 끝나면 곧장 귀가했다. 그 외에 가는 곳이라고는 편의점이나 마트, 도서관이 전부였다. 하지만 어느 곳에서도 오래 머물지 않았고 따로 알고 지내는 이도 없었다.

'엄마, 아빠 모두 죽었으니까.'

소년의 부모님은 정말 돌아가셨을까.

'네 탓이야. 그러니까, 네가 책임져.'

정말 그것이 내 탓이라면 어떻게 책임져야 하는 걸까. 머릿속이 하얗게 비었다. 다리가 덜덜 떨려 와 팔로 감싸 안았지만 소용없었다. 정말 그게 사실이라면, 나는 어떻게 해야 할까.

아무것도 생각하지 마.

다정하고 부드러운 목소리가 귓가에 어른거렸다. 고개를 저었다. 듣고 싶지 않아 귀를 틀어막았지만 달콤한 설탕물을 듬뿍 삼킨 듯한 목소리는 멈추지 않았다.

쉬이, 괜찮아, 서유야.

다, 괜찮아.

작은 창문으로 스며드는 햇살에 눈을 떴다. 그대로 잠들어 버렸더니 온몸 구석구석 아프지 않은 곳이 없었다. 콧물이 나와서 재빨리 들이마셨다. 삐거덕거리는 목을 풀다 마침 계단을 올라오던 상대와 눈이 마주쳤다.

"아아. 맞다."

소년이 비로소 깨달았다는 듯 손바닥을 마주 쳤다.

"열쇠가 없어서 여기서 밤샌 거야?"

잘 떠지지 않는 눈을 비비고 자리에서 일어났다. 앞에 서서 이죽거리는 소년의 몸에선 어째서인지 차고 마른 바람 냄새가 났다. 충혈된 눈과 피로한 얼굴이 한숨도 자지 못한 것처럼 보였다. 소년 역시 밖에서 밤을 지새운 걸까. 왜 여기서 안 자고 밖에 있었던 거야? 목까지 차오른 물음을 삼켰다.

"……열쇠 있어?"

낮게 갈라지는 목소리가 낯설었다. 그저 손을 내밀었을 뿐인데 소년의 얼굴이 일그러졌다. 주머니에서 열쇠를 꺼내 건네는 손길이 더없이 신경질적이었다. 문을 열기 무섭게 나를 밀친 소년이 먼저 안으로 들어섰다.

"밥 차려. 배고프니까."

짜증 나. 들릴 듯 말 듯 작은 중얼거림이 들려왔다.

서둘러 밥을 차렸지만 소년은 손도 대지 않고 곧장 학교로 갔다.

'밥 차렸는데.'

'그게 차린 거야? 그딴 건 너나 먹어.'

소년이 학교에서 돌아오길 기다렸다 복사해 둔 열쇠를 건넸다. 표정은 굳어 있었지만 다행히 별말 없이 열쇠를 받았다.

집에 돌아왔을 땐 여덟 시였다. 뒤집힌 채 나뒹구는 운동화를 바로 하고 구두를 벗었다. 때마침 샤워를 끝낸 듯한 소년이 욕실에서 나와 수건으로 젖은 머리카락을 털었다. 따로 챙겨 온 것인지 이 집엔 없는 수건이었다.

"야. 나갔다 와."

"어?"

"눈이 있으면 좀 봐 봐."

소년이 거실에 놓인 이불 뭉치를 툭툭 발로 걷어찼다.

"이딴 걸 나보고 쓰라는 거야?"

첫날 소년에게 주었던 이불은 확실히 얇고 낡았다. 베개도 조루가 긁어 놓아 실밥이 잔뜩 풀려 있었다.

"지금?"

밖에서 밤을 지새운 탓인지 몸 상태가 좋지 않았다.

"내 걸 주면 안 될까."

"분홍색도 싫지만 더러워서 더 싫어."

무엇이 더럽다는 건지 묻지 않아도 알 수 있었다.

"병균 옮으면 어쩔 건데. 책임질 거야?"

힘없이 늘어지는 핸드백을 고쳐 쥐었다.

"……다른 건?"

"밥그릇하고 수저랑 컵도. 내가 쓸 건 알아서 다 새로 사 와. 그리고 다시 말해 두지만 신고할 생각 하지 마. 경찰이 오면 나보단 그쪽이 잃을 게 더 많을 테니까."

몸을 돌려 현관으로 향했다. 구두를 신다 실수로 정리해 놓은 운동화를 차고 말았다. 운동화를 다시 제자리로 돌려 두고 밖을 나섰다.

점심 무렵 전화벨이 울렸다.

— 아, 저…… 나야.

"안녕하세요."

— 잘 있었어?

레스토랑에서 만나 헤어진 이후 처음이었다.

— 저기, 내가 오늘 전화한 건 말이야…… 다른 게 아니라.

"말씀하세요."

— 혹시 거기 진우, 아니, 내 아들이 찾아간 적이 있나 해서. ……말도 안 되지? 아니면 됐어. 쉬는 거 방해해서 미안해. 내가 지금 좀 경황이 없어서, 그래서…….

"여기 있어요."

— 뭐?

"삼 일 됐어요."

짧은 침묵 끝에 그가 믿기지 않는다는 듯 물었다.

— 진우가 거기 있다고? 정말 거기 있는 거니?

이진우. 교복 명찰에 적혀 있던 이름을 다시 떠올렸다.

— 서유야, 정말 미안한데…… 잠깐 만나 줄 수 있을까?

그가 대답을 기다리며 숨죽이는 것이 느껴졌다.

"그럴게요. 어디로 가면 될까요?"

"미안해. 진우가 정말 너에게 폐를 끼치고 있을 줄 몰랐어. 대체 어떻게 거길 알았을까."

"많이 안 좋으세요?"

물어 놓고도 어쩐지 이상한 질문이라 생각했다. 아프지 않으면 병원에 입원까지 할 리 없으니까. 이인실의 병실엔 함께하는 이 없이 그 혼자뿐이었다.

"위암이야."

벌을 받았나 봐. 그가 씁쓸하게 웃었다.

"진우가 아무 말 하지 않니?"

소년이 했던 말을 그대로 전해도 되는 걸까. 망설임을 알아챈 그가 솔직하게 말해 달라 부탁해 왔다.

"돌아가셨다고 했어요. 어머니, 아버지 두 분 다."

"그래, 그 애 입장에선 충분히 그럴 수 있지. 이건 살아도 산 게 아니니까."

그가 고개를 숙였다. 가만히 그의 마음이 가라앉기를 기다렸다.

"진우 엄마도 지금 다른 병원에 입원해 있어. 마음이 좀 아파서. 여린 사람이었는데 내가 그러니까……."

"저와 만나서."

그래, 맞아. 널 만난 걸 들켰거든. 그가 마른 얼굴을 쓸었다.

"물론 그게 전부는 아냐. 예전부터 삐걱거리고 있었거든. 그냥 한계에 다다른 것뿐이지. 집에는 거의 들어가지도 않았고 바쁘다는 핑계로 일만 하며 살았어. 그래서 그 사람이 오래전부터 우울증에 시달렸던 것도, 약이 없으면 제대로 잠도 못 잔다는 것도 몰랐어."

부르튼 입술 사이로 자조적인 웃음이 흘러나왔다.

"다 내 탓이야. 밖으로 나도느라 아내랑 아들이 어떻게 살고 있는지도 몰랐어."

"몸은, 언제부터……."

"두통이나 위통은 늘 달고 살았어. 외근하고 야근하다 보면 생활이 불규칙해지니까. 건강 검진도 회사에서 받으라니까 어쩔 수 없이 받은 건데 암이라더라. 같이 레스토랑에 갔던 날 있지? 그날이 검사 결과가 나온 날이었어. 당장 입원하고 수술을 받아야 한다는데 털어놓을 사람이 없더라. 그러니까 실은 보답을 하고 싶어서가 아니었어. 외로워서, 적어도 그런 날만큼은 혼자 있고 싶지 않아서…… 그래서……."

고개 숙인 그에게 휴지를 뽑아 건넸다. 휴지를 움켜쥔 그의 손등 위로 푸른 핏줄이 불거졌다.

"결과 나오기 전날 애 엄마랑 다퉜어. 자정 넘어 전화가 왔는데 다짜고짜 너에 대해 따지더라. 무릎 꿇고 싹싹 빌어야 할 쪽은 나였는데 할 일 없이 사람 뒷조사나 하고 다닌다고 도리어 쏘아붙였어. 제정신이 아니었던 거지. ……그래서 암이라는 말을 듣고도 차마 얘기할 엄두가 안 났어. 뻔뻔하게 너한테 연락했던 것도, 그런 이유고."

고백하듯 그의 말이 이어졌다.

근데 널 만나고 돌아온 그날 새벽에 병원에서 연락이 왔어. 아내가 죽으려고 했대. 겨우 사흘 만에 깨어났어. 다행히 고비는 넘겼지만 의사가 상태를 좀 지켜보자더라고. 늘 다니던 병원이 있어서 지금은 거기로 옮긴 상태야. 여기서 별로 멀진 않아.

문제는, 아내가 깨어난 뒤부터 진우가 연락이 안 됐어. 집에도 안 가고 휴대폰도 안 받고. 원래 수업 마치면 바로 병원에 왔었거든. 학교도 안 나갔는지 담임 선생님한테도 연락이 왔었어. 이틀 동안 그 나이대 애들이 갈 만한 곳을 찾아다녔는데…… 사고가 난 걸까, 못난 부모가 꼴 보기 싫어 안 나타나는 걸까, 오만 생각이 다 들더라. 근데 정신 차리니 병원이었어. 내가 길에서 쓰러졌다더라고.

포기하고 실종 신고를 하려 했는데 다음 날 담임 선생님께 전화가 왔어. 방금 진우 편에 체험학습 신청서 보냈으니까 그걸 써 주면 결석 처리 안 해 주겠다고. 무슨 심경의 변화가 있었는지 학교에 다시 가기 시작했나 봐.

고개를 들어 나를 본 그가 쓰게 웃었다.

"며칠만 기다려 보자 싶었어. 한꺼번에 너무 많은 일이 일어났으니까, 그 아이한테도 시간이 필요할 것 같았거든. 그런데 아내가 병원에 실려 온 날 들었던 말이 갑자기 생각나더라. 경황이 없어 잊고 있었는데 진우가 너와 나 사이를 아는 듯이 이야기했었거든. 그래서, 혹시나, 정말 혹시나 하는 마음에 연락한 거였는데…… 설마 거기 있을 줄은 몰랐어."

"다른 가족분들은 안 계신가요?"

"있긴 하지만, 윽……."

신물이 오르는 듯 입을 틀어막은 그가 새우처럼 둥글게 몸을 말았다. 간호사를 부르려 했지만 하지 말라는 듯 손목을 움켜쥐었다. 신음조차 내지 않고 통증을 견디는 모습을 보고 있노라니 나도 모르게 말이 나왔다.

"어제 새 이불을 사 왔더니 잘 잤어요. 반찬이 별로라서 밥은 안 먹었지만요."

그의 입가에 설핏 웃음이 스몄다. 다시 시작된 통증에 그마저도 사라지고 말았지만. 헐렁했던 환자복이 식은땀에 흠뻑 젖을 때까지 통증은 멈추지 않고 이어졌다.

"……진우가, 거기 간 지 사흘 됐다고 했지."

한참 만에야 고개를 든 그가 내 손을 잡았다.

"잘은 모르겠지만, 너희 집에 간 뒤부턴 다시 학교에 가는 것 같아. 내가, 내가 사례는 두둑이 할게. 기분 나쁠지도 모르겠지만, 내가 너에게 줄 수 있는 게 그것밖에 없어서. 대신…… 당분간만, 당분간만 네가 우리 진우 좀 보살펴 주면 안 될까. 아니, 그냥 좀 붙잡아 주고 있으면 안 될까. 너무 우습고 어이없게 들리겠지만…… 내가 몸이 이래서 당장 수술을 해야 해. 일주일이면 돼. 최대한 네게 폐 끼치지 않도록 서둘러서, 몸만 대충 추스르고 나면 바로 데려갈게. 왜 하필 네게 이런 말을 하나 싶겠지만…… 아내는 아직 자기 몸 하나 건사하기 힘든 상황이야. 달리 믿고 맡길 사람도 없지만 맡긴다 해도 그 애가 거기에 얌전히 있어 줄지도 의문이고. 어째서 널 찾아갔는지는 모르지만…… 아니, 알 것도 같지만…… 그렇지만…… 부탁할게. 너힘들 거 아는데, 네 입장에선 정말 억지인 거 아는데…… 이번만 도와주면 안 될까? 내가…… 내가 이렇게 빌게."

그가 나를 향해 머리를 수그렸다. 맞닿은 손에서 떨림이 멈추지 않았다.

그렇게 하겠노라 답하자 그는 웃으면서, 아니 웃는 건지 우는 건지 알 수 없는 얼굴을 하고서 거푸 고맙다며 고개를 숙였다.

대답은 했지만 실은 조금 난처했다. 그의 부탁대로 소년을 붙잡아 둘 수 있을까. 소년은 나를 미워하고, 싫어하고, 또 원망하고 있는데.

여덟 시가 넘어 들어온 소년은 아침과 마찬가지로 교복 차림이었다.

"학교 다녀온 거야?"

"알아서 뭐 하게. 오늘은 일 안 나가? 아, 혹시 격일로 뛰어? 어쨌든 몸이 자산이니까 좀 쉬어 줘야 하나?"

"날마다 일이 있는 건 아니니까."

"그렇다고 집에서 빈둥거리는 건 곤란하지 않아? 그런 일은 한 살이라도 젊을 때 많이 해 둬야지. 휴대폰 뒀다 뭐 해. 벗은 사진이나 좀 찍어서 인터넷에 올려 두면 누가 알아, 보고 연락 많이 올지."

비죽이 입꼬리를 끌어 올린 소년이 나를 보았다. 재미있는 장난감을 앞에 둔 어린아이인 양 모처럼 얼굴이 생기를 띠었다.

"왜, 기분 나빠?"

"할 줄 몰라."

"뭐?"

"인터넷 잘 쓸 줄 몰라."

"거짓말."

"거짓말 아닌데."

"……시끄럽고 밥이나 차려."

기분이 상한 듯 소년의 입매가 굳게 다물렸다. 정말로 몰라서 그런 건데. 거실 벽을 세게 찬 소년이 욕실로 향했다.

아프겠다.

둔탁한 소리가 들렸지만 소년은 내색 없이 걸어갔다. 어쩐지 벽을 찬 발의 움직임이 어설퍼지긴 했지만.

"불편하게 이딴 작은 밥상에서 뭘 먹으라고."

소년이 짜증스럽게 미간을 구겼다.

"딴거 없어? 맨날맨날 같은 반찬이잖아."

"없는데…….""

"됐어, 치워, 안 먹어. 담부턴 내 건 따로 해. 그쪽 먹던 거 같이 입 대기 싫으니까. 병 같은 게 있을지 누가 알아. 그리고, 나 있을 땐 고양이 새끼 방에 넣어 놔. 동물 같은 건 질색이니까."

특히나 그 돼지랑 구분도 안 되는 뚱보 녀석은 더 싫고. 감정이 가득 실린 목소리에 의아해졌다. 내가 없는 사이 무슨 일이 있었던 걸까. 단순히 동물을 싫어한다기엔 조루를 돼지에 비유한 말이 마음에 걸렸다. 좀 찌긴 했어도 돼지까진 아닌데.

문득 밥상 사이로 튀어나온 소년의 종아리가 눈에 들어왔다.

"긁혔구나."

서슬 퍼런 시선이 날아들었다.

"어제 들어오다 밟았어. 불을 안 켜서 어두웠단 말이야. 내가 얼마나 놀란 줄 알아? 고양이 같은 걸 기르면 기른다고 말을 해야 할 거 아니야."

"나도 그런 적 있어."

"동질감을 느끼라는 게 아니거든?"

소년이 답답하다는 듯 머리를 긁었다.

"어쨌건 난 고양인 딱 질색이야. 그러니까 앞으로 나 있을 땐 방 밖으로 내보내지 마."

"언제까지 여기 있을 생각이야?"

"뭐?"

"언제까지 여기 있을 건가 싶어서."

"왜, 이 귀찮은 놈이 영영 떨어지지 않을까 걱정스러워?"

"그게 아니라……."

"이상하게 조용하다 했지. 근데 그거 알아? 난 절대 네 뜻대로 안 움직여. 신고하려면 신고해. 그러면 네가 하는 더러운 짓을 내가 다 말해 버릴……."

소년은 뭔가 큰 오해를 하고 있었다. 말이 서툰 내가 오해의 소지를 준 것이긴 하지만.

"원하는 만큼 있어. 그냥, 여기 있어도 괜찮단 말을 하려 했어."

"뭐?"

"있어도 난 상관없으니까……."

"누가 허락받아서 여기 있겠대? 웃기지 마. 말 같잖은 소리 하지 말라고."

소년의 발에 차인 밥상이 나뒹굴었다. 그릇과 음식물이 뒤엉켜 바닥에 흩어졌다.

"착각하나 본데 네가 그런 말 할 처지가 아니거든. 남의 인생 망가트려 놓고, 뭐? 지금 내가 여기서 살게 해 달라고 부탁하러 온 줄 알아?"

"난 그런 의미가……."

"더러운 창녀 주제에."

오해를 풀려고 했다. 말은 서툴지만 어떻게든 전달하고 싶었다. 하지만 소년의 입술 사이를 비집고 나온 말을 듣자 아무 말도 할 수가 없었다.

'너 같은 거랑 한집에서 살았다는 사실만으로도 미쳐 버릴 것 같아!'

"구역질 나."

성큼성큼 현관으로 걸어가는 뒷모습을 나도 모르게 눈으로 좇았다.

"머리 식히러 나가는 거야. 계속 여깄다간 목을 졸라 버릴 것 같으니까. 쓸데없는 기대 같은 건 하지 마."

자신이 돌아오지 않기를 바란다 생각하는 걸까.

"갔다 올 때까지 다 치워 놔."

문이 닫혔다. 바닥에 고인 벌건 김칫국물. 그 속에 이리저리 뒤섞인 반찬과 깨진 그릇의 잔해들.

'고맙다, 서유야. 정말 고마워. 이 은혜 절대로 잊지 않을게.'

병실을 나서는 순간까지 고맙다며 머리를 조아리던 그가 떠올랐다. 목 언저리가 뜨거웠다. 자리에서 일어나 엎어진 밥상을 원상태로 되돌렸다. 그릇을 새로 사야겠어. 태연하게 말하고 싶었지만 목소리가 떨리고 있었다.

조금만, 조금만 있다가.

붉어졌을 두 눈을 손바닥으로 가렸다.

거실을 깨끗이 정리하고 소년이 돌아온 뒤에야 밖을 나섰다. 마트가 문을 닫기 전에 가서 새 그릇을 사야 했다.

길을 걷다 나도 모르게 멈추어 섰다.

'어떻게 네가 나에게 이럴 수 있어!'

'용서하지 않을 거야! 절대로 용서하지 않을 거야!'

아무리 시간이 흘렀어도 그날의 공기가, 그녀의 표정이, 목소리가 생생했다.

'그 더러운 몸뚱아릴 어떻게 굴리고 다니든 신경 안 쓸 테니까 당장 나가!'

믿기지 않는 현실 앞에 짐승처럼 울부짖던 그녀. 발밑을 내려다보았다. 아스팔트 바닥에 길게 늘어진 그림자가 이쪽을 보고 있는 것 같았다. 마치 네가 지은 죄를 잊지 말라는 듯이.

잊을 마음 따윈 없었다.

잊지 않기 위해서, 내가 가진 더러움과 추악함을 잊지 않기 위해 지금껏 살고 있으니까. 아무것도 생각하지 않고, 극복하려 하지 않은 채, 물살에 따라 이리저리 흔들리는 해초처럼, 그저 그렇게.

생(生)의 방치.

그것이 내가 할 수 있는 유일한 속죄의 방법이었다. 누군가 상처 입기를 바라던 것이 아니었다. 그런 걸 바란 게 아니었는데, 어째서인지 과거와 똑같은 상황이 반복되고 있었다.

하늘을 올려다보았다. 아무것도 보이지 않았다.

"엄마."

집을 나온 이후 다시는 입에 담지 않았던 그 말을, 입 밖에 꺼내는 것만으로도 죄가 되는 그 따뜻한 단어를 바람 속에 속삭여 보았다.

진우의 이야기 1

　겨우 정오를 넘겼을 뿐이지만 집 안은 적막과 어둠 속에 잠겨 있었다.

　"엄마."

　창을 모두 가린 커튼을 바라보다 곧장 안방으로 향했다. 빛 한 점 없이 캄캄한 방 한구석에 누군가 웅크리고 있었다. 거기서 뭐 해. 엄마가 고개를 들어 나를 바라보았다. 두 눈은 여전히 초점 없이 흐렸다.

　"진우…… 왔니?"

　꺼질 듯 작고 연약한 목소리. 가라앉는 마음을 다잡으려 주먹을 움켜쥐었다. 보란 듯 씩씩한 걸음걸이로 엄마에게 다가갔다.

　"점심 안 먹었지. 차려 줄 테니까 밥부터 먹고 약 챙겨 먹자."

　"미안해."

"미안은 무슨. 일어나. 이제 불 켠다? 자꾸 이렇게 어두운 데 있으면 더 우울해져."

오늘은 나의 중학교 졸업식이었고 가방 속에는 졸업장과 상장이 있었다. 빛조차 보지 못하고 곧 서랍장에 처박힐 물건들이지만.

'진우야, 너희 부모님은 안 왔어?'

'바빠서.'

식이 끝나자마자 곧장 집으로 왔다. 반 아이들 누구보다 많은 상장을 받았지만 그뿐이었다. 때가 되면 으레 하게 되는 졸업일 뿐이었다. 상술에 놀아나는 줄도 모르고 꽃다발 하나씩을 들고 사진을 찍는 모습들이 그저 우스웠다.

"자, 자, 밥 먹읍시다, 밥."

겨드랑이 사이로 손을 넣어 엄마의 몸을 일으켜 세웠다. 손에 와 닿는 선명한 뼈의 감촉과 허망한 무게. 끼니조차 스스로 챙기는 법이 없는 엄마는 금방이라도 날아갈 깃털처럼 가벼웠다. 조금만 바람이 불어도 온전히 자취를 감출 듯.

꿈을 꾸었다.

어린 날의 내가 엄마와 함께 걷고 있었다. 흰 블라우스에 다홍색 치마를 입은 엄마는 한 떨기 고운 꽃 같았다. 걸음을 내디딜 때마다 사람들의 감탄이 쏟아졌다. 저런 사람이 아내라면 얼마나 좋을까. 저런 사람이 엄마라면 얼마나 좋을까. 부러움 가득한 목소리에 절로 어깨가 으쓱해졌다.

'그런데 저 아이 아빠는 어디 있어?'

엄마를 올려다보았다. 솜사탕처럼 달콤하게 웃고 있던 얼굴이 희게 질려 있었다.

'엄마, 내가 있잖아. 내가 여기 있어.'

엄마의 모습이 점차 변해 갔다. 눈 밑이 새까맣게 물들고 앙상하게 여윈 어깨 아래로 옷이 흘러내렸다. 필사적으로 움켜쥔 손은 믿을 수 없을 만치 차가웠다.

'내가 엄마 옆에 있을게.'

허공을 떠돌던 시선이 나를 향했다. 검게 죽은 입술이 열렸다.

'날 버리지 않을 거니?'

'그럼, 당연하지.'

'내가 죽으면 함께 죽어 줄 수 있어?'

물론이야, 엄마. 그렇게 대답하려 했고 그렇게 말해야만 했다.

찰나의 망설임이었다.

모든 진실을 알아낸 듯 검은 입술이 웃음을 머금었다.

"안 돼!"

꿈이었어.

온몸이 식은땀으로 젖어 있었다. 꿈의 여운이 남았는지 심장이 세차게 뛰었다.

"진우야!"

문을 열고 나타난 엄마의 뺨이 눈물로 흥건했다. 품에 안겨든 엄마가 퉁퉁 부은 얼굴을 가슴팍에 비벼 댔다. 온기를 갈구하는 여린 동물 같은 몸짓이었다. 머리를 끌어안고 한 손으로 등을 도닥였다. 길들여진 파블로프의 개처럼, 매뉴얼화된 기계처럼.

금세 잠이 든 엄마가 색색 고른 숨을 내쉬었다. 목까지 이불을 덮어 주고 흐트러진 머리칼을 귀 뒤로 넘겨 주었다.

가엾고, 안쓰러운 우리 엄마.

정말 그게 전부야?

선뜩한 목소리가 속살거렸다.

지겹다고 생각하지?

아니야.

지겹잖아. 도대체 언제까지 이 짓을 해야 하는 거냐고 생각하고 있잖아.

아니라고 했잖아.

궁금하지 않아? 조금 전 네가 어떤 표정을 짓고 있었는지.

몰라.

알고 있잖아. 누구보다 네가 더 잘 알고 있잖아.

엄마는 오래도록 우울증을 앓아 왔다. 불행한 결혼 생활은 조금씩 마음을 좀먹었고 지금은 약 없인 일상생활이 어려울 정도였다. 집에 들어오는 일이 점점 뜸해지던 아버지란 남자는 삼년 전 아예 오피스텔을 얻어 나가 살기 시작하며 생활비만을 보내왔다.

상처 입은 엄마의 버팀목이 되기 위해 노력해 왔다. 엄마가 의지하고 기댈 수 있는 건 나뿐이었다. 지켜 주겠노라 약속했다. 아이처럼 울기만 하는 엄마를 끌어안으며 곁에 있어 줄 거라 다짐했다.

그랬는데, 달아나고 싶다니.

"난 그 남자와 달라."

애써 부정해 보아도 입 밖으로 나온 말은 한없이 공허했다.

"진우야, 잠시만 나와 볼래?"

담임이 교실 문 밖에서 손짓했다. 듣지 않아도 무슨 일인지 알 수 있었다. 새 학기가 시작된 지 보름도 되지 않았지만 벌써 네 번째였다.

"오늘도 어머니 전화. 정말 집에 무슨 일 있는 건 아니니?"

"아뇨, 그런 거 없어요."

"그럼 다행이긴 한데, 으음, 진우는 공부할 의지도 있고 성실하니까 걱정하진 않지만 말이야……."

담임이 곤란한 듯 말을 이었다.

"3월 한 달은 의무 자습인 거 알지. 다른 애들은 정말 특별한 경우 아니면 자습 안 빼 줘. 근데 이런 식으로 네가 계속 중간에 나가게 되면 불만이 나올 수밖에 없어. 차라리 집에 사정이 있다면 진우는 예외로 하고 자습 빼 줄게. 매번 이러는 것보단 그게 낫지 않겠니?"

'엄마는 걱정하지 마. 졸업식도 못 가서 미안한데 우리 아들 공부하는 것까지 방해하면 안 되지.'

학교에 얘기해서 자습을 빼겠다는 말에 엄마는 그러지 말라 했다. 지금은 중요한 시기니 네 미래를 먼저 생각하라고. 그 순간의 마음은 진심이었겠지만 병은 엄마의 의지로 조절할 수 있는 것이 아니었다. 그러니 원망해선 안 됐다.

"진우 네 생각은 어떠니?"

그렇게 할게요, 한마디면 충분했다. 그랬는데, 입이 떨어지지 않았다.

"생각해 볼게요."

"그래, 잘 생각해 봐. 일단 오늘은 가방 챙겨서 가자."

집에 도착하자마자 엄마가 달려와 아이처럼 안겼다. 마주 안아 주고 싶었지만 손이 움직이지 않았다. 천진하게 웃던 엄마가 분위기를 알아챈 듯 눈치를 살폈다.

"화났어? 엄마가 또 전화해서?"

"아니."

손을 떼어 내고 주방으로 걸어갔다. 저녁 안 먹었지, 차려 줄게.

"엄마가 싫어졌어?"

"싫긴. 배고플까 봐 그러지."

그만해. 경고음이 울렸다. 올해 들어 더 감정 기복이 널뛰듯 하는 엄마였다. 숨이 넘어갈 정도로 웃다가, 눈가가 짓무를 정도로 울다가, 불처럼 화를 내는 엄마는 불안한 외줄 타기를 하는 곡예사 같았다. 그러니 자극해서 좋을 건 없었다.

"너도, 너도 그 인간이랑 똑같아."

"무슨 소리야?"

"그 피가 어디 갔겠어, 안 그래?"

엄마는 환자였다. 아픈 사람이었다. 누구보다 그 사실을 잘 알고 있었다. 그런데도 그 남자와 같은 취급을 당하는 순간, 억눌린 말들이 터져 나왔다.

"누구랑 누굴 비교하는 거야. 그 남자랑 내가 어디가 같은데?"

아버지란 말을 언제 마지막으로 불러 봤는지도 까마득했다.

"내가 그 인간 같았으면 지금까지 엄마 옆에 있었을 것 같아?"

가정을 버린 그 남자와 나를 비교했다는 사실이 끔찍했다.

"제발 그만 좀 해! 자꾸 이럴 거면 병원 가서 제대로 치료받으라고! 자존심이 뭔데, 그깟 자존심이 뭐길래 집에서 나만 들들 볶아! 내가 엄마 부모로 보여? 나 이제 겨우 열일곱이야. 남들은 고등학생이라고 가족들이 이것저것 챙겨 주는데 엄마는 뭐야? 학교에서 내 입장만 곤란하게 만들고 있잖아! 오늘 내가 어떤 기분으로 집에 왔는지 알기나 해?"

초등학교 2학년 무렵부터 정신과에 다니기 시작했지만 누구도 엄마가 아프다는 사실을 몰랐다. 오랫동안 병을 앓아 왔음에도 아버지란 남자는 물론 딸을 끔찍이 예뻐하는 외할아버지조차도.

엄마는 나약했지만 반대로 지독한 자존심을 가진 여자였다. 사람들 앞에 나선 엄마는 견고한 가면을 쓰고 부잣집 외동딸로 태어나 능력 있는 남편에게 넘치도록 사랑받고 있는 여자를 연기했다. 그렇게 사람들의 질시 어린 시선을 즐기며 우아하게 웃음 짓던 엄마는 집으로 돌아온 순간 가면과 함께 부서졌다.

"제발 그만하란 말이야……."

엄마의 밑바닥을 들여다봐야 하는 건 항상 나였다. 그 사실을 위안 삼던 순간도 있었지만 이젠 지긋지긋했다. 눈물로 시야가 흐려졌다.

고개를 들어 엄마를 보았다. 어린 시절처럼 다정하게 안아 주던 품을 기대했지만 헛된 바람이었다. 공허한 눈동자는 내가 아닌 다른 곳을 헤매고 있었다.

늦잠을 잔 게 언제인지 까마득했다. 주말은 평일에 학교를 다
니느라 못다 한 집안일을 몰아서 하는 날이었다. 빨래부터 시작
해 욕실 청소까지, 외부인을 꺼리는 엄마 덕에 커다란 이층주택
을 관리하는 건 온전히 내 몫이었다.

설거지를 끝내고 나왔을 때 종일 태엽 풀린 인형처럼 소파에
앉아 있던 엄마는 잠들어 있었다. 잠든 엄마를 침대로 옮기고
장을 보러 집을 나섰다.

늘 가는 반찬 가게에서 밑반찬을 사고 마트에 들러 인스턴트
찌개와 죽을 바구니 가득 채워 넣었다. 집으로 돌아가야 했지만
충동적으로 시내로 가는 버스를 탔다. 해가 졌는데도 거리는 사
람과 불빛으로 가득했다.

곧 6월인데 달라진 건 아무것도 없었다. 자습은 3월 한 달도
채 채우지 못하고 포기했다. 수업이 끝나면 곧장 집에 와 엄마
의 저녁을 챙기는 일상. 평일도, 주말도 엄마와 집에 얽매여 혼
자만의 시간을 가진 게 언제인지 까마득했다.

모두 한껏 차려입고 거리를 걷고 있었다. 웃고, 떠들고, 행복
해 보였다. 마트 비닐봉지를 들고 갈 곳 없이 서 있는 건 나뿐이
었다. 상가와 사람들이 밀집한 중심가를 벗어나자 큰길이 나왔
다. 가로등 불빛만 환하게 빛나는 거리엔 인적 없이 차들만 쌩
쌩 지나다닐 뿐이었다. 벤치만 덩그마니 놓인 버스 정류장에 서
서 오가는 차들의 불빛만 멍하니 바라보고 있을 때였다.

"……한 건 그래서였구나. 그럼…… 건너 정류장으로 가면
돼?"

등 뒤로 익숙한 목소리가 들렸다.

나도 모르게 고개를 돌려 소리의 주인공을 찾았다. 말쑥하게 차려입은 남색 정장. 부드럽게 휘어진 눈매. 입가에 머금은 미소. 낯익은 중년 남자가 거짓말처럼 걸어가고 있었다. 낯선, 젊은 여자와 함께.

한겨울 두꺼운 얼음 아래 흐르고 있는 물을 심장에다 쏟아부은 듯했다. 너무 시리고 차가워 아무 생각도 들지 않았다.

착각이 아니었다.

분명,

자신 옆의 어린 여자에게 눈을 떼지 못하고 길을 걷고 있는 남자는 내 아버지였다. 새벽까지 엄마와 고성을 지르며 싸운 이후 한마디 말도 없이 집을 나간 아버지. 중학교에 들어간 이후엔 살가운 웃음 한 번 제대로 지어 준 적 없던, 바로 그 아버지였다.

그 사람이 웃고 있었다.

한 번도 본 적 없는 그런, 사랑에 빠진 남자의 얼굴을 하고서.

그들의 모습이 시야 밖으로 사라질 때까지 멍청히 서 있었다. 몇 분도 채 되지 않는 그 짧은 시간은, 지금껏 지켜 오던 모든 것을 산산이 부수기엔 충분했다.

툭.

샤프심이 부러졌다. 까만 가루들이 흰 종이 위로 흩어졌다. 반사적으로 샤프 머리를 눌러 보았지만 짤깍거리는 의미 없는 소리만 날 뿐이었다.

고개를 돌리자 창문 너머로 푸른 하늘이 보였다. 물이 가득
찬 수조 속에서 서서히 질식해 죽어 가는 기분이었다. 창문을
깨고 밖으로 뛰쳐나가는 상상을 했다. 상상 속의 나는 저 하늘
아래를 자유로이 달렸지만 현실은 결국, 이곳이었다.

눈물로 발갛게 짓무른 두 눈이 이쪽을 향했다.
"침대에 있지, 왜 또 찬 바닥에 있어."
"진우야……."
"그래, 나 여기 있어. 목에 손 감아. 침대 위로 올려 줄게."
뼈만 앙상한 손가락이 덩굴처럼 달라붙었다.
"진우는, 엄마 안 떠날 거지?"
'함께 죽어 줄 수 있어?'
"떠나기는. 내가 엄마 두고 가긴 어딜 가."
실수는 꿈에서 한 것으로 족했다.
엄마가 잠든 것을 확인하고 일어났다. 화장대 옆에 놓아둔 가
방을 줍기 위해 허리를 굽혔다. 어둠에 익숙해진 시야로 화장대
바닥에 떨어진 뭔가가 들어왔다. 방문을 닫고 나와 불빛 아래서
주운 종이를 확인했다.
호텔을 배경으로 한 여자가 걸어가고 있었다. 여자의 시선은
비스듬히 카메라의 렌즈를 벗어난 채였다. 카메라의 존재 여부
따위는 알지 못한다는 듯.
알고 있었던 거야.
심장이 덜커덩 내려앉았다. 대체 어떤 마음으로 이 사진을 보

앉을까. 찬 바닥에 앉아 눈이 짓무를 때까지 울고 있었을 엄마를 떠올리자 분노로 손이 떨려 왔다.

죄를 지은 건, 벌을 받아야 할 건, 가족을 내팽개치고 어린 여자와 놀아난 그 작자였다. 그런데도 가해자는 행복하게 웃고 있었고 죄 없는 엄마만이 절망의 늪에서 허우적거리고 있었다.

죽일 거야. 죽여 버릴 거야.

사진 속 여자의 얼굴을 다시 확인했다. 그래, 이 여자도 모르지 않았을 터였다. 그 남자에게 아내가 있고 자식이 있다는 걸. 하지만 무시했을 터였다. 자신의 안위를 위해, 다른 누군가가 피눈물을 흘리고 있다는 사실 따윈.

"용서, 못 해."

힘주어 움켜쥐자 사진 속 여자의 얼굴이 일그러졌다.

병원에 가는 날이 아니면 엄마는 외출하지 않았다. 병원 진료는 늘 오전에 잡혀 있으니 밤에 찍힌 이 사진을 직접 찍은 것은 아닐 터였다. 사진이 더 있을까 싶어 방을 뒤졌지만 건질 만한 것은 없었다.

해가 지자 눈앞에 있는 호텔의 조명이 하나둘 켜졌다. 저녁마다 사진 속 호텔이 보이는 이곳 카페 창가에 앉아 그들을 기다린 지 일주일째였다. 현실을 부정하는 건 아니었다. 그저 이 두 눈으로, 한 번만 더 확인하고 싶었다.

주문한 음료는 바닥을 드러낸 지 오래였다. 삼십 분 후면 마감 시간이었다. 휴대폰을 확인했지만 걸려 온 전화는 없었다. 엄마가 잠드는 것을 보고 왔지만 깨어날까 내내 불안했다.

어서 나타나.

그들이 이 호텔에 다시 올 거라는 보장은 없었다. 하지만 다른 선택지도 없었다. 그나마 지난번 그들을 본 큰길가가 여기서 멀지 않다는 사실에 기대를 걸어 볼 뿐이었다. 종업원이 테이블과 의자를 정리하기 시작했다. 오늘도 허탕인가 싶은 순간, 거짓말처럼 한 남자가 택시에서 내렸다.

정장을 입은 남자가 호텔에 들어가고 얼마 지나지 않아 낯익은 얼굴이 모습을 드러냈다. 하늘하늘한 치마를 입은 여자 역시 같은 문 너머로 사라졌다. 카페를 나와 호텔이 보이는 가로수 뒤에 몸을 숨겼다.

두 시간이 채 되지 않아 여자 홀로 호텔에서 나왔다. 누가 볼까 무섭기는 한지 첩보 작전이 따로 없었다. 여자의 보폭에 맞춰 젖은 머리카락이 흔들렸다. 호텔방 안에서 엉키어 있었을 남녀의 모습을 상상하자 구역질이 치밀었다.

뒤를 밟았다.

딱히 뭘 어쩌려는 건 아니었다. 그저 기다리는 사이 궁금해졌을 뿐이었다. 왜 하필 저 여자인지. 집안도, 학벌도, 외모도 누구에게 뒤지지 않는 그런 아내를 버려두고 왜 저 여자를 선택한 건지.

저 여자의 무엇이 그 남자를 사로잡은 걸까.

사람들 속에 섞여 뒤따라 버스를 탔다. 총알택시를 몰듯 기사가 거칠게 버스를 운전했다. 버스가 급정차할 때마다 여기저기서 불만 서린 음성이 터져 나왔지만 창에 비친 여자의 얼굴은 고요했다.

그날 저 여자도 웃고 있었나?

분명 여자와 함께 있던 그 남자는 웃고 있었다. 그렇지만 저 여자도 같은 표정을 짓고 있었는지는 기억나지 않았다. 그때 내 시선을 사로잡은 건, 한 번도 본 적 없는 얼굴을 하고 있던 그 남자였으니까.

여자는 정확히 종점에서 내렸다. 버스가 텅 비어 있어 의심을 살까 걱정했지만 상대는 신경 쓰지 않는 눈치였다. 최대한 발소리를 죽여 가며 뒤를 따랐다.

드문드문 가로등이 켜진 동네는 얼핏 보아도 낙후되어 있었다. 어이없게도, 안심했다. 실은 여자의 발걸음이 멈추는 곳이 그 남자가 사는 오피스텔이 아닐까 내내 긴장했다. 물론 그랬다면 번거롭게 호텔까지 나올 리 없다는 걸 알면서도.

또각또각 구두 굽 소리만이 정적을 갈랐다. 남자인 나조차 골목길의 스산함이 무서운데 여자는 익숙한 듯 망설임이 없었다. 지린내가 풍기는 전봇대를 지나 무단 투기한 쓰레기봉투가 한 무더기 쌓인 공터를 벗어나자 가파른 언덕길이 펼쳐졌다.

설마 저 위에 사는 건 아니겠지.

바람과 달리 태연하게 언덕길을 오르던 여자의 시선이 어느 건물에 머물렀다. 새 가게가 들어오려는 건지 내부에 빈 좌판대와 박스가 어지러이 쌓여 있었다. 주변 건물들과 어울리지 않는, 새로 단 듯한 노란 간판이 어둠 속에서 유난스레 빛났다.

「행복 마트」

유치하고 촌스러운 간판을 한참이나 올려다보던 여자가 다시 걷기 시작했다. 숨이 차는지 중간중간 걸음을 멈추던 여자가 문득 뒤를 돌아보았다. 전봇대 뒤에 황급히 몸을 숨겼다. 고개를 갸웃거린 여자가 이내 걸음을 옮겼다.

등산하듯 한참이나 경사진 언덕길을 올라가니 비로소 빌라

한 채가 나왔다. 척 봐도 지어진 지 제법 되어 보였다. 여자가
건물 안으로 들어간 지 얼마 되지 않아 3층 창에 불이 들어왔다.

"이게, 뭐야."

기껏 따라왔지만 달라진 건 아무것도 없었다.

왜 저 여잔데. 왜 엄마나 내가 아니라 저 여자여야 했는데.

풀리지 않는 의문이 머릿속을 어지럽혔다.

그 뒤로도 몇 번 더 여자의 동네를 찾았다.

번번이 소득 없이 돌아서다 해 질 무렵 빌라를 나오는 여자
를 뒤쫓을 수 있었다. 머리가 희끗한 노인을 만나 여관에 들어
간 여자는 한참 후에 젖은 머리를 하고 나왔다. 지독한 농담이
라고, 생각했다.

어째서 두 사람이 연인이라고 의심 없이 믿었을까.

"진우야, 자니?"

노크 소리에 반사적으로 고개를 돌렸다. 슬그머니 문이 열렸
다. 눈이 마주친 엄마가 공부 중이었구나, 하며 멋쩍게 웃었다.

"잠이 안 와?"

"낮에 계속 자서 그런가 봐."

"따뜻한 차라도 한잔 줄까?"

"아니, 그냥 우리 아들 얼굴 볼래."

"매일 보면서."

책상 위의 스탠드를 끄고 엄마를 침대에 눕혔다. 많이 자서
잠 안 온다니까. 어린애처럼 투정 부리는 엄마를 보며 목까지

차오른 말을 삼켰다.

왜 다 알면서 가만히 있어? 이렇게 괴로워할 바엔 그냥 헤어져 버리지.

"안 자도 돼. 그냥 누워서 얘기해."

"그럼 진우도 이리 와. 오랜만에 안아 보자."

넉넉했던 싱글 침대는 어느덧 훌쩍 자란 나와 엄마가 함께 눕기엔 좁아져 있었다. 엄마가 떨어지지 않도록 어깨를 끌어안자 가만가만 다가온 손길이 등을 도닥였다.

"머리 안 아파?"

"지금은 괜찮아. 자꾸 걱정 끼쳐서 미안해. 엄마가 챙겨야 하는데…… 엄마가 진우한테 많이 미안해. 너무, 너무 미안해."

"미안은 무슨."

"우리 진우…… 엄마는 정말 우리 진우가 행복했으면 좋겠어. 네가 행복하기만 하면 더 바랄 게 없어."

토닥토닥. 규칙적인 리듬이 등을 타고 전해졌다. 목이 메었지만 애써 눈을 감았다. 오늘만큼은 그냥 엄마와 어린 아들로 있고 싶었다. 따뜻한 체온에 모든 것을 맡겨 버리고 싶었다.

"자…… 오늘은 푹 자. 늘 진우가 엄마 자는 거 지켜봤으니까 오늘은 엄마가 지켜볼게."

달콤한 수마가 밀려들었다.

반사적으로 눈을 떴지만 꿈의 여운이 남아 있었다. 무슨 소리가 난 것 같은데. 멍하니 눈을 깜빡이는데 바깥에서 날카로운 울부짖음이 들려왔다.

"아아악!"

엄마.

목소리의 주인공을 자각한 순간 옆자리를 살폈다. 없었다. 서둘러 계단을 내려가자 불 꺼진 거실에 우두커니 선 누군가가 보였다.

"엄마?"

희번덕거리는 눈을 마주하자 나도 모르게 한 걸음 뒤로 물러섰다. 진우니? 믿을 수 없을 만큼 스산한 목소리였다.

'엄마가 챙겨야 하는데…… 엄마가 진우한테 많이 미안해.'

잠들기 전의 일이 환상 같았다. 한 걸음, 한 걸음, 엄마가 가까워질수록 어둠에 가리어 보이지 않던 것이 드러났다. 손에 쥔 주방 가위. 엉망으로 잘린 머리카락. 뺨에 남은 선명한 상흔.

"답답해서 잘라 봤어. 어때, 괜찮아?"

웃는 얼굴에 소름이 돋았다. 다시 뒷걸음치자 거짓말처럼 얼굴에서 표정이 사라졌다.

"왜 도망쳐?"

"아니, 나는."

"너도 엄마가 싫어진 거니? 엄마가 싫어?"

엄마가 달려들었다. 팔을 잡아 제지했지만 날카로운 가윗날에 팔꿈치 아래를 베였다. 통증과 함께 붉은 피가 상처에서 배어 나왔다.

뭐야, 이건.

오랜만에 꾸었던 행복한 꿈의 여운이 현실을 더 비참하게 만들었다.

"아프잖아. 가위 내려놔…… 다쳐."

"싫어!"

적개심을 담고 일렁이는 눈빛이 낯설었다. 상처 부위에서 새어 나온 더운 피가 팔을 타고 흐르는 것이 느껴졌다. 가위를 보지 않으려 애쓰며 말을 이었다.

"다쳐. 그러니까 가위 좀 내려놔, 응?"

"너도 내가 진저리 나고 끔찍하지? 당장 죽어 줬음 좋겠지!"

"……그만하자, 엄마. 나 지금 다쳤어. 피 보이지? 나 요 며칠 잠도 못 잤고 지금 너무 힘드니까 그만하자."

"너도 내가 싫은 거잖아! 그게 네 본심이잖아!"

"그만! 제발 그만 좀 해."

'우리 진우가 행복했으면 좋겠어.'

거짓말. 내가 행복하길 바란다면 이러면 안 되는 거잖아. 나한테 이런 모습 보이면 안 되는 거잖아. 이럴 거면 왜 그런 말을 했어. 그럼 이렇게 진창에 박힌 기분은 안 느껴도 됐을 텐데.

"맞아, 지겨워. 엄마 이러는 거, 이제는 정말 싫어. 소름 끼쳐."

피 냄새에 취하는 기분이었다.

"작작 해. 이제 넌더리가 나니까."

빨리 이 공간을 벗어나고 싶다는 생각밖에 들지 않았다.

"아빠가 왜 엄마를 떠났는지 알 것 같아."

화가 난 엄마가 달려들지 몰랐지만 아무래도 좋았다. 돌아서서 방으로 향했다. 흐르는 물에 상처를 씻고 대충 붕대를 감았다. 교복으로 갈아입고 현관을 나서는 순간에도 굳게 닫힌 안방 문은 열리지 않았다.

학교에 도착했지만 출입문이 잠겨 있어 건물 안엔 들어갈 수 없었다. 운동장을 서성이는 사이 하늘에서 한두 방울씩 비가 떨어졌다. 빗방울이 점점 굵어져 학교 후문 근처에 있는 기사 식당으로 들어갔다. 이른 시간인데도 이미 식사 중인 남자들이 있었다.

활짝 열어 놓은 문밖으로 추적추적 쏟아지는 빗줄기가 보였다. 어쩐지 현실감이 없었다.

"와 이렇게 일찍 나왔노, 학생은."

곱게 머리를 쪽 지은 할머니가 찌개를 내어주며 물었다. 아무 말도 하고 싶지 않아 대꾸하지 않았다. 모든 게 귀찮았다.

"거기 학생! 저기 경원고 다니지?"

계산을 마치고 나가던 이들 중 하나가 나를 가리키며 말했다.

"우리 아들도 거기 다니는데 오늘 개교기념일이라던데?"

말이 끝나기 무섭게 일행들이 껄껄거리며 웃기 시작했다.

"뭐야, 저놈! 것도 모르고 교복 입고 나온 거야?"

"똑똑하게 생겨선 영 띨빵한 놈이구만, 이거."

"허우대만 멀쩡하면 뭘 해, 학교생활 열심히 해야 부모님이 기뻐하시지. 내 아들이었으면 넌 이미 빠따로 두들겨 맞았다. 정신 차려, 부모님 얼굴에 먹칠하지 말고."

테이블을 걷어차자 그릇들이 나뒹굴었다. 가게 안을 메우던 웃음소리가 멎었다.

"시끄러워."

"뭐야, 이 어린 새끼가! 어른이 충고해 주면 감사합니다, 하고 받아들이진 못할망정!"

"어른? 웃기지 마, 어른? 뭐가 어른이야? 나이만 처먹으면 다 어른이야?"

포근했던 품. 미안하다며, 네가 행복하기를 바란다며 속삭이던 애틋한 목소리.

"그딴 게 어른이면, 차라리 다 죽어 버려."

"이 새끼가 돌았나. 대체 어디서 배워 먹은 자식이야? 네 부모가 그렇게 가르치던?"

순식간에 다가온 남자가 멱살을 움켜쥐었다. 목이 졸리는데도 어쩐지 웃음이 나왔다.

"부모?"

창녀에게 빠진 아버지와, 아들의 팔에 가위를 휘두르는 어머니.

"그래, 완벽하네."

"뭐라는 거야, 이 새끼가."

"부모란 게, 날 가르칠 만한 사람들이야? 당신은 그래? 당신 자식한테 그렇게 설교해도 될 만큼 바른 어른이야? 말해 봐. 부모란 게 대체 뭐야? 잘난 듯 떠들더니 왜 죽은 듯 입만 다물고 있어! 왜!"

똥 밟은 것 같으니 피하자며 일행들이 남자의 팔을 잡아끌었다.

"고마하고 가소. 아가 와 우노. 응? 먼 일 있웃나. 우지 마라."

울고 있는지도 몰랐다. 아침부터 일진 한번 더럽다며 인상을 구긴 남자들이 나간 후에도 눈물이 멎지 않았다. 살고 싶지 않았다. 다, 관두고 싶었다.

'최 선생님, 우리 반에 진우 말이에요. 걔 성적도 좋고 착실한데 엄마가 좀 이상한 것 같아요. 맨날 자습 시간만 되면 우리 진우 좀 보내 주세요, 보내 주세요 하는데…… 계속 횡설수설하고, 왜, 그런 거 있잖아요, 대화를 하는데 말이 안 통하는 거. 진우 걔가 공부는 잘하는데 좀 어두운 구석이 있잖아요. 암만 생각해도 집에 문제가 있는 것 같아요.'

자습 얘기를 하러 교무실에 갔다 담임의 얘기를 들었다. 발가벗겨진 기분이었다. 그런 얘기를 들어야 하는 내 처지가 부끄럽고 창피해서 견딜 수가 없었다.

"아가 우지 마라. 응? 엄마 아빠가 어데 아프시나?"

나를 낳은 부모보다 처음 만난 타인이 날 더 걱정한다는 사실이 비참했다.

"소란 피워서 죄송해요. 제가, 제가 다 변상할게요. 정말 죄송해요."

괜찮다며, 부모님은 어디 계시냐고 묻는 할머니의 손에 가진 돈을 모두 쥐여 드리고 가게를 뛰쳐나왔다. 거세게 쏟아지기 시작한 비가 송곳처럼 아프게 온몸을 찔러 왔다.

걷고 또 걸었다.

정신을 차렸을 땐 다시 그 여자가 사는 동네에 와 있었다.

어이가 없었다. 기껏 찾아온 곳이 고작 여기라니. 뺨이 뜨거웠다. 내리는 비가 따뜻할 리는 없고, 그렇다면 뺨을 적시고 있는 건 내 눈물이었다.

돌아섰다. 적어도 여긴 내가 있을 곳이 아니었다. 걸음을 내디딜 때마다 누군가 발밑을 잡아당기고 있는 것 같았다. 차갑게 식은 몸이 덜덜 떨렸다.

이제 어떻게 해야 하지.

앞으로 어떻게 하면 좋을까.

아니, 그만 쉬고 싶었다. 아무것도 생각하지 않고 그저 따뜻한 곳에서 잠들고 싶었다. 버려질까, 홀로 남겨지게 될까 두려워하는 일 없이, 편안히.

그때였다. 아득해지는 귓가에 방울 소리가 들렸다. 소리를 쫓아 나도 모르게 고개를 돌렸다.

그 여자다.

편의점에 들어가는 뒷모습이 보였다. 유리문의 흔들림이 멎을 때까지 위에 달린 방울이 딸랑, 딸랑 구슬프게 울었다. 휘청거리는 다리에 애써 힘을 실었다. 계산대 앞에 선 여자와 눈이 마주쳤다. 외면할 수도 있었지만 부러 시선을 피하지 않았다. 편의점을 나온 여자가 우산꽂이에서 우산을 꺼내 들다 이쪽을 보았다.

여자와 나 사이로 트럭이 흙탕물을 튀기며 지나갔다. 어느새 우산을 펼친 여자가 느릿한 걸음으로 언덕길을 올라가기 시작했다. 눈에 들어온 빗물 탓일까. 여자의 모습이 점점 흐려졌다.

"사이즈는 괜찮지?"

"어. 고마워."

"이제 좀 괜찮냐? 빗속의 여인도 아니고 왜 비를 맞고 다니냐."

공터 앞을 지날 때쯤 힘이 풀렸다. 주저앉으려는 순간 누군가 팔을 잡았다. 동우였다. 너 여기서 뭐 하냐? 그렇게 물어 온 녀석은 대뜸 자취방으로 나를 데려왔다. 같은 중학교를 다니긴 했지만 이렇게 집에 들일 만큼 친한 사이는 아니었는데도. 빤히 바라보는 시선이 부담스러워 먼저 입을 열었다.

"학교가 이 근처야?"

"걸어서 십 분. 누나가 살던 집인데 계약 기간이 남아서 내가 지내기로 했어."

시집간 누나 덕에 잔소리 많은 부모로부터 탈출했다며 녀석이 의기양양하게 웃었다.

"근데 넌 여기 어쩐 일이야. 실연이라도 당했어?"

"미쳤냐."

"그럼 뭐냐고, 너희 학교 오늘 개교기념일이잖아. 아는 녀석이 거기 다녀서 알아. 오늘 아침에도 겁나 자랑질을 했다고. 교복은 왜 입고 있고 비는 왜 맞고 돌아다녀. 길에서 보고 물귀신인 줄 알고 얼마나 놀란 줄 알아? 여기서 너희 집은 가깝지도 않은데 어떻게 돌아가려고 그 꼴로 다닌 거야?"

기억났다. 이 녀석과 친하지 않던 이유.

"넌, 말이 너무 많아."

"뭐라고?"

"마칠 시간도 안 됐는데 넌 왜 여깄어."

"……땡땡이 좀 쳤다, 왜."

멋쩍은지 뒷머리를 긁던 녀석이 이내 눈을 부라렸다.

"말 돌리지 마라?"

곰같이 생겨 쓸데없이 눈치만 빨랐다.

"옷은 고마워. 나중에 빨아서 돌려줄게. 이제 가 봐야겠어."

"가게? 더 있다 가. 너 지금 얼굴 진짜 허예. 가다가 쓰러질지도 몰라."

"괜찮아."

현관으로 가는데 우악스러운 손길이 목을 휘감아 왔다. 어찌할 새도 없이 방으로 끌려 들어갔다. 침대 위에 패대기치듯 나를 던져 놓은 녀석이 이불로 꽁꽁 몸을 싸맸다.

"시끄럽고, 그러고 가만히 있어. 그 얼굴을 하고 가긴 어디가. 이 엉아가 라면 끓여 줄 테니 먹고 가. 우리 아버지가 사람은 밥심으로 산다고 했다. 갈 때 가더라도 먹고 가라."

난데없는 박력에 놀라 순순히 시키는 대로 따랐다. 라면과 냄비를 들고 왔다 갔다 하는 녀석을 보고 있노라니 어쩐지 꿈을 꾸는 것 같았다. 저 시끄러운 녀석 집에 오게 될 줄은 몰랐는데. 이불에선 퀴퀴한 냄새가 났지만 긴장이 풀린 탓인지 잠이 쏟아졌다.

눈을 떴다.

한참 후에야 동우의 자취방이라는 걸 알았다. 땀에 전 몸이 물먹은 솜처럼 무거웠다. 라면을 먹고 나도 모르게 깜빡 잠든 모양이었다. 고개를 돌리자 트렁크 팬티만 입고 잠든 녀석이 보였다.

"아씨, 이 마귀할멈…… 그건 내 거라니까아……."

녀석은 가라앉은 내 기분을 풀어 주려는 듯 평소보다 몇 배는 더 수다스러웠다. 일상이 시트콤인가 싶을 만큼 쏟아지던 에피소드 속에서 가장 자주 등장한 건 녀석의 개성 넘치는 가족이었다.

"아, 씨발, 내 거라니까. 저리 가."

녀석은 여덟 살 터울 누나를 마귀할멈이라 칭했다. 일찍 시집을 가서 천만다행이지 그전엔 눈만 마주치면 하루가 멀다 하고 싸웠다고 했다. 지금도 꿈속에서 마귀할멈과 사투를 벌이는 모양이었다.

"네가 부러워."

녀석의 이야기를 듣는 내내 가슴속을 휘젓던 말이었다.

내 아들이 그 어려운 꼴찌를 했다며 동네 사람들에게 떡을 돌려서 망신을 줬다던 네 엄마가, 술만 먹으면 모든 식구를 깨워 사 온 치킨을 먹여야 직성이 풀린다는 네 아빠가, 자꾸 네 트렁크 팬티를 훔쳐 입어 놓고 아니라고 시치미 뗀다는 네 누나가…… 네가 진저리 난다고 말하는 네 유별난 가족이, 나는 부러워.

넌 모를 거야.

버려질까 봐, 혼자가 될까 봐, 무서워서 잠 못 드는 밤이 어떤 건지.

거침없이 문을 두드렸다. 늦은 시각이었지만 상관없었다.

"누구세요?"

반쯤 잠에 취한, 긴장한 목소리가 들려왔다. 대답 없이 다시 문을 두들겼다. 문 너머에서 망설이는 기색이 느껴졌지만 이내 잠금장치가 풀렸다. 곧장 문을 열어젖혔다.

연분홍 파자마. 흐트러진 머리. 상황 파악이 되지 않는 듯 굼뜨게 깜빡이는 눈동자.

재빨리 문을 닫고 안으로 들어섰다. 도대체 누구…… 입술 사이로 흘러나온 말이, 시선이 마주치는 순간 허공으로 흩어졌다.

"별것 아니잖아."

억울했다. 죄를 지은 인간들은 하하호호 잘만 웃으며 사는데 나만 이렇게 아픈 건 부당했다. 돌려주고 싶었다. 나와 내 엄마가 아팠던 만큼, 아니, 그 십분의 일이라도 되갚아 주고 싶었다. 그렇게 하지 않으면 억울해서 견딜 수 없을 것 같았다.

"죽고 못 살 정도로 얼굴이 예쁜 것도 아니고. 몸매도…… 별로."

내게서 이런 섬뜩한 목소리가 나올 수 있다는 사실을 처음 알았다. 겁을 집어먹은 듯 움츠린 어깨를 보자 한없이 잔인해지고 싶었다.

그 밤. 온종일 내린 비로 습한 공기가 몸을 내리누르던 그 밤. 내 머릿속을 채운 건 눈앞의 여자를 상처 입히고 싶다는 잔혹한 열망뿐이었다.

집에 돌아가려다 동우의 집에 교복과 가방을 두고 왔다는 사실을 떠올렸다. 집 앞까지 왔지만 열쇠가 없어 초인종을 누를 수밖에 없었다.

몇 번 벨을 누르자 부스스한 머리를 한 녀석이 어라, 왜 네가 밖에 있어, 하는 눈을 했다. 녀석이 야무지게 건조대에 널어놓은 교복은 여전히 축축했다. 큰 비닐을 빌려 교복과 가방을 욱여넣었다.

"이 밤에 어딜 다녀왔냐, 깜짝 놀랐잖아."

"깨워서 미안. 이제 갈 테니까 푹 자."

"정말 지금 가려고? 버스도 다 끊겼는데. 택시 부를래? 할증되겠지만 너 내일 학교 가야 하잖아. 몸 상태도 별론데 그냥 타고 가. 돈은 빌려줄게."

"괜찮아. 알아서 할게."

"아니, 그래도……."

"정말 괜찮아."

"……맘대로 해라. 에비, 가라, 가!"

"오늘 고마웠어. 이 은혜 안 잊을게."

"은혜는 무슨. 뭔 일이 있는지는 모르겠지만 힘든 일 있으면
이 엉아한테 연락해. 라면은 끓여 줄 수 있다."

그래, 기억났다. 이런 녀석이라 학교에서도 늘 주변에 친구들
을 몰고 다녔었다.

"간다."

"그래, 얼른 가라. 어머니 걱정하시겠다."

'작작 해. 이제 넌더리가 나니까.'

'아빠가 왜 엄마를 떠났는지 알 것 같아.'

쥐고 있던 비닐을 놓쳤다.

"어, 야? 왜 무슨 일이야!"

뛰었다. 무작정 앞만 보고 뛰었다. 뒤에서 동우가 무어라 말
했지만 들리지 않았다. 금방이라도 터질 듯 심장이 미친 듯이
널뛰었다.

아무리 화가 났어도 어떻게 그런 말을 할 수 있었을까. 어떻
게 엄마를 새카맣게 잊을 수 있었을까. 집을 나설 때 보았던 굳
게 닫힌 방문을 떠올렸다.

부디, 아무 일도 없기를.

몇 번이나 도어록 번호를 잘못 눌렀다. 집 안은 먹물처럼 새

카만 어둠에 잠겨 있었다. 평소와 다름없는 풍경인데 오한이 들었다. 신발을 벗을 새도 없이 무작정 거실을 가로질렀다.

방문을 열었지만 안은 텅 비어 있었다. 입 안이 바짝 말랐다. 주방에도 인기척은 느껴지지 않았다. 종종 무섭다며 내 침대에서 잠들던 엄마를 떠올렸다. 계단을 올라가려다 욕실 문틈 사이로 희미하게 새어 나오는 불빛을 보았다. 정신이 없어 들어올 땐 미처 보지 못했던 것이었다.

이상했다. 안도해야 하는데, 가슴이 선득했다. 운동화 밑창에 붙은 흙덩어리들이 발을 디딜 때마다 찍걱찍걱 소리를 냈다. 도망치고 싶은 마음을 누르고 문을 열자 코로 훅, 비린내가 끼쳐들었다. 역한 냄새에 불쾌감을 느낄 새도 없이 얼어붙었다.

온통 붉었다.

"어, 엄……마……."

붉고, 붉고, 붉고, 붉고, 붉었다. 모든 것이 붉었다. 핏빛 물이 넘실대는 욕조 속에 엄마가 분장을 한 것처럼 새하얀 얼굴로 누워 있었다.

"엄마?"

손을 뻗으며 한 발을, 다시 한 발을 내딛는 순간이었다. 챙그랑. 발에 챈 물건이 요란한 울림을 냈다. 칼이었다. 날에 번진 묽은 핏물을 보는 순간, 머릿속에서 툭 뭔가가 끊어졌다.

"……안 돼애!"

서유의 이야기 2

집에 왔을 땐 이미 자정이 넘어 있었다. 구두를 벗다 무심코 소년의 운동화를 보았다. 가지런히 정리된, 흙탕물로 얼룩진 운동화.

그 기묘한 부조화는 어쩐지 소년과 닮아 있었다.

잠든 줄 알았던 소년은 불도 켜지 않은 채 베란다 문틀에 기대앉아 있었다. 문소리를 들었을 텐데도 시선은 창 너머의 하늘에 고정된 채였다. 흰 반팔 티 아래로 힘없이 늘어진 팔이 신경 쓰였다.

"뭘 봐? 재수 없게."

나를 향한 가시의 날이, 어쩐지 오늘은 무디게 느껴졌다.

"밥은 먹었어?"

"엄마 행세라도 하려고?"

공허했던 눈동자에 이채가 돌았다.

"빨리 나가 줬으면 하면서 역겨운 위선 떨지 말라고, 몸이나 팔고 다니는 주제에."

소년은 내내 기다리고 있는 것 같았다.

"그래, 말해 봐. 언제부터야? 대체 몇 살부터 이 짓을 해 온 건데?"

자신이 내뱉은 잔혹한 말들에 내가 상처 입으며 무너져 내리기를.

"열여섯."

"뭐?"

"열여섯부터야."

그런 마음을 알면서도 기대에 부응할 수 없었다. 피가 스민 작은 생채기로 울부짖는 일은 아픔에 익숙하지 않은 어린아이에게나 가능한 일이었다.

"자랑이야?"

"그냥, 사실. 열여섯부터 이렇게 살았어. 자랑이 아니라 그냥 사실일 뿐이야."

집을 나온 건 중학교 3학년 무렵이었다. 비를 피해 빌딩 아래 몸을 숨기고 있는데 누군가 다가와 말을 걸었다.

'우산이 없니?'

양복을 입은 남자의 시선은 비에 젖어 도드라진 내 몸의 굴곡을 훑고 있었다.

그것이, 시작이었다.

"웃기지 마. 그렇게 담담히 말한다고 네가 하는 짓이 아무것도 아닌 게 될 것 같아?"

소년은 알고 있을까.

"걸레."

지금 자신이 어떤 표정을 짓고 있는지.

"쓰레기."

나를 미워하고 싫어하는 게 분명한 소년은, 그런데도 이런 순간조차 저렇게 아픈 얼굴을 했다. 모진 말을 하는 것은 자신임에도, 마치 그 모든 말을 자신이 듣고 있는 것처럼.

이곳에 온 지 일주일째. 소년은 어떻게든 내게 상처 주기 위해 필사적이었다. 하지만 어떻게든 시빗거리를 찾아 나를 몰아세우는 소년과 공허한 얼굴로 무기력하게 앉아 있던 소년, 그둘 중에 어느 것이 본모습에 가깝게 느껴지냐고 묻는다면…….

"그만 방에 들어갈게. 쉬어."

내가 할 수 있는 유일한 배려는 모른 척, 뿐이었다.

조루에게 먼저 저녁을 먹이고 소파에 앉아 책을 읽었다. 절반쯤 읽어 갈 무렵 현관문 소리가 들렸다. 바닥에 늘어지게 누워 있던 조루가 벌떡 몸을 일으켰다.

벗은 운동화가 현관문을 향하도록 가지런히 정리하던 손길이 멎었다. 짧게 혀를 차는 소리가 들렸다. 발로 정리한 운동화를 흐트러뜨린 소년이 돌아섰다.

"뭐야."

내가 있을 거라 생각하지 못했는지 낭패스러운 얼굴이었다.

"오늘은 안 나가."

아침에 확인하니 속옷에 피가 묻어 있었다. 주기가 불규칙해서 두 달, 때론 석 달에 한 번 생리를 했다. 이번엔 석 달 만이었다. 때와 장소를 가리지 않고 24시간 호출을 기다려야 하는 나지만 하루에도 몇 번씩 찾아드는 생리통 때문에 이 기간엔 일을 나가지 않았다.

"밥 먹었어?"

"……."

"조루야, 들어가자."

방으로 데려가려는 걸 알았는지 조루가 품속에서 버둥거렸다. 발톱에 긁히길 수차례. 미끄러지듯 빠져나간 조루가 이내 소년이 뻗은 발에 걸려 넘어졌다. 당황한 조루가 한 번도 들어본 적 없는 울음소리를 냈다.

"바보야? 밥만 축내면서 주인도 몰라보는 병신을 왜 길러?"

"……."

"혈통이 있는 놈 같지도 않고. 버려진 새끼들 주워 기르는 게 취미야?"

"……."

"씨발, 뭐라고 대꾸라도 해 봐."

소년은 키가 커서 얼굴을 마주 보려면 올려다봐야 했다. 화를 내고 있지만 아프게 이지러진 얼굴. 소년이 말하는 버려진 새끼, 는 조루 외에 자신도 포함하고 있는 걸까.

"외로우니까."

"뭐?"

한껏 경계 태세를 취하고 있는 조루를 향해 손을 뻗었다. 화가 난 조루가 사정없이 이를 세워 팔뚝을 물었다. 아팠지만 참고 조심조심 포근한 몸을 안아 들었다.

"혼자는, 더 이상 싫으니까."

찌개를 상에 올려놓는 순간 소년이 욕실에서 나왔다.

"다 새로 한 거야. 나는 입 안 댔어."

처음으로 삼겹살을 구웠는데 좋아할지 알 수 없었다. 대답 없이 거실에 놓인 상을 지나친 소년이 가방을 열었다.

냥.

열린 방문 틈으로 빠져나온 조루가 무릎에 발을 올렸다. 이미 밥 먹었잖아. 머리를 쓰다듬으며 눈치를 살폈지만 소년은 그저 벗은 옷가지를 정리해 넣을 뿐이었다.

"배고파?"

한가득 밥을 먹었음에도 조루가 애교 부리듯 뺨을 비벼 왔다. 냐옹, 하고 귀여운 울음소리를 내는 것도 잊지 않았다. 무릎에 와 닿는 몽실몽실한 감촉과 한결같은 식탐에 웃음이 나왔다.

"알았어."

따르르륵. 밥그릇에 사료가 담기기 무섭게 조루가 머리를 박았다. 슬쩍 밥상 앞에 앉은 소년을 살폈다. 머뭇거리던 소년의 젓가락이 고기 한 점을 집어 들고 있었다. 애써 관심 없는 척 고개를 숙이고 밥을 먹는 조루의 머리를 쓰다듬었다.

— 진우는 어때?

하루에 한 번씩, 소년이 학교에 간 틈을 타 그에게 전화를 걸었다. 그와의 전화는 인사로 시작해 소년의 안부로 이어졌고, 그가 나에 대한 고마움과 미안함을 표현하면 나는 괜찮노라 답하는 것으로 끝났다.

"좀 여위었어요."

수술한 지 나흘밖에 되지 않은 그를 걱정시키고 싶지 않았지만 거짓을 말할 수는 없었다. 나에겐 그럴 자격이 없었으니까.

— 고등학생이니까 공부하느라 많이 힘들겠지. 물론 진짜 문제는 그게 아니겠지만.

"몸은 좀 어떠세요?"

— 수술은 잘 됐대. 빨리 회복하려고 열심히 노력 중이야. ……그러고 보니까 내일이 벌써 부탁한 일주일이네.

머뭇거리는 그의 목소리에서 하고 싶어 하는 말을 읽었다.

"어제 처음으로 집에서 저녁 먹었어요. 삼겹살을 구웠거든요."

— 그러니? 그래, 어릴 때도 고기를 좋아했었어. 일부러 챙겨 줬구나, 고맙다.

"전 별로 힘들지 않으니까, 그러니까 여기 더 있어도 괜찮아요."

잠시 침묵이 이어졌다. 수화기 너머로 큼큼 잠긴 목을 가다듬고 팽 하고 코를 푸는 소리가 연이어 들려왔다.

— 그럼, 뻔뻔해진 김에 하나만 더 부탁하고 싶은데. 귀찮겠지만 지금처럼 하루에 한 번씩 계속 안부를 좀 전해 줄 수 있을까.

"그럴게요."

— ……고마워. 고맙다, 정말.

나이가 드니까 눈물이 많아지네. 웃음기 어린 목소리엔 물기가 가득 스며 있었다.

— 그, 서유가 기른다는 고양이는 잘 있어?

"진우가."

내 입술 사이로 흘러나오는 이름이 낯설었다. 자신의 이름을 친근하게 불렀다는 걸 안다면 소년은 어떤 반응을 보일까.

"조루한테 긁혔어요, 어젯밤에."

— 으, 응?

깨끗하게 비워진 밥그릇을 개수대에 담그는데 날 선 울음소리가 들려왔다. 거실로 나오니 가방 위에 매달린 조루와 그런 조루를 떼어 내려 애쓰는 소년 간에 실랑이가 벌어지고 있었다. 힘에 밀린 조루는 소년이 방심한 사이 팔에 날카로운 생채기를 내는 것으로 분을 풀었다.

— 음, 그랬구나. 많이 다쳤니?

얼떨떨한 그의 목소리는 웃어야 할지 걱정해야 할지 모르겠다 말하는 것 같았다.

"피가 약간. 약국에 가서 약 사다 놨어요."

— 그래…… 여러모로 고생이 많네. 정말 고마워.

처음 본 순간부터 다정하고 부드러운 그의 목소리는 내가 아는 누군가를 떠올리게 했다. 그래서 그가 더 거북하기도 했지만 소년이 이 집에 온 이후 확실해졌다. 음색이나 풍기는 분위기는 비슷했지만 두 사람은 전혀 다른 사람이었다. 수화기 너머로 아들의 안부를 물어 오는 목소리는 오히려 듣기 좋았다.

― 우리 진우, 조금만 더 부탁할게.

나와 너. 그리고 우리. 내가 남이 아니라고 말해 주는 친근한 그 호칭.

'우리 서유.'

누군가 나를 포함한 자신을 우리, 라고 말해 주던 시절이 있었다. 우리. 우리. 우리. 더 이상 혼자가 아니라는 말. 어린 시절의 나를 수줍게, 설레게, 가슴 따뜻하게 만들었던 말.

더는 누구도 내게 하지 않는 그 말.

'엄마, 아빠 모두 죽었으니까.'

집에 찾아온 날 소년은 그렇게 말했다. 하지만, 소년은 혼자가 아니었다.

'안녕, 네가 서유구나.'

구름 한 점 없이 파란 하늘을 배경으로 활짝 웃었던 그녀.

'너 같은 걸 데려오는 게 아니었어!'

그런 그녀가 날마다 방에 틀어박혀 울었다. 서서히 말라 죽어 가던 그녀를 알고 있었지만, 무시했다. 그녀를 죽여 가는 것이 나라는 걸 알면서도 뻔뻔하게 옆에 머무르려 했다.

'엄마는 서유를 만나서 정말 기뻐.'

'같이 일하는 사람들이 항상 엄말 부러워해. 너무 착한 딸을 뒀다고.'

처음부터 내 것이 아니었는데. 내 것이 될 수 없었는데. 욕심을 내서는 안 됐는데.

'전부 너 때문이야! 책임져! 책임지란 말이야!'

어리석게도.

도무지 잠이 오지 않아 부엌으로 나왔다. 거실에서 잠든 소년이 깰까 모든 행동이 조심스러웠다. 문득 옆을 돌아보니 일인용 이불 위에 반듯이 누워 눈을 감은 소년이 보였다. 베란다 창으로 스며드는 달빛에 잘생긴 이목구비가 선명하게 드러났다.

가까이 다가가자 규칙적인 숨소리가 들렸다. 깨어날까 겁나면서도 발이 떨어지지 않았다. 처음으로 보는 평온한 얼굴이 낯설었다.

'너 같은 거, 정말 죽어 버렸으면 좋겠어.'

적의로 가득 찬 눈동자. 나를 대신하듯 벽에 내리꽂히던 주먹.

소년은 그와 내가 함께 있는 걸 본 걸지도 몰랐다. 그렇다 해도 이곳은 어떻게 알게 된 걸까. 궁금한 것은 많았지만 물을 생각은 없었다. 어차피 알게 된다 해서 달라질 건 없을 테니.

정말 내가 죽어 버리면 네가 편안해질까.

'우리 진우, 조금만 더 부탁할게.'

인간이라면 누구나 고독을 잠재워 줄 타인을 바라기 마련이라 믿었다. 그녀의 손을 붙잡고 놓지 않으려 했던 것도 그런 이유에서였다. 나도 인간이니까. 홀로이고 싶지 않은 건 지극히 당연한 바람이니까.

착각이었는지 몰랐다. 똑같은 인간으로 태어났음에도 누구는 가난하고 누구는 부유한 것처럼, 누구는 건강하지만 누구는 몸이 아픈 것처럼, 다른 사람과 함께할 수 있는 자격도 모두에게 주어지는 것이 아닐지 몰랐다.

포기해야 했는데 놓지 못했다. 욕심인 걸 알면서도 붙잡았다. 그 대가로 그녀가 상처 입고 소년이 상처 입었다. 아니, 과연 그게 전부일까. 아무것도 보지 않고 듣지 않으려 한 사이 이 손으로 얼마나 많은 사람들을 상처 입혀 온 걸까.

베란다 창에 낯익은 여자가 비쳤다. 거짓말쟁이. 포기해야 했다고, 전부 욕심이었다 말하는 이 순간도 아무것도 놓지 못하고 있었다.

어울리지도 않는 분홍색 잠옷이 그 증거였다.

나란 인간은, 변하지 않았다. 용서받을 수 없는 잘못을 저질렀다 생각하면서도 여전히 그녀를 흉내 내며 살고 있었다. 그녀가 좋아하던 분홍색의 물건을 사들이고 그녀가 즐겨 하던 여성스러운 차림을 하며 그녀가 달달 외우고 다니던 작가의 책을 읽고 또 읽었다. 부질없는 짓이란 걸 알면서도, 이렇게나마 그녀의 흔적을 붙잡아 두고 싶어서.

"용서하지 마."

소년이 위태롭게 휘청거리는 이유를 알고 있었다. 아무리 심술궂고 나쁘게 행동을 하려 해도 소년은 실은 착한 아이라서, 남을 미워할 줄 모르는 아이라서, 그래서 갈피를 잡지 못하고 도리어 자신을 해치고 있는 거였다.

"할 수 있는 만큼, 맘껏 미워해."

나는 그래도 되는 사람이니까. 소년은 여전히 눈을 감은 채였다. 잠든 소년의 속눈썹이 부자연스럽게 떨렸다.

"잘 자."

종일 집에서 조루와 뒹굴다 아홉 시가 다 되어 집을 나섰다. 생리대가 떨어져 가고 있었다. 6월의 끝자락, 벌써부터 밤공기가 후덥지근했다.

밤인데도 마트 안은 대낮처럼 환했다. 생리대와 고양이용 캔 사료를 고른 후 망설이다 큰 팩의 우유도 집어 들었다. 계산대 앞까지 갔지만 이내 마음을 바꿔 다시 마트 안을 천천히 돌았다. 어느새 가득 찬 장바구니를 들고 과자 코너로 갔다. 입이 벌어질 정도로 수많은 과자의 종류에 마음이 심란해졌다.

이름도 종류도 천차만별인 과자들 속에서 낯익은 이름을 발견했다. 부드러운 노란색을 띤 단추 모양의 과자는 오래전에 맛본 기억이 있었다. 소년이 좋아할지 모르지만 한 번도 먹어 본 적 없어 맛을 알지 못하는 것보단 나을 것 같았다.

성장기니까 배가 많이 고프겠지.

같은 과자를 세 상자 담았다. 이렇게 장바구니가 꽉 차도록 장을 본 게 얼마 만인지 알 수 없었다. 쉼 없이 이어지는 바코드 소리를 듣고 있노라니 기분이 이상해졌다.

자동문을 빠져나와 언덕길을 오르다 등 뒤에서 기척이 느껴져 돌아섰다. 몇 걸음 떨어진 곳에서 이쪽을 보고 있던 소년과 눈이 마주쳤다.

오가면서도 공부를 하는 듯 작은 수첩을 손에 쥔 소년은 착실한 학생의 표본 같았다. 학창 시절에도 비슷한 느낌을 풍기는 아이들이 있었다. 단정하고 반듯한 그 아이들은 시끄러운 교실 안에서도 묵묵히 자신이 해야 할 일들을 했다. 눈에 띄는 일 없이 교실 한구석만을 차지하고 있던 내겐 동경의 대상이었다.

장바구니 끈을 손에 감아쥐고 걸음을 옮겼다. 과자 상자가 달그락 소리를 낼 때마다 견딜 수 없는 기분에 사로잡혔다. 양 볼이 후끈거렸다. 주위가 어두워 티가 나지 않는 것이 다행이었다. 소년의 아버지는 내가 착해서 자신의 부탁을 거절하지 못한다 여기겠지만, 아니었다. 나는 착하지 않았다. 묵직해진 장바구니의 무게가 그걸 대변했다.

"굼벵이도 아니고."

보란 듯 중얼거린 소년이 성큼 나를 앞질렀다. 언덕길을 힘들이지 않고 올라가는 뒷모습이 눈에 와 박혔다. 점차 거리가 벌어졌다.

이런 걸 사서 뭘 어쩌고 싶었던 걸까.

멈춰 서는 순간 배가 쥐어짜지는 듯한 통증이 일었다. 이를 악물었다. 초등학교 6학년, 처음 생리를 시작한 이래로 이어져 온 아픔이지만 여전히 익숙해지지 않았다. 새우처럼 몸을 말고 아픔을 견디던 그의 모습이 생각났다. 얼마 동안 그렇게 웅크린 채 앉아 있었을까.

"거기서 뭐 해?"

가까이서 들리는 목소리에 놀라 나도 모르게 중심을 잃었다. 넘어질 거라 생각했지만 어느샌가 다가온 소년이 재빨리 팔을 잡았다.

"병신."

나를 일으켜 세운 소년이 불쾌하다는 듯 손을 털어 냈다.

"뭘 봐, 사람 처음 봐?"

"······고마워."

"길 한복판에서 뭘 하는 거야, 대체."

미안. 사과했지만 기분이 풀리지 않은 듯 잔뜩 얼굴을 찌푸린 소년이 낚아채듯 짐을 가져갔다. 뭘 이렇게 많이 샀어. 반듯한 미간 가득 짜증이 어렸다.

"먼저 간다."

놀란 나머지 아픔도 잊고 저만큼 앞서 나가는 뒷모습을 바라 봤다. 한 번도 돌아보지 않을 것처럼 단호하게 걸어가던 소년이 다시 뒤돌아섰다.

"하루 종일 거기 서 있든가."

나도 모르게 걸음을 뗐다. 통증 때문에 아주 느린 걸음이었 지만 앞서 걸어가는 소년의 등이 시야에서 사라지는 일은 없었 다.

칼날과 껍질이 스칠 때 나는 사각사각 소리가 좋았다. 먹기 좋게 썬 참외를 접시에 담아 소년의 옆에 놓았다. 무심한 시선 이 흘끗 접시에 닿았지만 그뿐이었다.

"그거, 무슨 말이야?"

등 뒤에서 들려오는 소리에 멈칫했다.

"마음껏 미워하라니. 무슨 말이냐고."

파라락 책장을 넘기는 소리가 공기 중으로 흩어졌다.

"좀 웃기지 않아? 미워하라고 해도 이미 충분히 미워하고 있 어. 이 이상 뭘 어떻게 더 하라는 거야?"

"나는······."

"이건 또 왜 여기 나와 있어?"

갑작스레 튀어 오르는 목소리에 뒤돌아보자 방에 있어야 할 조루가 보였다. 대체 언제 방에서 나온 걸까. 참외를 노리는 조루를 피해 접시를 들어 올린 소년이 무언의 눈짓을 했다.

"이리 와. 네 건 따로 있어."

통통한 몸을 가볍게 잡아끌었지만 먹을 것 앞에서는 인정사정 봐주지 않는 조루였다. 매서운 발톱에 당한 상처에 금방 피가 고였다. 소년이 떨떠름한 목소리로 물어 왔다.

"당신 진짜 주인 맞아?"

"맞아."

"말을 안 들으면 쥐어패. 이게 온종일 밥 먹고 굴러다니는 것 외에 하는 게 뭐가 있냐고."

한심스러워 견딜 수 없다는 표정을 하고서 소년이 말했다.

"주인이면 주인답…… 어쭈, 이게."

그 틈을 타 참외 접시에 뻗어 온 조루의 발을 피한 소년이 코웃음 쳤다. 발바닥으로 동그란 머리를 밀어 낸 소년의 얼굴에 의기양양함이 어렸다. 처음 보는 표정이었다. 신기해서 쳐다보자 시선을 눈치챈 소년이 금세 샐쭉한 얼굴을 했다.

"뭘 봐?"

"조루가…… 좋아하나 봐."

"뭘?"

대답 없이 빤히 바라보자 신경질적인 대꾸가 돌아왔다.

"웃기지 마. 인간으로 치면 이게 나이가 몇이야. 뚱땡이 영감한테 예쁨 받는 취미 없어."

아니, 아니야. 내 대답에 소년이 꿈틀대는 눈썹만으로 뭐가 아니야, 하고 물어 왔다.

"아가씨. 조루는 아가씨야."

꺼림칙하다는 시선이 조루를 향했다. 조루가 소년을 바라보며 쩌억 입을 벌리고 하품을 했다. 조루가 다리로 탈탈 몸을 긁을 때마다 허공에 털이 흩날렸다. 내게는 그저 귀엽기만 한 모습이지만 소년은 그렇지 않은 듯했다.

"됐으니까, 빨리 데려가기나 해."

더 하고픈 말이 없다는 듯 소년이 휘휘 손을 내저었다. 버둥대는 조루를 겨우 품에 안고 가다 깨달았다. 소년에게 참외를 싫어하는지 물어보지 않았단 사실을.

"뭐."

돌아보니 참외를 반쯤 베어 문 소년의 오른 볼이 볼록 솟아 있었다.

"……뭐, 또 왜."

"냉장고에 우유…… 있어. 찬장에는 과자도…… 있고."

꺼내 먹어, 언제든.

마지막 말을 덧붙이고 서둘러 부엌으로 걸음을 옮겼다. 어쩐지 간질거리는 심장 안쪽의 감정을 숨기기 위해서.

아침부터 비가 내렸다.

베란다 문턱에 앉아 빗소리를 들었다. 조루는 동글게 몸을 말고 잠들어 있었다. 거실 한쪽에 놓인 소년의 가방을 제외한다면 평소와 다를 것 없는 일상이었다.

팔 위에 가만히 손바닥을 얹어 보았다. 그럴 리 없는데도 온기가 남아 있는 것 같았다. 괜스레 잠든 조루의 머리를 쓰다듬었다. 평상시라면 진정이 됐을 텐데 오늘은 효과가 없었다.

'……뭐, 또 왜.'

참외를 물고 있는 볼을 빤히 바라보자 멋쩍은 듯 붉어졌던 귓가.

처음이었다. 이곳에 다른 사람이 머문 것도, 내가 아닌 누군가를 위해 장을 보고 음식을 한 것도. 소년이 처음 저녁을 먹은 날 밤새 잠을 뒤척였다. 눈을 감으면 자꾸만 밥 한 톨 남기지 않은 깨끗한 밥공기가 어른거렸다.

욕심부리면 안 되는데 자꾸 욕심이 생겼다.

'죽어 버렸으면 좋겠어.'

들떴던 가슴이 먹먹하게 내려앉았다. 물에 젖어드는 종이처럼, 그렇게.

'더러운 창녀 주제에.'

몸을 웅크렸다. 잔 빗줄기가 베란다 창살에 떨어져 쉼 없이 창, 창, 소리 내어 울었다. 차라리 울 수 있으면 좋겠다고 생각했지만 눈물은 나오지 않았다. 이상했다. 눈물이 말라 버린 거라면 지금 이 안을 휘젓고 있는 건 뭘까.

"구……."

바짝 메마른 입 속으로 뒷말이 말려들었다.

"구……."

토해 내고 싶었다. 그렇지 않고서는 이 순간을 견딜 수 없을 것 같았다.

구해 줘.

내뱉지 못한 말이 껄끄러운 목 안으로 다시 숨어들었다. 잿빛 세상 속에서 영원히 멈추지 않을 듯한 빗소리만이 요란했다.

찰칵.
침대에 누워 소년이 집으로 들어오는 소리를 들었다.

"몇 살이야?"
"스물넷이에요."
약속한 모텔방 앞에서 노크하자 사각팬티만을 걸친 남자가 나와 품평하듯 위아래로 몸을 훑었다. 남자는 불만스러운 듯 얼굴을 찡그렸지만 이내 문을 열어 주었다.
"오늘은 생리 중이어서 끝까지는 못해요."
"알겠어, 알겠다고."
그날인 건 알지만 술에 취한 손님이 하도 집요하게 굴어 어쩔 수가 없어, 오늘만 나가 줘. 난처한 목소리로 부탁하던 사장을 거절할 수 없었다.
방 안에 들어서자 남자는 이미 침대에 앉아 나를 바라보고 있었다. 눈이 마주치자 벗어, 하고 명령조로 말해 왔다. 노골적인 시선을 느끼며 하나둘 입고 있던 옷을 벗었다. 속옷 한 장만을 남겨 두었을 무렵 남자가 손짓으로 나를 불렀다.
"무릎 꿇고 앉아."
남자의 팬티 위로 불룩 솟아오른 그것이 무엇을 의미하는지 모르지 않았다. 다가가 무릎을 꿇는 순간 남자의 손이 머리채를 움켜쥐었다. 사타구니에 문질러진 얼굴에 습하고 비릿한 냄새가 끼쳐 들었다.

　새벽녘, 집에 돌아오니 소년은 이미 잠들어 있었다. 발소리를
죽여 곧장 방으로 향했다.

　느지막이 일어나 방을 나서니 거실 한쪽에 반듯하니 접힌 이
불이 보였다. 사료를 쏟아붓자 소리를 듣고 일어난 조루가 도도
하게 걸어왔다. 와작와작 정신없이 밥을 먹는 조루를 구경하다
밥솥을 열었다. 손을 댄 흔적은 없었다. 새로 재워 둔 장조림 역
시 마찬가지였다.
　"맛있는데."
　젓가락으로 살짝 맛본 장조림은 짭조름하고 달달했다. 도서
관에서 빌려 온 요리책을 보며 처음 만든 것이지만 기억 속 맛
과 제법 비슷했다. 장조림을 집어넣고 냉장고를 닫았다. 밥을
푸고 돌아서다 싱크대 선반에 놓인 회색 머그잔을 보았다.
　이불과 함께 소년의 몫으로 산 머그잔 주변에 물기가 맺혀 있
었다.
　다시 냉장고를 열었다. 우유 팩이 보였다. 입구가 뜯겨 있었
다. 팩을 살짝 흔들었다. 확연히 양이 줄어 있었다. 찬장을 열었
다. 노란 병아리가 그려진 과자는 두 상자뿐이었다. 주위를 둘
러보다 부엌과 연결된 작은 문을 열었다. 재활용 쓰레기를 넣어
두는 상자 안에, 그보다 더 작은, 반듯하게 펼쳐진 노란색 상자
가 들어 있었다.

입가가 떨려 와 입술을 깨물었다. 목 안쪽에서 더운 것이 덜컥 치밀어 올랐다. 이틀 전 울고 싶어도 울 수 없었던 것이 거짓말 같았다.

'혼자인 게 당연한 사람이 있을 리 없잖니.'

열아홉, 경찰에 쫓겨 골목길로 달아났었다. 멈춰 서라는 성난 외침을 피해 얼마나 달렸을까. 정신을 차렸을 땐 낯선 주택가에 와 있었다. 창문마다 새어 나오는 불빛이 싫어 가쁜 호흡을 억누르며 억지로 몸을 움직였다. 그때 꼬마 아이의 손을 쥔 여자가 다가왔다.

'괜찮니? 어디 아픈 것 같은데. 땀 좀 봐.'

편안한 주름치마에 카디건을 걸친 여자가 걱정스러운 얼굴을 했다.

'여기 사니? 집은 어디야?'

'집…… 없어요.'

여자가 놀란 듯 눈을 동그랗게 뜨다가 집을 나왔냐고 조심스레 물어 왔다. 고개를 저었다.

'집 같은 거 없어요. 나 혼자예요.'

'혼자라니……'

여자는 그녀를 닮았다. 말을 하며 곁눈질로 여자를 살폈다. 닮았다. 닮았다. 기묘한 기대감으로 심장이 요란스레 쿵쾅거렸다.

'엄마. 집에 언제 가?'

'경호야, 잠시만.'

'빨리 집에 가자. 아빠가 오늘 같이 게임하자고 했단 말이야.'

여자의 손을 움켜쥔 작은 꼬마 아이가 칭얼거렸다. 불만스러운 듯 뺨을 부풀린 꼬마의 시선이 말하고 있었다. 가, 가 버려. 빨리 사라져 버려.

'부모님은 어디 계시니.'

'그런 거 없어. 난, 그딴 거 없어.'

이를 악물고서 여자를 노려보았다. 숨을 쉴 수도 없을 만큼 커다란 슬픔이 몸을 휘저어서, 견딜 수가 없어서, 여자가 미워졌다.

'난 원래 혼자야. 그게 당연해.'

잠시 당황한 듯한 여자가 연민에 젖은 눈으로 말했다.

'혼자인 게 당연한 사람이 있을 리 없잖니.'

'닥쳐!'

내 안에 그토록 거대한 격정이 있었을까. 손을 뻗으려는 여자를 있는 힘껏 밀쳐 내고 달아났다. 아이가 울음 섞인 목소리로 엄마를 부르는 소리가 들렸지만 그런 건 아무래도 좋았다.

달렸다. 숨이 턱까지 차도록. 잠시나마 여자의 품에 안겨 울고 싶었던 그 비참한 마음이 들키지 않도록.

소년이 반듯하게 펼쳐 놓은 상자를 품에 안았다. 바보 같다는 걸 알지만 한번 터진 울음은 멈출 기미가 없었다. 상자 끝이 눈물로 흠뻑 젖어들 때까지 울고, 또 울었다.

진우의 이야기 2

생각나는 풀이 과정을 새하얀 여백에 끊임없이 채워 넣었다. 하루에 수십 번씩 손을 씻고 밸브를 확인하는 강박증 환자처럼, 필사적으로.

'맘껏 미워해.'

무리였다. 여자의 목소리가 지워지질 않았다.

"뭐라는 거야."

머릿속이 터질 것 같았다. 문제집과 필통을 정리해 독서실 밖으로 나왔다. 계단을 내려오다 2층 층계참 화장실에서 나오는 시큼한 지린내를 맡았다.

싫다, 진짜.

숨을 참고 뛰어내리듯 계단을 내려왔다. 아침부터 내리던 비는 여전히 멈출 기미가 없었다. 독서실 책상 아래 우산을 두고 왔단 사실을 떠올렸지만 다시 올라갈 마음은 들지 않았다. 건물 밖으로 손을 뻗자 손바닥 위에 떨어진 빗물이 툭툭 튀어 올랐다.

주위는 기이할 정도로 고요했다. 모두 비를 피해 집에 틀어박힌 듯 개미 새끼 하나 지나다니지 않았다. 편의점이 있을까 좌우를 살폈지만 금방이라도 무너져 내릴 듯 낡은 건물들뿐이었다. 하기야 이 후진 동네에 독서실이 있다는 것 자체가 기적이었다.

"거지 같아."

자신이 아이라는 걸 이럴 때 실감했다. 평소엔 학교라도 가지만 일요일이 되니 갈 곳이 없었다. 궁상맞은 빗소리도 몸을 휘감는 습한 공기도 전부 끔찍했다.

"씨발, 엿같아."

보란 듯 욕을 해 봐도,

'맘껏 미워해.'

기분이 나아지기는커녕 오히려 밑바닥으로 떨어져 내렸다.

"닥치란 말이야."

그딴 말 하지 않아도 이미 죽여 버리고 싶을 만큼 미워하고 있어.

그러니까, 그만해.

듣고 싶지 않았다. 그런 슬픈 목소리 따윈 절대 듣고 싶지 않았다. 그 여자의 상처 같은 건 알고 싶지 않았다.

엄마를 발견하고 무슨 정신인지도 모른 채 119를 불렀다. 나를 옆에 두고도 의사는 보호자를 찾았다. 어쩔 수 없이 그 남자에게 전화를 걸었다.

'엄마가 손목을 그었어.'

잠시 후 병원으로 달려온 남자의 온몸에선 불쾌할 정도로 술 냄새가 진동했다.

'진우야 괜찮니? 이게 대체 무슨……'

'내 이름 부르지 마. 이게, 이게 다 당신 때문이야! 당신이 그런 짓만 하지 않았어도, 엄말 두고 그딴 여자랑 그런 더러운 짓거리만 하고 다니지 않았어도…… 다, 당신 때문이라고!'

악에 받쳐 소리 질렀다. 그러지 않고선 견딜 수가 없었다. 조금이라도 틈을 내어주면 그 남자에게 울며 매달릴 것 같았다. 엄마가 깨어나지 않으면 어떡해. 엄마가 죽어 버리면 어떡해. 그럼 나는 어떻게 해야 해…….

엄마가 의식을 찾은 뒤엔 병원에 가지 않았다. 집에 가긴 어려울 테니 자신의 오피스텔에 있으라 했던 남자의 말은 무시했다. 학교도 가지 않았고 걸려 오는 전화도 받지 않았다. 종일 피시방에 처박혀 있다 밤이 되면 거리를 지나는 사람들을 멍하니 구경했다.

죽어 버리자고 마음먹었다. 더는 살고 싶지 않았다. 어떻게 죽어야 그 남자에게 고통을 줄 수 있을까, 고민하고 있을 때 모텔로 향하는 남녀를 보았다. 연인이라고 하기엔 남자 쪽이 훨씬 어려 보였다.

그 여자.

잊고 있었던 중요한 사실을 깨달았다. 그래, 그 남자뿐 아니라 그 여자도 공범이었다. 엄마와 나는 그저 피해자일 뿐이었다. 내가 죽어도 그 여자는 멀쩡한 얼굴로 살아갈 거라 생각하자 속이 뒤집혔다. 아버지란 남자에 대한 복수는 조금 뒤에 해도 늦지 않았다.

상처 입혀 주겠다, 다짐했다.

나와 엄마가 그랬듯 너덜너덜 망가지게 해 주겠다, 마음먹었다.

엄마가 쓰러져 있었던 집으로는 돌아갈 수 없었다. 하지만 그 남자의 오피스텔로도 가고 싶지 않았다. 그렇다면 갈 곳을 잃어버리게 만든 그 여자의 집으로 가면 될 일이었다. 나를 이렇게 만들었으니 그 여자가 책임을 지는 것이 옳았다.

넌 상처 입어 마땅해.

넌 벌을 받아 마땅해.

너는 가해자고 나는 피해자니까 나는 무슨 짓을 해도 괜찮아.

죽이고 싶을 만큼 미웠다. 아프게 하고 싶었다. 내가 겪은 아픔을, 고통을, 절망을 느끼게 해 주고 싶었다. 내가 아파한 만큼 너도 아파해. 바라던 것은 오직 하나였다.

하지만, 틀렸다. 여자는 한 번도 도발에 걸려들지 않았다. 늘 상처 주면 주는 대로 그 자리에 서 있었다. 침입자인 나를 내쫓으려 하기는커녕 순순히 시키는 대로 했다.

누구나 자신을 보호하려는 본능을 가지기 마련인데, 아무리 무딘 사람도 한계점이 있기 마련인데, 여자는 그런 게 없는 것 같았다. 때때로 상처 입은 눈을 했지만 그뿐이었다.

먼저 질려 버린 것은 내 쪽이었다.

여자는 기계 같았다. 여자의 생활은 지나치게 한결같아서 소름이 돋았다. 당신은 혼자냐고, 가족이나 친구도 없냐고 물어볼 필요도 없었다. 여자의 모든 것이 말해 주었다. 자신은 철저하게 외톨이고 혼자라고. 무시하려 했지만 소용없었다. 여자가 가진 아득한 고독은, 알고 싶지 않아도 같은 공간에 있는 내게 번져 왔다.

'혼자는, 더 이상 싫으니까.'

말도 듣지 않는 고양이를 왜 기르냐는 질문에 여자는 그렇게 말했다. 외로운 건 싫다고. 하나도 슬프지 않은 무감각한 얼굴을 하고서.

괴팍한 고양이를 쓰다듬을 때 슬며시 올라가는 입꼬리가 아니라면 인형이라고 믿어 버릴 만큼 여자는 표정이 없었다. 그래, 마치 내용물이 빠져나간 빈껍데기 같았다. 손가락만 대면 파사삭 부서져 버릴 것 같은.

지난밤 나도 모르게 짐을 들어 주고 만 것도 그런 이유에서였다. 길 한가운데 주저앉아 있는 모습이 그 순간, 너무 위태로워 보였다.

그런 주제에.

"뭘 미워하라는 거야."

거울에 비친 자기 얼굴이나 한 번 보고 그런 말을 하라고. 뭐, 미워해? 웃기지도 않아. 자기가 뭔데 그런 말을 해. 이미 충분히 미워하고 있다니까.

"나보고 뭘 어쩌라고."

차라리 화를 냈으면 싶었다. 내가 하는 것처럼 나가라 소리치고 욕을 했으면 싶었다.

뭐든지 받아 주겠다는 듯이 굴어 버리니까, 먼저 선수를 쳐 버리니까,

"꼭 내가 잘못하는 것 같잖아."

빗속을 뛰어 여자의 집으로 돌아왔다.

여전히 적응되지 않는 풍경이었다. 문 한쪽이 내려앉은 신발장과 누렇게 변색된 벽지. 그 흔한 TV 한 대도 없는 살풍경한 거실엔 낡은 소파만이 자리 잡고 있을 뿐이었다. 소파마저도 고양이 발톱 자국에 성한 곳이 없었다.

거실의 불은 켜져 있었지만 여자의 모습은 보이지 않았다. 외출한 건가 싶었지만 신발장 속 구두와 슬리퍼는 그대로였다. 방에 있는 걸까.

역시, 이상해.

가지고 있는 신발이라곤 삼선 슬리퍼에 구두 두 켤레. 입고 다니는 옷도 적당히 돌려 입을 뿐 늘 거기서 거기였다. 집에서는 괴상한 분홍색 잠옷만 주구장창 입었다. 그래, 생각해 보니 저 문 안쪽의 방은 벽지 한 면부터 침구까지 전부 분홍 일색이었다. 개인의 취향이야 바다처럼 드넓으니 분홍색을 좋아하든 말든 상관없지만 마음이 계속 찜찜했다.

하나부터 열까지 생각했던 것과는 전혀 달랐다.

갈아입을 옷을 챙겨 욕실로 향했다. 탁한 백열등 불빛 아래 욕실은 촌스러운 에메랄드색이었다. 깨끗하게 청소는 했어도 낡고 오래된 흔적을 지울 수는 없었다. 이런 집에서 용케 사는구나. 여자가 사 놓은 칫솔과 양치 컵이 나를 비웃고 있는 것 같았다.

집에 돌아오니 오늘도 거실 불이 환히 켜져 있었다.

신발장을 열었다. 구두 한 켤레만큼의 공간이 비어 있었다.

소리 나게 문을 닫았다.

읽던 참고서를 덮고 시계를 보았다. 자정이 다 되어 가지만 집주인은 돌아올 기미가 없었다. 여자의 머리카락 한 올 보지 못한 지 이틀째였다.

오늘은 그렇다 쳐도 어제는 분명 집 안에 있었음에도 한 번도 방 밖으로 나오지 않았다. 일부러 나를 피하는 것이라면 차라리 괜찮았다. 그렇지만 하루가 멀다 하고 새로운 반찬 통이 늘어나 있는 냉장고만큼은 도무지 이해 불가였다.

'병균 옮으면 어쩔 건데. 책임질 거야?'

그 말을 신경 쓰는 건지 반찬 통은 두 칸으로 나뉘어 있었다. 위 칸의 반찬 통은 척 보기에도 새것이었고 스스로 분열이라도 하는지 매일 증식해 있었다. 반면 아래 칸의 반찬 통은 늘 두 개 뿐이었다.

뭘 하자는 거야, 나랑.

열린 베란다 틈을 통해 뚱보 고양이가 나타났다. 베란다와 연결된 여자의 방 창문을 넘어온 게 분명했다. 어둠 속에서 이쪽을 응시하는 동그란 빛 무리 한 쌍이 섬뜩했다.

아무리 보아도 예쁜 구석이라곤 하나 없는 녀석이 이불 위에 올라서서 길게 몸을 늘였다. 그래 봤자 별로 늘어난 것도 없었지만.

"안 비켜?"

원래 동물은 좋아하지 않았지만 녀석은 정말 싫었다. 생긴 것도 그렇지만 먹여 주고 키워 주는 주인에게 하는 짓이 얼마나 밉상인지. 발을 휘휘 허공에 저어 위협했지만 덜떨어진 녀석은 태연하게 자리 잡고 앉았다. 빤히 올려다보는 표정이 기분 나빴다.

"꺼져."

늘어진 녀석의 뱃살을 툭툭 발로 밀었다.

냐오옹.

순식간에 긁혔다. 이걸 창문 밖으로 확 내던져 버릴까.

'조루는 아가씨야.'

날렵함이라곤 찾아볼 수 없는 푹 퍼진 몸. 조잡하게 얼룩덜룩한 털 색깔. 주인도 못 알아보는 나쁜 머리. 더러운 성격.

아가씨는 무슨 얼어 죽을.

배에서 꾸루룩 소리가 났다. 생각해 보니 입맛이 없어 점심과 저녁을 모두 걸렀었다.

"……배고파."

이 집에 있는 건 아무것도 손대고 싶지 않았지만 무리였다. 한 번 배고픔을 자각하자 미칠 듯이 허기가 몰려왔다. 그러고 보니 찬장에 뭐가 있댔지. 어둠 속을 더듬어 찬장에서 과자 상자처럼 보이는 것 하나를 꺼냈다.

"취향하고는."

넘쳐 나는 과자 중에 하필 계란 과자라니, 이게 언제 적 건데. 어이가 없었지만 선택의 여지가 없었다. 내친김에 우유도 한 잔 따라 들고 거실로 돌아왔다. 녀석은 이미 제멋대로 이불 위를 점거해 뒹굴고 있었다.

네 맘대로 해라.

소파에 기대어 앉아 과자를 한 입 깨물었다. 오도독, 소리와 함께 고소한 단맛이 입 안에 퍼졌다.

— 담임 선생님께 팩스로 신청서랑 보고서 양식 받았다. 네가 진즉에 써서 가져온 걸 내가 잊고 있다가 잃어버렸다고 말씀드렸어. 보호자 서명 필요한 부분은 내가 다 해서 학교로 보냈으니까 그렇게 알아 두고. 별것 아닐 수 있지만 무단결석한 기록이 남아 좋을 건 없으니까 내 멋대로 했어. 내가 많이 밉고 싫은 건 알겠지만 연락 줘. 기다릴게.

수화기 너머로 낮게 잠긴 목소리가 이어졌다.

— 엄만 너무 걱정하지 마라. 밥도 잘 먹고 이젠 잠도 잘 자. 기억은…… 당장은 아니더라도, 꼭 돌아올 거래. 많이 속상한 거 안다. 그치만…….

망설임 없이 역겨운 목소리가 담긴 음성 메시지를 삭제했다.

손목을 긋고 사흘 만에 깨어난 엄마는 아무것도 기억하지 못했다. 나도, 그 남자도, 그리고 자기 자신조차도. 의사는 일시적인 기억상실증이라 했다. 너무 고통스러운 나머지 잠시 기억을 닫아 둔 것뿐이라고, 곧 돌아올 테니 걱정하지 말라고 했다.

'누구세요?'

기억을 잃은 엄마의 얼굴은 어느 때보다 평화로워 보였다. 내가 필사적으로 지키려 노력했을 땐 볼 수 없던 표정이었다. 그래서, 차마 마주할 수가 없었다. 너무 괴로워 나를 기억 속에서 지워 버렸다는 엄마를, 대체 어떻게 대해야 할지 알 수 없었다.

"그래, 이제 서류 다 받았으니까 너무 걱정하지 마. 아버지께서 본인 실수로 잃어버리셨다고 너무 미안해하시더라. 그래도 그걸 퀵으로 그렇게 바로 보내 주실 줄은 몰랐네. 어머니는 좀 어떠셔."

"그냥 그래요."

"진우야, 요즘 여러모로 힘든 거 알아. 어머니께서 쓰러지셔서 얼마나 놀랐겠니. 그래도 다음에 무슨 일 있으면 학교에, 아니, 선생님한테 꼭 말해 줘. 말없이 학교 안 와서 많이 걱정했었어."

"네."

"지난번 모의고사 성적은 너무 신경 쓰지 말고. 왜 이렇게 떨어졌나 싶었는데 마음 쓸 데가 많았으니 충분히 그럴 수 있어. 넌 기본이 돼 있으니까 너무 초조해하지 마. 맘 잡고 하면 금방 올라갈 거야."

"네."

"반에서 친구들은 좀 사귀었고?"

"……."

"좋아, 이것만 약속해. 무슨 일 있으면 꼭 나한테 알려 주겠다고. 대답해야 보내 준다."

"네."

"그래. 그럼 됐다. 가는 길에 이 프린트물 반 애들한테 한 장씩 나눠 줘."

등 뒤에서 나지막한 한숨 소리가 들렸다. 점심시간이라 소란스러운 복도를 지났다. 이 복도를 앞으로 이 년 넘게 더 오가야 한다는 사실이 숨 막혔다.

'열여섯부터 이렇게 살았어. 자랑이 아니라 그냥 사실일 뿐

이야.'

여자는 고저 없는 목소리로 그렇게 말했다. 열여섯이라면 중학교 3학년. 지금의 나보다 고작 한 살 어린 나이였다. 매스컴에서 원조 교제니 성매매니 떠들어 대니 그런 일이 벌어지고 있다는 건 알았지만 현실감이 없었다.

열여섯. 16살.

종이 위에 새긴 숫자는 허망하리만큼 어렸다. 대체 어떤 삶을 살아야 고작 열여섯의 나이에 그런 일을 하게 되는 건지 이해할 수 없었다. 아니, 그보다 열여섯의 여자라니, 별로 상상이 되질 않았다.

'인터넷 잘 쓸 줄 몰라.'

궁금해졌다.

그 여자는 대체 어떤 마음으로 살고 있는 걸까.

3층 창에서 불빛이 새어 나오고 있었다. 오늘은 얼굴을 보게 될까. 어제 새벽 두 시가 다 되어서야 돌아온 여자는 발소리를 죽인 채 곧장 방으로 들어갔다. 들어갈까 말까 망설이는데 주머니에서 진동이 울렸다. 이름은 없었지만 열한 자리 숫자들의 나열이 누구를 뜻하는지 알고 있었다.

왜 이제 와 난리야.

돌이킬 수 없을 만큼 망가진 후에 애쓰기 시작하는 남자가 구역질 났다. 너무 늦었어. 잠시 후 진동이 멎고 문자 하나가 도착했다.

[용돈 계좌로 돈 보냈다. 잘 챙겨 먹고 다니렴.]

여자는 소파에 잠들어 있었다. 깜빡 잠이 든 듯 바닥을 향한 손끝 아래 엎어진 책이 보였다. 답지 않게 독서가 취미인지 집 안엔 늘 도서관에서 빌려 온 책들이 있었다.

이번엔 뭘 읽나 싶어 후루룩 넘겨 보는데 여자가 기척을 느꼈는지 깨어났다. 잠이 덜 깬 듯 몇 번이나 눈을 깜빡이던 여자가 물었다.

"밥은?"

그놈의 밥 타령. 이 여자는 볼 때마다 밥 얘기뿐이었다.

"먹었어."

"난 안 먹었는데."

그래서 어쩌라고.

"케이크 있는데……."

말꼬리를 흐린 여자가 나를 올려다보았다.

"밥 먹었어도…… 케이크는 디저트니까 괜찮을 것 같은데…… 생크림 케이큰데."

당신이나 많이 먹으라는 말이 목까지 차올랐지만 끝내 뱉을 수 없었다. 발갛게 부푼 눈을 하고서 말꼬리를 흐리는 여자가, 어쩐지 막 눈물을 그친 어린애처럼 보였으니까.

"싫어?"

긴장하는 기색이 느껴졌다.

"누가 싫대?"

다행이다. 그렇게 말한 여자의 눈이 반달 모양으로 휘어졌다. 씻고 나오면 준비해 놓을게. 총총 방으로 들어가는 여자의 뒤에 살랑대는 꼬리가 보이는 것 같았다. 기가 막혀 가방을 내려놓을 생각조차 하지 못했다.

뭐가 저렇게 좋은 거야.

잔잔한 수면에 돌을 던진 것처럼 번져 나가던 웃음이 생각났다. 별다른 얘기를 한 것도 아니었다. 그저 케이크를 먹겠다고 했을 뿐인데, 상대는 커다란 선물을 받은 아이처럼 들뜬 표정이었다.

손바닥으로 얼굴을 문질러도 당혹스러움이 가시질 않았다. 처음으로 여자의 진짜 얼굴을 본 것 같았지만 아무리 생각해도 이해되지 않았다.

케이크가 대체 뭐길래?

정말이지, 이상한 여자였다.

"어때?"

"달아."

"달아?"

"거기다 느끼해."

여자가 시무룩한 표정으로 고개를 숙였다.

"이게 가장 무난한 맛이라고 했는데……."

"단 거 원래 안 좋아해."

나도 모르게 변명처럼 덧붙였다.

"근데, 왜 여기서 같이 먹고 있어?"

우리가 같이 뭘 먹을 사이는 아닌 것 같은데. 밥상 앞에 마주 앉아 제 몫의 케이크를 먹고 있던 여자가 동그랗게 눈을 떴다.

"금방 먹을게."

요지는 그게 아니거든. 내 표정을 어떻게 해석한 건지 여자가 진지하게 덧붙였다.

"케이크 입 안 댔어. 깨끗한 거야."

"……누가 뭐래?"

이쯤 되면 돌려서 까고 있는 게 아닌가, 의심이 들 정도였다.

"먹기 싫으면 억지로 먹지 않아도 돼. 무리하진 마."

그러니까, 그런 게 이상하다고.

눈이 마주쳤다. 가까이서 본 여자의 눈동자 색은 무척 옅었다. 누구 닮은 거야, 그건. 무심코 묻자 여자가 고개를 갸웃거렸다. 눈 말야, 눈. 색이 엄청 연해서. 의미를 두고 한 질문은 아니었다. 그저 이 상황 속에서 무슨 말이라도 해야 할 것 같았다.

"눈?"

"그래. 부모 중에 누구 닮은 거냐고."

먹기도 먹지 않기도 뭣한 케이크를 노려보다 두툼한 생크림을 포크로 밀어 냈다. 민둥산처럼 흉해지긴 했지만 느끼함이 줄어들어 한결 먹을 만했다.

"잘 모르겠어."

"왜 몰라?"

"본 적이 없어서."

주어는 빠져 있었지만 의미는 이해했다. 힐끗, 여자를 보았다. 조금 전의 어린애 같은 표정은 사라지고 또 예의 그 무표정한 얼굴만이 남아 있었다. 어쩐지 싫다, 는 생각이 들었다. 차라리 눈치를 보며 시무룩해 있는 얼굴이 나았다. 그건 적어도 살아 있다는 느낌이 드니까.

"당신 말이야."

화제를 바꾸기로 마음먹었다.

"인터넷 정말 쓸 줄 몰라?"

"학교에서 배우긴 했는데 지금은 기억이 잘……."

"휴대폰으로 사진 같은 건 찍을 줄 알고?"

"그건 할 줄 알아."

죽어 가는 목소리가 금세 살아났다. 그걸 못 하는 게 더 이상한 거거든. 자신감 넘치는 목소리가 어이없었다. 할 말을 잃어 가만히 있었더니 머뭇거리던 여자가 입을 열었다.

"고등학교는…… 수업이 늦게 끝나나 봐."

"야자가 있으니까."

거짓말이었다. 독서실에 있다 일부러 늦게 들어오는 것뿐이었다.

"야자가 뭐야?"

"야간 자습의 줄임말이잖아. 몰라서 물어?"

"내가 학교 다닐 때는 없었는데……."

"없긴 왜 없어."

"내가 중학생일 때는 없었어."

진지한 대구에 문득 이 대화의 핀트가 많이 어긋나 있었다는 걸 깨달았다.

"중학교에 무슨 야자가 있어. 고등학교에 있지."

"아."

새삼 여자가 열여섯부터 그런 일을 해 왔다는 게 기억났다.

"고등학교 안 다녔어?"

"응."

"중학교는."

"졸업했어. 아슬아슬하긴 했지만."

여자가 자랑스럽게 웃어서, 뭘 해야 아슬아슬하게 중학교를 졸업할 수 있는 거냐 물을 수는 없었다. 그냥 그러려니 하는 수밖에.

"아주 날라리였구만."

"날라리 아니었어."

"학교 다닐 때 공부 잘했어?"

"그건…… 아니지만."

"학생이 자기 본분을 다 못 하면 날라리지."

어쩐지 분한 얼굴로 여자가 반박했다.

"선생님이, 나는 생각이 너무 많아서 공부한 게 잘 들어오지 못하는 거라고 했어."

"생각이 너무 없어서 들어갈 게 없었겠지."

"……반에서 10등 안에는 들었어."

"난 전교 10등 안에 들어."

생크림 뭉치를 슬쩍 포크로 건드려 기다란 꼬리를 만들었다. 음식으로 장난쳐선 안 된다 배웠지만 여기서까지 반듯하게 굴 필요가 뭐 있겠냐 싶었다. 생크림 꼬리를 최대한 길게 늘리기 위해 집중했다.

"벼는 익을수록 고개를 숙인다고 했어."

"난 벼가 아니거든."

이게 무슨 대환가 싶었다. 상대는 분명 나보다 나이가 많을 텐데 그런 게 느껴지지 않았다.

"비유법이야."

"아, 비유법도 알아? 대단하네."

빈정거리는 걸 알았는지 여자가 입을 다물었다. 나도 모르게 얼굴이 풀어질 것 같아 애써 입술을 물었다. 이 여자가 누구인지 알지만, 이러고 있는 게 말도 안 된다는 걸 알지만, 그런데도 싫지 않았다.

마주 앉아 아무 생각 없이 투닥거리는 이 시간이, 정말로 싫지 않았다.

이불 위에 누웠지만 쉽게 잠이 오지 않았다.

'본 적이 없어서.'

담담한 말과 덤덤한 얼굴이 자꾸 머릿속에서 아른거렸다.

"이상해."

생각해 보면 내가 여기서 자고 있다는 것 자체가 가장 이상한 일이긴 했다. 킁킁, 이불 냄새를 맡았다. 베란다에 널었던 것인지 마른 볕 냄새가 났다.

독을 발라도 모자랄 판에.

밤늦게 귀가한 걸 내쫓듯이 보내 사 오게 한 이불이었다. 대체 무슨 생각을 하며 이 이불을 골랐을까. 케이크를 먹겠다고 했을 때 천진난만하게 웃던 얼굴이 잊히지 않았다.

"이상한 여자야."

아무리 생각해도 여자는 이상했다.

"정말 이상해."

이상한 여자와 이상한 고양이가 사는 집에서의 이상한 밤이었다.

시계 초침 소리가 자꾸 신경에 거슬렸다. 이부자리도 펴 놓았고 불도 껐으니 잠들기만 하면 될 일인데 시간이 갈수록 시야가 또렷해졌다.

냐앙.

베란다를 통해 또다시 뚱보 고양이가 넘어왔다. 이 여자가 진짜, 방문만 닫으면 다야. 어둠 속에서 빛나는 녀석의 눈을 마주 노려보았다.

"꺼져."

냐아아옹.

"아, 저리 안 꺼져?"

이건 왜 자꾸 나타나서 난리야, 짜증 나게. 아랑곳하지 않고 주욱 기지개를 편 녀석이 뒤뚱뒤뚱 현관 앞으로 걸어갔다.

뭐야.

한참 코를 벌렁거리던 녀석이 현관 앞에 몸을 웅크렸다. 이따금 짧은 뒷발로 목을 긁어 주는 것도 잊지 않았다.

더워서 나온 건가?

아니, 시원한 것으로 치면 베란다 쪽이 더 나았다. 잠시 후 계단을 올라오는 구두 소리가 가까워졌다. 열쇠를 꺼내 드는 소리가 들리는 순간 털 뭉치가 총알처럼 거실을 가로질러 베란다로 넘어갔다.

뭐야, 뭐가 지나간 거야.

철커덕. 문 열리는 소리에 나도 모르게 이불을 뒤집어썼다. 심장이 쿵쿵 요란하게 뛰었다.

나 왜 숨어 있지.

황당했지만 이제 와 일어나는 것도 뭣했다. 여자가 방문을 닫고 들어간 뒤에야 참고 있던 숨을 거칠게 몰아쉬었다. 나 뭐 한 거야. 귀신에 홀린 기분이었다. 이게 다 그 뚱땡이 때문에……여자가 도착하자마자 요란하게 방으로 뛰어 들어가던 털 뭉치가 떠올랐다.

뭐냐고, 대체.

현관 앞에서 죽치고 있었던 녀석은 분명 여자를 기다리고 있었다. 정작 당사자가 나타나자 무서운 속도로 자취를 감추긴 했지만. 녀석이 사라진 베란다는 아무 일도 없다는 듯 고요했다.

여전히 진정되지 않는 심장이 요란하게 뛰었다.

주방에서 들리는 덜그럭 소리는 분명 착각이 아니었다. 눈가를 문지르며 자리에서 일어났다. 분주히 움직이는 뒷모습이 보였다. 지난밤 여자가 들어오는 걸 보고 숨은 기억을 떠올리자 새삼 부끄러워졌다.

뭘 하는 거야.

시계를 보니 이제 겨우 다섯 시 반이었다. 이 시간에 일어난 적 없던 인물이 웬일인가 싶은 와중 한쪽에 차려진 밥상이 눈에 들어왔다. 아침부터 기름 냄새가 나더라니. 얼마나 집중하고 있는지 내가 깨어났다는 것도 알아차리지 못하고 있었다.

이불과 베개를 거실 한편에 정리했다. 씻어야 할 차례지만 쥐 새끼처럼 아무것도 모르는 사람 등 뒤에서 오가는 건 내키지 않았다. 그렇다고 상대를 불러 일어났다는 사실을 알리는 것도 우스웠다.

왜 갑자기 일어나서 난리야.

주변을 둘러보다 소파에 놓인 책을 발견했다. 책을 집어 들고는 부러 어깨높이에서 떨어뜨렸다. 둔탁한 소음에 여자가 돌아보는 기색이 느껴졌다.

"아, 떨어졌네."

책을 제자리에 놓았다. 주방 쪽엔 시선조차 주지 않은 채, 갈아입을 옷을 챙겨 욕실로 향했다.

"가서 자지?"

밥상 앞에 마주 앉은 상대를 노려보았다. 멀뚱멀뚱 눈만 깜빡이던 여자가 한 박자 늦게 대답했다.

"난 괜찮은데."

내가 안 괜찮아.

"졸리잖아."

"안 졸려."

눈치가 없는 건지 아니면 뻔뻔스럽게 행동하기로 작정한 건지. 맞은편에 앉은 여자는 한쪽 무릎을 세우고서, 세운 무릎에 얼굴을 묻은 채 밥 먹는 모습을 집요하게 지켜보고 있었다.

"내가 체할 것 같아."

"물 옆에 있어."

이 여자와의 대화는 늘 이렇게 핀트가 어긋났다. 포기하고 젓가락을 움직이자 시선이 따라붙었다. 그 부담스러운 눈빛에 집어 든 동그랑땡을 다시 접시에 내려놓았다. 아마도 이 녀석이 아침부터 덜그럭 소리를 낸 원흉일 터였다.

왜 안 먹는 거야, 여자가 눈빛으로 물어 왔다. 이 상황에서 이게 들어가겠어?

"들어가서 자. ……그쪽 들어가면 먹을 테니까."

"불편해?"

뭘 당연한걸. 여자가 오른 무릎에 푹 얼굴을 묻었다. 또 예의 그 시무룩한 표정이었다.

애냐?

"먹으면 될 거 아니야, 먹으면."

동그랑땡을 집어 들고 보란 듯 베어 물자 여자의 입가에 배시시 미소가 번져 나갔다.

"……뭐가 좋은데?"

"응?"

"뭐가 좋아서 웃고 있냐고."

웃는 게 싫은 건 아니었다. 그저 당황스러웠다. 내가 누군지 잊어버린 거 아니야. 왜 날 보고 그렇게 웃어, 내가 뭘 했다고. 이유를 알 수 없어 따지듯 물어봐도 상대는 동그랗게 눈을 뜨고 있을 뿐이었다.

절로 한숨이 나왔다.

"당신 이상해. 알고 있어?"

"그런 말 많이 들었어."

체념 어린 말에 여자가 진지하게 동의했다. 그러니까, 그게 아니…… 됐어. 내가 말을 말지. 답답함에 가슴을 내리치는 대신 단숨에 물 한 잔을 비웠다. 빈 잔을 상에 올려놓기 무섭게 여자가 물통을 집어 들었다.

그러니까, 그게 아니라고.

떨떠름한 표정을 본 건지 여자가 눈치를 살피는 듯하더니 우물쭈물 말했다.

"이런 거, 해 보고 싶었어."

쓸데없는 부분에서 여자는 지나치게 솔직했다. 속으로 한숨을 삼켰다. 저렇게 해 보고 싶다는데 뭘 어째, 그냥 내가 포기하는 수밖에.

"그럼 하고 싶은 만큼 많이 해 보든지."

여자의 얼굴에 예의 그 환한 웃음이 번졌다.

확실히 이상한 여자였다.

늘 아침을 사 먹던 편의점이 눈에 들어왔다. 나도 모르게 배를 문질렀다.

"너무 먹었어."

오래전부터 아침은 늘 삼각김밥과 우유로 때우곤 했었다. 물리긴 해도 아침을 먹지 않으면 집중이 잘 되지 않아 어쩔 수 없었다.

누가 해 준 밥을 먹고 학교에 가는 건 정말 오랜만이었다.

가방을 메고 현관을 나설 즈음 설거지를 멈추고 달려오던 여자의 모습이 떠올랐다. 속으로는 '얼씨구, 이제 배웅까지 하려고?' 비아냥거리면서도 어떻게 하나 두고 보자는 마음으로 잠자코 지켜봤다.

여자는 몇 번인가 주저하며 문을 나서는 나를 바라보기만 했다. 그리고 문이 닫힐 즈음, 귀를 기울이지 않았다면 듣지 못했을 작은 목소리가 들려왔다.

'잘 다녀와.'

혼잣말에 가까운 중얼거림이었다. 아마도 내게 하려 했지만, 차마 하지 못했던.

'다녀와, 진우야. 오늘 오면 간식으로 핫케이크 구워 줄게.'

유치원에 다닐 때만 해도 엄마의 배웅을 받았다. 선생님의 손에 이끌려 버스에 발을 디딘 순간부터 자리에 앉을 때까지, 엄마는 한결같이 그 자리에 서 있었다. 잘 다녀오라며 팔이 아프도록 손을 흔들면서.

'누구세요?'

겁먹은 표정으로 바라보던 그 사람을, 나는 알지 못했다.

"……언제쯤."

언제쯤 이 고통스러운 시간이 끝이 날까. 앞이 보이지 않는 긴 터널을 걷는 기분이었다. 짊어진 가방이 무겁게 어깨를 짓눌렀다.

거실은 오늘도 환했지만 인기척은 없었다.

"뭐야, 이건."

이불 위에 작은 쪽지가 놓여 있었다.

「과일 - 냉장고 / 과자, 빵 - 찬장」

반듯한 글씨였다. 여자와는 어울리지 않는 것 같으면서도 묘하게 어울리는.

"웃기고 있네."

당연한 듯 종이를 구기려는데 쉽사리 손이 움직이지 않았다.

단정한 글씨에서 오래도록 눈을 뗄 수 없었다.

　씻고 나서 냉장고를 열었다. 알알이 씻어 떼어 놓은 포도가 그릇에 담겨 있었다. 헛웃음이 나왔다. 그릇을 들고 거실로 가다 혹시나 하는 마음에 찬장을 열었다. 노란 병아리가 그려진 과자 상자 옆에 빵부터 시작해 색색의 과자 봉지가 차곡차곡 쌓여 있었다.

　"이 여자는 날 돼지로 아나."

　그냥 닫을까 하다 빵 한 봉지를 꺼냈다. 소파에 기대앉아 포도 한 입, 빵 한 입을 번갈아 베어 물었다. 배는 고팠지만 생각보다 맛이 없었다. 주위를 둘러보았다. 처음에 느꼈던 그대로 삭막한 공간이었다.

　이상했다. 어제 그 여자와 있을 때는 이렇지 않았는데.

　"이상하다고."

　올려다본 시계는 열 시를 가리키고 있었다.

　열쇠가 문고리에 꽂히는 소리에 놀랐지만 이내 책을 보는 척했다. 숨죽이며 들어온 여자가 천천히 문을 닫았다. 죄를 지은 것도 아닌데 요란하게 심장이 뛰었다.

　"안 잤네."

　놀란 여자의 얼굴이 이쪽을 향했다. 안 자면 안 되는 거냐고 태연하게 대꾸할 생각이었다. 하지만 고개를 돌린 순간, 물기를 머금은 긴 머리카락이 먼저 시야에 들어왔다.

　"안 졸려?"

　쥐고 있던 펜에 힘이 들어갔다. 시선을 눈치챘는지 여자가 머뭇거리며 자신의 머리카락을 매만졌다. 가슴이 차게 식었다.

밀린 공부를 하자는 핑계를 대며 잠들지 않고 있던 내가 우스웠다. 계속 시계를 힐끗거렸던 내가 병신이었다. 아닌 척 여자가 오기를 기다린 기억을 머릿속에서 지워 버리고 싶었다.

잠시 미쳤던 게 분명했다. 그렇지 않고서야 여자가 어떤 인물인지, 내가 어째서 이곳에 오게 되었는지를 잊고 그럴 수는 없었다.

"벌써 한 신데, 내일 학교 가려면 피곤하겠다."

펜을 내려놓고 저만치 상을 밀어 냈다. 바닥을 긁는 요란한 소리에 상대가 움찔하는 기색이 느껴졌지만 개의치 않았다. 보란 듯 개어 둔 이불을 바닥에 팽개쳤다.

"잘 거야. 방에나 들어가."

날 선 목소리가 집 안을 가로질렀다.

"귀먹었어?"

보지 않으려 해도 젖은 머리카락이 시야에 어른거렸다.

그 날, 그 남자는 한 번도 본 적 없는 다정한 얼굴로 여자를 보고 있었다. 그 새벽이 떠올랐다. 어떻게 잊을 수 있을까. 전부 붉은색이었다. 손목을 그은 엄마가 붉은 물웅덩이 속에 가라앉아 가던 광경이 눈앞에 있는 것처럼 선명했다.

피 냄새에 속이 메스꺼웠다. 밀려오는 토기를 손바닥으로 틀어막았다.

'누구세요?'

낯선 이를 대하는 듯하던 그 눈빛.

"괜찮아? 어디 아픈 건······."

내밀어진 여자의 손을 짝, 소리가 날 정도로 세게 내리쳤다.

맞은 손을 부여잡은 여자가 어떤 표정을 하고 있는지 알 수 없었다.

죽여 버리고 싶어.

잠시 잊고 있었던, 아니 조금은 잠잠해졌다 싶었던 격한 감정이 전신을 휘감았다.

"그 머리 좀 말리고 다니지? 몸 굴리고 다니는 거 동네방네 자랑할 일 있어?"

여자를 노려보며 주머니 속 쪽지를 꺼내 흔들어 보였다.

"당신이 내 엄마야? 누나야? 뭔데 이따위 웃기지도 않는 짓을 하는 건데?"

눈앞에서 종이를 찢어 던졌다. 투둑. 여자의 뺨을 맞고 떨어진 종잇조각이 바닥으로 떨어졌다. 모욕적인 행동에도 여자는 미동 없이 나를 바라볼 뿐이었다.

"씨발, 왜 그딴 거지 같은 눈으로 날 봐?"

담담하고 무감각한 시선. 겁먹은 얼굴을 한 것도 잠시, 여자는 다시 가면 같은 얼굴을 뒤집어쓴 채였다.

"할 말 있으면 어디 해 봐. 변명하고 싶은 게 있으면 해 보라고!"

"……"

"왜 그럴듯한 사연 있잖아? 어린 나이에 부모 없이 혼자 먹고 살려니 할 수 있는 일이 이것밖에 없었다, 내가 살기 위해서는 어쩔 수 없는 일이었다."

나는 이렇게 엉망인데 너는 뭐가 그렇게 멀쩡해. 오기가 생겼다. 이 가면 같은 표정을 깨부수고야 말겠다는.

"혹시 뭐 그런 건가? 왜 그런 거 있잖아. 어릴 때 그런 쪽으로 당한 애들이 아까운 줄 모르고 자기 몸 막 굴리는 거. 당신도 어릴 땐 고아원 같은 데 있었을 거 아냐. 당신 돌봐 준 고아원 원장이 추행이라도 했어?"

순식간이었다. 고요하던 눈동자가 요동쳤다.

"왜, 대충 비슷해?"

이건 아니야.

문득 그런 생각이 들었지만 터져 나오기 시작한 말을 멈출 순 없었다.

"사실이야? 그게 사실이라서 이렇게 아무렇게나 막 굴리고 다니는 거야, 자포자기한 것처럼? ……웃기지 마."

성큼 다가가 여자의 목을 움켜쥐었다. 가느다란 목은 금방이라도 힘을 주면 부러질 것 같았다.

"근데 그걸 알아야지. 한때는 피해자였을지 몰라도 지금은 그쪽이 가해자라는 거. 잊은 건 아니지? 당신 때문에 우리 집이 어떻게 됐는지."

붉게 물든 욕실과 사방에 퍼진 역한 피 냄새.

절대로 잊을 수 없는.

절대로, 잊히지 않는.

"……용서 못 해."

'맘껏 미워해.'

"용서 안 할 거야, 죽어도."

스스로에게 다짐하듯 목을 누른 손에 힘을 주었다.

"다 당신 탓이니까."

벽으로 여자를 밀치고서 힘껏 내리눌렀다. 죽어 버려. 다 당신 잘못이니까. 다 당신 때문에 이렇게 된 거니까. 당신만 아니었으면 우리 집은······.

"다 당신 탓······."

말을 잇는데 어느 순간 말문이 막혔다. 눈시울이 뜨거워졌다. 체념한 듯 내 손에 몸을 맡기던 여자의 눈동자가 다시 흔들렸다. 툭, 툭, 볼을 타고 흘러내린 눈물이 바닥으로 추락했다.

"당······신만 아니었어도······."

콰르릉.

등 뒤에서 요란한 빛이 번쩍였다. 오후부터 흐려지기 시작했던 하늘이 결국 비를 쏟아 낼 모양이었다. 다시 한번 불빛이 번쩍였다.

"미안해······."

어째서일까. 그 사과를 듣는 순간, 모든 것이 견딜 수 없게 느껴졌다. 목을 조르던 손을 떼자 여자가 주르륵 아래로 미끄러졌다. 벽에 기대 쓰러진 여자를 내버려 둔 채 밖으로 뛰쳐나갔다.

지긋지긋한 비 같으니.

검게 흐려진 하늘에서 비가 쏟아져 내렸다. 무작정 집을 나온 탓에 내리는 비를 고스란히 맞을 수밖에 없었다.

'누구세요?'

'많이 밉고 싫은 건 알겠지만 연락 줘. 기다릴게.'

전봇대를 붙잡고 토했다. 저녁에 먹은 것들이 그대로 쏟아져 나왔다.

죽고 싶어.

죽어 버리고 싶어.

힘이 풀려 주저앉았다. 여긴 대체 어디고 난 왜 이러고 있는 걸까.

'엄마 안 떠날 거지?'

힘없이, 애처롭게 엄마는 내 귀에 속삭였었다.

"거짓말쟁이."

'엄마한텐 우리 진우가 전부야.'

"거짓말쟁이."

'진우 없으면 엄마는 못 살아.'

"웃기지 마!"

가지 말라 버릇처럼 말했으면서 손목을 그었다. 자신마저 없으면 정말 내가 혼자가 된다는 걸 알면서도. 그리고 깨어났을 땐 기억 속에서 나를 지워 버렸다.

내가 누구냐고?

세상에 그런 잔인한 질문이 어딨어. 그렇게 내칠 거였으면, 그럴 거였으면 아예 세상에 태어나게 하지 말지. 그럼 이렇게 아프지도 괴롭지도 않았을 텐데.

비는 멎을 기미가 없었다. 무릎에 얼굴을 묻고서 가만히 떨어지는 빗줄기를 맞았다.

차라리 죽어 버렸으면 좋겠어.

이대로 내일 아침까지 있으면 죽을 수 있지 않을까. 멍한 머리로 그렇게 생각했다.

"사실은."

차갑게 식은 입술 사이로 보란 듯 말해 보았다. 어느 우스운

연극의 배우처럼.

"알고 있었어."

모든 게 당신 탓이 아니란 것쯤은 이미 알고 있었어.

여자의 집을 찾아가며 주문처럼 되새겼다. 전부 그 여자 탓이라고. 그 여자 때문에 모든 게 망가졌다고. 나도, 엄마도 모두 피해자니 당한 만큼 상처 입혀야 한다고.

알고 있었다. 여자 때문에 망가진 것이 아니었다. 그저 필사적으로 오기를 부린 것뿐이었다. 인정하기 싫어서, 인정하고 싶지 않아서.

어린 시절에도 두 사람의 사이가 좋지 않다는 것쯤은 알고 있었다. 그래도 초등학교에 입학할 무렵까지는 함께 밥을 먹고, 휴일을 같이 보내며 여느 가정과 크게 다를 것 없는 나날을 보냈다.

유능하긴 했던 건지 아버지란 인간은 점차 회사에서 인정받았고 빠르게 승진을 거듭했다. 직급이 높아지자 그에 비례해 회사에 머무는 시간도 길어졌다. 그가 답답한 집구석을 탈출하기 위한 핑곗거리로 일을 택한 건지, 아니면 순수하게 일을 하며 얻는 성취를 즐긴 건지는 알 수 없었다. 분명한 건, 엄마와 내가 그의 우선순위에서 밀려났다는 사실이었다.

엄마는 외로움을 견디기 위해 술을 마셨고 그가 집에 들어온 날이면 하루도 빠짐없이 서로를 비난하는 고성이 오갔다. 그러다 중학교 1학년 때, 새벽녘까지 다투는 소리가 이어졌다. 한마디 상의도 없이 그가 집을 나가 살기 시작한 이후 엄마는 빠른 속도로 망가지기 시작했다.

물론 이런 속사정을 아는 이는 없었다. 엄마도, 그 남자도, 나도 가진 건 자존심밖에 없어 필사적으로 치부를 숨겼다. 사람들은 대기업 임원인 아버지와 아름다운 엄마, 그리고 머리 좋은 나와 건축가인 외할아버지가 손수 지어 준 그림 같은 집을 입이 닳도록 칭찬하고 부러워했다.

'정말 완벽한 집이야.'

그래, 완벽했다. 단지 그것이 눈에 비치는 겉모습에 불과할지라도.

일을 핑계로 엄마와 나를 버린 그 남자를 미워하고 원망했다. 내게 있어 그는 악이었고 버림받은 엄마는 선이었다. 상처받고 아파하는 엄마를 내가 지켜 주겠다, 다짐했다.

'작작 해. 이제 넌더리가 나니까.'

'아빠가 왜 엄마를 떠났는지 알 것 같아.'

엄마가 손목을 긋기 전 집을 나서며 그렇게 말했다. 오만 정이 떨어졌다는 투로, 한심스러워서 더는 함께 있고 싶지 않다는 듯. 그 말이 유일하게 나를 믿고 의지하는 엄마에게 얼마나 지독한 상처가 될지 알면서도.

엄마가 무너진 건 지극히 당연한 일이었다. 하지만, 인정할 수 없었다. 인정하고 싶지 않았다. 지켜 주겠다 약속한 엄마를 산산이 망가뜨린 나를 용납할 수 없었다. 탈출구가 필요했다. 그래서, 희생양을 만들었다.

전부 그 여자 탓이야.

사실 여자의 존재는, 이미 무너져 가던 건물 위에 올려 둔 돌멩이에 지나지 않았다. 어차피 언젠가는 무너질 집이었다. 헌데도 모든 것을 그 여자 탓으로 돌렸다.

그러지 않으면 견딜 수가 없었으니까.

눈물 탓인지 멀리 떨어진 이층주택의 불빛이 사방으로 번져 나갔다. 우리 집에도 저렇게 불이 환하게 켜지던 때가 있었다. 봄이 되면 덩굴장미가 울타리를 휘감았고 엄마가 좋아하는 라일락 나무가 흐드러지게 꽃을 피웠다. 날씨가 좋을 땐 피크닉을 간 것처럼 잔디밭에 돗자리를 깔고 샌드위치를 먹었다. 그 남자와 캐치볼을 하면 엄마는 웃으며 그 광경을 지켜보던 풍경이 이제는 아스라했다.

분명 그런 날들도 존재했었는데, 언제부턴가 햇살이 스미던 거실 창에 암막 커튼이 드리워졌다. 집 안을 살펴 주던 도우미 아주머니의 발길마저 끊어지고 커다란 이층주택엔 오롯이 엄마와 나만이 남았다.

불 꺼진 집에 들어갈 때마다 다녀왔냐고 말해 주던 엄마를 그리워했다. 단지 그뿐이었는데. 바라던 건, 정말 그것뿐이었는데.

어느 순간 더 이상 비가 머리에 떨어지지 않는다는 걸 알았다. 흐릿한 시야로 삼선 슬리퍼가 보였다. 하얀 종아리부터 발목까지 구정물이 흘러내렸다. 물웅덩이를 밟았는지 발이며 슬리퍼며 전부 흙투성이였다.

고개를 젖혀 올려다보자 우산 쥔 손을 뻗어 머리 위로 떨어지는 빗줄기를 막아 주고 있는 여자가 보였다. 우산을 내게 씌워 준 탓에 여자는 꼼짝없이 비를 맞고 있었다.

툭툭. 투투툭. 퉁.

바닥에 퍼부어지는 빗소리보다 우산으로 떨어지는 빗소리가 더 요란했다.

투투툭. 퉁. 투툭.

"……여긴, 추워."

여자가 입을 열었다.

"추워."

"그래서, 뭐."

아무렇지 않은 척했지만 으슬으슬 몸이 떨려 오고 있었다. 티를 내지 않으려 이를 악물었다.

"감기 걸리면 고생해."

눈앞으로 하얀 손이 다가왔다.

"가자."

어디로? 차마 입 밖으로 나오지 않는 말을 삼켰다.

"웃기지 마."

여자의 손을 밀쳐 냈다. 잠시 밀려났던 손이 다시 다가왔다. 외면하며 고개를 돌리자 눈가에 따뜻한 온기가 닿았다. 떨리는 여자의 손이 내 눈가에 묻은 눈물인지 빗물인지 모를 액체를 훔쳐 냈다.

"돌아가자."

눈앞에 다시 손이 내밀어졌다.

"가자."

여자가 집요하게 구는 것이 싫었다. 추위를 이기지 못하고 자꾸 떨려 오는 몸도 짜증스러웠다. 차라리 내버려 둬. 이대로 버려두라고. 소리치려는 순간 여자가 무릎 위에 놓인 내 손을 움켜쥐었다.

"……돌아가자."

고장 난 라디오처럼 같은 말을 반복하는 여자의 체온은 지나치게 따뜻했다. 그것이 상대적으로 낮은 내 체온 탓이라는 걸 알았지만, 눈물이 났다. 당장 뿌리치고 싶었지만 여자가 손을 움켜쥐는 순간, 그렇게 할 수 없음을 알았다.

이 온기를 뿌리치기엔, 나는 너무 오래도록 혼자였다. 너무 오랫동안 이런 손길을 바라고 있었다. 아무리 어른스럽고 똑똑한 척 굴더라도 나는 외로움에 굶주린 어린아이에 불과했다. 그러니까, 누구라도 좋았다. 내게 내밀어진 이 손을 거부할 수가 없었다.

"돌아가자."

적어도 지금은, 이 온기를 놓칠 수 없었다.

서유의 이야기 3

　어떻게 하면 좋을까.

　잠든 소년의 얼굴과 시계를 번갈아 확인했다. 지금이라도 일어나야 학교에 늦지 않을 것 같았다. 집에서 하루 정도 쉬었으면 했지만 내가 결정할 수 있는 일은 아니었다. 조심스레 소년을 흔들어 깨웠다.

　"자는데 깨워서 미안해."

　빗줄기는 잦아들었지만 주변은 초저녁처럼 어두웠다. 잠기운이 묻어난 눈이 붉게 충혈되어 있었다.

　"학교 갈 시간이어서 깨웠어."

　학교라는 말에 흐린 눈동자가 초점을 되찾았다. 시계를 확인한 소년이 힘겹게 몸을 일으켰다.

　"오늘은 쉬는 게 좋지 않을까."

"갈 거야."

그치만.

말리고 싶었지만 그럴 수 없었다. 부축하려는 손을 뿌리친 소년이 비척비척 욕실로 향했다.

핏기 없는 얼굴로 말끔히 교복을 차려입은 소년이 현관 앞에 멈추어 섰다.

"내 신발 어딨어?"

"그게."

추궁하는 듯한 시선에 손가락으로 베란다를 가리켰다. 지난밤 비를 맞고 다닌 소년의 운동화는 온통 흙탕물로 범벅이었다. 아침까지 마르진 않겠지만 그대로 놔둘 수도 없어 밤새 운동화를 빨아 널었다.

멋대로 빨아서 불쾌한 걸까.

한참 운동화를 바라보던 소년이 가방을 내려놨다. 순식간에 와이셔츠를 벗어 던진 소년이 티셔츠 차림으로 눈을 흘겼다. 변태야? 언제까지 볼 거야. 그제야 소년의 손이 바지 버클을 향해 있다는 걸 알았다.

황급히 고개를 젓고 뒤돌아섰다. 얼굴이 달아올랐다. 잠시 후 돌아보니 믿을 수 없게도 다시 이불 속에 드러누운 소년이 보였다.

"학교 안 가?"

다시 잘 생각인 듯 목까지 이불을 끌어 올린 소년을 향해 물었다. 안 가. 무심한 대꾸가 돌아왔다.

"안 가?"

"신발이 없는데 어떻게 가란 거야."

"내가 나가서 사 올까?"

소년이 불쾌하다는 듯 미간을 그러모았다.

"이 시간에 신발 파는 데가 어디 있어?"

"그래도 잘 찾아보면 있을지도……."

"이렇게 아픈데 학교에 보내겠다는 거야?"

지독한 인간이라고 말하는 듯한 눈빛에 억울해졌지만 변명할 말이 떠오르지 않았다. 아니, 대꾸한다 해도 어차피 이기지 못할 것 같긴 했다.

"학교에 연락은 해야 할 것 같은데."

"이따 할 거야. 아직 등교 시간 되려면 한참 남았어."

"응, 알겠어."

"정신 사나우니까 이제 말 걸지 마. 잘 거니까."

소년이 등을 보인 채 돌아누웠다. 제멋대로인 행동에도 기분이 나쁘기보단 다행이라는 생각이 들었다. 지금 몸 상태로 학교에 가는 건 아무리 생각해도 무리였으니까.

운동화를 잘 빨아 둔 걸까.

이전보다 편안해 보이는 얼굴을 바라보다 조용히 자리에서 일어났다.

"병원엔 정말 안 가도 돼?"

죽을 삼키던 소년이 고개를 끄덕였다. 여전히 기운은 없어 보였지만 푹 자고 나니 얼굴빛은 한결 나았다. 잠시 후 소년이 술가락을 놓았다. 채 반절도 비우지 못한 죽 그릇을 치우고 약을 내밀었다.

"약국에서 사 왔어, 몸살에 좋대."

할 말이 있는 듯 입술을 달싹이던 소년이 이내 약을 입 안에 털어 넣었다. 쓴 가루약인데도 거리낌이 없었다. 빈 그릇을 한데 모아 정리하는데 이쪽을 보는 시선이 느껴졌다.

"당신 진짜 이상해."

"그런……."

"그런 말 많이 들었다는 같잖은 소리는 집어치워."

이번엔 뭐가 불만인 걸까.

매사에 느린 나로서는 소년의 빠른 감정 기복을 따라갈 수가 없었다.

"좀 더 잘래?"

"내가 곰이야?"

하기야, 벌써 오후 네 시였다. 여덟 시에 일어난 소년은 학교에 전화를 한 뒤 지금까지 죽은 듯 잠을 잤었다. 많이 자긴 잤구나. 잠시 생각하고 버릇처럼 고개를 끄덕였는데 소년의 얼굴이 종잇장처럼 구겨졌다.

"내가 곰이라고?"

왜 얘기가 그리로 튀어 나가는 걸까.

"아니."

"그럼 왜 고개를 끄덕이고 난리야?"

그렇게 오해할 수도 있었겠구나. 나도 모르게 다시 고개를 끄덕인 모양이었다.

"띨띨이."

그런 말은, 태어나 처음이었다.

"바보."

"난……."

"목말라."

반박할 기회를 놓쳤다. 뭔가 이게 아닌데, 싶었지만 콜록이는 모습을 보자 가만히 있을 수가 없었다. 서둘러 물을 따라 오니 소년이 말했다.

"지금이 마지막 기회야."

심술기가 걷힌 두 눈은 차분하게 가라앉아 있었다. 조금 전까지 심통 부리던 이와 동일 인물이라고는 생각할 수 없을 만큼.

"나가라고 말해. 그러면, 나가 줄게. 두 번은 말 안 해. 그러니까 하고 싶은 말이 있으면 지금 해. 군말 없이 따라 줄 테니까."

머그잔을 감싸 쥔 소년의 손이 눈에 들어왔다. 오른손 중지의 첫째 마디와 둘째 마디 부근의 옆면이 유난히 볼록하게 부풀어 있었다. 어찌 보면 흉하게 느껴질 수 있는 그 굳은살은 소년이 성실한 학생이라는 증거일 터였다.

"여기 있어도 괜찮아."

말을 하고서 잠시 망설였다. 말하는 데는 소질이 없지만 소년이 납득할 만한 설명을 해야 한다는 건 알았다.

"싫지 않아."

"……."

"나는 쭉 혼자, 여서 집에 누가 있다는 게 기뻐."

소년과 달리 매끈한 내 중지를 매만지며 신중히 말을 골랐다.

"이상하게 느껴지겠지만 네가 있는 게, 싫지 않아."

"……."

"부담을 가지라는 건 아니고, 그냥…… 원하는 만큼 있어도 된다는 말이야. 나는 전혀 싫지 않으니까…… 그러니까, 나중에 가고 싶어지면 그때 가면 돼."

조금 더 똑 부러지게 말할 수 있다면 좋을 텐데.

어릴 때부터 말하는 것이 서툴렀다. 말로 생각을 전한다는 건 언제나 어려웠다. 어쩔 수 없다며 포기하고 살아왔지만 오늘은 새삼 자신이 한심하게 느껴졌다.

"……아니야?"

"미안, 뭐라고 했어?"

너무 작은 목소리라 제대로 듣지 못해 되물었다. 홱, 고개를 든 소년이 따지듯 말했다.

"바보 아니야?"

"응?"

"쪽팔리게 그딴 건 왜 말해?"

"어?"

"귀찮으니까 가 버리라고 하든가, 아니면 특별히 머물게 해 주겠다고 건방이라도 떨면 되잖아."

"그런가?"

"뭐가 또 그새 그런가, 야. 왜 이렇게 줏대가 없어 인간이?"

"그런 거야?"

"됐어, 더 얘기해 봐야 내 입만 아프지."

소년이 홱, 이불을 뒤집어쓰고 돌아누웠다.

"뭐 해, 나 잘 거야. 저리 가."

"아까 더 안 잔다고……."

"내가 언제?"

조금 전 자신이 했던 말을 기억 속에서 깨끗이 지워 낸 소년이 눈을 흘겼다. 소년은 공부를 잘하는 것뿐만 아니라 뻔뻔함에도 소질이 있는 듯했다.

"……곰."

이불을 걷어차며 일어난 소년이 붉어진 얼굴로 버럭 소리 질렀다.

"누가 곰이야?"

나도 모르게 입가가 풀어졌다. 비웃는다고 오해할 것 같아 필사적으로 입매를 굳혀 보았지만 소용없었다. 애써 입을 틀어막고서 고개를 숙였지만 스스로도 느낄 수 있을 만큼 부자연스럽게 어깨가 들썩이고 있었다.

"기분 나쁘게 왜 웃고 난리야……."

길길이 날뛸 거라 생각했던 소년이 뚱한 목소리로 조건을 달았다.

"일 분 안에 안 멈추면……."

"안, 멈추면?"

간신히 입술을 물고서 힘겹게 되물었지만 돌아오는 대답은 없었다. 불퉁하게 뺨을 부풀린 소년이 발끝으로 툭 이불을 걷어찼다. 아마 딱히 협박할 말이 없었을 터였다. 제 뜻대로 되지 않아 토라진 아이 같은 모습에 결국 웃음이 터지고 말았다.

"뭘 봐."

"안 봤는데."

"웃기시네. 아까부터 계속 힐끔힐끔 봤잖아."

"……신기해서, 그랬어."

뭐가. 소년의 물음에 문제집 위 빼곡한 검은 글씨를 가리켰다.

해가 질 무렵 소년은 상을 펴고 수학 문제집을 펼쳤다. 방해가 될까 싶어 방에 들어가려 했지만 무심한 목소리가 따라왔다.

'나 때문이면 들어갈 필요 없어. 상관없으니까.'

베란다 문틀에 기대앉아 책을 읽는 동안 소년은 문제를 풀었다. 대개는 문제를 보자마자, 좀 난해한 경우엔 턱을 괴고 잠시 생각하다 이내 손을 움직였다. 풀이를 써 내려가는 손길엔 늘 막힘이 없었다.

"문제 보면 금방 풀잖아."

"난 또 뭐라고."

"공부하는 건 재밌어?"

"재미 따위, 있을 리 없잖아."

소년의 손가락 사이로 빙글빙글 펜이 돌아갔다.

"재밌어서 하는 게 아니라 필요하니까 하는 거지."

"그렇구나."

"당연하지. 누가 재미로 공부해?"

더 질문 없으면 귀찮게 하지 말고. 눈빛으로 전해 오는 말을 읽고서 다시 책으로 시선을 돌렸다. 집중이 잘 되지 않아 그냥 방에 들어갈까 망설이던 찰나였다.

"재미 같은 걸 따지는 녀석들치고 공부 잘하는 거 못 봤어."

"그런가."

"말만 하면 그렇구나, 그런가야. 아주 그냥 미련 곰탱이야, 곰탱이. 이러니 공부를 못했지."

"은근히……."

둔한 나지만 소년이 유달리 곰, 을 강조하는 까닭은 알 수 있었다.

"은근히, 뭐."

"은근히 뒤끝이 긴 것 같아."

내 말에 소년이 미간을 그러모았다. 그렇게 하면 나중에 주름 생기는데. 손가락으로 이마를 문지르는 시늉을 했다.

"주름."

"내 나이가 몇인데 주름이야? 당신 주름이나 걱정해."

하기야, 그런가. 손가락으로 나이 차를 헤아려 보았다. 소년은 열일곱. 나는 스물넷. 일곱 살이나 차이가 나는구나. 새삼 감탄하며 고개를 들었는데 소년의 표정이 조금 오묘했다.

"방금 그거, 나이 차 센 거야?"

"응."

"당신 몇 살이야?"

"스물넷."

딸깍딸깍 볼펜의 머리를 눌러 대던 소년이 애매한 얼굴로 자신의 이름을 아냐고 물어 왔다.

"알고 있어."

"어떻게?"

"교복에 명찰 봤어."

진우, 이진우. 속으로 수십 번도 더 곱씹었고 그와 통화할 때 익숙하다는 듯 불러 왔던 이름이었다. 하지만 소년이 자신의 입으로 이름을 말한 적은 없었다.

우리는 서로의 이름도, 나이도 모른 채 함께 지내 왔구나.

새삼스럽게 떠오른 생각에 씁쓸해졌다. 당연한 일이었다. 소년과 내가 어떤 식으로 만나게 되었는지를 잊어선 안 됐다.

착각해선 안 돼.

소년에게 나란 사람은 이름도, 나이도 알 필요 없는 타인이었다. 오히려 세상 누구보다 밉고 싫은, 이 집을 나가는 순간 인생에서 깨끗이 지워 버리고 싶은 그런 존재일 터였다.

"……우야."

"응?"

생각에 빠져 있다 말을 놓쳤다.

"왜 사람 말을 안 듣고 난리야?"

"미안해."

사과는 잘만 해요. 그놈의 미안해는 아주 그냥 입에 붙었어. 혼잣말이라고 하기에는 조금 큰 목소리로 중얼거린 소년이 똑바로 나를 응시해 왔다. 곧게 마주해 오는 시선에 순간 심장이 두근거렸다.

"이진우. 그게 내 이름이야."

'당신이 전화했던 그 여자야?'

품평하듯 위아래로 나를 훑고 옷을 벗으라 명령하던 남자들이 생각났다. 돈으로 욕망을 사고파는 관계란 그런 것이었다. 이름 같은 건 중요하지 않았다. 그저 순간의 갈증을 해소할 몸만이 필요할 뿐.

"명찰 봐서 알겠지만, 그래도 말은 해야 할 것 같아서."

"으응."

어쩐지 목 안쪽이 뜨거워 쉽게 대답할 수 없었다.

"응은 무슨 응이야?"

"응?"

"아, 진짜."

인사를 하고 이름을 묻고 그 이름을 불러 주던 평범한 일상이 이제는 기억조차 나지 않았다.

"왜?"

고맙다고 말한다면 비웃을까. 하지만 그런 말을 할 수도 없게끔 소년의 얼굴은 또다시 잔뜩 일그러져 있었다.

"당신 이름도 말해야 할 거 아니야, 응은 무슨 응?"

"아."

"당신 매번 사기당하는 거 아니야? 솔직히 말해 봐, 돈 같은 거 제때 못 받고 뜯긴 적 있지?"

소년이 내 이름을 물었다는 것, 그리고 그렇게 혐오하던 일에 대해 언급했다는 사실에 진심으로 당황했다.

"당신 일도 무슨 규칙 같은 게 있을 거 아니야. 시간당 얼마라든가, 아니면 어떤 짓은 해선 안 된다든가."

엄한 선생님 같은 말에 나도 모르게 고개를 끄덕였다.

"돈은 제대로 받아? 아니, 것도 그렇지만 왠지 당신 같은 인간은 길에서 만난 놈이 돈 좀 빌려 달라고 하면 줄 것 같단 말이야. 등쳐 먹히고도 등쳐 먹힌 줄 모르고 딸빵하게…… 뭐야, 설마 그런 적 있어?"

잠시 움찔거렸을 뿐인데 예리하게 알아챈 소년의 눈초리가 사나워졌다.

"등쳐 먹힌 게 아니라…… 아이가 아파서 수술비가 모자라다고 했어."

"어떤 새끼가?"

"그냥 길에서 만난 사람……."

"얼마나 줬어?"

내가 더 나이가 많은데 왜 혼나는 아이처럼 느껴지는 걸까.

"백오십……."

"미쳤어?"

"그치만…… 수술이 다음 날이라니까……."

"그게 다지?"

"……몇 번 안 돼."

돌아 버리겠네. 답답하다는 듯 소년이 주먹으로 가슴을 두들겼다.

"그 돈, 당신이 직접 번 거지?"

험상궂은 분위기에 고개만 끄덕이자 주먹 쥔 손이 탕, 상을 내리쳤다.

"그 돈이 어떤 돈인데 그렇게 쉽게 남한테 줘?"

"어?"

"제정신이야? 그 돈이 뭔데. 당신이 뭣 모르는 새끼들한테 몸 팔아서 받은 돈이잖아."

몸을 판다. 사실일 뿐인데 이상하리만치 심장이 따끔거렸다.

"쉬운 돈, 아니잖아. 당신이 이름도 성격도 직업도 모르는, 범죄자일지도 모르는, 어떤 나쁜 생각을 품고 있을지 모르는 위험한 놈들하고 만나서 받은 돈이잖아! 그런 돈을…… 그렇게 함부로 퍼 주면 어쩌자는 거야."

이어지는 말이 전혀 예상치 못한 것이어서 놀랐다. 소년은 어쩐지 복잡한 표정을 짓고 있었다.

"착각은 하지 마. 당신이 하는 일, 나는 이해 못 해. 이해하고 싶지도 않고."

흥분을 가라앉히려는 듯 심호흡을 한 소년이 말을 이었다.

"왜 군이 그런 일을 해서 돈을 버는진 모르지만…… 당신도 쉽게 하는 일은 아니잖아."

이상하다고 생각했다.

"그쪽 일은 잘 모르지만…… 그래도 그런 일이 보이는 것처럼 마냥 쉬운 건 아닐 거잖아. 세상에 별별 놈들이 많은데 그런 놈들을 만나면 위험할 수도 있고. 아씨, 그러니까…… 이해도 할 수 없고 납득도 못 하겠지만 그래도…… 쉽게 번 돈이 아니니까, 어쨌거나 고생해서 번 돈이니까 소중히 여기면 좋잖아."

너는 어째서 이렇게 다정한 걸까.

"왜, 어린놈이 주제넘게 설교한다고 생각해? 아니꼬와?"

"……아니."

단 한 마디였는데도 꺼내기 힘겨웠다. 하지만 전하고 싶었다. 지금 하지 않으면 이 말을 전할 기회가 없을 것 같았다. 이 상냥한, 서툴지만 마음 따뜻한 소년이 언제까지고 이곳에 있진 않을 테니.

"고마워."

필사적으로 입꼬리를 끌어 올려 웃었다.

"서유."

목까지 차오른 눈물이 목소리에 묻어 나오지 않기를 바랐다.

서유. 갓난아기인 나를 보육원 앞에 두고 갔던 부모님이 문 앞에 써 붙인 그 이름. 태어나자마자 버림받은 내게 유일하게 남겨진, 누군가가 나를 사랑해 주었던 흔적. 혼자가 된 뒤에도 유일하게 내게 남아 나를 위로해 주고 지탱해 주었던 그 이름.

그 이름을 말할 기회를 준 소년에게 감사했다.

"내 이름은…… 서유야. 한……서유."

만나서, 정말로 만나서 반가워, 진우야.

소년을 향해, 할 수 있는 한 가장 밝게 웃음 지었다.

"……이거."

밤늦게 돌아와서도 공부하는 소년의 옆에 복숭아를 잘라 놓은 접시를 놓았다. 잠시 시선을 두었던 소년이 다시 펜을 쥐고 뭔가를 쓰기 시작했다. 난해한 용어들로 가득한 종이를 바라보다 돌아섰다.

"늦었으니 얼른 자."

여전히 시선은 문제집에 고정한 채 소년이 무심히 말해 왔다. 방으로 들어가기 전 아삭, 하고 복숭아 먹는 소리가 들려왔다.

언덕길을 오르다 지쳐 잠시 숨을 골랐다. 학창 시절에도 체육 시간은 늘 고역이었다.

정말 잘하는 게 하나도 없구나.

공부는 물론이거니와 어쩐지 운동조차 야무지게 해낼 것 같은 소년을 생각하자 기가 죽었다. 울적한 마음에 발치에 있는 돌멩이를 툭 걷어찼다. 발에 챈 돌멩이가 언덕 아래로 굴러갔다.

'이 쌍년이! 내가 거짓말을 한다는 거야?'

'그깟 푼돈이 없어서 토낄 것 같아? 내가 지금 변변한 직장도 없다고 무시하는 거지, 앙? 그래 봤자 몸이나 굴리며 먹고사는 주제에…….'

터진 입술을 매만졌다. 손끝이 살짝 스쳤을 뿐인데도 얼얼한 아픔이 일었다. 전직 운동선수라던 남자의 손은 돌처럼 단단했다. 확인하진 않았어도 그런 손에 힘껏 맞았으니 뺨이 퉁퉁 부어올랐을 게 분명했다.

멈춰 선 자리에서 집이 보였지만 쉬이 걸음을 옮길 수가 없었다. 부스럭대는 장바구니 소리가 자꾸 귓가를 간지럽혔다.

갈까, 말까.

손잡이 끈을 뱅뱅 손에 감아쥔 채 망설였다.

"얼굴은 보이고 싶지 않은데."

마트에서 사람들이 보내는 시선은 무심히 넘겼지만 소년에게만큼은 보여 주고 싶지 않았다.

"그래도 내가 어른인데."

또 혼나고 싶진 않은걸.

'왜 굳이 그런 일을 해서 돈을 버는진 모르지만…….'

아니, 사실 이런 식으로 사는 나를 경멸할까 두려웠다. 경멸. 단어를 소리 내다 피식 웃음이 나왔다. 새삼스럽게, 이제 와 무슨.

문을 열자 가지런히 놓인 운동화가 보였다.

눈치를 살피며 구두를 벗었다. 거실에선 인기척이 느껴지지 않았다. 씻고 있는 걸까. 서둘러 부엌으로 가 사 놓은 간식들을 풀어 헤쳤다.

빨리, 빨리.

인생 최고의 속도로 접은 장바구니를 서랍 속에 넣는데 욕실
문이 열렸다. 머리의 물기를 닦아 내던 소년이 고개를 돌렸다.

"왜 그렇게 놀라?"

아냐, 아무것도. 부엌이 어두워 다행이었다. 거실로 갈 때 빨
리 방으로 들어가면 돼. 기회를 노렸지만 소년은 미동 없이 서
있을 뿐이었다.

"거기서 뭐 해? 불도 안 켜고."

"먼저……."

"먼저?"

"가……."

소년이 기가 차다는 표정을 하고서 고개를 내저었다. 가뜩이
나 좋지 않은 인상에 나쁜 무언가가 덧붙여졌음을 알 수 있었다.

"어디 가서 나라 망신은 안 시키겠어. 워낙 예의가 발라서.
뭐, 굳이 양보해 준다니 먼저 가 줄게."

소년이 보란 듯 저벅저벅 소리를 내며 거실로 걸어갔다. 지금
이야. 빠른 걸음으로 욕실 앞을 지나치다 바닥에 조금 남아 있는
물기를 밟으며 넘어졌다. 엉덩방아를 찧고 밀려오는 아픔에 숨
을 죽였다. 고개 숙인 시야로 가까이 다가온 소년의 발목이 들어
왔다. 얼마나 한심하게 보고 있을지 보지 않아도 상상이 됐다.

"심심해?"

"안…… 심심해."

아파. 얼얼한 엉덩이를 손바닥으로 문지르는데 쪼그리고 앉
은 소년이 물었다.

"어느 별 출신이야?"

"응?"

"지구인은 아닌 것 같고. 어느 별에서 왔냐고."

고민했다. 유머스럽게 받아쳐야 할 것 같은데 어떤 대답이 좋을까.

"……꼴뚜기 별?"

"뭐야, 그건. 그걸 지금 웃으라고 한 거야?"

역시 아닌가.

민망함에 입을 다물자 옆에서 작은 웃음소리가 들려왔다. 소년이 고개를 숙인 채 어깨를 들썩이고 있었다.

내가 진짜 못 살겠어.

나중에는 머리를 끌어안고서 큭큭거리는 모습이 생소했다. 이렇게 웃는구나. 여전히 엉덩이는 얼얼했고 추한 모습을 보인 것도 부끄러웠지만 소년의 새로운 모습을 알게 된 건 기뻤다.

자주, 웃으면 좋을 텐데.

잠시 후 손바닥으로 얼굴을 쓸어내린 소년이 평소와 같은 얼굴로 다 웃었노라 통보했다.

"오해할까 봐 말해 두는데 재밌어서가 아니고 기가 막혀서 웃은 거야. 개그맨 같은 건 꿈도 꾸지 마."

어떤 말을 하면 또 웃어 줄까.

"뭐야, 이건."

서늘한 시선이 뺨을 향하고 있었다. 그제야 바보처럼 뭘 잊고 있었는지 깨달았다.

"이거 뭐냐고."

"그냥 좀."

고개를 돌리려 했지만 턱을 붙잡는 손이 더 빨랐다.

"오늘 만난 놈한테 맞았지? 왜?"

부은 뺨과 찢어진 입술의 상태를 확인한 소년이 짤막하게 욕설을 내뱉었다. 걱정해 주는 걸까. 몇 시간 전 만났던 남자가 떠올랐다.

'일단 좀 씻고 와. 땀범벅이잖아.'

약속했던 시간이 끝나고 남자는 욕실을 가리키며 내 몸을 일으켜 세웠다. 씻는 사이 달아나려 하는 것을 알았다. 평소의 나였다면 군말 없이 욕실로 향했겠지만 오늘만큼은 달랐다.

'먼저 약속한 돈을 주세요.'

소년은 말했었다. 스스로를 내던진 대가로 받은 돈을 함부로 여기지 말라고.

'씹, 네가 지금 날 의심하는 거야?'

자존심에 상처를 입고 날뛰던 남자에게 손찌검을 받고 말았지만,

'나 원, 더러워서. 이거나 먹고 꺼져.'

그래도 돈은 받을 수 있었다.

"오늘 기분이 좀 나빴던 것 같아."

"누가? 그쪽이? 그렇다고 사람을 패?"

그 이야기를 하면 어떤 표정을 지을까. 잘했다고 칭찬해 주면 좋을 텐데.

"미쳤어? 지금 웃음이 나와?"

머리도 맞은 건가, 하는 의심스러운 눈길이 쏟아졌다.

"별로 안 아파."

"웃기고 있네."

나도 모르는 사이 여러모로 많은 신뢰를 잃은 듯했다.

"왜 이렇게……."

차마 말하지 못하고 삼킨 뒷말이 무엇인지 알 것 같았다. 왜 이렇게 살아? 그 말을 끝까지 잇지 않은 건, 소년이 그만큼 다정하다는 뜻일 터였다.

"배 안 고파?"

"안 고파. 하나도 안 고파."

"……그럼 간식 사 온 거 안 먹어도 되겠네."

"참 나, 뭐 대단한 걸 사 왔길래."

"정말 안 줄 수도 있는데."

"쪼잔하기는."

고심 끝에 내뱉은 한 마디 한 마디를 소년은 여유 만만하게 받아쳤다. 역시 어쩔 수 없나. 소년을 말로써 이긴다는 건 불가능했다.

"언제까지 거기 앉아 있을 거야?"

불쑥 손이 다가왔다.

"잡고 일어나. 또 넘어질라."

망설이다 손을 붙잡고 일어섰다. 고마워. 인사하자 소년이 시큰둥한 표정으로 덧붙였다.

"조심해. 늙어서 뼈 부러지면 잘 붙지도 않아."

아마도 나는 평생을 살아도 소년을 이기지 못하리라.

잠이 오지 않았다. 이리저리 뒤척이다 뺨이 눌리면 흠칫 놀라기를 반복했다.

'내가 진짜 못 살겠어.'

맑게 터지던 웃음이 자꾸만 떠올랐다. 입술을 깨물어 봐도 계속 입가가 벌어졌다. 그렇게 제대로 웃는 모습은 처음이었다.

"안 돼, 어서 자야지."

그래야 내일도 일찍 일어나 소년의 아침을 차려 줄 수 있었다. 잠을 청하려 이불을 머리끝까지 뒤집어썼지만 이내 따라오는 통증에 신음을 삼켰다. 잠자코 뒤척임을 참아 주던 조루가 결국 신경질적인 울음을 흘렸다.

"미안."

다시금 천장을 보고 얌전히 누웠다.

자고 있겠지?

비를 맞고 호되게 앓은 이후 소년은 며칠 동안 밤늦게까지 책을 들여다봤다. 그 모습을 보며 학창 시절의 나를 반성하지 않을 수 없을 정도로.

오늘도 더 이야기하고 싶었지만 방해가 되지 않도록 간식만 준비하고 바로 방에 들어왔다. 베란다를 통해 거실의 불빛이 새어 나오지 않는 걸 보면 소년도 지금은 깊이 잠들었을 터였다.

똑똑.

그때였다. 귀 기울여 듣지 않으면 들을 수 없을 만큼 작은 노크 소리가 들려왔다.

환청인가.

소년이 방문을 두드릴 이유는 없지만 마음에 걸렸다. 망설이다 조루를 방해하지 않도록 조심스레 일어났다. 바람 소리였을까. 문에 귀를 가져다 댔지만 고요하기만 했다. 혹시나 하는 마음에 살짝 문을 열었다.

어둠이 내린 공간에 소년이 우뚝 서 있었다. 문이 열릴 것이라곤 생각하지 못했는지 놀란 표정이었다. 딱히 할 말이 있는 건 아닌지 가만히 입을 다물고 선 소년을 대신해 먼저 말을 꺼냈다.

"안 잤어?"

"잠이, 안 와서."

어딘가 투정 부리는 듯한 말투. 불과 몇 시간 전 그렇게 웃었던 것이 믿기지 않을 만큼 어둡게 가라앉은 모습이 신경 쓰였다.

"당신은 왜 안 잤어?"

"나도, 잠이 안 와서."

그렇게 말하며 웃어 보이자, 새카만 소년의 눈동자가 어지러이 흔들렸다.

집에 있는 재료로 간단히 부추전을 구웠다.

"당신 꼭 할머니 같아."

"응?"

"우리 외할머니, 명절에 찾아가면 계속 뭘 먹이려고 하시거든."

"내가 할머니 같아?"

"매번 하는 소리라곤 먹는 얘기밖에 없잖아."

내가 그랬던가. 뒤집개로 꾹꾹 전을 눌렀다. 넉넉히 두른 기름을 품은 전 가장자리가 바삭하게 익어 갔다. 고개를 드니 두어 걸음 떨어진 벽에 기대선 소년이 보였다.

"당신은, 아는 사람 없어?"

친구라든가. 소년의 질문에 잠시 머뭇거렸다.

"없어."

내 대답이 이상했던 건지 반듯한 미간에 주름이 졌다.

"그냥 부엌에서 먹을까. 거실엔 이불이 있어서 냄새 밸지도 모르니까."

"맘대로 해."

털썩 상 앞에 주저앉은 소년이 내 앞의 접시를 가리켰다.

"그건 왜 탔어."

"불 조절을 잘못해서……."

"이거 같이 먹어. 탄 걸 왜 먹어."

자신 몫의 전을 잘라 덜어 주는 손길은 무심하고, 또 다정했다.

"당신 말이야. 정말 주위에 아무도 없어?"

"응."

"그래도 하다못해 아는 사람 한 명은 있을 거 아니야."

"아는 사람이라면, 어떤 사람?"

"그러니까 가끔 만나서 밥을 먹거나, 이야기를 한다거나 하는, 뭐 그런……."

물어 놓고도 정확한 말을 찾기 어려웠던지 소년이 말끝을 흐렸다.

"아마."

없는 것 같아. 짧은 문장인데도 쉽게 말이 나오지 않았다. 슬프다거나 괴로워서가 아니라, 조금 부끄러워진 탓이었다. 평범하게 살아온 소년이 나 같은 사람을 이해하기는 어려울 테니까.

"왜?"

"글쎄. 그래도 조루가 있어."

"고양이가 사람이랑 같아?"

소년이 냉정하게 대답을 잘라 냈다. 기분이 좋지 않은 듯 보였다.

"김치전도 구워 줄까?"

"당신은 먹는 얘기밖에 할 줄 몰라?"

"미안."

머쓱해졌다. 정말로 나는 소년에게 먹는 이야기밖에 하지 않고 있었다. 하지만 내가 달리 뭘 해 줄 수 있을까. 소년보다 나이만 많지 더 나은 것이라곤 아무것도 없는 나인데.

"무슨 생각을 그렇게 해?"

"미안."

"그렇게 일일이 사과하지 마. 내가 나쁜 놈이 된 것 같잖아."

"착하진 않은 것 같아."

유머였는데. 급격히 싸늘해진 표정에 황급히 농담이었노라 고백했다. 역시 안 하던 짓을 하면 안 됐다.

"……어이없어."

고개 숙인 소년의 어깨가 떨려 왔다. 아, 웃었다.

"미치겠네."

"웃겼어?"

웃음을 멈춘 소년이 정색을 하고 날 바라봤다.

"안 웃겨."

"……응."

"당신, 진짜."

어이없음인지 즐거움인지 모를 감정으로 떨고 있는 소년의 입술이 보기 좋은 호선을 이루었다. 웃으니까 더 보기 좋다. 소년이 잘생겼다는 건 알고 있었지만 새삼 심장이 두근두근 뛰었다.

"변태."

"응?"

"지금 내 얼굴 뚫어져라 보고 있잖아. 잘생긴 건 알아 가지고."

"잘생겼다는 걸 알아?"

간신히 웃음을 멈춘 소년이 곧게 허리를 펴고서 '눈 있는 놈은 다 알지.' 하고 중얼거렸다.

"키 크지, 몸 좋지, 공부 잘하지. 나중에 나 만날 여자는 복이 터진 거야."

농담이라 생각했지만 소년의 표정은 몹시 진지했다. 수학 문제를 풀 때처럼.

"음."

"뭐가 음이야? 내가 부족하다는 거야?"

아니 그건 아닌데. 소년이 살벌한 눈빛을 보내며 자신의 말에 이의가 있으면 말해 보라 다그쳐 왔다.

"혹시 개그맨이 꿈이야?"

"내 말이 개그라고?"

"보통 그런 말은 본인이 하지 않는데."

"당신, 생각해 봐."

젓가락을 상에 내려놓은 소년이 자신 쪽으로 오라며 손짓했다. 머뭇거리는 기색을 보이자 인상을 쓰는 통에 몸을 기울였다.

"객관적으로 나, 잘생겼지?"

"……."

"빨리."

"잘생겼어."

"그래. 근데 내가 나를 못생겼다거나 평범하다고 말하면 거짓말을 하는 게 되는 거야. 누구는 그게 겸손이라 말하겠지만 실은 더 재수 없는 거라고. 눈만 멀쩡히 달려 있으면 뻔히 알 수 있는 일을 왜 빙빙 돌려 말해? 안 그래?"

"그런가."

"잘난 척? 잘난 걸 잘났다고 말하는 게 왜 잘난 척이야?"

"그렇구나."

진중한 눈빛에 동화되어 절로 고개가 끄덕여졌다. 그 순간, 소년의 얼굴이 멀어졌다. 눈 깜짝할 사이에 바닥에 엎드린 소년이 팔 사이에 얼굴을 묻고 끅끅 몸을 떨어 댔다.

장난쳤구나.

티셔츠 위로 소년의 어깨뼈가 오르락내리락 움직였다. 다행이야. 문득 그런 생각이 들었다. 처음 이곳에 왔을 땐 겨우 숨만 쉬는 것 같던 소년이, 이렇게나마 웃고 있어 참 다행이라고. 나의 아둔함이 소년을 웃게 할 수 있었단 사실에 감사했다.

진우의 이야기 3

빌라를 나서다 운동화 끈이 풀린 걸 발견했다. 무심코 밟은 끈 위에 발자국이 남아 있었다. 손으로 문질러 보았지만 흰 끈이라 얼룩이 쉬이 지워지지 않았다.

'잘 다녀와.'

여자는 오늘 아침에도 반쯤 잠에 취한 얼굴로 아침밥을 먹는 모습을 지켜봤다. 학교 갈 준비를 하는 동안엔 소파에 기대 꾸벅꾸벅 졸다 이내 주인을 마중하는 강아지처럼 달려와 인사를 했다.

'눈곱이나 좀 떼.'

눈곱 따윈 없었다. 심술일 뿐이었는데 여자는 한 치의 의심도 없이 무서운 기세로 두 눈을 비벼 댔다.

'눈 그렇게 비비면 안 되는 거 몰라?'

'아…… 조심할게.'

"그 얼빵함으로 여태까지 용케 살았다."

제 빛깔을 찾은 흰 운동화가 낯설었다. 비 오던 밤 흙투성이
가 되었던 것이라곤 믿기지 않았다. 어차피 더러워서 조금만 더
신다 버리려고 했었는데. 처음 샀을 때처럼 티끌 하나 묻지 않
은 새것 느낌은 아니었지만 얼마나 열심히 빨았는지 양심상 버
릴 수도 없게 됐다.

안 풀리게 좀 단단히 묶을걸.

끈에 남은 얼룩이 못내 마음에 걸렸지만 어쩔 수 없었다.

"바보 같은 여자."

더는 풀리지 않게 단단히 양쪽 끈을 여미고 걸음을 옮겼다.

모의고사가 끝나고 영역별로 채점한 점수를 적어 반장에게
넘겼다. 학교를 나서며 전원을 켜자 기다렸다는 듯 벨이 울렸
다. 동우였다. 무슨 말을 할지 충분히 예상이 됐지만 끊어질 기
미가 없는 벨 소리에 결국 전화를 받았다.

— 너 진짜 이럴 거냐?

"귀 따갑게 왜 소릴 지르고 난리야."

— 오늘 모의고사 끝났잖아. 친구 소원 한 번 들어주는 게 그
렇게 힘드냐!

귀에서 멀찌감치 휴대폰을 떼어 놨다. 처음엔 저 목청에 고스
란히 당했지만 이젠 요령이 생겼다. 잠시 후 소음이 잦아들었을
즈음 모른 척 휴대폰을 가까이 했다.

— 걔 얼굴 완전 예쁘다니까? 너도 좋아할 거야.

"대신 성격이 못돼 처먹었다며. 여자 친구랑 데이트하는데 끼

어든다는 그런 눈치 없는 애를 왜 자꾸 소개해 주려고 하는데."

— 아, 아니, 눈치가 없기는. 야. 우정이지, 우정. 그냥 같이 영화나 한 편 보라니까? 걔가 오늘 개봉하는 영화를 그렇게 보고 싶어 한다더라.

"학생이 무슨 연애야. 공부할 것도 많아 죽겠는데. 됐어."

오늘 수리 틀린 것만 복습하고 좀 쉬어야지. 나머지는 내일 몰아서 해도 충분하니까.

"버스 왔어. 이만 끊는다."

— 야, 너 앞으로 우리 집 세탁기 쓰기만 해 봐, 죽여 버린다!

"어, 그래. 그동안 고마웠다. 이만 끊는다."

야! 이진우! 야 이 새끼야, 이따위로 전화 끊는 게 어딨어! 바락바락 들려오는 외침을 가볍게 무시해 주고서 종료 버튼을 눌렀다. 목청도 좋지. 다시 전화가 올까 싶어 냉큼 휴대폰을 꺼 버렸다.

마지막 오답 문제를 해결하고 샤프를 놓았다. 소파에 기대어 눈을 감았지만 시계 소리가 신경 쓰였다. 저걸 확 갖다 버리든가 해야지.

"일하는 시간이 뭐 이따위야."

하긴 하는 일 자체가 더 문제지. 여기 있다 보니 나도 정신이 이상해지는 기분이었다.

상을 발로 밀어 냈다. 소리에 놀란 건지 현관 앞에 뚤뚤 몸을 말고 누워 있던 뚱보 고양이가 이쪽을 바라봤다.

"뭘 봐? 눈 깔아."

냐아옹.

"뭐래."

꼬리가 허공에서 살랑살랑 흔들렸다. 도발이냐. 자리에서 일어나 녀석에게 다가갔다.

"야, 돼지."

위에서 내려다본 녀석의 몸은 종을 구별하기 힘들 만큼 투실투실했다. 푸둥푸둥한 몸뚱이를 손가락으로 누르자 녀석이 할퀴는 시늉을 하며 위협을 가했다. 어쭈. 돼지 주제에.

"그만 좀 처먹어."

냐아앙.

하여간에 그 여자가 문제라니까. 얼굴만 마주치면 먹는 얘기밖에 꺼내지 않는 여자를 생각하다, 문득 이 녀석만큼이나 푸둥푸둥하게 변한 나를 상상하고 말았다. 앞으론 조심해야지. 주는대로 받아먹다간 나 역시 이 꼴을 면치 못할 테니까.

냐앙.

"살 좀 빼. 너무 굼떠서 동작이 다 보이잖아."

현관 앞에 쪼그리고 앉아 고양이나 괴롭히고 있는 꼴이 한심하기도 했지만 한편으론 아무렴 어떠냐 싶었다. 꽈악, 꼬리를 움켜쥐자 바닥에서 몇 번인가 허우적거리던 녀석이 황급히 베란다로 달아났다.

그러게 누가 나타나서 시비 걸래.

손안에 남은 부들부들한 털의 감촉을 되새기며 힐끗, 거실 벽에 매달린 시계를 바라보았다. 이제 겨우 삼 분이 지났을 뿐이었다.

"심심하다고."

집구석에 TV 하나 없고.

"심심해."

무릎 사이에 얼굴을 파묻고 있다 빼꼼히 눈만 내밀어 다시 시계를 바라보았다. 인정하고 싶진 않지만 아마 나는 기다리고 있는 것일 터였다. 멍한 얼굴을 하고 있지만 실은 나를 뚱보 고양이처럼 만들 야심 찬 계획을 가지고 있는, 그 이상한 여자가 돌아오기를.

냐아.

여자의 발목에 녀석이 얼굴을 문질렀다. 한 걸음 내딛기 무섭게 앞을 막아서며 냥냥 울어 대는 모습이 가증스럽기 짝이 없었다.

"배고파?"

저놈이 배가 안 고팠던 적이 있긴 해?

오늘은 많이 먹었으니까 내일 줄게. 달래듯 녀석의 볼을 쓰다듬는 모습이 같잖았다. 저렇게 오냐오냐하니 버릇이 나빠지지. 속으로 구시렁대다 눈이 마주쳤다. 젠장.

"왜?"

왜 같은 소리 하고 있네. 멍한 물음에 절로 이가 악물어졌다. 현관 앞에 쪼그려 꾸벅꾸벅 졸던 모습을 들키고 말았다. 차라리 무슨 말이라도 했으면 마음이 편할 테지만 여자는 의아하다는 얼굴로 '새로운 놀이야?' 하고 물어 왔을 뿐이었다.

분명히 고의적이야, 저 여자.

"내가 뭘."

"아니, 아무것도 아니야."

느리게 눈을 깜빡인 여자의 시선이 다시 녀석에게 옮겨 갔다.

사람 무시하냐.

억지라는 걸 알고 있었지만 짜증이 났다. 힘주어 글씨를 쓰는 바람에 결국 샤프심이 부러졌다. 다시 나온 샤프심은 종이에 닿자마자 쏙 들어가 버렸다.

되는 게 없어.

어차피 공부할 생각 따윈 없었다. 꼴사나운 모습을 들킨 바람에 쪽팔려서 하는 시늉만 했을 뿐. 탁, 소리 나게 책을 덮자 여자가 돌아봤다.

"그만하려고?"

"나는 좀 쉬면 안 돼?"

"잘 거면 방에 들어갈게."

"그 녀석도 데려가."

여자가 녀석을 품에 안고서 꾸물꾸물 몸을 일으켰다. 운동 한 번 해 보지 않은 듯한 가는 팔이 푸둥한 살에 푹 파묻혔다.

"잘 자."

"말 안 해도 잘 잘 거야."

소파 옆에 포개 놓은 이불을 들어 올렸다. 거칠게 걸음을 옮기다 밀어 놓았던 상에 발가락을 부딪쳤다. 씹. 나도 모르게 이불을 바닥에 떨구고서 그 자리에 주저앉았다. 쪽팔려 죽을 것 같았지만 표정 관리가 안 됐다. 대체 내가 왜 여기서 이러고 있는 걸까. 길지 않은 인생에 대한 회의감이 밀려왔다.

"괜찮아?"

"말 걸지 마."

거리낌 없이 다가온 여자가 발목을 붙잡았다.

"잠깐만 볼게."

"저리 치워."

손을 뿌리치려 했지만 여자는 아랑곳하지 않고 고개를 숙였다.

"다행히 발톱은 괜찮다."

발가락을 매만지는 조심스러운 손길에 쥐구멍이라도 찾고 싶었다.

"그, 그러니까 괜찮다고 했잖아."

"그래도 혹시 모르니까."

"걱정하는 척하기는. 비웃고 있는 주제에."

꼼꼼히 발을 살피던 여자가 고개를 들었다.

"왜 비웃어?"

일말의 조소도, 장난기도 담기지 않은 진지한 시선에 도리어 당황스러워졌다.

"많이 아프지."

"이까짓 게 아프긴 뭐가."

그 이까짓 것 때문에 바들바들 몸을 떨고 있지만 뻔뻔하게 대답했다.

"안 아파? 나는 정말 아프던데."

"난 안 그래."

"……그런가."

"그런 거야."

"찜질할래?"

지금 돌려 까는 거지?

노려보자 내 얼굴과 발을 번갈아 본 여자가 손을 뻗어 왔다. 다가온 여자의 손이 톡톡, 머리 위를 가볍게 도닥였다.

뭐야.

"아프면 아프다고 말하면 돼. 참을 것 없어."

"안 아프다고 했잖아."

"정말 괜찮아?"

"안 아파."

"정말?"

"……아파. 아프다고. 쪽팔리게 울고 싶을 만큼 아파. 됐어?"

이제 속이 시원하냐.

뭐라 말하기도 전에 다시 서툰 손길이 다가왔다. 웃기는 짓 하지 말라고 얘기하고 싶었지만 불가능했다. 가만가만 머리를 매만지는 손에 목 안쪽이 울렁였다.

"……아픈 건 발인데 왜 머리를 쓰다듬고 난리야."

"칭찬."

"뭘."

"솔직하게 말했으니까."

이 여자가 진짜.

닿을 듯 말 듯 부드럽게 스치는 손길은 조금 전 뚱보 고양이를 쓰다듬을 때와 다르지 않았다. 기분이 나빠야 하는데, 그래야 하는데, 대꾸할 기운도 없어 무릎 위에 얼굴을 묻었다. 째깍 째깍. 듣기 싫은 시계 소리를 묵묵히 견디고 있노라니 이내 머리를 쓰다듬던 손이 떨어졌다.

"오늘."

"오늘?"

"모의고사 끝나고 바로 채점했어. 언어랑 외국어 만점 받았어."

"정말?"

"어."

"대단하다."

"어. 근데, 그게 다야?"

"응?"

말귀를 알아듣지 못하는 여자의 손을 잡아채 머리 위에 올렸다.

"만점 받는 게 쉬운 건 줄 알아?"

맹한 여자의 얼굴을 노려보다 다시 무릎에 얼굴을 묻었다. 얼마쯤 숨을 죽였을까. 조심스럽게 어루만지는 손길을 느끼며 눈을 감았다.

"빨리 와."

정신없이 내부를 구경하던 여자가 모자를 눌러쓰며 쪼르르 달려왔다. 평일 밤이라 그런지 영화관은 한산했다. 한눈을 팔면 다른 곳으로 가 버리려 하는 여자의 팔을 붙잡아 매표소 앞으로 이끌었다.

"이리 와. 거기가 아니라니까. 이거 보고 골라 봐."

"영화가 많네."

"너무 늦어서 볼 수 있는 건 두 편밖에 없어. 둘 중에 하나 골라."

대답을 기다리다간 끝도 없을 것 같아 영화 두 편을 손으로 가리켰다.

"나는 상관없으니까 보고 싶은 거 말해."

"……저건, 어떨까."

여자가 가리킨 건 커다란 강아지와 소녀가 주인공인 가족 영화가 아니라 이번에 새로 개봉했던 공포 영화였다. 의외의 선택에 놀라 고개를 돌리니 여자가 호기심 어린 눈으로 화면 속 포스터를 유심히 살펴보고 있었다.

"그거 보고 잠 못 자도 난 몰라."

"많이 무서울까?"

"나도 안 본 거라 잘 몰라. 15세 이용가니까 그렇게 무섭진 않을 것 같긴 해. 이걸로 할 거야?"

"응."

직원과 대화하는 걸 뒤에서 지켜보던 여자가 지갑을 꺼내려는 시늉을 했다. 예상에서 어긋나지 않는 여자의 앞을 막아선 다음 재빨리 카드로 결제했다.

"됐어."

"그치만……."

"설마 자기가 어른이니까 돈을 내야 한다는 그런 말을 하려는 건 아니지?"

정곡을 찔린 듯 눈을 홉뜬 여자를 위에서 내려다보며 비웃어 주었다.

"미안하지만 하나도 어른 안 같거든."

대부분의 시간을 학교에서 보내니 어차피 큰돈을 쓸 일은 없었다. 어린 시절부터 모아 온 용돈으로도 당분간 생활하는 데 어려움은 없었지만, 그 남자가 멋대로 돈을 보내오는 통에 잔고는 넘치도록 충분했다.

물론, 알고는 있었다. 돈 문제가 아니더라도 이 생활을 계속할 수 없다는 것쯤은.

"집세 대신이야."

"그치만."

"택도 없는 거 아는데 학생이니까 이걸로 퉁쳐. 싫어?"

"돈은 괜찮아, 나는 그냥……."

어쩔 줄 몰라 하는 모습에 절로 한숨이 나왔다.

"그럼 팝콘이라도 사."

"팝콘?"

"어."

"마실 건?"

뭐가 저렇게 좋은 걸까. 자기 돈을 써야 하는데도 두 눈에 똘망똘망 빛이 돌았다.

"종류별로 전부 다 사 줘."

"응?"

"됐고, 콜라면 돼. 매점은 바로 옆에 저기. 같이 사러 가."

"아냐, 여기 있어. 내가 가서 사 올게."

같이 가자고 할 줄 알았는데 의외였다. 자신만 믿으라는 듯 씩씩하게 대답한 여자가 매점으로 향했다. 불안한 마음으로 지켜보는데 진동이 느껴졌다.

[오늘 다시 병원에 입원했어. 혼자 집에 있는 것보다는 여기 있는 게 나을 것 같아서. 엄마는 잘 지내고 있으니 걱정 말고. 밥 잘 먹고 다니렴.]

이틀 전 확인한 음성 메시지엔 사실 자기가 위암이라며 항암 치료를 받고 있다는 말이 남겨져 있었다. 가뜩이나 힘들 텐데 그것까지 알리고 싶지 않았다고, 내가 마음의 준비가 될 때까지 기다리려고 했지만 상황이 여의치 않아 말하게 되었다고 했다.

개수작이라고 생각했다. 어떻게든 자신을 만나기 위해 수를 쓰는 거라고. 하지만 설령 암에 걸렸다 한들 무슨 상관이란 말인가. 전부 코미디 같았다. 자기가 언제부터 신경을 썼다고 꼬박꼬박 엄마의 안부를 전해 주는 것도 웃겼다.

'아버지께서 어제도 전화하셨어. 진우 잘 부탁한다고 하시더라. 어머니 입원하시고 아버지도 병간호하신다고 진우 요즘 계속 혼자 지낸다며. 밥은 잘 챙겨 먹고 있니?'

나 몰래 담임에게 연락해 자상한 아버지인 척 구는 것도, 무시해도 매일같이 받지 않을 전화를 걸고 답장 없을 메시지를 보내오는 것도 모두 지긋지긋했다.

어차피 내가 돌아갈 곳이 당신밖에 없다고 생각하는 거지?

분했다, 어린아이인 내가. 저렇게 얼빠진 여자도 어른이라고 행세하는데 대체 난 뭔가 싶었다. 나이가 어린 게 잘못이 아니란 걸 알면서도 화가 났다.

"저 여자가 어른이란 게 말이 돼?"

팝콘을 기다리는 동안 매점 앞에서 발을 동동 구르며 주변을 둘러보는 여자가 보였다. 암만 영화관이 오랜만이라 해도 뭐가 저렇게 신기해서 두리번대나 싶었다.

'됐어, 이제 그만해도 돼. 머리에 열나겠어. 그나저나 대체 무슨 재미로 살아? TV라도 좀 사.'

'심심해?'

'있으면 영화든 뭐든 봤을 텐데, 여긴 할 게 아무것도 없잖아.'

'영화 보고 싶어?'

'왜, 영화관에라도 데려가 주게?'

'가 본 지 너무 오래돼서……'

'얼마나 됐는데.'

다시 손가락셈이 시작됐다. 손가락이 여덟 개째 접히는 순간 불쑥 말이 나왔다.

'영화 보여 줘.'

'지금?'

'지금. 모의고사 봤다고 했잖아. 하루 종일 시험 치고 돌아왔는데 쉬고 싶어도 할 게 없어.'

'안 피곤해?'

'어차피 내일 놀토니까 학교 안 가. 이대로 자는 게 더 억울해. 고등학생이라고 공부하는 기계는 아니잖아.'

'내가…… 같이 가도 돼?'

'밤이잖아. 설마 청소년을 늦은 시간에 혼자 돌아다니게 할 셈이야?'

평소 즐겨 입는 원피스가 아니라 청바지에 티를 입은 여자는 이제 막 고등학교를 졸업한 새내기처럼 보였다. 아니, 단지 그뿐이랴. 정신없이 두리번두리번 주변을 살피는 모습은 영락없이 호기심 많은 강아지와 닮아 있었다.

같이 영화를 보러 오게 될 줄이야.

함께 지내며 한 가진 확실해졌다. 그 남자는 어떨지 모르겠지만, 저 사람에겐 아버지란 작자 역시 스쳐 지나가는 손님들 중 하나에 불과하다는 것. 하지만 아무리 생각해도 굳이 그런 일을 하며 사는 이유를 알 수 없었다. 화장으로 가렸다지만 여자의 얼굴에 남은 선명한 멍 자국은 가까이서 보면 확연히 티가 났다.

부모 얼굴은 본 적도 없고 간신히 중학교만을 졸업했다는 여자. 열여섯부터 자신을 상하게 하고 사람들에게 멸시받는 일을 하며 살아온 여자. 친구 한 명 없이 고양이 한 마리와 사는 여자의 모습에선 미래도, 희망도 느껴지지 않았다. 버틴다. 그래, 여자의 삶은 그저 매일매일을 버텨 내는 게 전부인 것 같았다.

차라리 미워할 수 있을 만큼 못된 사람이면 좋았을 텐데.

팝콘과 콜라를 끌어안고 조심조심 걸음을 옮기는 모습에 저절로 다리가 움직였다.

"콜라 이리 내."

"팝콘에도 종류가 있는지 처음 알았어. 뭘 좋아할지 몰라서 섞어서 사 봤는데……."

"잘했어. 십 분 전이니까 들어가도 될 것 같아. 근데 영화 볼 때도 모자 쓸 거야?"

"누가 볼까 봐……."

"무슨 연예인이라도 돼? 참 나, 누가 알아본다고."

7월에 목도리를 두르려 하는 걸 겨우 내가 가진 모자로 타협했다. 얼굴이 보이지 않게 모자를 눌러쓴 모습을 보자 가슴이 답답했다. 영화관조차 편히 오지 못하는데 왜 그런 일을 하고 살아.

"잘 따라와. 길 잃어도 난 몰라."

어미 오리를 따르듯 쫄쫄 뒤따르는 여자를 보며 한숨을 삼켰다.

영화가 시작되기 전 자리를 잡았지만 여자의 얼굴엔 난처한 기색이 역력했다. 왼손과 오른손에 각각 팝콘과 콜라를 들고 의자 끝에 걸쳐 앉은 여자가 물었다.

"어떻게 팝콘을 먹어?"

농담이라 믿고 싶었지만 팝콘과 콜라로 가득 찬 양손을 바라보며 도움을 요청하는 눈빛은 절실했다.

"잘 봐."

보란 듯 콜라를 좌석 옆의 컵걸이에 꽂자, 여자의 눈이 휘둥그레졌다.

"이런 게 있구나."

이제는 놀랄 마음도 들지 않았다. 신기하다는 듯 연신 제 콜라를 컵걸이에 꽂았다 빼기를 반복하는 여자에게 그만 좀 하라 핀잔했다. 겨우 진정한 여자가 팝콘을 끌어안은 채 의자에 등을 기댔다. 아니, 아니었다. 자리에 앉아서도 뭐가 그리 궁금한지 여자의 두 눈은 한시도 쉴 틈이 없었다. 스크린에서 연이어 흘러나오는 광고를 홀린 듯 쳐다보랴, 앞좌석의 의자를 살피랴, 천장을 구경하랴······.

사람이 아니라 정말 강아지를 데리고 나온 듯싶었다.

머지않아 불이 꺼지고 관람 시의 주의 사항과 비상구 위치를 알리는 화면이 나왔다.

"뭘 그렇게 두리번거려?"

"혹시 모르니까."

착실하게 화면에서 일러 주는 대로 비상구의 위치를 확인하는 여자의 모습이 귀엽기도 하고 우습기도 하고, 한편으론 몹시 근심스럽기도 했다. 이 맹한 여자를 이대로 내버려 둬도 되는 걸까. 걱정스러운 속내를 감추고 냉정하게 덧붙였다.

"무섭다고 매달리지 마. 귀찮은 건 질색이니까."

"알겠어."

조명이 꺼지고 영화가 시작됐다. 여자의 두 눈이 정신없이 스크린 속으로 빨려 들어갔다.

상영관을 빠져나오며 나도 모르게 비틀거렸다. 시작부터 내장과 살점이 난무하던 영화는 끝나는 순간까지 초심을 잃지 않고 피 칠갑을 하며 화면을 마무리 지었다.

이게 무슨 15세 이용가야.

영화를 보는 내내 무서움보다는 역겨움을 참느라 곤욕을 치렀다. 하지만 피만 뿌려 대는 영화보다 더 나를 질리게 한 건 그 상황에서도 팝콘을 오물거리며 스크린을 응시하던 여자였다. 심지어 비명 한 번 지르지 않았다.

"괜찮아?"

"응? 괜찮아."

도무지 종잡을 수 없는 인물이다 싶었다.

"그걸 보면서 팝콘이 넘어가?"

"맛없었어?"

그 얘기가 아니잖아.

"됐고…… 말을 말자, 말아."

"배 안 고파?"

목 뒤쪽이 서늘해졌다. 영화보다 눈앞의 여자가 더 무서웠다.

"새벽 한 시가 다 되어 가는 이 시간에 당연히 고플 리가……"

없잖아.

징글징글하다는 표정으로 대답하려 했지만, 이내 배 속에서 허기짐을 알리는 고동 소리가 들려왔다. 맙소사. 아무리 먹어도 먹어도 고플 나이라곤 하지만 이건 심하지 않은가. 괴물 같은 육체에 일순 자괴감이 일었다.

"먹고 들어갈까?"

먹는 소리 좀 그만해. 눈을 흘기자 여자가 정말 괜찮냐는 듯 고개를 기우뚱거렸다.

"그냥 집에 가?"

"……먹고 들어가."

성장기를 맞고 있는 열일곱의 나이가 처음으로 슬퍼졌다.

"배가 많이 고팠구나."

사레가 들릴 뻔했다. 무안해져서 먹고 있던 햄버거를 내려놓았다.

"당신은 더 안 먹어?"

"팝콘을 많이 먹어서."

반절도 채 먹지 못한 여자의 햄버거를 보자 양손에 팝콘과 콜라를 들고 당혹스러워하던 모습이 떠올랐다.

"영화관에 마지막으로 가 본 게 언제야?"

"열 살 때."

그렇게 어린 나이에 가 본 것이 전부라면 영화관에서 보여 준 모습도 이해는 갔다. 열 살이면 친구랑 가진 않았을 텐데 누구랑 간 거지? 말없이 짜고 눅눅한 감자튀김을 집어 먹고 있노라니 여자가 엄마랑 갔었노라 조심스레 말해 왔다.

"엄마? 당신……."

고아잖아. 입 밖으로 꺼내기엔 껄끄러운 단어가 혀끝에서 굴러다녔다. 그런 속내를 알아챈 건지 여자가 슬쩍 웃었다.

"입양됐었어, 예전에."

"몇 살 때?"

"아홉 살 때."

머릿속이 복잡해졌다. 입양? 그럼 부모가 있다는 얘기잖아. 그런데 왜 아는 사람이 없다고 한 거야.

"무슨 영화를 봤는데."

"이상한 아저씨가 막 날아다니는 영화."

엉뚱한 대답에 말문이 막힌 것도 잠시. 생기를 담고 똘망똘망 빛나는 눈동자를 보자 절로 입가가 느슨해졌다.

"재밌었어?"

"진짜 재밌었어. 옷을 사러 백화점에 갔던 건데 거기 8층에 영화관이 있었어. 엄마가 너무 좋아하던 배우가 나오는 영화라 같이 봤는데……."

조잘조잘 자신의 이야기를 늘어놓는 여자가 생소했다. 더군다나 이렇게 즐거운 표정이라니. 엄마와의 추억을 이야기하는 여자의 얼굴은 세상에서 엄마가 제일 좋은 다섯 살배기 아기처럼 순진무구했다.

"정말 좋았나 보네."

"엄마랑 그렇게 다니는 게 꿈이었거든."

추억을 되새기는 행복한 얼굴을 보니 더 의아해졌다. 그럼 당신 소원을 이뤄 준 그 엄마는 어디 있는데. 그 사람은 당신이 이렇게 사는 걸 알아? 당신은 왜 그런 엄마를 내버려 두고 이렇게 쓸쓸하게 살고 있어? 궁금한 건 넘쳐 났지만 어쩐지, 이 순간엔 모두 적합하지 않은 질문들 같았다.

"그럼 오늘은 어땠어?"

뜻밖의 물음이었는지 머뭇거리던 여자의 얼굴로 이내 미소가 번져 나갔다.

"즐거웠어."

절대로 잊지 못할 거야.

여자가 덧붙인 말에 속으로 코웃음 쳤다. 이깟 영화 한 편 본 게 뭐 대수라고 절대 잊지 못해, 잊지 못하길. 마지막 남은 음료를 쭉 빨아들이며 창 너머를 구경하느라 정신이 팔린 여자를 보았다.

강아지 맞구만.

테이블 아래 살랑살랑 정신없이 흔들리는 꼬리가 보일 지경이었다. 아무것도 없는 깜깜한 밤의 풍경을 좋아라, 좋아라, 행복 아우라를 뿜어내며 바라보던 여자와 시선이 마주쳤다. 여자가 눈꼬리를 접으며 배시시 웃었다.

"그렇게 좋아?"

"응."

"좋으면 뭐, 다행이고."

완연한 호의로 반짝이는 눈을 피해 애써 창밖으로 고개를 돌렸다. 어쩐지 열이 오르는 얼굴을 상대가 알아채지 못하길 바라면서.

"더워."

"더워?"

"덥고 심심해. 모처럼 놀톤데 이게 뭐야."

2주 만의 노는 토요일이었다. 평소엔 놀토든 뭐든 학교에 안 가면 무조건 독서실에 갔지만 오늘만큼은 원 없이 늦잠을 잤다. 마찬가지로 늦게 일어난 여자와 아침 겸 점심을 먹고 할 일 없이 거실을 뒹굴었다. 오랜만의 자유 시간이었지만 집 안은 내내 삶은 냄비 속처럼 뜨거웠고 할 게 없으니 심심해 딱 죽을 맛이었다.

"미안해. 에어컨이 있으면 좋았을 텐데."

"됐어."

여자의 집에 있는 것이라곤 탈탈거리며 돌아가는 고물 선풍기 하나뿐이었다.

"당신도 이쪽으로 와, 덥잖아."

언제 산 건지 알 수 없는 고물 선풍기는 회전 기능이 되지 않았고 여자는 당연하다는 듯 바람을 양보했다. 더위를 그다지 타지 않는다고 했지만 무더운 날에 바람 한 번 못 쐬고 앉아 있는 게 괜찮을 리 없었다.

"괜찮아."

"괜찮긴 뭐가 괜찮아?"

"정말 괜찮은데."

고개를 갸웃거리는 모습에 울컥 화가 치밀었다.

"그럼 이 자식도 데려가든가."

당당히 대자로 누워 바람을 쐬고 있는 뚱보 고양이를 가리키자 여자가 난감한 표정을 지었다. 조루는 더운 걸 싫어해서.

하여간에 저놈의 뚱땡이는 어지간히 챙겨요.

지금이라도 독서실에 갈까 싶었지만 그러기엔 너무 귀찮았다. 포기한 채 모로 누워 교복 셔츠에 단추를 달고 있는 여자를 구경했다.

"다 돼 가?"

"거의. 음, 다 됐다."

여자가 셔츠를 펼쳐 보이며 뿌듯한 얼굴로 웃었다. 너무 해맑은 표정이라 어떤 반응을 해야 할지 알 수 없어 나도 모르게 시선을 피했다.

"그러고 보니."

"뭐."

"지금까지 빨래는 어떻게 했어?"

"셔츠는 세탁소에 맡겼고…… 나머진 아는 녀석 집에서 했어."

"그러면 번거롭지 않아?"

왜 아니겠는가. 번거롭고 불편했다. 무엇보다 세탁기가 돌아가는 동안 쏟아지는 동우 녀석의 수다와 질문 세례를 견디는 게 곤욕이었다. 생각해 보니 어제 통화했을 때 앞으로 세탁기를 쓰면 죽여 버린다는 말도 들었다.

"괜찮으면 내가 할 수 있는데."

"……."

"난 시간 많으니까, 학교 갈 동안 내가 해 놓을게."

"……."

"싫어?"

녀석의 성격상 다시 찾아간다 해도 욕을 할지언정 쫓아내진 않을 터였다. 하지만 가뜩이나 좁은 자취방의 세탁기와 건조대를 계속 빌려 쓰는 것도 내키진 않았다. ……그래도 그렇지, 암만 기생충처럼 들러붙은 나라도 양심은 있었다.

"부끄러워서 그래?"

"부끄럽긴 뭐가."

"열일곱은 민감한 나이니까……."

"민감한 나이 같은 소리 하고 있네."

"아니야?"

"아니거든."

"그럼 내가 해 줘도 돼?"

"해, 해, 누가 뭐래?"

대답하고 나서 당했다는 생각에 여자를 노려봤다. 하지만 싸움도 상대방이 받아쳐야 할 마음이 나는 법이었다. 무엇이 그리 좋은지 헤실거리는 얼굴을 보자 이쪽에서도 의욕이 사라졌다. 한없이 늘어져 베개에 얼굴을 파묻고 있노라니 셔츠를 정리한 여자가 자리에서 일어났다.

"잠깐 마트 갔다 올게."

"뭐 살 거 있어?"

"더우니까 수박 사서 화채 만들게."

방으로 들어가 지갑을 챙긴 여자가 현관 앞에 서서 물었다.

"화채 말고 먹고 싶은 거 있어? 아이스크림이나 음료수

나…… 뭐든 괜찮아."

정말 날 저 뚱보 고양이처럼 만들려는 게 아닐까. 시도 때도 없이 먹는 얘기뿐이었다.

"먹고 싶은 거 없어?"

집요한 질문에서 무언의 압박이 느껴졌다. 없다고 대답했다간 예의 시무룩한 얼굴로 돌아설 게 분명했다. 어디 보자, 뭘 먹고 싶다고 해야 하나…… 진지하게 고민해 보았지만 무더운 날씨 탓인지 딱히 떠오르는 게 없었다.

하는 수 없지, 직접 가서 보고 고르는 수밖에.

"같이 가."

"응?"

운동화를 대충 꿰어 신고 얼떨떨한 얼굴로 서 있는 여자를 지나쳤다. 현관문을 여는 순간 더운 공기가 훅 끼쳐 들었다. 괜히 나간다고 했나, 후회가 일었지만 이제 와 돌아서기도 뭣했다.

"뭐 해, 안 가?"

안 오면 두고 간다. 말 끝나기 무섭게 허둥대는 발소리가 따라붙었다.

해가 산 너머로 넘어가자 태양의 열기도 주춤해졌다. 책을 보는 것도 지겨워져 슬쩍 옆을 돌아보았다. 물방울이 송알송알 맺힌 빈 화채 그릇 옆엔 대자로 몸을 펴고 잠든 뚱보 고양이가 있었다. 하여간에 팔자 좋기는. 인간처럼 배부르게 수박을 먹은 녀석의 배가 주기적으로 들썩였다.

좀, 쪘나. 녀석의 배를 보다 슬쩍 내 아랫배를 살폈다.

역시 조심해야겠어.

나를 풍보로 만들 계획을 세우고 있는 게 분명한 여자는 소파에 기댄 채 만화책에서 눈을 떼지 못하고 있었다.

「첫사랑 그대」

저게 그렇게 재밌나. 장을 보고 독서실을 오가다 발견해 둔 책방에 들렀다. 어차피 집에 가도 할 게 없으니 시간을 때우기에는 만화책이 제격이었다.

'이게 보고 싶어?'

'그림이 예뻐서.'

'8권 완결이네. 그냥 다 빌려 버려.'

만화책을 빌려 본 건 중학생 이래로 처음이었다. 겨우 한 권을 꺼내 든 여자를 대신해 남은 일곱 권을 모두 대여해 버렸다.

'내가 내면 되는데.'

대여비를 대신 냈더니 또 좌불안석이었다.

'대신 집에서 화채 해 주면 되잖아.'

'그건 그렇지만.'

'그렇지만 뭐.'

안절부절못하는 여자에게 건성건성 대꾸해 주다 보니 금세 집에 도착했다. 여자가 해 준 화채를 한가득 먹어 치우고 나니 더위도 한결 가셔 있었다. 입이 심심하면 아이스크림을 물고 이따금 풍보 녀석의 투실한 몸을 툭툭 건드리며 책을 읽다 보니 시간이 훌쩍 지나갔다.

"그거 재밌어?"

슬쩍 운을 떼자 여자가 이쪽을 바라보며 고개를 끄덕였다.

"무슨 내용인데."

"……고등학생들의 첫사랑?"

뭐야, 유치하게.

몸에 힘을 풀고 베개를 고쳐 베는데 감탄스러운 목소리가 들려왔다.

"여기 주인공이 닮았어."

닮아?

"누굴?"

물어보기 무섭게 열렬한 시선이 쏟아졌다. 뭐야, 날 닮았다고? 몸을 일으켜 여자에게로 갔다. 책을 달라는 식으로 손짓하자 읽던 책을 넘겨줬다.

자, 어딜 닮았나 볼…… 이거, 순 양아치잖아. 귀에는 피어싱까지? 대체 어떤 미친놈이 학교에 이런 꼴을 하고 돌아다녀? 눈은 옆으로 째지고 단추는 두 개씩 풀어 헤치고…… 이 새끼 말투는 또 왜 이렇게 재수 없어. 미친 거 아냐, 이딴 게 어떻게 학생회장이 돼? 책장을 넘길수록 꼴이 가관이었다.

이 여자가 진짜.

"닮긴 뭐가 닮았어?"

따져 묻자 확신에 찬 목소리가 돌아왔다.

"닮지 않았어?"

"대체 어디가?"

"공부도 잘하고, 얼굴도 잘생기고, 음, 말투는 그래도 실은 아주 따뜻한 사람이야."

"……"

"닮았는데……"

대꾸할 말을 잃었다.

내가 공부도 잘하고, 얼굴도 잘생기고, 아주 따뜻한 사람이라는데 대체 뭐라 할 수 있겠는가. 그냥 그런가 보다 하는 수밖에.

"그래도 난 이런 양아치 아니라고. 이런 놈보단 내가 훨씬 나아."

주인공의 얼굴을 콕콕 손가락으로 가리키자 여자가 고개를 주억거렸다.

"나도 그렇게 생각해."

"그럼 다행이고."

아무렇지 않은 척 책을 건네고서 자리로 돌아와 등을 지고 누웠다.

제기랄.

타들어 갈 듯 붉어졌을 얼굴을 애써 팔로 가린 채 생각했다. 대체 저 여자는 뭘 믿고 저렇게 멍하단 말인가. 대체 뭘 믿고, 뭘 믿고, 저렇게, 저렇게…… 귀여운 걸까. 미친 생각이라는 걸 알지만, 이건 정말이지 불가항력이었다.

깜빡 잠이 들었던 것 같았다.

탈탈거리는 선풍기 소리를 들으며 몸을 일으켰다. 방에 들어간 건지 뚱보 고양이는 사라지고 불편하게 새우잠을 자는 여자가 보였다. 더위를 안 타긴, 뭘 안 타. 가까이서 보니 온 얼굴이 땀투성이였다. 선풍기를 여자의 다리 방향으로 돌려놓았다.

몸은 소금기로 끈적거리고 집 안의 공기는 텁텁했지만 불쾌하지 않았다. 오랜만에 깊이 잠든 탓일까, 이상하리만치 평화로운 기분이었다.

티셔츠에 무릎까지 오는 반바지 차림을 한 여자는 몸을 말고 색색 고른 숨을 내쉬고 있었다. 화장기 없이 말간 얼굴은, 아니 어리숙한 행동들을 보면 도무지 제 나이로는 생각할 수 없었다.

고등학생이라 해도 믿겠어.

아홉 살 때 입양되었지만 어째서인지 가족은커녕 아는 이 하나 없이 홀로 살아가고 있는 여자. 영화관은 열 살 때 가 본 것이 전부고, 만화방도 스물넷이 되어서야 처음 가 본 여자. 취미 생활이라고 해 봐야 도서관에서 책을 빌려 읽고 투실한 고양이와 놀아 주는 게 전부.

당신은 왜 이렇게 사는 거야.

묻고 싶었다. 적어도 내겐, 무미건조한 여자의 삶이 형벌처럼 보였다.

여자는 외로워서 심술궂은 뚱보 고양이를 기른다고 했다. 그렇게 외롭다면 남들처럼 평범하게 일하고 살면 될 텐데. 정말로 어린 나이에 먹고살기 위해 어쩔 수 없는 선택을 해야 했던 걸까? 열여섯에 할 수 있는 일이 많지는 않았을 테니까.

아니, 백번 양보해 그랬다 해도 그게 지금 하는 일의 면죄부가 될 수는 없었다.

그사이 또 휴대폰에 부재중 메시지가 와 있었다. 보지 않아도 그 남자란 걸 알았다. 잠든 여자의 얼굴을 보고 있으면 자꾸 잊고 싶어졌다. 눈앞의 여자가 그 남자와 어떤 사이였는지.

엄마의 소식이 궁금해 어제 그 남자가 알려 준 병원으로 전화를 했다. 아들이라고 했지만 환자의 신상을 이야기해 줄 수는 없다는 말만 들었다. 그 남자는 매번 엄마가 잘 지낸다고 했지만 정말일까. 어쩌면 조금씩 기억이 돌아오고 있는 건 아닐까.

아니, 이렇게 쉽게 기억할 거라면 애초에 날 잊었을 리도 없었다.

'아빠가 왜 엄마를 떠났는지 알 것 같아.'

속에서 신물이 치밀었다. 휴대폰을 들고 욕실로 들어갔다. 문을 닫고 말간 침 덩어리를 뱉어 냈다.

엄마의 마지막 희망을 꺾은 건 나였다. 엄마가 자살을 기도한 건 모두 나 때문이었다. 그런 말을 하지 않았더라면 엄마가 칼로 손목을 긋는 일은 없었을 터였다.

언제까지 도망칠 순 없어.

복수하겠다는 마음 따윈 애초부터 명분이 없었다. 이건 우리 가족, 아니, 나의 문제였다. 계속 여기서 미적거리고 있을 수만은 없었다.

여자는, 이미 많은 걸 주었다. 무작정 쳐들어와 자신을 괴롭힌 나를 받아 주었고, 무너져 내린 순간 붙잡아 주었다. 그럴 이유가 없을 텐데도 갈 곳 없는 나를 돌보아 주었다. 여자는 내가 원하는 만큼 이곳에 있어도 좋다고 했지만, 이제 충분했다.

그렇지만 머리론 알면서도 어떻게 이 상황을 헤쳐 나가야 할지 알 수 없었다. 무력했다. 나는 어째서 이렇게 어린애인 걸까. 자립은커녕, 어쩌면 나보다 더 슬프고 아픈 사람에게 매달려 어리광을 피우는 일밖에 할 줄 몰랐다.

"어떻게 하면 좋을까."

생각해야 했다. 이대로 멈추어 있을 순 없었다. 앞으로의 일을, 이젠 생각해야 했다.

서유의 이야기 4

"오랜만이야."

그를 마주하고 잠시 말을 잇지 못했다. 매일 통화를 했지만 목소리만으론 이런 모습을 짐작조차 하지 못했다.

"왜."

수술을 했는데, 왜. 나오지 않는 물음을 알아챈 듯 그가 농담을 했다.

"다 늙은 아저씨 같아서 보기 싫어?"

"아니에요, 그건."

"선물은 고맙게 잘 받을게."

바닥에 내려놓은 음료수 상자를 보며 그가 미소 지었다. 눈가의 주름이 이전보다 훨씬 깊어진 느낌이었다. 나도 모르게 가방을 쥔 손에 힘이 들어갔다.

"치료할 때 사용하는 약이 좀 독해서 그래. 한동안은 집에 있었는걸. 그냥, 병원에 있으면 좀 안심이 되니까 그래서 입원한 거야. 너무 마음 쓰지 마. 진우는 오늘도 학교 잘 갔니?"

"네. 밥도 한 공기 다 먹고 갔어요."

"한집에 사는 거, 많이 힘들지."

아니에요. 고개를 저었다. 빈말이 아니라, 전혀 힘들지 않았다. 일찍 일어나 아침밥을 준비하는 것조차 즐거웠다.

"자꾸 오라 가라 해서 미안해."

그는 소년을 내게 부탁한 날부터 끊임없이 미안함과 고마움을 표현해 왔다. 정작 고맙다는 말을 해야 하는 건 나인데도.

"오늘 내가 부른 건 다름이 아니라."

긴장으로 가방을 잡은 손이 축축했다.

"언제까지 진우를 부탁할 수도 없으니까."

가만가만 속삭이는 목소리에 두려워졌다.

"달력을 보니까 벌써 한 달이 다 되어 가더라고. 일주일이면 된다고 해 놓고 너무 염치가 없었어. 정말 미안해. 이제 진우를 장인어른께 부탁드리려고 해."

그의 장인어른이라면 소년에게는 외할아버지가 될 터였다. 예상했던 일이지만, 언제까지 함께 있을 수 없다는 걸 알고 있었지만 태연할 수가 없었다.

"괜찮니?"

"괜, 찮아요."

"……이건, 절대 기분 나빠 하지 않았으면 좋겠어."

나는 이것밖에 줄 수 있는 게 없으니까, 그래서. 머뭇거리던 그가 베개 아래서 새하얀 봉투를 꺼냈다. 봉투를 쥔 그의 열 손가락 손톱이 모두 검었다.

"그동안 내 무리한 부탁을, 말도 안 되는 부탁을 들어줘서 고마워."

받고 싶지 않았다.

"받아 줘. 내가 할 수 있는 아버지 노릇이란 게, 이런 것밖에 없어."

싫어요.

목까지 차오른 말을 애써 삼켰다. 내 인생에 다시없을지 모를 행복한 날들이었다. 그런 기억을, 추억을, 돈으로 계산하고 싶지 않았다.

"받아 줘야 내 마음이 편해."

나지막한 목소리에 가슴이 덜컹거렸다.

"서유야."

"……감사합니다."

자신을 대가로 돈을 받은 걸 안다면 소년은 어떤 표정을 지을까. 설령 알지 못한다 해도 소년을 떠올릴 때마다 이 하얀 봉투가 가슴을 짓누를 것 같았다.

"아내분은……."

언젠가 전화로 그의 아내가 소년을 찾지 않는 이유를 물어본 적이 있었다. 치료가 더 필요해 입원 중이라 해도 무사히 깨어난 뒤에 아들을 먼저 찾았을 텐데. 한참을 망설이던 그는 난처한 목소리로 말했다.

'실은, 아내가 기억상실이야. 마음에 상처가 컸던지 깨어난 뒤로는 진우마저 기억을 못 해. 그래서 진우가 더 방황했던 것 같아. 네 탓이 아니니까 미안해하지 말고. 네 탓이 아니라, 내

탓이야.'

그는 거듭 나의 잘못이 아니라 했지만 정말 그런 걸까.

"괜찮아, 몸은 건강해. 기억은 아직이긴 하지만 조금씩 떠오르는 게 있다나 봐. 그저께도 보고 왔어. 병원에서도 지금은 안정이 중요하니까 너무 재촉하지 말고 기다리라고 하더라. 그리고…… 또 자기 몸을 상하게 할까 봐 입원시키긴 했지만 이젠 통원 치료 받아도 될 것 같다고도 했고. 장인어른 내외가 올봄에 미국에 가셨었거든. 거기 동생 내외분이 계셔서 한동안 지내셨는데 어제 대충 사정은 말씀드렸어. 내일모레 밤 비행기로 돌아오실 거야. 당분간은 아내도 그렇고, 대학 가기 전까진 진우도 보살핌이 필요할 테니까…… 두 사람을 부탁드렸어."

사시는 곳이 시골이란 게 좀 걱정이긴 한데, 장인어른 성격이라면 진우가 고등학교 다닐 때만이라도 이쪽으로 올라오실 수도 있고. 그 양반이 아내와 진우라면 사족을 못 쓰거든. 그가 장난스럽게 웃음 지었다.

"그럼, 아저씨는……."

"나? 난 여기서 치료 더 받아야지."

"부모님이나 형제분은 안 계세요?"

"부모님은 몇 해 전에 돌아가셨고 나도 진우처럼 외동이야."

그가 손바닥으로 마른 얼굴을 쓸어내렸다.

"서유 너한테 이런 말을 하는 것도 우습긴 하지만…… 원래 가족 간에 교류가 별로 없는 집이었어. 금전적으로 부족함은 없었지만 부모님은 언제나 본인 일로 바쁘셨지. 그래서 처음 애엄마, 아니 아내를 만났을 땐 좀 부러웠어. 나와 다르게 부모님께 무척 사랑받으며 자랐더라고. 우리 부모님이 밀어붙이다시피

196

한 결혼이라 별 감흥은 없었지만…… 그 집 사위가 되면 나도 그분들께 그렇게 사랑받을 수 있지 않을까, 그런 생각을 하기도 했어. 결국 이 모양 이 꼴이 되어 버렸지만."

"왜……."

"왜냐고? 글쎄."

잠시 고개를 기울이고 생각하던 그가 피식, 허망한 웃음을 흘렸다.

"……그러게, 왜 이렇게 되어 버렸을까."

이별의 시간이 성큼 다가왔다. 예상은 했었지만 그래도 안타까움은, 아쉬움은, 쉬이 사라지지 않았다. 좀 더 함께 있고 싶었다. 마음을 열어 준 소년과의 시간이 너무 행복했으니까.

그렇지만 같은 실수를 반복할 순 없었다. 과거와 같은 실수는 한 번으로 족했다. 소년을 붙잡아 두고 싶다는 건 나의 이기심일 뿐이었다. 보내 주어야 했다. 애초에, 잡을 권리조차 없긴 했지만.

'진우한테는, 연락 왔나요?'

'아니. 전화도 안 받고 문자에도 답장 없었어. 직접 학교로 갈까도 했는데 그러다 정말 모르는 곳으로 가 버릴까 봐 무서워서 못 했어.'

'외할아버지 댁에 가는 걸 납득할까요.'

'갠 내가 아니라 장인어른을 닮았어. 머리 좋은 녀석이니까 언제까지 이렇게 지낼 수 없다는 것쯤은 잘 알고 있을 거야. 그래도 내일까지 기다려 보고 오지 않으면 내가 가려고. 내 말은 안 들어도 엄마 얘기로 설득하면 들을 아이니까. 모레 오후까지

는 어떻게든 데리고 갈게. 그때까지만, 조금만 더 진우를 부탁할게.'

모든 걸 내려놓은 것처럼 평온한 얼굴이었다. 그것이, 어쩐지 마음에 걸렸다. 그는 수술이 무사히 잘 끝났다고 했다. 치료 약이 독해 손톱 색도 변하고 살도 빠진 것이라 했지만 가슴속 불안감은 잠재워지지 않았다.

'이래 봬도 벌어 둔 돈은 제법 돼. 치료 무사히 끝나고 나면 다음을 생각하려고. 그러니 네가 걱정할 건 아무것도 없어. 고마워, 나까지 신경 써 줘서. 나보다는 뭐, 남은 사람들이 더 걱정이지. 장인어른께도, 진우나 아내에게도 너무 못할 짓을 많이 해서…… 그냥 죄스러울 뿐이야.'

금방이라도 사라질 것처럼 허망하게 웃은 그가 고백하듯 이야기했다.

'우리 집은 대대로 의사 집안이었어. 부모님과 조부모 모두 의사셨지. 모두 내가 의대에 진학하기를 바랐는데 일부러 경영 쪽으로 갔어. 부모님과는 다르게 살고 싶었거든. 지금 자리에 올라오기까지 정말 많이 노력했어. 남들 잘 때 자지 않고, 놀 때 놀지 않고, 밥 먹는 시간까지 아끼면서…… 이 악물어 가며 버텼지.

남들보다 열심히 살아왔다고 자부해 왔는데, 근데 왜 이렇게 되어 버렸는지 모르겠어. 몸이 이렇게 되고 나선 늘 후회만 해. 부모님처럼 되지 않겠다고 다른 길을 택했는데, 가정을 이루면 좋은 아버지가 되겠다고 다짐했는데, 어째서 이 모양 이 꼴이 되어 버린 걸까. 대체 어디서부터 잘못된 걸까, 하고. 시간은 넘쳐 나는데 하는 일은 없으니 온종일 하는 게 후회하고 또 후회

하는 일뿐이야.'

그의 얘기를 들으며 반듯하고 성실한 소년을 떠올렸다. 그는 소년이 외할아버지를 닮았다 했지만 분명 그를 닮은 점도 있었다.

남들이라면 충분히 방황하고 모든 것을 놓아 버릴 상황에서도 소년은 몸에 맞지 않는 작은 상을 마주한 채 밤낮으로 공부했다. 아마 젊은 날의 그도 그토록 성실했을 터였다. 자신의 미래를 위해 게으름 피우지 않고, 절망 속에서도 좌절하지 않고, 부단히도 노력했을 터였다.

왜 이렇게 되어 버렸을까.

대체 어디서부터 잘못되었을까.

그가 지친 음색으로 토해 낸 말은, 내가 오래도록 되풀이해 오던 물음이기도 했다.

간절히 바라던 가족을 얻었다. 음식 투정 한 번 부리지 않았고 버릇없게 굴면 미움받을까 부모님이 싫어하는 일은 절대 하지 않았다. 소중하고 소중해서, 상처 입히고 싶지 않아서 필사적으로 노력했다.

하지만, 결국 이렇게 되어 버렸다.

작열하는 태양을 손으로 가렸다. 6월의 문턱을 지난 게 엊그제 같은데 벌써 7월 중순이었다. 더위를 많이 타는 소년이 걱정됐다. 신호등이 바뀌길 기다리며 새 선풍기를 사 가야겠다고 마음먹었다. 날이 더우니 아이스크림과 음료수도 사 가고 수박은 집에 있으니…… 또, 뭘 좋아할까.

모두 해 주고 싶었다. 소년은 자신에게 바라는 게 없을 테지만, 그래도 무엇이든 주고 싶었다. 길어야 이틀일 테지만 함께

하는 동안 소년이 좀 더 웃을 수만 있다면, 무엇이든지 할 수 있을 것 같았다.

사다 줄 게 없을까 주위를 둘러보는데 누군가의 모습이 시야에 들어왔다. 저절로 숨이 멈추었다. 착각인가 싶었지만 아니었다. 무채색의 인파 속에서 한 사람의 모습만이 선명한 색을 입고 있었다. 신호등이 바뀌었지만 오고 가는 사람들 속에 멈춰서서 그녀의 모습을 바라보았다.

어깨 부근에서 굴곡져 흘러내리는 머리카락. 연분홍 원피스에 흰 반팔 카디건을 걸친 그녀는 오십이 넘은 나이에도 소녀처럼 고왔다. 무엇을 보았는지 설핏 미소 지은 그녀의 눈가에 어린 잔주름만이 나이를 짐작할 수 있게 할 뿐이었다.

엄마.

벌어지는 입술을 손바닥으로 틀어막았다. 그녀가 내 존재를 알아채게 해선 안 됐다. 멀어져 가는 그녀의 뒷모습만을 그저 눈으로 좇았다.

"어디 아파?"

수건을 목에 두른 소년이 걱정스러운 음색으로 물어 왔다.

"어? 아니, 안 아파."

"그래? 그럼 말고."

미심쩍다는 표정이었지만 눈길을 거둔 소년이 새 선풍기를 가리키며 물었다.

"이건 웬 거야?"

"쓰던 건 너무 낡아서. 다 닦아 놨으니까 쓰면 돼."

흐음. 알 수 없는 표정으로 선풍기 앞에 다가간 소년이 코드를 끼우고 전원을 켰다. 선풍기는 예전 것과 다르게 요란한 소리를 내지 않았다. 한결 살 것 같다는 표정으로 바람을 쐬고 있던 소년이 나를 돌아보았다.

"……이야?"

"어?"

"정신을 대체 어디 두고 다니는 거야."

"미안해. 뭐라고 했어?"

소년이 목에 두른 수건을 잡아당기며 사과할 것까지야, 하고 입술을 삐쭉였다.

"나 때문에 사 온 거냐고."

"……그런 것 같기도 하고 아닌 것 같기도 하고."

자신 때문에 사 왔다고 하면 부담스러워할 것 같았다.

"누가 뭐래? 그냥 궁금해서 물어본 것뿐이야."

"미안해."

차마 얼굴을 마주 보지 못하고 고개를 숙였다. 낮의 일로 머릿속이 자꾸만 혼란스러웠다. 얼마 남지 않은 소년과의 시간을 이렇게 낭비하는 내가 한심했다.

정신 차려야지.

손바닥으로 양 뺨을 내리쳤다. 얼얼한 통증과 동시에 날 선 외침이 들려왔다.

"미쳤어? 뭐 하는 짓이야."

어느샌가 다가온 소년이 양 손목을 붙들고 있었다. 노려보는 눈길이 매서웠다.

"불만 있으면 말로 해, 말로."

"불만 없는데."

"불만 있으니까 이상한 짓 하는 거 아냐. 왜 자기 몸을 그렇게 막 다뤄. 아직도 멍 자국 남아 있거든. 가뜩이나 못난 얼굴 더 못나지면 어쩌려고 그래? 한 번만 더 이런 짓 하기만 해 봐."

안 하겠다고 약속해, 얼른. 물가에 내놓은 아이를 보듯 거듭거듭 약속받으려 하는 소년을 향해 고개를 끄덕였다.

시선이 마주 닿았다.

좌우로 작게 요동치는 눈동자가 보였다. 밤톨 같던 머리가 한 달 사이 많이 자라 있었다. 여름이라 햇볕에 조금 그을리긴 했지만 그 흔한 여드름 하나 없이 피부도 깨끗했다. 얼핏 차가워 보이는 인상이지만 웃을 때면 개구진 아이 같은 느낌이 든다는 걸, 이제는 알고 있었다.

이런 동생이 있다면 참 좋을 것 같았다. 물론 소년의 입장에서는 싫겠지만.

"뭐, 뭘 그렇게 쳐다보는 거야?"

당황스러운 듯 뒤로 물러서는 소년을 보자 나도 모르게 머릿속 생각이 그대로 나와 버렸다.

"동생이라면 좋았을 것 같아."

"뭐?"

살벌한 물음에 황급히 말을 바꿨다.

"아니면 학교 후배라든가."

"누가, 내가?"

당신 따위가 내 선배가 될 수 있다고 생각하냐고 말하는 듯싶어 기가 죽었다.

"이웃사촌은?"

그것도 안 될까.

말을 이을수록 분위기가 험악해졌다. 역시 싫은가. 하기야 나라도 이런 옆집 사람은 싫을 것 같았다. 이쯤에서 포기해야 할 것 같았지만 자꾸만 미련이 남았다.

"고양이와 주인은? 내가 고양이 할게."

말 꺼내기 무섭게 눈앞에 손바닥이 다가왔다. 맞는다. 두 눈을 질끈 감았지만 예상했던 통증은 느껴지지 않았다. 조심스레 실눈을 뜨자, 소년이 믿을 수 없다는 표정을 짓고 있었다.

"미쳤어? 내가 당신을 때리게?"

"미안."

"내가 그런 놈으로 보여?"

필사적으로 고개를 가로젓는데 이마에 손바닥이 닿았다. 열이 있는 건 아닌데 말이지. 고개를 기우뚱거린 소년이 손을 떼며 말했다.

"난 말이지, 고양이 따윈 질색이거든. 그러니까 고양이가 되겠다는 헛소리는 집어치워."

"미안. 안 할게."

나잇값도 하지 못한 것 같아 부끄러워졌다. 기운 없는 목소리 때문인지 나를 보는 눈동자에 미안함이 스친 것도 같았다.

"더위 먹은 거 아니지?"

"응."

"진짜 어디 아픈 거 아니고?"

아니야.

고개를 가로저었지만 소년이 미심쩍다는 듯 다시 이마에 손을 얹었다. 아무리 봐도 열은 없는데 이상하단 말이지. 물론 늘 이상하긴 한데 오늘은 더 이상해. 들으라는 듯 소년이 중얼거렸다.

"진짜 안 아파?"

"응."

"진짜지?"

"응."

에휴. 마침내 깊은 한숨을 내쉰 소년이 선풍기 앞에 다가가 앉았다. 내가 곰이랑 대화하는 것도 아니고…… 대체 누가 어른인지. 끊임없이 나 들으라는 듯 푸념을 늘어놓는 소년을 바라보다 몸을 일으켰다. 올 때 사 온 간식을 꺼내 올 생각이었다. 막 걸음을 뗄 무렵 무심한 목소리가 나를 불러 세웠다.

"당신 말이야."

"응?"

"그, 생일이 언제야?"

"생일?"

"어, 생일."

갑작스러운 물음에 잠시 고민했다. 왜 이런 걸 묻는 걸까.

"그냥 생각나서 물어보는 거야. 말하기 싫음 말고."

"지난번에."

"지난번에 뭐."

"같이, 케이크 먹었던 날."

케이크? 우리가 언제 케이크를 먹었다는 거…… 생각이 난 듯 소년이 눈을 껌뻑였다. 그게, 생일 케이크였단 말이야? 그날이 당신 생일이었다고? 목소리에 당혹스러움이 가득했다.

그날은 내 생일이 맞았다. 정확히는 보육원 앞에 내가 버려진 날이라고 할 수 있지만. 친부모가 남겨 준 건 이름이 적힌 종이뿐이었다. 그래서 멋대로 친부모와의 유일한 접점이 있는 그 날을 생일로 정했다.

열여섯 이후에 생일을 챙긴 적은 없었다. 아픈 기억을 지워 주려는 듯 그녀가 요란하게 치러 주었던 생일의 기억을 고통스럽게 반추하고 싶지 않았으니까. 하지만 어쩐지 그날만큼은, 그날 하루만큼은 나도 모르게 진열된 케이크 앞에 발걸음이 멎고 말았다.

"기분 나빴다면 미안해."

여전히 충격이 가시지 않은 듯한 얼굴이었다. 충분히 기분 나쁠 수 있는 일이었다. 자신도 모르게 남의 생일에 초대된 셈이었으니까.

"누가 기분 나쁘대?"

"……화, 안 났어?"

"보자 보자 하니까, 내가 맨날 화만 내는 사람으로 보여?"

정말 안 난 건가? 초조하게 눈치를 살피자 소년이 하, 한숨을 내쉬며 말했다.

"화 안 났어. 그러니까 그렇게 눈치 보지 마. 내가 나쁜 놈 같잖아."

여기서 또 착하진 않다고 말했다간 화내겠지.

"이상한 농담 하려고 했지, 지금."

고개를 저었지만 믿지 않는 투였다.

"이제 됐으니까, 화장실 가고 싶음 가."

"그게 아니라…… 간식 갖다주려고."

"전부터 묻고 싶었던 건데."

진지한 시선에 긴장으로 몸이 굳었다.

"정말 날 저 뚱보 고양이처럼 만들겠다, 뭐 이런 계획을 세운 건 아니지?"

"응?"

이해하기 어려워 되묻자 소년이 됐다며 손사래 치고는 바람의 세기를 강풍으로 올렸다. 정면으로 몰아치는 바람을 맞던 소년이 힐끗, 고개를 돌려 여전히 멈추어 서 있는 내게 물었다.

"그래서…… 오늘 간식은 뭔데?"

등교하는 소년을 현관 앞에서 배웅하고 베란다로 나갔다. 잠시 후 빌라를 빠져나가는 뒷모습이 보였다. 단정하게 교복을 입은 소년이 걸어가는 모습을 눈에 담고 또 담았다.

"진우야."

소년의 이름을 부르자 발치에서 복슬복슬 간지러운 느낌이 났다. 조루가 어리광 부리듯 발목에 연신 볼을 문질렀다. 몸을 숙여 조루를 끌어안았다. 처음과 달리 묵직해진 무게가, 정말 싫지 않았다.

"진우가 이제 갈 거야."

냐옹.

"……좀, 쓸쓸할 것 같아. 그치."

'그게, 생일 케이크였단 말이야?'

믿기지 않는다는 듯 거푸 되묻던 목소리가 생각났다. 기가 막혀 말을 더듬는 것이라 생각했지만, 어쩌면 모른 채 생일을 지나갔다는 사실을 미안해했던 건지도 몰랐다. 전혀 그럴 이유는 없지만 그만큼 다정한 마음을 지닌 소년이니까.

어젯밤 제대로 말해 두지 못한 것이 후회스러웠다. 간식을 먹는 동안 이따금 고민하는 기색을 보이던 소년에게 말해 주었어야 했다. 그때 함께 케이크를 먹어 주어서 기뻤다고. 무척이나 행복했노라고. 나는 그것만으로도 충분했다고.

조루의 얼굴에 뺨을 비볐다. 평소라면 귀찮다는 듯 밀어 낼 조루가 얌전히 몸을 맡겼다. 상냥한 조루. 속상한 마음을 알고 있다는 듯 위로해 주는 조루의 존재에 감사했다.

"어제, 그 사람을 봤어."

엄마.

부르기만 해도 가슴이 저미는 그 단어. 그녀를 생각하면 언제나 모순된 마음이 엇갈렸다. 고마움과 죄스러움. 행복했던 추억 속의 그녀는 늘 웃는 얼굴이었다. 하지만 마지막으로 보았던 그녀는 상처 입은 짐승처럼 울부짖고 있었다.

길에서 보았던 그녀의 모습을 떠올렸다. 스쳐 지나가듯 보았을 뿐이지만 그녀는 예전처럼 곱고 아름다웠다. 마지막에 보았던 모습을 떠올린다면, 다행스러운 일이었다. 그녀가 다시 예전처럼 웃고 있어 안심했다.

간절히 소망했다. 부디, 내게 그토록 행복한 기억을 남겨 준 그녀가 아프지 않고 행복하기를. 이제 곧 이곳을 떠날 소년이 더 많이 웃으며 행복하게 지낼 수 있기를.

소년의 아버지가 생각났다. 주제넘다는 걸 알지만 소년과 그가 만나 한 번이라도 제대로 이야기 나눌 수 있기를 바랐다. 사실은 누구보다도 닮은 두 사람이었다. 두 사람이 오해만을 안고 헤어지지 않기를 바랐다.

"가족이니까."

그래, 그들은 가족이었다. 아무리 서로가 밉고 미워도, 그들은 가족이었다. 이 생에서 더없이 특별하고 소중한 인연으로 엮인 가족.

다시 한번 그를 찾아갔다. 자격이 없다는 걸 알면서도 자꾸만 그가 마음에 걸렸다.

결국, 쓸데없는 참견이었다.

꽃다발을 사 들고 병원에 갔다. 그의 병실을 몇 걸음 앞에 두고 나도 모르게 숨을 멈추었다. 학교에 있어야 할 소년이 어째선지 이쪽을 바라보고 서 있었다. 이인실 문 앞에 적힌 입원 명단엔 이진성, 그의 이름만이 오롯이 적혀 있을 뿐이었다. 그의 이름과 꽃다발을 들고 선 나를 번갈아 확인한 소년의 입가가 싸늘하게 비틀렸다.

낯선 사람을 대하듯 소년이 무심히 옆을 스쳐 지나갔다. 붙잡고 싶었지만 붙잡을 수 없었다. 멀어지는 뒷모습을 그냥 지켜볼 수밖에 없었다.

차마 걸음이 떨어지지 않아 병실에도 들르지 못했다. 꽃다발은 간호사에게 부탁했다. 한참 거리를 배회하다 집으로 향하는 버스를 탔다. 집 앞에 도착했지만 선뜻 들어갈 수가 없었다. 소년은 이곳에 있을까, 아니면 떠나 버렸을까.

겁이 났다.

언젠가 미워해도 괜찮다 말했던 것이 믿기지 않을 만큼 두려워졌다. 미움받고 싶지 않았다. 경멸당하고 싶지 않았다. 더는 함께할 수 없는데, 마지막에 이렇게 오해만 남긴 채 헤어지고 싶지 않았다. 아니, 차라리 오해라면 변명이라도 할 수 있을 텐데.

그래도 이렇게 끝을 내고 싶진 않았다. 그런 아픈 이별은 한 번으로 족했다.

"……거기 서서 뭐 하는 거야?"

등 뒤에서 익숙한 목소리가 들려왔다. 황급히 몸을 돌렸다. 삐딱하니 한 손을 주머니에 집어넣은 소년이 이쪽을 바라보고 서 있었다.

"일단 들어가서 얘기해."

무슨 말이라도 하고 싶었지만 소년이 먼저 빠르게 옆을 스쳐 지나갔다. 언젠가부터 느린 내 발걸음에 속도를 맞춰 주었던 소년이었다. 예전처럼 험한 욕을 뱉어 내지도, 거칠게 행동하지도 않았지만 멀어져 가는 뒷모습에서 얼어붙은 마음을 읽었다.

지독한 배신감에 상처 입었을 소년을 따라 걸음을 서둘렀다.

소년이 소파에 앉았다. 자리를 잡지 못하고 어정쩡하게 서 있자 필름을 덧씌운 듯 무감각한 눈동자가 이쪽을 향했다.

"왜 눈치를 봐."

낮게 가라앉은 목소리에 심장이 뛰었다.

"죄지은 거 있어?"

차분한 목소리 너머로 금방이라도 폭발할 듯 억눌린 감정이 느껴졌다.

"……이상하다 생각은 했어. 나에 대해서는 아무것도 안 물었

으니까. 누군지도 모르면서 무작정 여기서 살게 해 줬어. 영문
도 모르면서 머물고 싶은 만큼 머물라고도 말했고."

처음엔 그저 오지랖이 넓은 건가, 바보인 건가 싶었는데 그
래, 그럴 리가 없었어. 자조적인 목소리로 소년이 중얼거렸다.

"그 인간이 뭐래? 날 맡아 주면 뭘 주겠대? 얼마를 준댔어?"

아니라 말하고 싶었지만 접착제를 붙인 것처럼 입이 떨어지
지 않았다. 나지막하던 언성이 조금씩 높아지기 시작했다.

"언제부터야. 처음부터야? 처음부터 다 알고 있었어?"

내게서 아니란 말을 듣고 싶어 하는 소년의 진심이 비쳤다.
말하고 싶었다. 아니라고, 그런 게 아니라고. 하지만.

"……다 알고 있었어."

부탁받은 건 사실이었다.

"그래, 그런 거였어. 그동안 돈 많이 챙겼겠네."

한숨과 함께 머리를 쓸어 올린 소년이 자리에서 일어섰다. 더
는 들을 필요도 없다는 듯 챙겨 든 가방은 처음 온 날 들고 왔던
것이었다. 본능적으로 알았다. 이제 가면, 소년은 다신 돌아오지
않으리란 걸.

"어디로……."

앞을 가로막고 선 나를 향한 무표정한 얼굴이 무서웠다.

"내가 왜 당신한테 일일이 행선지를 고해바쳐야 하는데?"

"그게 아니……."

"당신이 내 엄마야? 아, 맞다. 그 인간한테 돈을 받았지, 참.
잊고 있었네."

힘겹게 옷자락을 붙잡았지만 돌아온 건 혐오에 가까운 시선
이었다.

"손대지 마. 닿기만 해도 역겨우니까."

"……."

"왜 상처 입은 척해? 왜 그쪽이 상처받은 얼굴을 하는 건데? 내가 여길 왜 찾아왔는지 잊었어?"

"나는, 나는 그냥……."

"됐어, 이제. 아무래도 상관없어. 당신, 제법 맡은 일은 잘했으니까 돈 잘 챙겨 놔. 성가신 아들놈 당신한테 맡긴 덕분에 그 인간이 얼마나 편했겠어. 넘치는 게 돈뿐인 인간이니까 더 달라 해."

"어디 가려고?"

"알 바 없잖아?"

"안 돼, 가지…… 마."

"왜. 돈 때문에? 그 인간이 내가 가 버리면 돈 안 준대?"

나보다, 어쩌면 그에 대한 미움과 원망이 더 묻어 나오는 말이 아팠다. 쓸데없는 참견을 하지 않았더라면 두 사람은 지금쯤 얼굴을 마주하고 이야기를 나누고 있었을 터였다.

스러질 듯 미소 짓던 그가 떠올랐다. 매일같이 병실에서 과거의 잘못을 반추하며 후회하고 또 후회한다는 그가.

"그런 게 아니야."

"아니긴 뭐가 아니야?"

자기 몸 아픈 것보다 혼자 남게 될 너를 더 걱정하고 있어. 진심으로 지난날을 후회하고 있어. 한 번만 돌아봐 주면 안 될까. 더는 볼 수 없게 될지도 모르는데, 이렇게 오해만 쌓아 두고 헤어지면 서로 너무 아프잖아. 슬프잖아. 나는 다 끝나 버렸지만, 네겐 아직 시간이 있어.

두서없이 떠오르는 말들을 입 안에 삼켰다. 섣불리 나온 말들이 그와 소년에게 독이 되리란 걸 알았다. 내가 좀 더 조리 있게 말할 수 있는 사람이라면 얼마나 좋을까.

"비켜, 갈 거니까."

순간 현관문에서 노크 소리가 들렸다. 소년도 나도 잠시 숨을 멈추고 그 자리에 서 있었다. 다시 노크 소리가 이어졌다. 왠지 모를 불길한 느낌에 선뜻 걸음을 뗄 수가 없었다.

"……여기 있어."

망설이는 기색을 알아챈 건지 가방을 내려놓은 소년이 성큼 현관 앞으로 걸어갔다.

"누구세요?"

"진우냐?"

소년의 표정이 굳어졌다.

"진우로구나. 문, 열어라."

소년이 나를 돌아봤다. 심장이 불안하게 뛰었다. 문밖에 서 있는 이가 누구인지는 알 수 없지만 고개를 끄덕였다.

괜찮아.

까만 눈동자가 흔들렸다. 괜찮다는 의미로 다시 고개를 끄덕이자 소년이 잠금장치를 풀었다. 문이 열리며 눈빛이 매서운 노인이 들어왔다. 흰머리를 뒤로 말끔히 넘기고 개량 한복을 입은 노인이 마주한 소년의 뺨을 어루만졌다.

"할아버지."

그가 내일 밤 비행기로 도착할 거라던 소년의 외할아버지라는 사실을 깨달았다. 소년이 가게 될 거라 생각했지만 외할아버지가 이곳까지 직접 데리러 올 줄은 미처 몰랐다.

"대체 여기서 뭘 하는 거냐."

"할아버지, 여긴 어떻게."

"학교에 연락하니 조퇴했다 하는데 전화는 안 받고…… 이 할아버지 속이 썩어 문드러지는 줄 알았다."

"전화요? 아, 그게, 잠깐 사정이 있어서 휴대폰을 꺼 놨는데……."

"됐다. 얘기는 나중에 듣자. 이렇게 만난 게 어디냐. 어디 다치거나 아픈 덴 없고?"

"괜찮아요, 전 멀쩡해요. 것보다……."

"그 정신 나간 자식이 대체 너한테 무슨 짓을 한 거냐."

쯧, 짧게 혀를 찬 그가 뒤늦게 나를 발견했다. 한일자로 굳게 다물린 입가가 불쾌한 듯 실룩였다. 거실을 가로질러 걸어온 그의 커다란 손바닥이 날아들었다. 머리까지 울리는 충격에 주저앉는 순간 소년의 외침이 들려왔다.

"할아버지, 뭐 하는 거예요!"

"너냐? 그 빌어먹을 자식과 붙어먹고 내 딸을 그렇게 만든 게?"

서릿발 같은 음성에, 아무 말도 할 수 없었다. 대체 내가 무슨 말을 할 수 있을까.

한 번으로는 분이 풀리지 않는지 다시 올라간 그의 손을 필사적으로 부여잡은 소년이 보였다. 노기 어린 표정을 보며 소년의 눈매는 할아버지를 닮은 거구나, 한가하게 그런 생각을 했다.

"미친놈, 설마설마했는데 이런 버러지 같은 계집한테 내 손자를 맡겨? 어이가 없어서."

"당신, 괜찮아?"

"이진우! 손 떼라, 당장!"

내게 다가오려던 소년의 팔목을 노인이 붙잡았다.

"할아버지, 잠시만요. 잠시만 기다려 줘요."

"정신 나간 소리. 이런 곳에 한시도 더 있을 생각 없다."

이건 니 짐이냐? 그럼 이것만 챙겨라. 나머진 새로 사면 되니까. 머뭇거리는 소년을 대신해 그가 짐을 챙겨 들었다. 순식간이었다. 노인의 손에 이끌려 가는 소년과 시선이 부딪쳤다. 당혹으로 물든 눈동자를 끝으로 쾅, 소리 나게 현관문이 닫혔다.

"조루. 조루야."

낯선 이의 방문에 놀라 숨어들었을 조루를 찾았다. 침대 밑을 들여다보자 잔뜩 몸을 웅크린 채 경계하는 모습이 보였다.

"괜찮아."

얼마나 기다렸을까. 모습을 드러낸 조루가 내 발치 아래 가만히 몸을 낮춰 앉았다.

"잘 숨어 있었네. 잘했어."

머리를 쓰다듬자 조루가 그르릉, 그르릉 소리 내며 손바닥에 뺨을 문질러 왔다. 손에 감기는 보들보들한 털의 감촉을 느끼며 어쩔 줄 몰라 하던 소년의 얼굴을, 병원에 누워 있던 파리한 그의 얼굴을, 분노에 찬 노인의 얼굴을 떠올렸다.

"이제 어떻게 해야 할까."

조루에게 밥을 먹이고 나니 할 일이 없었다. 가만히 소파에 앉아 시간을 죽였다. 느리지만 천천히 시간이 흘러 이내 사위가 제법 어두워졌다. 베란다 너머에서 길고양이 울음소리가 들렸다.

이제 저 현관문을 열고 들어올 사람은 없을 터였다.

처음부터 혼자였으니 새삼스러울 건 없었다. 소년이 있던 그 시간이 특별했을 뿐이었다. 이제는 일상으로 돌아와 늘 해 오던 대로 살아가면 될 일이었다. 세상과 동떨어진 다른 별처럼, 나 홀로, 그렇게.

그때였다. 현관 쪽에서 노크 소리가 들렸다. 소년일 리 없는데도 가슴이 두근거렸다.

"누구세요?"

"나야. 미안한데, 열어 줄 수 있을까."

목소리를 듣자마자 문을 열었다. 고장 난 센서로 어두운 복도에, 그가, 소년의 아버지가 서 있었다.

차를 내오려 했지만 그렇게 하지 못했다. 현관에 들어서자마자 그가 곧장 바닥에 이마를 찧으며 엎드렸다.

"미안하다."

"일어……나세요."

"장인어른이 널 찾아오셨지. 미안하다. 나 때문에 이런 일까지 당하게 해서 정말 미안해."

"일어나세요."

아픈 그를 무리하게 할 수 없어 몸을 일으키려 했지만 소용없었다. 어떻게 해야 하나 망설이는데 그가 신고 온 병원용 슬리퍼가 눈에 들어왔다.

"내가 도대체 너한테까지 무슨 짓을…… 미안하다, 정말 미안해."

급하게 달려온 듯 땀으로 범벅이 된 이마. 흐트러진 숨결. 단정치 못하게 바지 밖으로 빠져나온 셔츠 자락. 허둥지둥 병원을 뛰쳐나왔을 그의 모습이 선명히 그려졌다.

"저는 괜찮아요. 그러니까 편히 앉으세요. 차 가져올게요."

사과하는 그의 어깨를 가만히 도닥였다. 시간이 지나자 떨리던 그의 몸이 안정되기 시작했다. 녹차 티백을 띄워 차를 내오는 동안 그의 시선은 손자국과 함께 부풀어 오른 왼뺨에 고정되어 있었다.

"이렇게 나오셔도 괜찮으세요."

"괜찮아. 그런 게 지금 무슨 상관이겠어."

그가 괴로운 듯 입술을 물었다.

"저는, 괜찮아요."

"……."

"정말로 괜찮아요."

"……."

"정말, 인데."

붉게 충혈된 눈이 보였다. 미안하고 미안해서, 무슨 말을 해야 할지 몰라 고통스러워하는 얼굴이 안쓰러웠다.

"저는 정말 괜찮아요."

"나는……."

거듭 괜찮다 말해도 굳은 얼굴은 쉬이 풀리지 않았다.

"꼭 사과하고 싶으시다면 그럼, 용서해 드릴게요."

"서유야."

울 것처럼 그의 눈가가 젖어들었다. 한 달여의 시간 동안 그 홀로 십 년의 세월을 견딘 듯 얼굴도 몸도 많이 상해 있었다.

"저는 괜찮아요. 아저씨는…… 어떠세요. 괜찮으세요?"

그는 외롭지 않다고 했다. 자신 역시 혼자 남았지만 걱정할 필요는 없다고 했다. 모든 것이 자신의 잘못이라 했고, 자신은 용서를 구할 자격도 없는 사람이라 말했다. 괜찮냐는 나의 물음에도 당연하다는 듯 부드럽게 미소 지었을 뿐이었다.

"나야 당연히 괜찮……."

어른이니까 모든 것을 감내해야 한다는 듯 단정하게 미소 짓던 얼굴이 이지러졌다. 바싹 여윈 어깨가 가늘게 경련했다. 양손바닥으로 얼굴을 가린 그가 바닥에 몸을 엎드린 채, 아이처럼 흐느끼기 시작했다.

참고 참다 마침내 엄마를 목 놓아 부르는 아이처럼, 그렇게, 서럽게, 아프게.

차마 입이 떨어지지 않는 듯 몇 번이고 망설이던 그가 이야기를 시작했다.

아내가 그렇게 되고도 장인어른께 연락드리지 않았어. 고비도 넘겼고 곧 일어난다는데 미리 말씀드려서 놀라게 해 드릴 필요는 없다고 생각했어. 핑계였지. 막상 아내가 깨어나서 기억상실이란 걸 알았을 땐 무서워서 연락을 미뤘으니까.

사람 맘이 참 간사하더라. 어차피 장인어른은 한국에 안 계시니까 기다려 보면 그사이 기억이 돌아올지도 모른다고, 또 변명거릴 찾았어.

수술 일정은 계속 미뤘었어. 아내가 그렇게 되고, 진우까지 사라져 버려서 도무지 경황이 없었거든. 수술이든 뭐든 상황이 좀 수습되고 할 생각이었는데 몸 상태가 너무 빨리 나빠졌어. 정말 이도 저도 못 하는 상황에서 진우가 네게 가 있다는 걸 안 거야.

뻔뻔하게 네게 진우를 맡기고 급하게 수술 날짜를 잡았어. 2기라니까, 수술만 잘 끝내고 나면 어떻게든 다시 시작해 볼 수 있을 것 같았거든. 근데 수술을 들어가서야 전이가 너무 많이 됐다는 걸 알았어. 4기래. 수술도 무리고 항암 치료를 할 순 있겠지만 그것도 너무 기대하지 말라고 하더라. ⋯⋯그때라도 포기하고 장인어른께 연락드렸어야 했는데, 그러지 못했어.

"그럼, 치료를 하셨다고 한 것도⋯⋯."

"항암 치료? 아냐, 1차는 정말 해 봤어. 네가 진우를 봐준 덕분에."

"1차면⋯⋯."

"항암 치료라는 게 꽤 긴 시간을 들여야 하는 거더라. 8차까지는 받아야 한다는데 2차 치료는 미뤘어. 도저히 그 독한 약을 몸이 못 견뎌서. 치료받고 집에 있었는데 응급실에 실려 왔어. 입원한 것도 그것 때문이고."

그가 지친 얼굴로 말을 이었다.

"말했지만, 장인어른 내외 모두 내일 밤 비행기로 돌아오실 예정이었어. 근데 맘이 급하셨는지 장인어른만 어떻게 한 장 남은 표를 급하게 구해서 오늘 오전에 들어오셨대. 두 시 좀 안 돼서 병원으로 오셨어."

나도 모르게 옷자락을 움켜쥐었다. 소년과 마주쳐 그를 만나지 못하고 병원을 빠져나갔을 무렵이었다.

"이미 아내를 보고 오시곤 당장 진우를 봐야겠다고, 빨리 만나 봐야겠다고 하시는데…… 도무지 설득이 안 됐어. 내가 데려오겠다 말씀드렸지만 믿을 수 없다 하시더라. 나 같은 놈한테 더 손자를 맡길 수가 없다고…… 진우는 잘 알고 지내는 분이 있어서 그 집에 있다고 말씀드렸었는데, 그것도 거짓말 아니냐고, 그 애가 어디서 지내는지 정말 알긴 하냐고 따지시다가 주저앉으셨어. 마침 진우가 학교에도 없는 상황이었던 데다 전화도 안 받고…… 진우마저 어떻게 된 줄 아셨나 봐. 혈압이 높아서 조심하셔야 하는데 금방이라도 쓰러지실 것 같아서…… 나도 모르게 그만, 네 이야기를 했어. ……네가 알려 준 집 주소도 말씀드리고."

그와 매일 연락을 주고받았지만 나는 남이었다. 생판 모르는 남에게 어쩔 수 없이 아들을 맡기게 된 그의 불안감을 조금이라도 덜어 주기 위해 그에게 주소를 알려 주었었다.

"무슨 일이 있어도 네 얘기를 하는 건 아니었는데……. 게다가 주소를 들고 장인어른이 나가려 하실 때 경련이 오는 바람에 그 후의 기억이 없어. 정신을 차리니 저녁이더라."

구제 불능이지. 낮게 중얼거리는 목소리에서 지친 기색이 느껴졌다.

매일같이 주고받은 전화 통화에서 그는 본인 얘기를 하기보다는 소년의 얘기를 듣고 싶어 했다. 진우는 학교 잘 갔니. 밥은 잘 먹니. 어디 아픈 데는 없고. 생활비가 필요하면 보낼게. 혹시 다른 맘을 먹거나 하는 것 같으면 언제든 알려 줘, 내가 바로 갈게.

그의 말대로 그는 좋은 아버지는 아니었을지 몰랐다. 내게 전화로 묻던 그 이야기들을 조금만 더 일찍 소년에게 했다면 많은 것들이 달라지지 않았을까. 하지만, 비난할 수 없었다. 분명 그는 늦었지만, 너무 많이 늦은 건지 모르지만…….

"나름대로, 최선을 다하셨다고 생각해요."

적어도 잘못했다는 걸 안 순간부터 그는 애써 왔다. 이미 벌어질 대로 벌어진 소년과의 거리를 좁히려고, 그간 못다 한 아버지 노릇을 해 보려고, 노력했다.

"적어도 지금 할 수 있는 건 모두 해 보셨다고, 그렇게 생각해요, 전."

"……너무, 너무 후회스러워. 내가 대체 왜 그렇게 살았을까. 지난 과거만 곱씹느라, 미워하고 원망하기만 하느라 아무것도 보지 않고 살았어. 나만 아픈 줄 알아서 아내도 진우도 보질 못하고 그냥 일로만 도망쳤어. 시간을 되돌릴 수만 있다면 얼마나 좋을까. 이젠, 이젠 다 끝나 버렸어."

소년을 떠올렸다. 밤마다 어둠이 내린 거실에 앉아 물끄러미 휴대폰을 보던 소년을. 이렇게 얼굴도 보지 못한 채 그를 영영 떠나보낸다면 소년은 괜찮을까. 소년도 그처럼 후회 속에 살지 않을까.

"죄송해요."

"네가 왜."

"낮에, 사실은 병원에 갔었어요. 진우가 병실 앞에 와 있었는데 저를 보고……."

쓸데없이 나서지만 않았어도 그와 소년은 만날 수 있었다. 어쩌면 다신 없을 그 기회를, 내가 망쳐 버렸다.

'너 따위만 없었어도!'

'네가, 네가 모든 걸 망쳐 놨어!'

모든 게 내 탓이었다. 내 잘못이었다. 나만 아니었다면…….

"그랬구나."

"정말, 죄송해요."

차마 그를 볼 엄두가 나지 않아 고개를 숙였다. 화를 내도, 모진 비난을 쏟아 내도 어쩔 수 없다 생각했다.

"장인어른이 오시기 전에 간호사가 들어왔어. 전날 왔던 사람인데 급한 일이 있었는지 이것만 주고 가 버렸다고 하면서 전해 주더라. 정말 고운 꽃이었어. 이런 곱고 예쁜 꽃을 누가 가져왔을까, 곰곰이 생각했는데 아무리 봐도 너밖에 없더라고. 진우가 올 거란 건…… 알고 있었어. 안 그래도 오늘 아침에 연락을 받았거든. 조퇴해서 오겠다 했었어. 그래서, 혹 네가 찾아왔다 진우를 만난 게 아닐까 싶었지."

"죄송해요."

"당치도 않아. 사과할 사람은 난걸. 나 때문에 네 입장이 난처해졌는데. 얼굴의 상처도 그렇고……."

"그래도 저만 아니었으면 만나셨을 텐데."

"네 잘못이 아니야."

'다 너 때문이야!'

"네 잘못이 아니야. 따지고 보면 나도 네게 몹쓸 짓을 한 사람이야. 돈을 주고…… 널 샀으니까. 어떤 말로도 변명의 여지가 없어. 정말 미안하다."

"제가, 제가 잘못한 거예요. 저만 없었으면…….."

'너 따위만 없었어도!'

"서유야."

나지막한 부름에, 고개를 들어 그를 봤다. 한껏 굳어 있을 거라 생각했던 그의 얼굴에 잔잔한 미소가 스며들었다. 언제나 그렇듯 눈가에 다정한 주름이 잡혔다.

"괜찮아. 나도, 괜찮아. 괜찮으니까 자책하지 마."

네가 잘못한 건 아무것도 없어. 전부 내 잘못이야. 안심시키듯 이어지는 부드러운 음성에 불쑥, 나도 모르게 손이 나가 그의 옷자락을 움켜쥐었다. 잠시 머뭇거리던 그가 손을 뻗었다.

그의 몸에선 마른 모래처럼 잔잔한 냄새가 났다. 좀 더 시간이 지나면 소년도 이렇게 너른 가슴을 지닌 어른이 될까.

「첫사랑 그대」

소년이 빌려주었던 만화책을 읽는 내내 있을 수 없는 상상을 했다. 소년과 나는 같은 나이였고, 같은 교실에서 함께 수업을 들었고, 쉬는 시간에 농담을 주고받았다.

'무슨 내용인데.'

다가온 소년이 당황스러울 정도로 뛰어 대는 심장 소리를 듣지 않기를 바랐다.

'닮긴 뭐가 닮았어?'

닮았다고 가리킨 주인공을 확인하고 일그러진 얼굴에서 시선을 뗄 수가 없었다.

'그래도 난 이런 양아치 아니라고. 이런 놈보단 내가 훨씬 나아.'

무뚝뚝한 표정으로 부끄러움을 숨기는 소년이 좋았다. 툴툴대는 말로 다정함을 감추는 소년이 좋았다. 까만 눈동자도, 고집스러운 입매도, 모두 좋았다. 누군가가 사랑스러워 눈물이 날 수도 있다는 걸, 그때 비로소 깨달았다.

좀 더 함께 있고 싶었어.

소년을 떠올리며 마른 모래 냄새가 나는 그의 가슴에 얼굴을 묻었다. 눈시울이 뜨거워졌다. 나를 껴안은 그의 팔에 힘이 들어가는 것이 느껴졌다. 소리 내진 않았지만 그가 울고 있다는 것이 전해졌다. 나는 그를 안고, 그는 나를 안은 채 서로 오래도록 숨죽여 울었다.

소년과 그가 떠나고 이틀이 지났다.

한 번 만난 적이 있던 남자는 당연하게 모텔의 위치와 방 호수를 말하고 전화를 끊었다. 기계적으로 옷을 챙겨 입고 조루의 배웅을 받으며 집을 나섰다. 우산을 쓰기에는 애매한, 보슬보슬 내리는 비를 맞으며 길을 걷다 나도 모르게 걸음을 멈추었다.

이상한 일이었다. 가기, 싫다니.

내 안의 어린아이가 떼를 썼다. 잘 알지도 못하는 낯선 남자에게 나를 내어주고 싶지 않았다. 열여섯, 집을 나온 그날 이후 오늘처럼 맹렬한 저항이 솟아오른 건 처음이었다.

소중한 이를 상처 입힌 대가를 치러야 한다고 생각했다. 앞이 보이지 않아도, 무의미한 하루하루가 길고 고통스러워도 견뎌야 한다고 생각했다. 그게, 죄에 대한 벌이니까.

'네 잘못이 아니야.'

잔잔한 목소리가 가슴속을 휘저었다. 뻔뻔해서, 염치가 없어 차마 바라지 못했던 말들이 혀끝에서 맴돌았다.

한 번만 더, 괜찮다고 말해 준다면.

그만해도 된다고, 이제 충분하다고, 그렇게 말해 준다면.

손바닥으로 입을 틀어막았다. 신물이 났다. 그런 잘못을 저지르고도 어떻게 용서받기를 바라는 걸까. 나란 인간은 대체 어디까지……

"혹시, 서……유니?"

믿을 수 없는 목소리에 숨이 멎었다.

"서유야?"

입가가 떨려 왔다. 동요하지 않으려 애썼지만 무리였다.

"정말 서유…… 맞는 거니?"

맞는 거지?

뻑뻑한 목을 돌리자 당혹스러운 낯빛을 한 그녀가 보였다. 엄마. 열여섯 그날 이후 다시는 마주하지 못할 거라 생각했던 그녀가 눈앞에 서 있었다.

진우의 이야기 4

'같이, 케이크 먹었던 날.'

생일이 언제냐는 물음에 미안한 얼굴로 답하던 여자의 얼굴
이 잊히지 않았다. 자신이 한 일이라곤 영문도 모른 채 함께 케
이크를 먹은 것뿐이었는데.

"바보 같기는."

"에, 뭐가."

불현듯 생각나 물었을 뿐이지만 그런 대답이 돌아올 줄은 몰
랐다. 생일을 축하해 주고 축하받을 사이는 아니지만 그런 죄지
은 얼굴을 할 건 또 뭐람.

"야, 너 괜찮아? 아까부터 왜 그래?"

부담스러울 정도로 가까이 다가온 동우의 얼굴을 밀어 냈다.

"몰라도 되는 일이야."

"이 자식은 뻑하면 몰라도 된대. 내가 알아도 되는 건 뭔데 그럼?"

"없어."

"야!"

저 녀석만큼은 아니더라도 조금만 더 당당하게 굴면 좋을 것 같았다. 화를 내는 모습은 쉽게 상상이 안 되지만 지금처럼 억누르기만 하는 것보단 나을 것 같았다. 울어도 좋으니, 아니, 기왕이면 웃는 편이 더 좋지만……

"대체 뭘 사려는 건데?"

"몰라도 된다니까."

"우씨, 그럼 난 왜 달고 다니는 건데."

이 녀석과 그 여자를 반만 섞을 수 있으면 얼마나 좋을까.

"난 분명히 먼저 가라고 했어. 따라오는 건 너잖아."

"매몰차기는. 심심하단 말이야."

휴대폰으로 시간을 확인했다. 이제 겨우 열한 시 반. 병원에 급히 가 봐야 한다는 핑계로 일찍 조퇴했지만 약속까지는 아직도 두 시간이나 남아 있었다.

'대림병원 702호실이야. 네가 싫다면 밖에서 만나도 괜찮은데.'

'한 시 반까지 갈게요.'

오늘 아침 처음으로 그 남자에게 전화를 걸었다. 용서를 한 건 아니었다. 그저, 한 번은 만나 봐야 할 것 같았다. 성가실 만큼 연락을 기다린다 말해 놓고 막상 전화를 하니 허둥대던 목소리가 우스웠다.

"야, 나 심심하다니까아."

"……학교나 가. 커서 뭐가 되려고 이러냐, 넌."

"나도 조퇴라니까?"

뻔뻔하고 태평한 얼굴을 보니 속에서 천불이 났다. 녀석의 누나가 왜 마귀할멈이 됐는지 충분히 이해가 됐다.

"뭐야, 책 사려고?"

서점으로 들어가자 녀석이 재미없는 놈이라며 툴툴거렸다. 책 코너를 지나 안쪽으로 들어서자 문구류부터 아기자기한 물건이 즐비한 공간이 나왔다.

"야, 이 샤프 완전 귀엽네. 나도 이거 하나 살까?"

녀석이 주먹만 한 인형이 달린 샤프를 흔들었다. 저걸 달고 무슨 공부를 한다는 거야.

"맘대로 해. 너도 살 거 있으면 보고 있어."

"흥, 살 거 없어. 너 뭐 사는지 볼 거다."

이건 눈치가 없는 거야, 뻔뻔한 거야. 없는 셈 치고 빨리 살 것만 사고 나가자 생각했지만 둘러봐도 마땅한 게 보이지 않았다.

"대체 뭘 사러 온 거야?"

"있어, 그런 거."

다 지난 마당에 생일 선물은 무슨 생일 선물. 이대로 돌아가 버릴까 싶었다. 어차피 그 여자는 함께 케이크를 먹어 준 것만으로도 고맙다 여길 게 분명했으니까. 아니, 그러니까였다. 그런 사람이니까, 그렇게 바라는 것이 없는 사람이니까 사소한 것이라도 좋으니 뭐라도 주고 싶었다.

근데 뭘 줘야 하는 거야.

무얼 준다 해도 기뻐할 거란 걸 알았지만 주는 사람의 기분이란 것도 있지 않은가. 이곳이라면 마땅한 걸 찾을 수 있을 줄 알

앉는데 막상 와 보니 더 혼란스러워졌다.

이 별세계는 대체 뭐지.

효용성이라곤 눈곱만큼도 없어 보이는 캐릭터 다이어리. 기하학적인 모양으로 잡는 것조차 불편해 보이는 머그잔. 노트란 자고로 쓸 공간이 있으면 되고 펜은 잘 나오기만 하면 된다 믿던 내게 이곳의 모든 물건은 미지의 존재, 그 이상도 이하도 아니었다.

이 알록달록한 빈 상자는 대체 뭐지? 포장용 상자인가? 대충 담아 주면 되지 굳이 비싼 돈 주고 이런 걸 사용할 필요가 뭐 있어. 초콜릿 만들기 세트? 그냥 사 먹으면 되잖아. 이렇게 조잡한 재료로 만들어 봤자 무슨 맛이 있다는 거야.

"지금 여자 친구 선물 고르는 거지?"

"뭐?"

"영화관에 웬 여자애랑 같이 왔었잖아. 심야 영화 보러."

심장이 덜컹 내려앉았다.

"학생이 무슨 연애냐고 할 때부터 알아봤어, 이 음습한 시키. 누구야, 그 여자앤. 이쁘던데. 우리랑 동갑이야? 연상? 설마 대학생은 아니지? 친척이란 소린 하지 마라. 그 정도 눈치는 있으니까."

사촌이라 말하려 했는데 먼저 선수를 쳤다. 당황해서 할 말을 찾는데 순간 녀석의 손바닥이 등짝을 내리쳤다.

"재주 좋은 자식! 얌전한 고양이가 먼저 부뚜막에 올라간다더니. 공부하면서 언제 그런 애를 만났대? 되게 귀엽더라."

"……귀, 여워?"

"니 취향이 이 형님이랑 비슷할 줄은 몰랐다. 네 여자 친구 아니었으면 내가 먼저 작업 들어갔을 텐데."

"여자 친구 있잖아."

"아픈 얘기 꺼내지 마. 내가 걔랑 잘 됐으면 너랑 이러고 있겠어? 설마 진짜 사귀는 거 아냐? 아님 정말 친척이냐? 사촌이라든가 뭐 그런 거?"

기대감 어린 눈빛이 꺼림칙했다. 그 여자와 녀석이 엮일 이유가 없다는 걸 알면서도 왠지 기분이 나빴다.

"몰라도 돼."

"뭐야!"

콧김을 씩씩 뿜어 대며 달려드는 녀석의 얼굴을 손바닥으로 밀어 내고 빠르게 걸었다.

보는 눈은 있어서.

그 여자가 얼굴이 좀 예쁘장하긴 하지. 나이에 안 맞게 순진한 구석도 많고…… 아니, 그런 일을 하는 사람을 순진하다고 표현해도 되는 건가? 그래도 어수룩한 면이 많은 건 사실이니까. 아이 수술비를 핑계로 돈을 뜯은 사기꾼을 생각하자 다시 이가 갈렸다. 당한 쪽도 잘못이긴 하지만 애초에 맘 여린 사람을 속이려 한 자식이 나쁜 거였다. 걷다가 뒤로 자빠져 코나 깨져라. 몇 번째인지 모를 저주를 놈에게 퍼붓는 와중 문득, 시야에 뭔가 들어왔다.

저거라면.

왠지 모르게 마음이 끌려 걸음을 내딛는 순간, 멧돼지 한 마리가 등 뒤에서 달려들었다.

캑.

"잡았다, 이 빌어먹을 자식!"

"야, 안 놔?"

"싫다. 안 놔 줄 거야."

녀석이 먹이를 포획하는 곤충처럼 팔다리로 온몸을 얽어 왔다. 주변에서 들려오는 낮은 웃음소리에 얼굴이 달아올랐다.

"야!"

거칠게 팔을 뿌리쳤지만 귓가로 훅, 후끈한 숨결이 끼쳐 들었다.

"싫다니까, 아잉, 사랑하는 진우 씨잉!"

우수수 소름이 돋았다.

직원에게 꾸중을 듣고 쫓겨 나오다시피 서점을 나왔다. 진지하게 앞으로의 일을 고민하려 했지만 찰거머리 같은 녀석 덕분에 남은 시간 동안 햄버거를 먹고 오락실에 가야 했다.

병원 앞에 섰다.

어쩐지, 지친 기분이었다. 마음의 준비를 하고 올 생각이었지만 훼방꾼이 끼어들어 어쩔 수 없었다. 차라리 잘된 건가. 좋게 생각하기로 하고 시간을 확인하려 휴대폰을 찾았다.

이동우, 이 끝까지 성가신 자식.

녀석이 정말 친척인지 확인해 보겠다며 자꾸 휴대폰을 보려 하는 통에 아예 전원을 꺼서 가방 깊숙이 넣어 둔 기억이 났다. 내내 시달린 탓인지 가방을 여는 것조차 귀찮아 자포자기한 기분으로 걸음을 내디뎠다.

엘리베이터에 올라타며 주머니 속에 손을 집어넣자 곱게 접힌 포장지가 잡혔다. 좋아해 줄까. 좋아하면 좋을 텐데. 쑥스러운 기분도 잠시, 층수가 올라갈수록 입이 말랐다. 병실 앞에 도착해서도 망설여졌다. 그 남자를 태연한 얼굴로 마주 대할 자신이 없었다. 그냥 돌아갈까. 돌아가서, 그 여자에서 선물을 주고 기뻐하는 얼굴이나 볼까.

주면 분명 기뻐할 거야. 어쩌면 울지도 몰라. 그 여잔 좀 바보 같으니까.

그 남자가 무슨 말을 하고 어떤 태도를 보이든 이 병실을 나올 때 기분은 최악일 터였다. 그렇지만, 집에 가면 그 여자가 있었다. 멍한 얼굴로 날 맞아 줄 여자는 어이없을 만큼 잔뜩 간식을 챙겨 와 먹이려 할 터였다. 그때 기회를 봐서 선물을 주자고 마음먹었다. 눈시울을 붉히며 좋아서 어쩔 줄 몰라 할 모습을 떠올리자 한결 마음이 차분해졌다.

하루에 더러운 일 하나, 좋은 일 하나. 쌤쌤이야.

"또 오셨네요?"

귓가에 들려온 간호사의 목소리에 나도 모르게 고개를 돌렸다. 어째서? 의문이 머릿속을 메웠다. 꽃다발을 한 아름 안아 든 여자가 간호사의 물음에 서툴게 웃어 보이고 있었다.

여자가 마침내 이쪽을 돌아보았다. 시선이 마주치는 순간 나도 모르게 주머니 속 선물을 힘주어 움켜쥐었다. 문 앞에 걸린 입원자 명단엔 그 남자의 이름밖에 적혀 있지 않았다.

또 오셨네요, 라.

배 속의 장기가 뒤엉키는 기분이었다. 웃음이 새어 나왔다. 이렇게라도 웃지 않으면 머릿속 핀이 나갈 것 같았다. 간신히 아무렇지 않은 듯 여자를 스쳐 지나갔다.

빌어먹을.

"엄마."

수업을 마치고 집에 오자마자 엄마를 찾았지만 주변이 어두워 아무것도 보이지 않았다. 재빨리 스위치를 찾아 불을 켰다. 달각, 소리가 났지만 그뿐이었다. 포기하고 그저 감에만 의지해 컴컴한 어둠 속을 걸어 들어갔다.

"엄마?"

간신히 안방 문을 찾아 열었지만 기척은 느껴지지 않았다. 탁자에 무릎을 부딪치기도 했고 화분에 발이 걸려 넘어지기도 했다. 발목이 시큰거렸지만 멈추지 않고 엄마를 찾았다. 문이란 문은 샅샅이 열어젖혔지만 헛수고였다. 지쳐 계단에 주저앉았다.

대체 어디 간 거야.

걱정이 차츰 짜증으로 바뀌었다. 언제까지 이러고 살아야 하는 거야. 그 남자 대신 엄마를 지켜 주겠다고 다짐했지만 실은 진저리가 났다. 학교에선 공부하고 집에 돌아와선 온갖 집안일에 치였다. 엄마를 달래 밥을 먹이고, 우는 걸 위로하고, 잠들 때까지 머리맡을 지키는 일이 이제는 지긋지긋했다.

차라리 엄마 따위 없었더라면.

그 순간, 어둠 속에서 한 줄기 빛이 보였다. 열린 욕실 문 틈새로 빛이 새어 나왔다. 싫었다. 저곳은 확인하고 싶지 않았다. 나도 모르게 뒷걸음쳤다. 들여다보는 순간 돌이킬 수 없는 일이 벌어질 것만 같았다.

아니야, 그런 게 아니야. 진심으로 없어졌으면 좋겠다고 바

234

란 게 아니야. 나는 그저 다만, 다만. 고개를 숙이자 피 웅덩이를 딛고 선 발이 보였다. 어째서. 눈을 감았지만 코끝에 피비린내가 스며들었다. 본능적으로 알았다. 조금만 고개를 돌리면 핏물 속에 파리한 얼굴로 잠든 엄마가 있을 터였다.

내 탓이야. 전부 내 탓이야. 내가, 내가 엄마에게 그런 말을 해서. 내가 나쁜 아이야.

그렇지 않아.

나지막한 목소리에 움찟 몸이 떨렸다.

네 잘못이 아니야.

나도 모르게 눈을 뜨는 순간, 누군가의 손이 두 눈을 덮었다. 시야를 가린 손을 통해 온기가 전해져 왔다.

네 잘못이 아니야.

나 때문이야. 나만 아니었으면…… 내가, 내가 없어졌으면 좋겠다고 생각했어. 내가 지켜 주겠다고 했는데…… 결국, 내가.

가장 끔찍한 건 나였다. 차라리 내가 사라졌으면, 이 세상에서 사라져 버렸으면.

진우, 네 잘못이 아니야.

처음으로 들었다. 여자의 입에서 불리는 내 이름을.

그저 상황이 나빴을 뿐이야. 원망하지 않으실 거야.

하지만…… 나는 혼자야. 엄마가 날 두고 가 버렸어. 이제 내 곁엔 아무도 없어.

혼자가 아니야.

거짓말.

거짓말 아닌데.

시야를 가리던 손이 떨어졌다. 멀어지는 온기에 여자의 손을 붙잡으려 했다. 눈을 뜨고 싶지 않았다. 그 처참한 광경을 다시 마주할 자신이 없었다.

가지 마. 날 혼자 두고 가지 마.

괜찮아. 내가 없어도, 혼자가 아니니까.

거짓말하지 마. 내 옆엔 이제 아무도 없어. 그러니까 가지 마. 당신마저 날 두고 가지 마. 어린애처럼 굴고 있다는 걸 알았지만 여자의 상냥함에 기대고 싶었다. 손에 잡힌 이 온기를, 놓칠 수가 없었다.

"안 돼, 가지 마!"

"진우야, 아가. 괜찮니?"

비명 소리에 놀란 할머니가 다급한 얼굴로 뛰어 들어왔다. 조그마한 손바닥이 이마를 덮었다. 악몽을 꿨나 보구나. 그간 얼마나 마음고생이 심했으면. 주름진 얼굴이 안타까움으로 흐려졌다.

"······괜찮아요."

등을 도닥이는 손길에 들썩이던 몸이 진정되어 갔다. 몽롱한 정신이 가시자 그제야 방의 풍경이 눈에 들어왔다.

맞아, 할아버지 댁에 와 있었지.

"할머니, 저 좀 씻을게요."

"그래, 그래. 씻고 밥 먹자. 배고프지? 네가 좋아하는 갈비찜 해 놨으니까 씻고 내려오렴."

꿈에서 깨어났지만 현실조차 꿈 같았다.

멍하니 바다가 내려다보이는 창밖의 풍경을 바라보았다. 이틀이 지났지만 할아버지의 손에 이끌려 남해로 내려온 사실이

실감 나지 않았다. 코끝에 스며드는 바다 냄새가 싫어 창문을 닫았다.

일 년에 두어 번 찾아오는 것이 전부인데도 예전부터 이곳에는 내 방이 있었다. 벽지부터 가구까지 자신의 손을 거치지 않은 것이 없다며 자랑하듯 얘기하던 할아버지의 목소리가 생생했다. 쓰러지듯 눕자 푹신한 매트리스에 몸이 휘감겼다. 바닥에서 잔 지 얼마나 됐다고 어색한 기분이었다.

그 여자의 살풍경한 집이 생각났다. 지어진 지 십수 년도 넘어 보이는 낡은 빌라의 벽지는 누렇게 바래 있었고 거실에 있는 소파도 너덜너덜하게 해어진 지 오래였다. 그 집에 가고 나서야 스스로가 얼마나 축복받은 환경에서 살아왔는지 알았다.

창문으로 들어오는 햇살을 응시했다. 빛줄기 속에서 하얀 알갱이 같은 먼지들이 너울너울 위아래로 춤을 추었다. 그 느린 움직임을 보고 있노라니 느릿느릿 거북이처럼 둔한 여자가 떠올랐다.

처음 만난 여자는 인형 같았다. 표정 없고 감정 없는, 그런 인형. 하지만 알고 보니 강아지였다. 사람을 만나면 무작정 꼬리를 흔들고 보는 강아지. 외로움을 많이 타서 어루만져 주면 좋아 어쩔 줄 몰라 하는 강아지. 조금이라도 자신에게서 멀어지려 하면 살랑살랑 꼬리를 흔들면서, 애타는 눈으로 이쪽을 바라보는 강아지.

'혼자는, 더 이상 싫으니까.'

숨겨야만 하는 감정인 줄 알았다. 외롭다고 칭얼대는 건 어린애 같은 짓이라 생각했다. 그래서 내색하지 않았다. 애써 어른스러운 척, 혼자여도 괜찮은 척, 했다. 그런데 그토록 필사적로 감추려 했던 감정을 담담히 고백하는 목소리가, 나도 모르게 마음에 스며 버렸다. 어쩌면 그때부터였는지 몰랐다. 여자를 미워하려 해도 도무지 미워할 수 없게 된 건.

병실 앞에서 만났을 땐 뒤통수를 세게 얻어맞은 것 같았다. 어째서 저 여자가 여기 있는 걸까. 어리둥절함이 배신감으로 뒤바뀌는 건 금방이었다. 기만당했다는 사실을 깨닫는 순간 봇물 터지듯 쏟아지는 말을 멈출 수가 없었다.

'당신이 내 엄마야? 아, 맞다. 그 인간한테 돈을 받았지, 참. 잊고 있었네.'

'손대지 마. 닿기만 해도 역겨우니까.'

'당신, 제법 맡은 일은 잘했으니까 돈 잘 챙겨 놔.'

"멍청이."

같이 케이크를 먹어 주었다는 이유로 기뻐한 사람이었다. 받는 것 없이도 어떻게든 주고 싶어 하던 사람이었다. 아무리 짜증을 내고 투정을 부려도 모두 다 받아 주겠다는 듯 말갛게 웃던 사람이었다.

이성을 잃고 모질게 쏟아 낸 말들을, 할 수만 있다면 주워 삼키고 싶었다. 어째서 그런 말을 하고 만 걸까. 부탁을 받았다 해도 나를 대했던 마음이 거짓이 아니라는 것 정돈 알고 있었는데. 조금이라도 이야기를 들어 본 뒤에 화를 내도 늦을 건 없었는데.

건강이 우선이라며 매일같이 꼬박꼬박 근력 운동을 해 오던 할아버지였다. 그런 할아버지의 손바닥을 그대로 맞았으니 분명 얼굴엔 붉은 손자국이 남았으리라. 지난 멍 자국도 다 사라지지 않은 뺨 위에 새 멍이 덧칠될 생각을 하니 마음이 무거워졌다.

우는 건 아닐까.

휑한 거실에 주저앉아 울고 있을 여자를 떠올리자 목 안쪽이 시큰했다. 그렇게 떠나오는 건 아니었다. 시작부터 뒤틀린 관계였지만 적어도 그렇게 끝을 낼 마음은 없었다.

할아버지의 손에 이끌려 나갈 때, 여자의 시선은 버림받은 강아지처럼 절박하게 나를 좇았다. 그토록 모질게 쏘아붙인 내가 미울 법도 한데 그 안엔 티끌만치의 원망도 없었다. 그저 헤아릴 수 없을 만큼 아득한 안타까움만이 깃들어 있었을 뿐이었다.

"그렇게 못되게 굴었는데."

꿈에까지 찾아와서 날 위로하고 말이지. 당신, 참 바보야.

이곳에 온 이후로 몇 번인가 악몽을 꾸었다. 꿈속에서 나는 항상 외로움에 몸부림쳤고 그럴 때마다 여자가 나타나 위로했다. 괜찮다고, 너는 혼자가 아니라고.

젖은 눈가를 감추려 베개 깊숙이 얼굴을 묻었다.

"왜 거길 간 건지 오늘도 말하지 않을 거냐."

애써 노기를 참으려는 듯 할아버지의 음성이 떨렸다.

"대체 거기가 어디라고 있었던 거야, 무슨 꼴을 당할 줄 알고!"

고개를 숙였다. 반항할 마음에서가 아니었다. 무슨 말을 해야 할지 알 수 없었다. 답답할 할아버지의 마음을 알지만, 도저히 그곳에서의 일을 말로 설명할 수가 없었다.

"이진우!"

"진정해 봐요, 애 놀라겠네."

옆에서 보다 못한 할머니가 나를 끌어안았다.

"지금 내가 진정하게 생겼어?"

"그런다고 애를 이렇게 몰아세우면 됩디까. 이제 겨우 고등학생인 애한테 대체 뭘 바라는 거예요. 잘못이 있다면 어른들한테 잘못이 있지."

"지금 우리 딸이 어떻게 됐는지 알고서 그런 말이 나와?"

거친 고함에 그녀가 짙은 한숨을 내쉬었다.

"알죠! 너무 잘 알지요! 그래서 이미 속은 새까맣게 탈 대로 탔는데! 그렇다고 해서 애먼 애까지 잡으려 하면 어쩌자는 거예요. 일단, 일단 진정해요."

할아버지가 소파에 주저앉았다. 거친 숨소리가 잦아들자 그곳엔 힘없이 무너진 노인만이 남았다. 소파에 몸을 묻은 할아버지의 옆얼굴에서 세월의 고단함이 읽혔다.

"……대체 이게 무슨 일이야."

하영아…… 하영아.

오랜만에 들어 보는 엄마의 이름이었다.

사람들 앞에서 늘 자신의 딸만큼 어여쁜 사람이 있으면 나와 보라 호방하게 외치던 할아버지였다. 직설적이고 거침없어 적을 만들기도 하지만 주변 사람들의 일이라면 열 일 마다 않고 나설 만큼 정이 두텁고 깊은 사람이었다.

망설임 없이 여자의 뺨을 내리치던 손길을 생각하자 가슴이 답답해졌다. 할아버지의 심정도 이해가 갔다. 그렇지만, 자꾸만 그 사람이 걱정됐다. 그렇게 남겨져서 홀로 울고 있지는 않은지…… 아니, 아니었다. 그 여자는 울지 않을 것 같았다. 상처받는 게 당연한 일인 것처럼 모조리 끌어안고, 누구에게도 내색하지 않고, 그렇게 묵묵히 버티고 있을 것 같았다.

조그만 호의에 어쩔 줄 몰라 하는 어린애 같은 사람이면서도, 아픈 일엔 쉽사리 감정을 드러내지 않던 사람이었다. 참고 있는 건지 아니면 그런 상황들에 익숙해져 일일이 반응할 수 없게 된 건지는 알 수 없지만.

대체 언제부터일까.

처음엔 삭일 수 없는 증오만이 가득했었다. 그런데 대체 이 마음은 뭘까. 차마 설명할 수 없는, 나조차 이해할 수 없는 마음이 뒤엉켜 있었다.

소파에서 일어나 다가온 할아버지가 나를 끌어안았다. 투박한 손이 거칠게 머리를 쓰다듬었다. 가여운 녀석…… 대체 네가 무슨 죄가 있다고…… 내 손자, 불쌍한 내 새끼. 할아버지의 울음 섞인 목소리를 듣고 있던 할머니도 다가와 뒤에서 가만히 나를 끌어안았다.

혼자라고 생각했다.

아버지란 작자도 날 버렸고, 손목을 긋고 죽음으로 도피한 엄마도 날 버렸다고 생각했다.

'혼자가 아니야, 진우야.'

이런 의미였을까. 두 사람의 품에 안겨 위로받으며 그 사람을 생각했다.

거실에는 낡은 소파가 전부. 식탁도 없이 조그마한 밥상에서 밥을 먹어야 하는, 그 살풍경한 집에 사는 여자는 어떨까. 부모도 없고, 연락을 주고받을 이도 없이, 길에서 주운 고양이 한 마리와 살고 있는 그 여자는 어떨까.

그 여자는 괜찮을까. 혼자여도, 정말 괜찮은 걸까.

병실을 나오자 창가에 선 할아버지의 모습이 보였다. 비 내리는 풍경을 바라보는 얼굴엔 짙은 음영이 드리워져 있었다.

"할아버지."

"네 엄마는?"

"자고 있어요."

남해까지 먼 거리를 이동해 오느라 지친 엄마는 내가 도착했을 때 이미 깊은 잠에 빠져 있었다. 오늘은 잠든 얼굴을 보는 것만으로도 족해 부러 깨우지는 않았다. 나를 잊어버린 엄마를 온전히 마주할 자신이 없다는 것도 하나의 이유이긴 하지만.

"이리 앉아라."

창가 의자에 앉은 할아버지가 옆자리를 두드렸다. 그 옆에 가 앉자 단단한 손이 내 손을 잡아 왔다.

"힘내자꾸나."

잠시, 잠시 지친 것뿐이다. 누구라도 그런 순간이 있으니까, 곧 훌훌 털고 일어날 거다.

주어는 빠져 있었지만 누구를 지칭하는 말인지 모르지 않다. 대답 대신 고개를 끄덕였다. 희미하게 담배 냄새가 났다. 할머니의 닦달로 몇 년 전 담배를 끊었던 할아버지였다. 슬쩍 곁눈질하자 눈빛으로 할머니에게는 말하지 말라는 신호를 보내왔다. 이곳에 와 처음으로 서로 마주 보며 웃었다.

"정말 여기서 학교 다녀도 괜찮은 거냐. 우리 생각해서 그런 거라면 신경 쓸 것 없다. 우린 올라가서 지내도 아무 상관 없으니까. 중요한 시기 아니냐. 여긴 통학 거리도 멀고 학원 같은 것도 살던 데에 비해선……."

"제가 있고 싶어서 그래요. 여긴 공기도 맑고 바로 앞에 바다도 있잖아요. 여기 있는 게 저한테도, 엄마한테도 나을 것 같아요. 공부는 어차피 혼자 하는 거니까 어디서 하든 상관없어요. 학교나 학원 때문에 떨어질 성적이면 어딜 가서든 마찬가지겠죠."

당돌한 대답에 말문이 막힌 건지 침묵하던 할아버지가 이내 툭툭, 머리를 쓰다듬었다. 뉘 집 손잔진 모르겠지만 아주 똑 부러지는구나. 그래도 마음이 바뀌면 언제든 이야기해라. 언제나 너랑 엄마가 최우선이니까.

알겠노라 고개를 끄덕였지만 말을 바꿀 생각은 없었다. 노후에 덜컥 아픈 딸과 고등학생인 손자를 돌보게 된 할아버지와 할머니였다. 은퇴 후 바닷가 근처에 집을 짓고 여생을 보내는 건 두 사람의 오랜 꿈이었다. 이미 충분히 민폐를 끼치고 있는 상황에서 나 하나 때문에 두 사람이 원치 않는 도시 생활까지 하게 되는 건 사양이었다.

"엄마는 여기 계속 있는 거예요?"

"아니. 일주일만 더 지켜보다가 집으로 데려오기로 했다. 집에서 충분히 쉬고 안정을 취하는 게 병원에 있는 것보단 훨씬 나을 테니. 그놈한테 연락 온 적은?"

"없어요."

받지 않아도 꼬박꼬박 걸려 오던 전화는 할아버지가 찾아온 날을 기점으로 뚝 끊겼다. 마치 더 이상 신경 쓸 일은 없다는 것처럼, 자신의 의무는 다했다는 것처럼.

"연락이 와도 받지 마라. 무시해. 이제 와 아버지 노릇이라도 하겠다더냐? 웃긴 놈. 걱정할 것 없다. 그런 놈 따위 없어도 네가 자립할 때까지 돌봐 줄 수 있으니까."

그 남자의 전화가 귀찮았다. 할아버지의 말대로 뒤늦게 아버지 행세라도 하려는 듯한 행동이 가증스럽게 느껴졌다. 그런데 왜 귀찮고 짜증스럽기만 한 전화가 오지 않는데도 후련하지 않은 걸까.

"그래도 아버지라고 보고 싶은 거냐?"

"아니에요. 그런 건."

그 남자를 아버지라고 부르고 싶은 마음 따윈 없었다. 새삼 다른 무언가를 기대하지도 않았다. 어차피 일 년에 겨우 몇 번 얼굴을 맞대던, 남과 다를 바 없던 사이였다.

"내 딸아이가 저렇게 숨 쉬고 있기에 망정이지, 만약 날 두고 먼저 갔으면…… 그렇게 비참하게 가 버렸으면…… 내 손으로 그놈 숨통을 끊어 놨을 거야. 다행히 목숨은 부지했다지만 그래도 그놈을 용서할 수 있는 건 아니다."

고개 숙인 채 분노에 찬 음성을 들었다. 맞는 말이었다. 당연한 일이었다. 할아버지의 입장에서 엄마를 그렇게 만든 그 남자는 철천지원수, 그 이상도 이하도 아니었다.

"……사위라 해도 어차피 피 한 방울 섞이지 않은 남이지. 나로선 내 딸을 망친 후레자식과 얼굴을 맞댈 이유도 없고, 굳이 용서를 하려고 애쓸 필요도 없어. 하지만 말이다."

고개를 들자 복잡한 감정으로 일렁이는 두 눈이 나를 향했다. 꼬집어 말할 순 없지만 그 안에 서린 건 분노가 아닌 연민, 그리고 체념과 같은 것이었다.

"밉고 원망스럽겠지만 그놈이 네 아버지란 사실은 변하지 않

244

아. 만나고 싶으면 만나고, 연락하고 지내고 싶다면 그렇게 해라. 억지로 강요하지 않으마."

"할아버지······."

"나는 그놈이 밉다. 눈감는 날까지 절대로 용서하지 않을 거야. 네 엄마, 아니, 내 딸이 겪은 일을 생각할 때마다 울화가 치밀어. 분해서 잠이 오질 않아. 근데 어쩌겠어. 그놈을 죽여 버린다고 딸아이가 예전처럼 돌아올 수 있는 것도 아닌데. 억울해서 미칠 노릇이지만 그놈을 어떻게 한다고 해서 해결할 수 있는 문제가 아닌데."

길게 한숨을 내쉰 할아버지가 혼잣말처럼 중얼거렸다.

"나도 어리석었어. 네 엄마 말만 곧이곧대로 믿고 잘 살고 있다고 생각했다. 이상하다는 걸 알아챘어야 했는데, 아버지라면서 그런 것도 몰랐어."

"할아버지는 아무 잘못 없어요. 자책하지 마세요."

"이렇게 이쁜 녀석을 두고······ 진우야, 잘 들어라. 그놈, 오래 살지 못할 거다. 위암 말기야. 수술도 못 할 정도로 몸 전체가 암 덩어리라고 들었다. 제 스스로 치료도 포기했고 죽을 날만 기다리고 있다더구나. 길어야 두세 달이라던가. 맘 같아선 죽을 때까지 널 못 만나게 하고 싶지만 그것도 결국 내 욕심이지. 그렇게 하면 결국 그놈이 아닌 네게 못할 짓을 하는 거야. 엄마도 이미 저렇게 되어 버렸는데······ 네게서 아버지까지 뺏어 갈 순 없는 거니까."

아무 말도 할 수 없었다. 그렇지 않다고, 그런 남자 따윈 나와 아무런 상관도 없다고 말하고 싶었지만 할 수 없었다. 바보처럼.

"널 탓할 것 없다. 나 역시 칠십 평생을 살았지만 여전히 내 마음 하나 갈피를 못 잡고 살고 있으니까."

누군가를 향해 한 가지 마음만을 품을 수 있다면 얼마나 좋을까. 차라리 그 남자를 죽이고 싶을 만큼 미워하기만 한다면 적어도 이렇게 혼란스럽지는 않을 텐데. 그 여자를 미워하고 싶어도 미워할 수 없게 된 것처럼 아버지란 사람을 미워하는 일도 마찬가지였다. 누군가를 온전히 미워하는 일도 좋아하는 일만큼이나 어려웠다.

"정신 차려."

고개를 가로저었다. 책상 앞에 앉았지만 한 시간째 같은 페이지를 맴돌고 있었다. 마음을 다잡고 샤프를 쥐었지만 헛수고였다.

"바보 아니야."

엄마도 나도 팽개치고 죽어라 일에 파묻힌 결과가 고작 이런 거라니. 기껏해야 두세 달이라니. 기다린다고 하더니 죽기 전 용서라도 빌고 싶었던 걸까.

낮은 진동과 함께 액정에 '동우'라는 이름이 떴다. 무음으로 바꾸고 휴대폰을 침대 위로 던졌다. 반쯤 열린 창 너머로 쉬지 않고 내리는 비가 보였다. 마지막 장마라더니 아예 작정을 하고 퍼붓는 것 같았다. 다 귀찮아져 모두 접고 침대에 드러누웠다. 아무 생각도 하고 싶지 않았다.

나도 모르게 잠이 든 건지 눈을 떴을 땐 빗줄기가 한결 가늘어져 있었다.

시간을 확인하기 위해 침대 구석에 박힌 휴대폰을 찾았다. 환한 액정에 나타난 시간은 새벽 두 시 삼십 분. 하지만 시간보다 먼저 시선을 사로잡은 건 동우로부터 온 문자였다.

[길에서니여자친구봤다 혹시무슨일있냐]

눈꺼풀에 매달려 있던 잠기운이 달아났다. 녀석이 말하는 여자 친구가 누군지는 분명했다. 가까운 동네에 살고 있으니 오며 가며 마주칠 수야 있겠지만 그 뒤로 따라오는 물음이 꺼림칙했다. 전화를 걸기엔 무례한 시간이라는 걸 알면서도 손가락은 자연스럽게 통화 버튼을 눌렀다. 서너 번 신호가 가서야 녀석이 짜증스러운 음성으로 전화를 받았다.

— 미쳤냐. 지금이 몇 신 줄 알아.

"어디서 봤는데?"

— 뭐? 꼭두새벽부터 무슨 헛소리야. 시끄러. 내일 전화해. 나 잘 거야.

금방이라도 다시 꿈나라로 빠져들 것 같은 녀석을 재차 다그쳤다.

"그 사람 어디서 봤어? 언제 봤는데. 왜 무슨 일이 있냐고 물은 거야?"

초조함을 알아챈 걸까. 녀석이 부스럭거리며 일어나는 소리가 들렸다.

— 그저께 학교 마치고 돌아오는 길에 만났어. 그, 뭐냐, 비가 오는데 누가 우산도 안 쓰고 막 달려오는 거야. 그러다 갑자기 픽 쓰러져서 일으켜 세웠는데 내가 사람 얼굴 하난 잘 기억하잖냐. 괜찮냐고 물어보려 했는데 일어나자마자 꼭 뭐에 쫓기는 사람처럼 달아나 버렸어.

"쫓긴다고?"

— 아…… 뭐라 설명은 잘 못 하겠는데, 뭐랄까. 겁에 질린 것
같기도 하고…… 충격받은 것 같기도 하고…… 얼굴에 멍 자국
도 있는 것 같던데. 뭐, 그건 잘못 본 걸 수도 있고. 어쨌든 되게
불안한 표정이었어.

멍 자국, 이라는 말에 가슴이 덜컹 내려앉았다.

"울고 있었어?"

— 그랬던 것 같기도. 근데 뭐랄까. 좀 아슬아슬해 보였달까,
그래서 신경 쓰여서 연락했지.

나도 모르게 울컥했다.

"그걸 왜 이제야 말하는 거야?"

신경질적으로 따져 묻자 녀석이 며칠 동안 전활 씹은 건 너라
며 소리쳤다. 할 말을 잃었다. 머릿속이 복잡해 걸려 오는 모든
전화를 무시했던 건 사실이었으니까.

— 기껏 걱정해서 전화했더니 내내 씹고 이 시간에 전화해서
왜 이제야 말하냐고 성질이냐? 야, 너 진짜 너무한 거 아니야?

"미안. 요즘 일이 너무 많았어서…… 미안해."

— 비를 맞고 싸돌아다니질 않나, 어? 우리 집에 와서 빨래를
하질 않나, 어? 표정은 맨날 꼭 뭐 씹은 것처럼 하고 다니고……
너, 여자 친구 때문에 부모님이랑 싸웠지? 그래서 집 나온 거
냐? 혹시 배다른 남매라든가, 아니면 만나고 나니까 예전에 헤
어진 친누나라는 걸 알게 되었다든가…….

소설을 써라, 소설을.

그간의 고마움과 미안함이 싸늘하게 식었다. 녀석은 늘 그렇
듯 구제 불능의 바보일 뿐이었다.

"이틀 전에 봤다고 했지?"

― 어? 어, 그렇긴 한데…….

"그게 네가 본 전부야? 다른 이상한 점은? 없었어?"

― 없었어. 야, 내 말 아직 안 끝났…….

기우일지도 몰랐다. 영화관에서 내내 모자를 눌러쓰고 있었으니 녀석이 다른 사람과 착각했을 수도 있었다. 하지만 멍 자국이 있었다는 말이 마음에 걸렸다. 어리숙해 보여도 그렇게 자신의 감정을 드러내는 사람이 아니었다. 헌데 그저 얼굴을 마주한 것만으로도 위태롭다 느껴질 만큼 흐트러진 상태였다면, 무슨 일이 생긴 것이 분명했다.

"내가 나중에 다시 연락할게. 미안."

― 어? 야, 이진우! 이진우! 야, 이 빌어먹을 자식아!

폭풍처럼 쏟아지는 욕설을 뒤로한 채 전화를 끊었다. 당장 연락을 하려 했지만 순간 멍해졌다. 여자의 연락처를 몰랐다. 그 당연한 사실을 어째서 이제야 깨달았을까. 여자가 골동품 같은 휴대폰을 들고 다닌다는 건 알았지만 번호를 교환하고자 한 적은 없었다.

가늘어졌다 여긴 빗소리가 다시금 거세어지기 시작하더니 이내 하늘 저편에서 새파란 불빛이 번쩍였다. 침대 위에 앉아 망연히 쏟아지는 비를 바라보았다.

'친구 집에서 하룻밤 자고 오겠다고? 갑자기 왜?'

'차라리 친구들을 여기로 불러라. 방도 있고, 할머니가 음식도 해 줄 수 있으니까.'

'신세를 엄청 많이 졌어요. 이대로 말도 없이 전학 와 버리면 정말 서운해할 거예요. 마침 친구네 부모님도 일 때문에 집에 안 계신다고 하구요. 이쪽으로는 언제든지 놀러 올 수 있으니까 다음에 그렇게 할게요.'

두 사람 모두 탐탁지 않아 하는 표정이었다. 내가 그 여자의 집에 있던 이유조차 모르는 두 사람으로서는 시야에서 사라지는 게 걱정스러울 터였다.

하지만 이대로 가만히 있을 수도 없는 노릇이었다. 두 사람의 마음을 아프게 할 걸 알면서도 부러 고개 숙인 채 힘없이 말을 꺼냈다.

'걱정하시는 거 아는데, 답답해서요. 물론 친구 집에 놀러 다닐 상황이 아니란 건 알지만……'

긴말은 필요치 않았다. 말이 끝나기 무섭게 할머니가 고개를 가로저었다. 그런 의미가 아니다, 아가. 진우야, 그런 의미가 아니야. 그냥 우린 네가 걱정돼서…… 그래, 갑자기 전학 오게 돼서 친구들이랑 인사도 못 했겠다. 우리가 생각이 짧았어. 여긴 어른들만 있으니 답답하기도 할 텐데. 마침 주말이고 어차피 학교는 다음 주부터 가기로 했으니까 친구들이랑 신나게 놀고 기분 전환도 하고 오렴.

할아버지가 눈짓으로 그런 할머니를 나무랐지만 주도권은 언제나 그녀의 손아귀에 있었다. 할머니의 싸늘한 눈초리를 받은 할아버지가 입을 다무는 것으로 상황은 종결됐다.

"이 집이냐?"

"네."

손수 운전해 친구의 집 앞까지 데려다준 할아버지가 주변을 둘러보았다. 그다지 눈에 띌 것도 없는 평범한 동네의, 평범한 아파트 단지지만 긴장이 됐다.

"쟤네들이에요."

도착했다고 알린 지 일 분도 지나지 않아 깍두기 머리를 한 시커먼 사내 녀석 둘이 입구에서 튀어나왔다. 커다란 무지개색 우산을 사이좋게 나눠 쓴 녀석들이 우왕좌왕하다 이쪽으로 다가왔다. 시동을 끈 할아버지가 차에서 내리자 주춤하던 녀석들이 서둘러 다가와 꾸벅 인사했다.

"안녕하세요."

"안녕하세요."

"그래. 둘 다 진우 중학교 친구들이라고."

덩치 커다란 녀석들이 말 잘 듣는 아이처럼 얌전히 고개를 주억거렸다.

"여기가 누구 집이라고?"

"저희 집입니다."

동우와 비슷한 날라리 과지만 겉모습만큼은 반듯한 찬석이 답했다.

"너무 걱정하지 마세요. 부모님은 모두 출장 가셔서 안 계시지만 사고 안 치고 얌전히 놀겠습니다. 믿어 주세요."

찬석의 단정한 차림새와 서글서글한 말투가 마음에 든 건지 할아버지가 고개를 끄덕였다.

"내일 다섯 시까지 데리러 오마."

"네. 비 오는데 조심해서 운전하세요. 번거롭게 해 드려서 죄송해요."

"우린 신경 쓰지 말고 재밌게 놀면 된다."

툭툭 무심히 내 어깨를 두드린 할아버지가 차에 올라탔다. 시동을 켠 그가 창 너머로 손을 흔들자 녀석들이 엉거주춤하게 90도로 허리를 굽혀 인사했다. 빗속을 뚫고 차가 골목길 너머로 사라지자 녀석들이 히엑, 한숨을 토해 냈다.

"씨발, 너희 할아버지 포스 장난 아냐, 나 완전 쫄았어."

"어, 존나 무섭더라. 울 할아버지랑 완전 달라. 무슨 조폭 우두머리 같애."

그게 손자인 날 앞에 두고 할 소리냐.

동우와 주거니 받거니 하던 찬석이 홱 몸을 틀었다.

"갑자기 이 자식 연락받고 놀랐잖아. 대뜸 새벽 세 시에 전화해선 네가 우리 집에서 자는 것처럼 얘기해 달라는 거야. 중학교 졸업하고서 너랑은 한 번도 연락한 적 없는데 무슨 일인가 했다고. 너한테 엄청 중요한 문제라고, 내 얼굴이 더 신뢰가 가니 어쩌니 해서 그러긴 했는데…… 그래서 뭣 때문에 이런 건데?"

친구네 집에 다녀오겠다 말했을 때 할머니, 할아버지 두 사람의 표정은 눈에 띄게 굳어졌다. 예상대로였다. 혹여 내가 친구를 핑계로 그 여자를 만나러 가는 것은 아닌가, 의심하는 기색이 역력했다. 어설픈 연기로나마 허락을 받아 내긴 했지만 할아버지가 순순히 나를 보내 줄 거라곤 생각하지 않았다. 그리고 결과는 역시나였다.

'내가 친구 집까지 태워다 주마. 내 손자 친구가 누군지 궁금하기도 하고.'

동우 녀석의 자취방은 곤란했다. 여자의 빌라가 있는 곳과 너무 가까웠으니까. 내가 여자의 집에서 살았다는 사실을 마음에 두고 있는 할아버지에게 의심할 만한 단서를 던지고 싶지 않았다.

'나 마지막으로 부탁 하나만 하자.'

— 방금 그렇게 전화 끊어 놓고 그런 말이 나오냐?

녀석의 말이 옳았다. 내가 녀석의 입장이었다면 매몰차게 전화를 끊어 버렸을 터였다. 필요할 때만 도움을 구하고 평소엔 냉정하게 선을 긋는 나는, 분명 이기적이었다. 하지만 녀석은 뻔뻔한 새끼라고 욕을 할지언정 전화를 끊지도 부탁을 거절하지도 않았다. 일단은 네 녀석이 말하는 대로 해 주겠으니 나중에 꼭 무슨 사정인지 알려 달라고 말해 왔을 뿐이었다.

"됐고, 너 나중에 꼭 설명해라."

"뭐? 야, 설명도 안 들어? 그냥 들어간다고?"

"엉. 빨랑 들어가자. 비 때문에 발가락 사이에 물 다 들어갔어."

동우가 어리둥절한 얼굴로 진우 저 자식은 어딜 가냐 되묻는 찬석을 질질 끌었다. 오른팔을 들어 손을 흔드는데, 나도 모르게 눈시울이 붉어졌다.

여자의 말대로 나는 정말 혼자가 아니었다.

미처 깨닫지 못했을 뿐, 내게는 이유도 묻지 않고 억지에 가까운 부탁을 들어줄 만큼 다정한 사람들이 있었다. 당연하게 손을 뻗어 주는 든든한 사람들이 옆에 있었다. 그러니, 이번만큼은 내가 혼자인 그 사람의 손을 잡아 줄 차례였다.

녀석들과 헤어지자마자 택시를 잡았다. 빗줄기는 여전히 그칠 기미가 없었다. 끝까지 올라갈 순 없다는 기사의 말에 언덕길 아래서 내려 숨이 턱까지 차오르도록 달렸다.

똑똑.

노크를 했지만 안에선 아무 반응도 없었다. 더 크게 두들겨 보아도 상황은 마찬가지였다.

쾅쾅쾅.

"나야, 나니까, 문 좀 열어 봐."

손에 얼얼한 통증이 치달을 때까지 문을 두들겼다. 옆집 사람이 나와 시끄럽다며 소리치고 들어갔다. 하는 수 없이 가방 안에서 열쇠를 꺼냈다. 급히 떠나오느라 미처 돌려주지 못한 열쇠였다. 문을 열어젖히자 어둠 속에서 번쩍이는 빛 무리가 보였다.

냐아아옹.

"깜짝이야."

오도카니 현관 앞에 앉아 있던 녀석이 몸을 일으키더니 방으로 걸어갔다. 아니, 뒤뚱뒤뚱 앞서다 뒤돌아 나를 보았다. 마치 자신을 따라오라 말하는 것처럼.

질척이는 운동화를 벗고 불을 켰다. 떠나기 전과 다름없는 휑한 거실을 둘러보다 여자의 방 문 앞으로 걸음을 옮겼다. 노크를 했지만 대답은 없었다.

문을 여니 어둑한 방 침대 위에 이불 뭉치가 솟아올라 있었다. 어느샌가 그 옆에 자리 잡고 고요히 앉아 있는 녀석이 보였다. 다가가니 거친 숨을 몰아쉬는 여자가 보였다. 쉭쉭대는 숨소리만 들어도 상태가 얼마나 심각한지 알 수 있었다. 이마에 손을 얹자마자 화끈한 열기가 전해졌다.

"정신 차려. 일어나. 병원 가자."

"……우."

"정신 들어? 정신 차려 봐. 병원 가야 해."

"……우야."

"119 부를게, 그게 낫겠다."

"진……우."

바싹 마른 입술에서 내 이름이 튀어나왔다. 꿈속에선 아무렇지 않게 내 이름을 불러 주었던 여자이지만 현실에선 처음이었다. 멍하니 나를 바라보던 여자가 이내 반달처럼 눈을 휘어 웃었다. 열 때문에 젖어 있던 눈에서 눈물이 또르르 방울져 흘러내렸다.

"진……우야."

불덩어리처럼 뜨거운 여자의 손이 내 손을 잡았다.

"진우…… 진……우야…… 진우야."

울음 섞인 목소리로 여자가 거듭거듭 내 이름을 불렀다. 진우야, 진우야, 진우야. 지금까지 부르지 못한 이름을 이 자리에서 원 없이 불러 보겠다는 것처럼. 마치, 이름을 불러 주지 않으면 내가 가 버릴까 두렵다는 것처럼.

"약 제대로 삼켰어?"

"……응."

가루약을 가지고 한참이나 실랑이를 벌이던 여자가 힘겹게 고개를 끄덕였다. 물을 잔뜩 들이켜고도 쓴맛이 가시지 않았는지 찡그린 얼굴을 펴지 못했다.

"애도 아니고."

가벼운 핀잔에 여자가 푹 고개를 숙였다. 풀 죽은 아이 같은 모습에 도리어 이쪽이 당황해 버렸다. 그럴 의도가 아니었다 말하려다 입을 다물었다.

피골이 상접했다는 표현은 이럴 때 쓰는 것일 터였다. 한 줌도 되지 않아 보이는 목은 손만 대면 꺾여 버릴 것 같았다. 고개를 숙인 탓에 물결처럼 흘러내린 여자의 머리카락에 손을 뻗었다. 엄마를 돌보던 버릇 그대로 머리카락을 귀 뒤로 넘겨 주다, 눈이 마주쳤다.

너무 울어 발갛게 부어오른 두 눈. 모질게 깨물어 피딱지가 더덕더덕 말라붙은 입술. 그조차도 보기 힘든데, 멍 자국으로 얼룩덜룩한 뺨이 가슴을 아프게 했다. 안타까움과 미안함에 도리어 화가 났다.

"병원은 뒀다가 뭐 하게. 죽고 싶어 환장했어? 감기라도 우습게 보면 죽을 수 있어, 알아?"

"……미안."

"나한테 미안해할 이유가 뭐 있어. 사과할 거면 당신 자신한테나 하라고. 자기 몸 하나 제대로 못 챙기고 이게 뭐 하는 짓이야."

내가 오지 않았더라면 미련스럽게 계속 앓고 있었을 거라 생각하니 아찔해졌다.

"정말 병원 안 가도 되겠어?"

"이제 괜찮아."

처음 발견했을 땐 119를 불러서라도 병원에 데려갈 생각이었다. 하지만 병원은 싫다고, 곧 죽어도 병원은 가지 않겠다는 여자의 고집을 꺾을 수가 없었다. 대신 땀에 젖은 이불을 갈아 주고 이마에 부지런히 물수건을 갈아 얹었다. 호흡이 안정된 걸 확인한 뒤엔 택시를 타고 나가 약국에서 약을 사 왔다. 간신히 정신을 차린 여자에게 죽을 먹이고 약을 먹이니 금세 해가 저물고 밤 아홉 시였다.

냐옹.

가만히 여자의 옆에 몸을 붙이고 있던 뚱보 고양이가 일어나 기지개를 켰다. 녀석이 애교 부리듯 여자의 손등에 얼굴을 문질렀다.

"배가 고픈가 봐."

"밥은 내가 줬어."

"정말?"

아무렴, 내가 말 못하는 짐승을 굶기겠어.

여자가 앓아누울 동안 밥 먹을 때를 제외하고는 한시도 옆을 떠나지 않은 녀석이었다. 물론 그 와중에도 밥은 챙긴다는 게 녀석답긴 했다.

"생긴 건 딱 사십 대 배불뚝이 아저씬데 말이지."

……의외로 하는 짓은 새침데기 아가씨란 말이야.

낮은 중얼거림이었지만 그 말을 알아들은 건지 녀석이 두 눈을 가늘게 떴다. 냐오옹. 도전적으로 이쪽을 직시하는 시선에 뭐, 하며 턱 끝을 치켜들었다.

"조루랑 많이 친해진 것 같아."

녀석과 나를 지켜보던 여자가 멍한 목소리로 덧붙였다.

"집어치워."

확실히 예전보단 싫지 않았지만 딱 거기까지였다. 기분 나쁜 오해에 불쾌해진 찰나 녀석이 뒷발로 벅벅 머리통을 긁어 댔다. 잠시 후 도도하게 엉덩이를 치켜든 녀석이 침대에서 뛰어내려 유유히 문 사이로 빠져나갔다. 물론 문을 나서기 전 예의 도전적인 눈빛으로 나와 여자를 쏘아 주는 것도 잊지 않았다.

나도 너 따위와 그런 오해 받고 싶지 않다 말하는 듯한 작태에 울화가 치밀었다.

"부끄러워하나 봐."

"저게 어디가?"

"조루는 섬세해."

그러니까 대체 어디가?

"……안과나 가 봐."

"나 눈 좋은데?"

진심으로 한숨이 터져 나왔다.

왜 한숨을 쉬냐며, 무슨 힘든 일이 있는 거냐고, 그래서 자신을 찾아온 거냐 묻는 여자를 보며 속으로만 가슴을 내리쳤다. 어쩜 이렇게 미련 곰탱이 같을까. 아무리 생각해도 여태껏 혼자 살아온 게 용했다.

"정말 아무 일 없어?"

일이 있는 건 당신이겠지. 끼니도 거른 채 며칠을 앓은 여자의 얼굴은 핏기 없이 창백했다. 지나가던 사람들이 본다면 당장이라도 119에 신고하고 싶을 만큼 초췌한 모습으로, 여자는 계속해서 나를 걱정했다.

지금 당신이 날 걱정할 때야.

헤어지기 전 일방적인 폭언을 쏟아 냈다. 무언가 말하고 싶어 한다는 걸 알면서도 무시하고 듣지 않았다. 그랬는데, 여자는 다시 만난 지금 그 일에 대해선 아무 말이 없었다. 변명을 하든, 설명을 하든, 화를 내든, 뭐라도 해야 할 텐데 그러지 않았다. 자신을 변호해야 할 어떠한 필요성도 느끼지 못한다는 듯.

"할아버지한테 많이 혼났어?"

여자는 그저 나를 걱정하고 있을 뿐이었다. 한없이 미안한 표정으로.

"그런 거 아냐."

"그럼?"

이러면 안 되는 걸 알면서도 또 화가 치밀었다.

"말해."

"……뭘?"

"모른 척하지 말고 말하라고. 왜 우산도 없이 비를 맞고 돌아다녔는데?"

"어떻게 알았어?"

"영화관에 간 날, 내 친구가 당신이랑 날 봤대. 그 녀석이 당신이 그러고 다니는 걸 봤다고 했어."

"괜찮아?"

괜찮냐니, 뜬금없는 질문에 말을 할 타이밍을 놓치고 말았다.

"친구가 봤다면서. 괜찮아?"

영화관에서 모자를 눌러쓰는 걸 보고 연예인이라도 되는 줄 아냐며 비아냥거렸던 기억이 떠올랐다. 멍 자국이 있는 얼굴을 가리려고, 아니면 하는 일이 그런지라 아는 사람을 만날까 그렇게 행동하는 것이라고만 생각했다.

"역시 가지 말았어야 했는데…… 나 때문에…… 미안해."

하얗게 질린 얼굴로 사과하는 모습을 보고서야, 깨달았다. 여자가 남들이 알아챌 수 없게 깊이 모자를 눌러쓴 건, 다른 누구도 아닌 나를 위해서였다는 걸.

"내 탓이야. 욕심부리면 안 됐는데…… 알고 있었는데……."

기가 막혔다.

"나랑 영화 보러 간 게 욕심이야?"

"어?"

"방금 그랬잖아. 욕심부리면 안 됐다고. 나랑 영화 보러 간 게, 그게 욕심이야?"

어이가 넋을 잃고 탈출한 기분이었다. 고작해야 영화를 보러 갔을 뿐이었다. 함께 영화를 보고 나서 햄버거를 먹고 돌아온 게 다였다.

대체 무엇이 욕심이었다는 걸까. 고작 그런 게 욕심이라니. 세계 정복을 꿈꾼 것도 아니고, 그저 남들 다 하는 일을 한 것뿐인데.

"난 그날 재밌었어. 당신도 그렇다고 했잖아?"

여자가 머뭇거리며 고개를 끄덕였다.

"그럼 된 거잖아. 욕심은 무슨 욕심. 피해 준 것도, 손해 입은 사람도 없는데 그딴 걸로 자책하지 마."

"하지만 친구가……."

"그래서 뭐가 어쨌다고? 사촌 누나라고 둘러대면 그만이잖아. 그런 걸 보고 과민 반응이라 하는 거야."

딱 잘라 말하자 여자가 시선을 내리깔았다. 반박하진 않았지만 완전히 수긍하지도 못한 것처럼 보였다. 주눅 들 대로 주눅든 모습에 다시 언성이 높아질 뻔했지만 가까스로 참았다.

"됐고, 말해 봐. 뭣 때문에 우산 쓸 정신도 없을 만큼 넋을 빼놓고 다녔던 건데."

"별것 아니었어. ……배 안 고파? 내가 뭘 좀 만들까?"

금방이라도 자리에서 일어날 것 같은 여자의 어깨를 붙잡았다.

"설명해. 그날, 뭔 일 있었잖아."

"아무것도……."

"거짓말."

한일자로 꾹 다물린 입술이 정말 말하고 싶지 않다고 이야기하고 있었다. 평소라면 여기에서 멈추었을 터였다. 누구에게나 감추고 싶은 사정은 있기 마련이니까. 하지만, 이번만큼은 그럴 수가 없었다.

여자의 옆엔 아무도 없었다. 아프면 아프다, 슬프면 슬프다 말할 수 있는 사람이 아무도. 이대로 모른 척 지나간다면 혼자 아픔을 삭이며 속이 곪아 가는 줄도 모르고 버틸 것이 분명했다.

싫었다. 혼자 울게 내버려 두고 싶지 않았다.

"정말 할 말 없어?"

"응…… 없어."

"그래? 그럼 어쩔 수 없지. 열도 이제 내렸겠다, 이만 가 볼게."

비열한 짓이란 걸 알았지만 달리 방법이 없었다. 시간이 많지 않았다.

"벌써 가게?"

여자가 놀란 얼굴로 고개를 들었다.

"가 봐야지. 언제까지 여기 있을 순 없잖아."

아무렇지 않은 표정으로 침대 옆에 내려놓았던 가방을 챙겨 들었다.

"현관까지 나올 필요 없어."

방문을 나서려는 순간 불안하게 떨리는 목소리가 발목을 잡았다.

"……만났어. 엄마…… 아니, 그 사람을…… 만났어."

분명 엄마, 라고 했다.

내내 궁금했었다. 왜 이 사람은 혼자인 걸까. 어째서 양부모가 있는데도 열여섯부터 그런 험한 일을 해야 했을까. 양부모를 싫어한다면 영화관에 갔던 일을 그토록 기쁜 얼굴로 설명하진 않았을 텐데. 혹 양부모가 모두 일찍 세상을 떠나 버린 걸까.

그런데 여자는 말하고 있었다. 자신의 어머니를 만났노라고.

가겠다고 말한 건 입을 열게 하기 위한 구실에 불과했다. 가방을 내려놓고 뒤돌아선 순간, 그제야 여자의 손이 떨리고 있다는 걸 알았다. 입가가 우그러지고 말간 눈동자에 눈물이 한가득 차올랐다. 무언가 말하고 싶은 듯 한참 동안 입술을 달싹대면서도 여자는 아무 말도 하지 않았다. 아니, 할 수 없다는 게 맞는 것 같았다.

침대로 다가가자 여자의 눈가에 고여 있던 눈물이 후두둑 떨어졌다. 손을 뻗어 눈물을 훔쳐 주었지만 한번 쏟아지기 시작한 울음은 멈출 기미가 없었다. 마치 음 소거를 한 것처럼 눈물만이 쉼 없이 떨어져 내렸다.

소리 내어 울 줄 모르는 여자가 슬펐다.

데운 우유를 들고 베란다 문틀에 기대앉은 여자에게 다가갔다. 내리 한 시간을 울어 젖힌 여자를 진정시킬 겸 방 안을 벗어난 선택이 나쁘지 않은 것 같았다.

"뜨거우니까 조심해."

말 잘 듣는 아이처럼 고개를 주억거린 여자가 조심스레 잔을 받아 들었다.

"나만 마셔?"

"난 됐어. 일기예보 봤는데 오늘까진 비가 많이 올 거래. 내일은 그친다는데 어떨지 모르겠네."

반쯤 열린 창문 너머로 세찬 비가 바람과 함께 들이쳤다.

"춥진 않아?"

"응. 오히려 좀 더운 것……."

"이불 풀기만 해 봐. 확 창문 닫아 버린다."

여자가 슬쩍 헤쳐 놓았던 이불을 다시 여몄다. 바람을 쐬고 싶다기에 창문을 열었지만 감기 환자에게 찬 바람을 고스란히 맞게 할 순 없었다. 도롱이벌레처럼 이불에 감싸인 여자의 모습이 우습기도 하고, 짠하기도 하고, 여러모로 복잡한 감정에 휩싸였다.

"불편하진 않아?"

"응."

온몸의 물을 모두 쏟아 낼 듯 눈물을 흘린 여자의 코끝이 붉었다.

"완전히 루돌프 사슴이야. 크리스마스는 아직 멀었는데."

짓궂게 놀리며 여자의 옆에 주저앉았다. 쏟아지는 빗줄기를 향해 있던 시선이 내게 닿았다. 무시하려 했지만 축축하게 젖은 속눈썹이 신경 쓰였다. 손을 뻗어 눈가에 고인 눈물을 마저 훔쳐 냈다. 여자는 잠깐 움찔거렸을 뿐 손길을 거부하진 않았다.

"미안해."

내가 말하고서 놀랐다. 여자는 눈을 동그랗게 뜨고 나보다 더 놀란 얼굴을 하고 있었다. 나도 모르게 나온 말이지만, 실은 내내 이 말을 하고 싶었다는 걸 깨달았다.

"미안해. 지난번에 못되게 말해서. 아니, 그것도 그렇고, 처음 만났을 때부터 지금까지 못되게 군 거 다 미안해. 물론 사과한다고 없던 일이 되진 않겠지만, 그래도 미안해. 당신에 대해 나쁘게 말한 것도 미안하고 심술부린 것도 그렇고…… 다 미안해."

"아냐, 내가 잘못한 건데……."

"그 사람한테 부탁받았다 해도 상관없어. 아니, 애초에 무작정 쳐들어온 건 난데 당신한테 배신이니 뭐니 그런 말 하는 것도 웃긴 일이잖아."

여자가 입술을 달싹였다. 무슨 말인가 하고는 싶지만 쉬이 입이 떨어지지 않는 듯 보였다. 나 역시 막막했지만 언제까지나 모른 척 미룰 수도 없었다.

"나도 말주변이 별로 없어서 솔직히 지금 어떻게 말을 해야할지 잘 모르겠어. 근데 지금이 아니면 못 할 것 같으니까…… 대신 좀 두서없더라도 이해해."

"……응."

"일단은, 음. 좀 웃긴 말이긴 한데, 난…… 당신 안 싫어해.

물론 미워한 적도 있었지만 지금은…… 오히려 고맙다고 생각해."

"고마워?"

"당신이 받아 주지 않았으면 지금쯤 비행 청소년이 되어 전국을 떠돌고 있었을걸."

아님, 어디서 죽었을 수도 있고. 부러 농담하듯 가볍게 얘기했지만 여자는 웃지 않았다. 도리어 당황스러운 얼굴로 고개를 가로저었다.

"아니야, 내 탓이야. 다 내 잘못이야. 내가 잘못해서 그런 거니까……."

"당신 잘못 아니야."

나도 모르게 표정이 굳었다. 화가 난 건 아니었다. 그저, 아직도 이 일을 입 밖으로 꺼내는 것이 쉽지 않았다.

"당신이 없었어도 우리 집은 지금처럼 됐을 거야. 물론 처음엔 그걸 받아들이기 힘들어서 당신 탓이라고 했지만 억지였어. 그러니까 전부 당신 탓이라고 하지 마. 그럴 필요도, 이유도 없어."

한 달 전만 해도 모든 것을 이 사람에게 뒤집어씌웠다. 지금도 어린애지만 그때는 더 어린애였다. 지독한 상황에 대한 책임을 다른 누군가에게 전가하지 않고서는 견딜 수가 없었다. 물론 그래서 마음이 편했냐고 하면, 그것도 아니었다.

"따지고 보면 다 우리 가족 잘못이야. 엄마도 잘못했고, 그 사람도 잘못했고, 나도 잘못했어. 그게 쌓이고 쌓이다 결국 이렇게 된 거야. 그러니까 죄책감 가질 필요 없어. 아니, 조금이나마 당신 잘못이 있었다 해도…… 날 여기 있게 해 줬잖아. 무시할 수도 있었는데, 당신과는 상관없다고 말할 수 있었는데 날 돌봐 줬잖아. 그럼 된 거지 뭐."

아직도 해결해야 할 것들이 산더미였다. 기억을 잃은 엄마를 떠올리면, 살 수 있는 날이 두세 달밖에 남지 않았다는 그 남자를 떠올리면, 낯선 곳에서 새로이 시작해야 할 앞으로의 날들을 떠올리면 여전히 답이 보이지 않았다. 하지만 이곳에 있는 동안 책임을 떠넘긴다고 해서 상황이 달라지는 것도, 마음의 무게가 덜어지는 것도 아니란 걸 배웠다.

"맘껏 울라고 말하긴 했지만 인간적으로 너무 우는 거 아니야?"

여자의 뺨을 타고 떨어지는 눈물을 보자 가슴이 철렁했다.

"그렇게 울고 싶어서 지금까지 어떻게 참았대."

무표정하게 있는 모습이 싫었다. 좀 더 감정을 표현하면 좋겠다고 생각했다. 그렇지만 역시 우는 것보다는 웃는 게 더 보기 좋았다. 아니, 실은 우는 얼굴을 볼 때마다 내 쪽이 더 아파서 곤란했다.

"그만 울어. 왜 우는 건데. 미안해서? 그건 됐다니까. 나도 당신한테 미안한 일 많이 했으니까 쌤쌤이잖아."

"그치만⋯⋯."

"그치만은 무슨 그치만. 여태까지 내 얘길 제대로 듣긴 한 거야?"

"그치만⋯⋯."

"그러니까 그치만은 무슨 그치만이냐니까. 우유 다 식겠다. 빨리 마셔."

강제로 잔을 가져다 대자 여자가 훌쩍이면서도 우유를 받아

마셨다. 딱 우는 아기에게 젖병을 물리는 기분이었다. 웃으면 안 되는 걸 알면서도 순간 웃음이 터졌다. 어리둥절한 표정을 짓는 여자에게 손을 내저었다.

"미안. 근데 정말 괜찮아. 당신한테 미안하긴 하지만 속에 있던 말을 전부 뱉고 나니까 훨씬 편해……."

부디, 하고자 하는 말이 제대로 전해지기를.

"난 당신한테 찾아와서 화도 내 봤고, 떼도 써 봤고 억지도 잔뜩 부려 봤어. 그리고 당신은 그런 걸 다 받아 줬고. 아마, 그랬기 때문에 지금의 내가 있는 거라고 생각해. 당신이 없었으면 비행 청소년이 될 수 있었다는 말, 거짓말 아니거든. 어쩌면 정말 죽으려 했을 수도 있고. 그때 난 정말 비뚤어져 있었으니까. 그러니까 내가 하고 싶은 말은, 그러니까…… 당신이 그랬던 것처럼, 나도 당신 얘기를 들어 줄 수 있으면 좋겠다는 거야."

한 시간이 넘도록 소리 죽여 울던 여자의 가슴속엔 분명 흘린 눈물만큼이나 많은 이야기가 감춰져 있을 터였다. 참고 견디는 것에만 익숙한 사람에겐 분명 쉬운 일이 아니겠지만…….

"강요하는 건 아니야. 다만, 뭐랄까, 개인적인 경험이지만 속에 있는 걸 털어 내고 나면 꽤 시원해지거든. 조금 전까지 잔뜩 울었으니까 그 기분 알 거 아니야."

좀 제대로 된 말을 하란 말이야, 이 바보 자식아.

들어 주고 싶었다. 어린애에 불과한 자신이 해 줄 수 있는 건 그것뿐이니까, 이 사람의 이야기를 들어 주고 싶었다. 하지만 어떻게 해야 이 마음이 전해질지 알 수 없었다. 말을 하면 할수록 꼬여 가는 느낌이었다.

"……나 때문이었어."

담담한 목소리였다. 아이 같던 모습은 어느샌가 사라지고 여자는 예의 그 무덤덤한 얼굴로 돌아와 있었다.

"내가, 모든 걸 망쳐 놨어."

서유의 이야기 5

부모님은 갓난아기였던 나를 보육원 앞에 버려두고 갔다. '지서유'라는 이름이 적힌 쪽지 하나만을 남겨 둔 채.

"서유는 멍청해."

"넌 왜 그렇게 느려? 거북이 같아."

걸음을 떼는 것도, 말을 배우는 것도 또래에 비해 많이 늦었다. 보육원에 있던 동생들에게도 곧잘 놀림의 대상이 됐지만 천성이 무딘 탓인지 그런 말과 행동에 크게 상처 입지는 않았다.

시내에서 한참 떨어진 시골 마을에 위치한 보육원은 원장님 한 사람이 나를 포함해 여섯 명의 아이들을 돌보았다. 재정 상태가 좋지 않아 배불리 먹을 순 없어도 오십 대 아주머니였던 원장님은 진심으로 아이들을 아꼈다.

그녀의 옆자리를 차지하기 위한 쟁탈전이 벌어지는 밤은 언제나 전쟁터를 방불케 했다. 그녀는 방의 제일 귀퉁이로 밀려난 나를 안타까워했지만 그 품과 따스한 두 손을 필요로 하는 건 나뿐만이 아니었다.

아홉 살이 될 때까지 네 명의 아이들이 새로운 부모님을 만나 시설을 떠났고 처지가 비슷한 두 명의 아이들이 새로 들어왔다. 언제부턴가 처마 밑에 앉아 페인트를 칠한 철문을 바라보는 게 일상이 되었다. 시설을 떠났던 다른 아이들이 그러했듯 내 손을 잡고 이곳을 나가 줄 가족을 기다렸다.

원장님이 싫었던 것도, 헌 옷만을 물려 입어야 하는 보육원 환경이 싫었던 것도 아니었다. 그저 다른 아이들과 공유하지 않아도 될 가족을 갖고 싶었다. 배불리 먹지 못해도, 좋은 장난감을 갖지 않아도 좋으니 나만의 가족을 갖고 싶었다.

해가 거듭될수록 불안해졌다. 나이를 먹을수록 새 가족을 만나는 일이 어려워진다는 사실을 모르지 않았다. 웃는 얼굴이 호감을 산다는 얘기를 듣고 화장실 거울을 보며 몰래 웃는 연습을 했다. 공부도 게을리하지 않았고 예쁘게 옷을 개는 법도 익혔다.

엄마가, 아빠가 갖고 싶었다.

부모님이 생긴다면 미움받지 않도록 열심히 노력할 자신이 있었다. 공부도 열심히 하고, 청소도 열심히 하고, 예의 바르게 행동하리라, 속으로 다짐하고 또 다짐했다.

그 날도 처마 밑에 앉아 홀로 흙장난을 하고 있었다. 숨이 넘어갈 듯 매미가 요란하게 울던 날, 흙으로 지은 집을 만들고 부수길 반복하던 그때, 연분홍 구두코가 눈앞에 멈춰 섰다.

"안녕, 네가 서유구나."

구름 한 점 없이 파란 하늘을 배경으로 그녀는 웃었다. 그녀 옆에 서 있던 온화한 인상의 남자는 눈이 마주치자 슬며시 미소 지었다. 흙투성이 손이 부끄러워 뒤로 감추려다 균형을 잃고 엉덩방아를 찧었다.

"괜찮니? 잡고 일어날 수 있겠어?"

눈앞에 내밀어진 희고 고운 손은 그녀의 웃음만큼이나 따뜻했다.

입양이 결정된 뒤부터는 하루하루가 꿈을 꾸는 것처럼 행복했다. 아침에 눈을 뜬 순간부터 잠자리에 드는 순간까지 그녀는 항상 내 곁에 있었으니까.

서유야, 일어나. 아침 먹자.

오늘은 엄마랑 뭐 하고 놀까?

잠이 안 와? 잠들 때까지 책 읽어 줄까?

처음 만난 순간부터 그녀가 좋았다. 햇살 아래 환하게 짓던 그녀의 웃음은 순식간에 내 안의 고독과 슬픔을 녹여 냈다. 그녀는 내게 있어 봄이었다. 시린 겨울 뒤에 찾아오는, 달콤하고 따스한 봄.

"엄마는 서유를 만나서 정말 기뻐."

그녀는 건강상의 문제로 아이를 가질 수 없다고 했다. 덕분에 오랜 시간 힘들었지만 그래서 나를 만날 수 있게 되었다며 고맙다고 말했다. 이름을 바꾸지 않은 것도 나를 세상에 태어나게 해 준 친부모에 대한 고마운 마음 때문이라고 했다. '지서유'에서 '한서유'가 되었지만 여전히 나의 이름은 서유였다.

서유야, 그녀가 부르는 내 이름이 사랑스럽게 느껴졌다.

"웬 케이크?"

"우리 딸이 좋아할 것 같아서."

쾌활한 그녀와 달리 아버지인 그는 말수가 적고 보다 차분한 성격이었다. 어지간한 일에는 화내는 일 없이 부드럽게 미소 짓는 그가 좋았다.

"회사 일은 어때요, 할 만해요?"

"그냥 다닐 만해. 집에 오면 예쁜 우리 딸이 있잖아. 힘내야지."

"역시 우리 서유가 복덩이라니까."

입양된 그해엔 놀이공원으로, 동물원으로, 집 앞의 강변으로 자주 나들이를 나갔다. 두 사람의 손을 잡고 길을 걸을 때면 세상 모든 것을 얻은 것처럼 행복했다. 겨우 얻은 그 행복을 잃어버린다는 상상은 할 수도 없었고 하고 싶지도 않았다.

열한 살, 초등학교 4학년이 되었다. 여름 방학식을 마치고 평소보다 일찍 집에 왔다. 냉장고 문 앞엔 언제나처럼 노란 포스트잇이 붙어 있었다.

「냉장고에 우리 딸 좋아하는 장조림 만들어 뒀음. 꼭 챙겨 먹을 것!」

이곳에 온 지 일 년이 지났을 무렵 그녀는 아르바이트 자리를 구했다. 처음에는 일손이 모자란 주말에만 나가다 이제는 아침부터 저녁까지, 평일 주말 가릴 것 없이 일했다. 못해도 일곱 시엔 그녀가 돌아올 걸 알기에 곧장 욕실로 들어가 손과 발을 씻었다. 방으로 돌아와 학교 사물함에서 챙겨 온 교과서와 잡다한 물건들을 풀어 놓고 정리했다.

그녀는 무리하지 않아도 된다고, 내가 건강하기만 하면 족하다고 해 주었지만 좋은 딸이 되고 싶었다. 공부든 집안일이든 무엇 하나 부족함 없이 하고 싶었다. 일을 마치고 돌아오면 지쳐 있을 부모님을 대신해 집을 청소하고 남는 시간엔 문제집을 풀기로 했다.

청소기 전원을 켜려다 문득 안방에서 인기척을 느꼈다.

"아빠?"

현관을 살피자 미처 보지 못했던 검은 가죽 구두가 보였다. 평일이니 출근을 해야 했을 시간이지만 분명 그의 것이 맞았다. 문을 열자 침대 위에 곤히 잠든 그가 보였다.

"아빠."

조심스레 몸을 흔들었다. 한참 후에야 깨어난 그의 두 눈이 붉게 충혈되어 있었다. 서유구나. 숨결 속에 짙은 술 냄새가 배어 있었다.

"방학했어?"

"오늘 방학식 했어. 회사 안 갔어?"

"……아아, 응. 술을 너무 마셨더니 몸이 안 좋아서. 회사엔 연락했으니까 걱정 마."

그는 직장을 자주 옮겼다. 동료와의 다툼, 적성에 안 맞는 일, 긴 출퇴근 시간. 이유는 다양했다. 내가 오고 나서 일 년간은 그녀와 약속한 대로 꾸준히 한곳을 다녔지만 이내 야근이 잦다는 이유로 그만두었다. 그녀가 일을 나가기 시작한 것도 그 무렵이었다.

두 사람은 자주 다투었다. 특히 그가 회사를 그만두고 집에 있을 때나 이유 없이 결근을 할 땐 더 그랬다. 안방에서 고성이 오갈 때면 방에 들어가 숨을 죽이고 시간이 지나가기를 기다렸다. 한참 후에 그가 집을 나가는 소리가 들리면 재빨리 책을 펴고 공부하는 시늉을 했다.

'많이 시끄러웠지? 그 와중에도 공부하는 중이었네. 대견해라.'

붉어진 눈가를 한 그녀는 그래도 네가 있어 엄마가 웃는다고, 그렇게 말했다.

"아빠 목마른데 물 한 잔 갖다줄래?"

그녀를 자주 울리지만 그래도 그를 미워한 적은 없었다. 그는 한 번도 내게 화낸 적이 없었다. 내게 갖는 관심이 뜸해지는 건 느껴졌지만 몰래 용돈을 쥐어 주기도 했고, 기분이 좋을 때면 수염이 난 뺨을 얼굴에 문지르는 장난을 치기도 했다.

물을 갖다주자 순식간에 잔을 비운 그가 좀 더 눈을 붙이겠다며 다시 누웠다. 방해하고 싶지 않아 청소는 미루고 거실 바닥에 엎드려 문제집을 풀었다. 지난 시험 때 국어는 90점을 맞았지만 수학은 겨우 70점을 넘겼을 뿐이었다. 그녀는 잘했다고 칭찬해 주었지만 그것만으로는 부족했다.

일곱 문제 정도 풀었을까. 무더운 날씨 탓인지 온몸이 나른했다. 선풍기만으로는 열기가 가시지 않았다. 입고 있던 민소매와 반바지가 땀으로 축축하게 젖어들 정도였다. 버티려 했지만 스르르 눈이 감겼다. 조금만 이따가 풀어야지. 선풍기 바람을 맞다 나도 모르게 잠이 들었다.

얼마나 시간이 지났는지 알 수 없었다.

애벌레가 꼬물꼬물 기어가는 것처럼 다리가 간지러웠다. 잠에 취해서도 키득키득 웃음이 터져 나왔다. 발목에서부터 조금씩 올라오던 감각이 어느 순간 허벅지에 닿았다. 선뜩한 느낌에 눈을 떴다. 주변이 어둑해 밤인 줄 알았지만 아니었다.

"아빠?"

그가 위에서 날 내려다보고 있었다. 호흡이 이상하리만치 거칠었다. 주변을 돌아보니 어느새 거실에서 안방으로 옮겨 와 있었다. 허벅지를 어루만지던 그의 손이 다리 사이를 파고들었다. 생경한 감각에 나도 모르게 그를 밀쳤다. 아니, 밀쳤다고 생각했지만 밀리지 않았다.

그의 입술이 가슴에 닿았다. 탁한 숨이 느껴졌다. 아빠, 싫어. 퇴근하고 돌아온 그가 종종 입맞춤을 하곤 했지만 전혀 다른 느낌이었다. 도리질을 쳤지만 그는 요지부동이었다. 입술 사이로 빠져나온 그의 혀가 뱀처럼 가슴 위를 넘실거렸다.

속으로 숫자를 셌다. 하나, 둘, 셋. 온 힘을 다해 그의 어깨를 발로 밀어 내고 자리에서 일어났다. 방문 앞으로 달려가 손잡이를 움켜쥐었다. 문을 열고 나가려 했지만 등 뒤로 어두운 그림자가 졌다.

오싹, 공포가 일었다.

"서유야, 착하지?"

언제나처럼 그가 부르던 이름에 우수수 소름이 돋았다.

"쉬이, 서유야, 괜찮아."

그가 자신의 몸을 밀착시키며 부드럽게 속삭였다. 가까이 달라붙은 그의 입에서 지독한 술 냄새가 풍겼다.

"아빠가 서유 예뻐해 주는 거야. 나쁜 거 아냐."

형용할 수 없는 불쾌감이 일었다. 귓가에 속삭이는 그를 한 번 더 밀쳐 내고 안방을 뛰쳐나갔다. 허겁지겁 내 방으로 들어와 문을 잠갔다. 방으로 찾아올까, 초조한 마음으로 기다렸지만 그는 더 이상 나를 부르지 않았다. 이불 속에 숨어 한시라도 빨리 그녀가 돌아오기를 기다렸다.

아홉 시가 넘어 늦은 저녁 식사를 했다. 식사 내내 두 사람은 아무 말이 없었다. 집에 돌아온 그녀는 회사에 가지 않은 그를 보고선 한 시간이 넘도록 안방에서 나오지 않았다. 닫힌 문 사이로 간간이 두 사람의 날 선 목소리가 들려왔다.

무겁게 내려앉은 분위기 속에서 억지로 넘어가지 않는 밥을 삼키다 그와 눈이 마주쳤다.

"입맛이 없니?"

필사적으로 고개를 가로저었다. 그가 부드럽게 눈가를 접으며 미소 지었다. 다정한 손길이 머리를 쓰다듬었다. 솜털 하나하나가 뾰족하게 곤두섰지만 꾹 참고 한가득 밥을 밀어 넣었다.

"서유야, 조용히. 괜찮아."

입술이 떨려 왔다. 엄마를 부르고 싶었다. 안방엔 엄마가 잠들어 있으니 소리를 지른다면 달려올 게 분명했다. 온 힘을 다해 소리치려는 순간, 커다란 손바닥이 입을 틀어막았다. 손을 깨물기 위해 이를 세웠지만 그가 달콤하게 속삭였다.

"엄마를 부르려고? 엄마가 오면 어떻게 될 것 같아?"

등줄기가 서늘해졌다.

"여기서 엄마를 부르면."

그가 내 머리에 입을 맞추며 말했다.

"우린 더 이상 가족으로 있을 수 없어."

숨을 쉬는 것도 잊었다. 가족으로 있을 수 없다. 지금 일어나고 있는 일이 무엇인지 정확히는 알 수 없지만…… 그녀가 이 모습을 보게 된다면 다시는 이전처럼 지낼 수 없을 것 같다는 예감이, 아니 확신이 들었다.

"엄마를 잃어버려도 좋아?"

우리 서유는, 또 혼자가 되겠네.

그가 입을 틀어막은 손을 풀었다. 엄마를 부르고 싶다면 불러도 좋다는 무언의 허락이었다. 입을 벌리고 그녀를 부르려고 했다.

어.

어.

어.

부르려고 했지만 말이 목에 걸려 나오지 않았다. 등 뒤에서 나지막한 웃음소리가 들려왔다.

"딸은 원래 이런 것도 하는 거야."

굳게 닫힌 문을 노려봤다. 멀지 않은 곳에 엄마가 있었다. 엄마를 부르면 이 악몽 같은 상황이 끝날 터였다. 하지만, 소리 낼 수 없었다.

"어렵게 생각할 필요 없어. 아니, 아무것도 생각하지 마. 아빨 믿어."

부드럽고 다정한 목소리에 왈칵 눈물이 치솟았다. 그가 등 언저리를 어루만지며 힘을 빼라 속삭였다. 필사적으로 몸에 힘을 풀었다.

"잘했어, 서유야."

엄마.

오로지 그녀만을 생각했다. 그녀만이 내 세상의 전부였다. 다른 선택지는 없었다. 간신히 얻은 소중한 사람을 잃어버리고 싶지 않았다. 아니, 잃을 수 없었다. 귓가에 닿는 질척한 숨결을 느끼며 두 눈을 질끈 감았다.

그 여름밤 이후 시간이 흘러 열여섯이 되었다. 수업이 끝나면 도서관에 들러 필요한 공부를 하기도, 책을 읽기도 하면서 시간을 보냈다. 저녁은 곧잘 굶었다. 최대한 늦게 집에 들어가 해야 할 집안일만 하고선 그녀가 마치는 시간에 맞춰 마중을 나갔다.

"어째 자꾸 마르는 것 같네. 데워 먹기만 하면 되는데 왜 저녁을 안 먹어."

"급식 많이 먹어서 배가 안 고파."

"많이 먹기는. 잘 먹고 건강해야 몸도 안 아프지. 지난달에도 생리통 때문에 그렇게 고생했으면서. 병원에 한 번 가 보자니까. 엄마가 시간 낼 테니까 모레 가 보자."

"정말 괜찮아. 원래 이맘땐 그럴 수 있대. 학교 선생님도 그러셨어."

"……어유, 고집쟁이. 그거 알아? 같이 일하는 사람들이 항상 엄말 부러워해. 너무 착한 딸을 뒀다고. 이렇게 말도 안 듣는 걸 모르고 말이야, 응?"

각자의 일상을 두런두런 이야기하며 집을 향해 걷는 시간이 좋았다. 아카시아 꽃향기를 맡으며, 우산 위로 떨어지는 빗소리를 들으며, 바스락대는 낙엽을 밟으며, 내리는 눈에 함께 환호성을 지르며 걷던 그 길. 하루를 마무리하는 더없이 평화롭고도 행복한 시간이었다.

그는 내가 중학교에 입학한 이후 완전히 일을 그만두었다. 집에도 사나흘에 한 번꼴로 들어왔다. 형편은 나아질 기미가 없어 휴일에 함께 외출하는 건 꿈조차 꿀 수 없었지만 그런 건 아무래도 좋았다. 빨리 고등학교까지 졸업하고 취직을 해서 살림에 보탬이 되고 싶을 뿐이었다.

집에 도착하니 세탁기가 다 돌아가 있었다. 젖은 빨래를 꺼내 건조대에 널었다.

"엄마가 할게, 이리 와서 쉬어."

"온종일 일했잖아. 금방 하니까 괜찮아."

베란다 문가에 기대어 선 그녀가 어쩔 수 없다는 듯 고개를 저었다.

"네 아빤 연락 없었지?"

오늘은 또 어딜 가서 퍼마시고 있는 건지. 깊은 한숨 소리가 들려왔다. 부모님이 말릴 때 말을 들었어야 했어. 연애할 때도 끈기가 없어서 뭘 하나 진득하게 한 적이 없었는데 왜 그걸 몰랐을까. 사랑에 눈이 멀었던 거야. 집안의 반대를 무릅쓰고 결혼한 그녀는 늘 젊은 날의 선택이 후회스럽다고 말했다.

빨래를 모두 널고 나오자 그녀가 이리 오라는 듯 양손을 뻗었다. 품에 안기자 다정한 손길이 토닥토닥 등을 다독여 주었다.

"그래도 널 데려온 건 후회 안 해. 내 인생에서 가장 잘한 선택이라고 생각해."

"나도, 나도 엄마 딸이어서 좋아."

"원래는 갓난아기를 데려오려 했었다? 근데 니 아빠가 너무 어린 아기는 자신이 없다더라고. 니 아빠가 하는 건 다 맘에 안 들지만 그래도 그 선택만은 옳았다고 생각해."

나도 모르게 떨려 오는 입술을 물었다.

"널 못 만났으면 대체 어쩔 뻔했을까."

"……나도, 엄마를 만나서 다행이야."

"목소리가 왜 그래. 무슨 일 있어?"

무슨 일은, 아무 일도 없어. 필사적으로 목소리를 쥐어짰다. 생각에 잠긴 듯 가만히 나를 안고만 있는 그녀가 불안했다.

"혹시 엄마한테 말 못 하는 일이 있는 건 아니지?"

"그런 거 없어."

어쩐지 어두운 그녀의 목소리에 쿵쾅쿵쾅, 심장이 뛰었다.

"엄마도 늙었나 봐. 자꾸 쓸데없는 생각이 드는 걸 보니."

"요즘 많이 피곤해서 그래."

"그래, 피곤해서 그런가 보다. 손님이 많아서 하루 종일 정신 없었어. 어때, 오늘도 아빠는 늦을 것 같은데 엄마랑 같이 잘까?"

그녀의 웃음은 전염성이 강했다. 그녀를 따라 나도 함께 웃었다. 죄책감으로 너덜거리는 심장을 가지고.

잃어버리고 싶지 않았다는 말이 면죄부가 될 수 있을까. 간신히 얻은 가족을, 소중한 사람을 놓치고 싶지 않았다는 말이 잘못에 대한 변명이 될 수 있을까.

열한 살, 그 여름밤부터 계속되어 온 악몽. 눈을 감고 아무 생각도 하지 않으려 애썼다. 그가 허리를 흔들 때마다 내 몸도 따라 흔들렸다. 그의 이마에서 떨어진 땀방울이 목덜미에 떨어졌다.

그가 노리는 건 나 홀로 집에 남겨진 시간이었다. 그녀가 출근한 뒤엔 가급적 집에 있지 않으려 했지만 늦잠을 잔 게 실수였다. 모처럼 주말이니 푹 자라고 그녀가 나를 배려해 알람을 꺼 두고 간 모양이었다. 불편한 느낌에 잠에서 깼을 때, 언제 들어온 것인지 그는 이미 내 몸에 올라타 있었다.

"일어났니?"

귓가에 들리는 나지막한 음성에 눈을 떴다. 그녀와는 다르게 나를 불러 주는 그의 목소리를 좋아했었다. 나를 안아 주던 단단한 두 팔도, 지금처럼 미소 지을 때 눈가에 생기던 매끄러운 주름도, 좋아했었다.

어디서부터 잘못된 걸까.

어디서부터 바로잡아야 하는 걸까.

거친 숨소리가 질척하게 달라붙었다. 애써 외면하고 고개를 돌리자 침대 시트 위에 힘없이 늘어진 손이 보였다. 밀어 내고자 한다면, 밀어 낼 수 있었다. 내 위에서 헉헉대는 이 남자를 밀쳐 낼 수 있었다. 하지만, 그럴 수 없었다.

그를 밀어 내려면 먼저 그녀의 손을 놓아야 했으니까.

어리석다 해도 좋았다. 태어나자마자 버려진 내게 기적처럼 주어진 가족이었다. 지키고 싶었다. 무슨 짓을 해서라도 지켜 내고 싶었다. 그 희생의 대가가 나라면 괜찮다고 생각했다. 나만 참아 내는 거라면 괜찮다고, 견딜 수 있다고.

"더 조여 봐, 가만히 있지 말고."

찰싹, 그가 가볍게 뺨을 내리쳤다.

"정신 안 차려?"

냉탕과 온탕을 오가듯 그는 때론 따뜻했고 때론 차가웠다. 기분이 좋을 땐 다정했고, 기분이 나쁠 땐 냉정했다. 반항하지 않으면 상냥했고, 반항하면 사나워졌다. 부드럽게 몸을 만지다가도 수틀리면 손찌검을 했다.

"씹, 감질나게 하지 말고. 허릴 좀 더 흔들어 보라고."

열네 살 겨울, 잠든 사이 예고도 없이 그의 성기가 몸 안에 들어왔다. 나도 모르게 터져 나온 비명은 입을 틀어막은 손에 가로막혔다. 너무 고통스러워 몸부림치자 이내 복부에 주먹이 꽂혀 들었다. 정신을 잃었다 깨어났을 때 그는 여전히 내 몸 위에 올라타 짙은 그늘을 드리우고 있었다.

"흐……읏, 좋아. 착하지."

정말 이대로 괜찮은 걸까. 머릿속에 물음표가 떠올랐다. 나는 괜찮은가. 그렇다면 아무것도 모른 채 남편과 딸에게 속고 있는 그녀는 어떨까. 그녀는, 정말 괜찮을까.

살과 살이 부딪치는 질퍽하고 노골적인 소리가 커져만 갔다. 긴장을 푸는 순간 신음이 터져 나올 것만 같아 필사적으로 이를 악물었다. 탄력을 받은 그가 사정없이 허리를 쳐올리자 벌레가 들끓는 것 같은 혐오감과는 별개로 신음이 터져 나왔다.

"서유야, 혹시 여기 있는 거……."

때마침 열린 문 사이로 새하얗게 굳어져 버린 그녀의 얼굴이 들어왔다.

학교를 나온 뒤에도 한참을 서성이다 집으로 향했다. 올해 이사 온 아파트는 엘리베이터가 유난히 덜컹거렸다. 치솟는 불안함을 애써 잠재우며 올라가는 숫자를 눈으로 셌다. 마침내 엘리베이터가 6층에 멈춰 섰다. 문이 열리는 순간 미리 꺼내 둔 열쇠를 꾹 쥐고 걸음을 내디뎠다. 현관문 앞에 서자 안쪽에서 거친 파열음과 눈물 섞인 애원이 들려왔다.

내 잘못이 아니었어, 여보. 나는 절대 그럴 생각이 없었는데 서유가 어느 날 내 방에 들어와서…… 여보, 정말이야. 믿어 줘.

당장 나가! 꼴도 보기 싫으니까!

여보, 여보!

문이 열리고 그가 떠밀리듯 밖으로 나왔다. 맨발로 내쫓긴 그가 낮게 욕설을 뇌까렸다. 사납게 문을 노려보던 그의 시선이 내게 닿았다. 실핏줄이 터져 벌게진 두 눈은 무감각하게 나를 관통하고 있었다.

서유야, 착하지?

쉬이, 아무것도 무서워할 필요 없어.

곧 기분 좋아질 거야, 괜찮아, 응?

악몽이 시작되었던 그해, 온몸으로 거부하는 나를 달래던 음성은 부드럽고 온화했다. 혐오스러움에 몸부림치다가도 그 다정한 속삭임을 들으면, 상냥하게 접히는 눈가의 주름을 볼 때면 나도 모르게 몸에서 힘이 빠져나갔다.

그가 더는 예전의 '아빠'가 아니라는 걸 알았지만 미움받고 싶지 않았다. 그가 싫으면서도 외면받고 싶지 않았다. 여전히 그에게서 '아빠'의 흔적을 좇았고 그의 '딸'로 남기를 소망했다. 멋대로 왜곡했다. 언제부턴가 거부하려 하면 옷으로 가려지는 곳에 주먹이, 발길질이 날아들어도 그가 나를 아낀다고 믿었다. 아니, 믿으려 했다. 이 차갑고 메마른 시선이, 진실이라는 걸 받아들이고 싶지 않았다.

탕, 탕, 그가 계단을 내려가는 발소리가 귓가를 때렸다. 먹먹해진 가슴을 추스르고 걸음을 내디뎠지만 현관 앞에서 나를 노려보고 있는 그녀를 보자 심장이 내려앉았다.

"다녀……왔, 어요."

이곳에 오기 전까지 수십, 수백 번 연습했던 인사말이었지만 돌아오는 대답은 없었다. 서슬 퍼런 눈빛이 무슨 낯으로 이곳에 서 있는 거냐고, 당장 떠나라고 말하고 있었다.

알고 있었다. 아무리 이곳에 있어도 더는 그녀에게서 예전과 같은 미소를 돌려받을 수 없다는 걸. 한참 동안 나를 쏘아보던 그녀가 방 안으로 들어갔다.

부서질 듯 요란하게 문이 닫힌 뒤에도 오래도록 그 자리에 서서 움직일 수가 없었다.

그날 이후 그는 더 이상 집에 돌아오지도 나를 찾지도 않았다. 숨죽인 채 집과 학교만을 오갔다. 그녀가 내게 웃어 주는 일은 없었다. 서유야, 하고 다정하게 이름을 불러 주는 일도 없었다. 엉망으로 변한 이 상황을 돌이킬 수 없다는 걸 알면서도 그녀 곁을 떠나지 못했다.

그녀는 일을 나가지 않고 집 안에 틀어박혔다. 하지만 한집에 살면서도 2주가 넘도록 제대로 얼굴을 마주한 적은 없었다. 어느 날, 수업을 마치고 집에 돌아와 열쇠를 찾았다. 열쇠를 꺼냈지만 문에는 열쇠가 들어갈 홈 대신 비밀번호를 입력하는 도어록이 설치되어 있었다.

아.

힘이 풀린 손에서 열쇠가 추락했다. 어깨 아래로 흘러내리는 가방을 애써 추어올렸다. 우뚝 선 현관문이 굳게 닫힌 그녀의 마음을 보여 주는 것만 같았다.

"……엄마."

이런 날이 오는 걸 가장 두려워했다. 피하고자 했지만 결국 이렇게 되고 말았다. 곁에 있고 싶었는데. 사이좋은 자매 같은 엄마와 딸로 늙어 가고 싶었는데…….

사라져 버려. 다시는 내 눈앞에 나타나지 마.

그녀가 하고자 하는 말이 무엇인지 알고 있었다. 이것은 경고였다. 그런 일이 있었음에도 뻔뻔하게 집에서 버티는 나를 향한 경고. 알고 있었다. 너무나 잘 알고 있었다. 그렇지만 포기할 수 없었다. 조금이라도 좋으니 더, 그녀의 곁에 있고 싶었다.

문 앞에 웅크리고 있다 깜빡 잠이 들었다. 눈을 떴을 때 그녀는 나를 내려다보고 서 있었다. 언제 외출했던 걸까. 잠시 후 그녀가 도어록의 비밀번호를 눌렀다. 문을 열고 안으로 들어서는 그녀를 재빨리 뒤따라갔다.

다음 날부터 학교에 가지 않았다. 아니, 갈 수 없었다. 학교에 가지 않은 나를 보고도 그녀는 아무 말도 하지 않았다. 학교에서 여러 차례 전화가 왔지만 받지 않았다.

며칠이 지났다. 그녀는 아침 일찍 나가 새벽녘 술에 취해 돌아오기를 반복했다. 술에 취해 잠든 그녀는 꿈에서도 지옥을 헤매는 것 같았다. 얼굴은 고통으로 일그러져 있었고 벌어진 입술 사이로 신음이 흘러나왔다.

잠든 그녀를 두 눈에 담았다. 봉긋한 이마. 웃을 때만 나오는 작은 보조개. 구불구불 물결치는 머리카락. 오른팔의 작은 점. 그녀는 나를 잊고 싶어 하겠지만 나는 그녀를 기억하고 싶었다. 헤어진 뒤에도 떠올릴 수 있도록 밤새도록 그녀를 눈에 담고 또 담았다.

지루한 실랑이 속에서 먼저 지쳐 버린 건 그녀였다. 한마디도 섞고 싶지 않다는 듯 나를 피하던 그녀가 마침내 거실에서 맞닥뜨린 내게 소리 질렀다.

"대체 왜 이러는 거야! 나한테 뭘 바라는 거야!"

화병이, 책이, 액자가, 하나씩 주변으로 날아와 처박혔다. 거칠게 숨을 몰아쉰 그녀가 문을 닫고 방으로 들어갔다.

빗자루를 가져와 엉망이 된 집 안을 정리했다. 깨진 화병의 파편을 정리하고 구겨진 책을 펴 선반에 올려놓았다. 문득 식탁 옆에 나뒹구는 액자 하나가 시야에 들어왔다. 액자 속 사진엔 막 입양되었을 무렵의 나와 그녀, 그리고 그가 나란히 웃고 있었지만 유리에 난 선명한 금이 세 사람을 가로질러 사나운 흉터를 남긴 뒤였다.

액자를 들어 올리기 무섭게 불안정하던 유리가 떨어지며 산산이 부서졌다. 조각난 파편을 움켜쥐자 살갗을 뚫고 선뜩한 아픔이 밀려왔다. 손을 펴자 뚝, 뚝, 붉은 피가 떨어져 내렸다.

살아 있구나. 모든 것을 잃어버렸는데도 나는 살아 있구나.

웃음도, 울음도 나오지 않았다.

그녀는 나를 볼 때마다 발작처럼 소리쳤다. 혐오, 분노, 그리고 모든 진실을 목격했음에도 주변을 맴도는 나를 향한 두려움과 공포가 그녀를 잠식해 가고 있었다.

"어떻게 네가 나에게 이럴 수 있어! 어떻게 네가!"

"용서하지 않을 거야! 절대로 용서하지 않을 거야!"

"소름 끼치니까 건드리지 마! 쳐다보지도 마!"

"너 같은 거랑 한집에서 살았다는 사실만으로도 미쳐 버릴 것 같아!"

"처음부터 네 몸엔 더러운 피가 흘렀던 거야. 당장, 당장 이 집에서 나가. 그 더러운 몸뚱아릴 어떻게 굴리고 다니든 신경 안 쓸 테니까 당장 나가! 눈앞에서 사라져!"

더는 무리였다. 악의 어린 외침 때문이 아니라, 더는 그녀가 망가져 가는 모습을 지켜볼 수 없었다. 아니, 그녀의 남편과 함께 짐승처럼 헐떡이던 모습을 보여 주고도 그녀를 놓지 못한 스스로가 구역질이 나 견딜 수가 없었다.

그렇게 일주일 만에 현관문을 열고 밖으로 나갔다. 끼익, 철커덩. 안쪽에서 도어록의 잠금장치가 자동으로 연결되는 소리가 들려왔다. 문이 닫혔다는 신호로 울려 퍼지는 유쾌한 멜로디에 심장이 툭 바닥으로 내동댕이쳐졌다.

모든 게, 끝났다고 생각했다.

집을 나온 지 얼마 되지 않아 비가 내리기 시작했다. 근처의 빌딩 아래로 들어가 떨어지는 빗줄기를 바라봤다. 하늘이 온통 안개에 뒤덮인 것처럼 희뿌옇게 흐려져 있었다.

이것이, 나의 세상이었다. 이 잿빛 세상이, 내가 속한 곳이었다.

짐승처럼 서럽게 울부짖던 그녀의 울음소리가 귓가를 떠나지 않았다. 그녀를 그렇게 만든 건 나였다. 내가 그녀를 욕심냈기 때문에, 그녀를 포기하려고 하지 않아서, 그래서…….

"우산이 없니?"

깔끔한 진회색 양복을 차려입은 남자가 다가왔다.

"갈 곳이 없는 거지? 아저씨랑 같이 갈래?"

위아래로 내 몸을 훑던 그의 시선이 빗물에 젖어 도드라진 가슴에 고정됐다. 벌레가 기어 다니는 것처럼 스물스물 혐오감이 솟았다. 남자를 밀쳐 내고 달아나려던 순간이었다.

"이러려고 그런 모습으로 여기 서 있던 거 아냐?"

봐 봐, 이렇게 축축한걸. 우리 서유는 음탕하기도 하지.

'처음부터 네 몸엔 더러운 피가 흘렀던 거야! 그 더러운 몸뚱아릴 어떻게 굴리고 다니든 신경 안 쓸 테니까 당장 나가!'

움켜쥐고 있던 주먹이 툭, 풀려 나갔다. 나를 창부 보듯 훑어 내리는 남자의 시선에도 아무 감흥이 일지 않았다. 독기가 사라진 나를 지켜보던 남자가 자연스럽게 다가와 어깨에 팔을 둘렀다. 젖은 몸에 닿은 남자의 손이 불처럼 뜨거웠다. 나를 잿더미로 만들어 버릴 것처럼.

진우의 이야기 5

"뭐야, 그게."

유령처럼 표정 없는 여자의 시선은 또다시 비 내리는 창가를
향해 있었다.

'나 때문이었어. 내가, 모든 걸 망쳐 놨어.'

이야기에 앞서 여자는 그렇게 말했다. 전부 자신 탓이라고,
자신이 모든 걸 망쳐 놓았다고. 알고 싶었다. 어째서 이 사람은
이렇듯 삭막하고 메마른, 형벌 같은 삶을 사는 건지. 하지만 원
하는 이야기를 들었음에도 무엇도 이해되지 않았다.

"그게 왜 당신 탓이야?"

피해자잖아. 당신은 그저, 피해자일 뿐이잖아.

"당신이 뭘 잘못한 건데?"

가만히 들어 줄 생각이었다. 이 사람이 내 잘못을 아무런 질

책 없이 끌어안아 준 것처럼, 나 역시 그렇게 해 주고 싶었다. 무슨 죄를 지었든, 무슨 잘못을 했든 이미 너덜너덜해질 만큼 자신을 나무라고 있는 사람을 보듬어 주고 싶었다.

아무리 생각해도 이건 아니었다. 처음부터 '죄'도 '잘못'도 없었다.

"나 때문이야."

"어째서!"

"나만 아니었으면 두 사람은 괜찮았을 거야."

여자가 시선을 외면한 채 혼잣말처럼 중얼거렸다.

"그러니까 내 탓이야."

미친 거 아냐? 그게 왜 당신 탓이야.

열한 살짜리 어린아이에게 몹쓸 짓을 한 그 자식의 얼굴에 주먹을 꽂아 주고 싶었다. 전후 사정도 듣지 않고 무작정 딸이 자신을 배신했다고 오해한 그 여자에게도 분노가 치솟았다. 제 배 아파 낳은 아이는 아니라도 칠 년이나 지켜봐 왔다면 당연히 의심을 해 봤어야 하지 않을까? 열여섯짜리 여자애가 대체 뭘 안다고.

성인도 아니다. 고작 열여섯 살, 중학생이었다. 천애 고아였던 여자에게 어머니라고 불리는 그 사람 외에 기댈 곳이 있을 리 없었다. 헌데 그렇게 오갈 데 없는 아이가 집에 들어오지 못하도록 멋대로 도어록으로 바꾸고 비밀번호도 가르쳐 주지 않았다고? 순 제멋대로잖아. 그게 가족이야? 피해자에 불과한 딸이 평생을 죄책감 속에서 살도록 방치한 게 부모라고?

얼마나 분하고 억울한지 얼굴이 뻣뻣하게 굳어 제대로 움직이질 않았다. 뚜껑이 열린다는 게 어떤 의민지, 이제야 확실히 이해가 갔다.

'왜 그런 거 있잖아. 어릴 때 그런 쪽으로 당한 애들이 아까운 줄 모르고 자기 몸 막 굴리는 거. 당신도 어릴 땐 고아원 같은 데 있었을 거 아냐. 당신 돌봐 준 고아원 원장이 추행이라도 했어?'

'사실이야? 그게 사실이라서 이렇게 아무렇게나 막 굴리고 다니는 거야, 자포자기한 것처럼?'

해서는 안 될 말을 했다. 너무나, 끔찍한 말을 했다. 그 말에 여자가 입었을 상처를 생각하자 스스로에게 미칠 듯이 화가 났다.

"착각한 거야. 당신은 아무 죄도 없어. 그냥 피해자일 뿐이라고."

"……"

"당신은 잘못한 것 없어."

지금 내가 하는 몇 마디 말로 가슴 깊이 팬 상처가 사라질 거라곤 기대하지 않았다. 그렇지만 여자가 이유 없이 자신을 몰아붙이고 학대하는 일만큼은 멈추어 주길 바랐다.

"당신이 없었으면 당신 부모가 헤어지지 않아도 됐을 거라 했지. 알고 있잖아. 애초에 당신을 건드린 그놈이 나빴다는 걸. 당신이 없었다면, 이 아니라 그놈이 그런 나쁜 놈만 아니었어도 당신은 잘 살았을 거라고."

"……"

"생각해 봐. 당신 주변에 똑같은 일을 겪은 아이가 있다고 쳐. 당신은 그 열한 살짜리한테 잘못을 물을 거야? 정말 그 아이가 나빴다고 생각해? 그런 나쁜 짓을 한 아빠가 아니라, 자기 딸을 한 번도 믿어 주지 않은 엄마가 아니라, 그 아이가 가해자라고 말할 거야? 당신은 그렇게 할 거야?"

알잖아. 당신도 알고 있잖아. 그러니까 자기 잘못이 아닌 걸 당신 몫으로 뒤집어씌우지 말란 말이야. 당신은 위로받아야 할 사람이지 용서를 빌어야 할 사람이 아니란 말이야.

"……알아."

뭐?

"그 사람이 나빴어. 나는 어렸고 힘으로는 그 사람을 이겨 낼 수가 없었어. 그렇다고 그런 모습을 엄마에게 보일 수도 없었어."

여자는 내가 전하고자 한 그대로 말하고 있었지만 안심은커녕 불안하게 심장이 뛰었다. 빗소리에 묻힐 것처럼 나지막한 목소리가 비명보다 더 아프게 들렸다.

"그 사람이 나빴어. 하지만, 나도 같은 잘못을 했어. 결국 똑같아."

"무슨 잘못?"

대답하고 싶지 않은 듯 입을 꾹 다물고 있는 여자의 얼굴을 끌어당겨 억지로 시선을 맞추었다. 당신이 그 범죄자 같은 놈이랑 같다고? 같은 잘못을 지었다고? 대체 그게 뭔데? 자기 자신을 그런 쓰레기만도 못한 인간과 동급으로 취급하는 상대가 갑갑해서 견딜 수가 없었다.

"말해."

여자가 고개를 가로저었다.

"말해, 나 진짜 화나려고 하니까."

여자의 눈동자가 처음으로 원망을 담고 일렁였지만 멈출 수 없었다.

"당신이 그런 놈과 무슨 같은 잘못을 했냐고. 그게 대체 뭔데."

들어야 했다. 들을 필요가 있었다. 착한 것도 도를 넘어서면 어리석음일 뿐이었다. 이 이상 자신을 탓하는 걸 지켜보고만 있을 순 없었다.

"말하라고 하잖아!"

"……니까."

씹어뱉듯 토해 낸 말이 빗소리에 묻혔다.

"뭐?"

"……나도, 느꼈으니까."

탕탕 창을 두들기는 빗소리가 요란했다. 비참한 진실을 말하고 싶지 않았다는 듯, 여자가 양손으로 귀를 틀어막고 무릎에 얼굴을 파묻었다. 둔기로 머리를 한 대 얻어맞은 것 같았다.

"더러워."

궁지에 몰린 어린 짐승이 으르렁대듯 여자가 중얼거렸다.

"나는, 더러워."

언제나 잔잔하던, 아이처럼 말간 여자의 두 눈에서 새까만 감정들이 휘몰아쳤다. 쉽게 빠지지 않을 뿌리 깊은 증오는…… 슬프게도 다른 누군가가 아닌 본인을 향한 것처럼 보였다.

"싫었어. 그 사람이 자꾸 나를 만지는 게 싫었어. 그냥 아프고 싫고 끔찍했어. 근데 점점 몸이 말을 듣지 않았어……."

제 머리카락을 모두 쥐어뜯을 듯 잡아당기는 여자의 손목을 붙잡았다. 핏발 선 두 눈이 정확히 나를 향해 부딪쳐 왔다. 혐오. 분노. 슬픔. 절망. 체념. 눈동자 속에 헤아릴 수 없을 만큼 복잡한 감정의 소용돌이가 휘몰아치고 있었다.

"변명하고 싶었어. 하지만 할 수가 없었어. 나도 결국엔 똑같았으니까."

"……."

"내게 잘못이 없다고 말하지 마. 그러면, 내가 잘못이 없다고 믿고 싶어져."

"……."

"나쁘다고 말해 줘. 모두 내가 잘못했다고, 나 때문이라고 말해 줘. 모든 게 내 잘못이라고 말해 줘."

"……."

"내가 나쁜 아이였다고 말해 줘."

숨이 턱, 막혀 왔다. 대체 무엇이 이 사람을 이토록 몰아세우고 있는 걸까.

"흔적도 없이 사라져 버렸으면 좋겠어…… 나 같은 건, 나 같은 건…… 이런 더러운 건……."

오한이 들었다. 검붉은 증오가 뚝뚝 흘러내릴 듯한 눈으로, 여자가 자신의 몸을 노려보고 있었다. 그 지독한 감정은 흡사 살의라 해도 좋을 듯했다.

그렇구나. 정말, 벌을 주고 있었어.

내내 궁금했다. 이 사람은 왜 이렇게 살고 있는 걸까. 비로소 답을 찾은 기분이었다.

중학교 2학년 무렵이었다. 중간고사가 끝나고 체육대회를 앞둔 터라 교실 분위기가 어수선했다. 쉬는 시간에 커튼을 치고 한 녀석이 영상을 틀었다. 포르노였다. 하지만 이내 망을 보던 녀석이 선생님이 온다고 하는 바람에 영상은 금세 꺼졌다.

'야, 저거 백 퍼 짜고 찍은 거야. 그렇지 않고서야 강간당하는 년이 어떻게 저렇게 좋아해.'

'새끼야, 몸과 마음은 원래 따로 노는 거야. 봐라, 싫어도 나중엔 좋다고 앙앙대잖아.'

'하긴. 근데 저렇게 느끼는데 저것도 강간이 되냐?'

불쑥 켜진 화면에서 무심코 벌거벗은 여자의 몸을 보았다. 듣고 싶지 않아 이어폰을 끼기 직전, 영상에서 나오는 신음 소리를 들었다. 이후 눈은 책을 향해 있었지만 벗은 몸과 신음 소리가 잔상처럼 남아 떨어지질 않았다. 나도 모르게 부풀어 있던 바지 앞섶이, 역겹다고 생각했다.

열한 살부터 열여섯까지 이어진 폭력이었다. 싫지만 느꼈다고 했고, 자신이 더럽고 똑같은 사람이라고 했다.

당신은…… 참 바보야.

자신의 의지로 조절할 수 없는 신체적 반응일 뿐이었다. 그런데 이 미련한 여자는 그 사슬로 계속 자신을 옥죄며 살고 있었다. 울 사람은 내가 아닌데 나도 모르게 눈물이 나왔다. 그런 모진 일을 겪고도 오랫동안 자신을 자책하며 스스로에게 상처 주기를 택한 여자가 가슴 아파 견딜 수가 없었다.

"아무 잘못 없어. 하나도 안 나빠. 하나도 더럽지 않아."

온 힘을 다해 작은 몸을 끌어안았다.

"당신이 뭐라 해도…… 난 당신이 나쁘다고 생각 안 해."

덜덜 떨리고 있는 품 안의 몸이 애처로웠다.

"그러니까 이제 그만 탓해. 자기 자신을 좀 아껴 줘."

여자는 오래전에 이런 말을 들었어야 했다. 이렇게 까마득한 세월이 지나서가 아니라, 필사적으로 지켜 온 비밀이 밝혀진 바로 그때, 매몰차게 내쳐지는 대신 세상 누구보다 사랑했던 엄마의 품에 안겨 위로받았어야 했다.

가장 소중하게 여기는 것을 지키고자 했을 뿐이었다. 아홉 살에 처음 얻은 가족을 잃고 싶지 않아서, 엄마의 곁에 있고 싶어서 몇 년이나 학대를 참아 낸 어린 여자아이였을 뿐이었다. 그 우직할 정도의 미련함이, 아둔함이, 어리석음이 애처로워서 눈물이 났다.

검은 어둠을 뚫고 쏟아지는 비는 여전히 멈출 기미가 없었다.

여자는 조용히 안겨 있었다. 울지도 않았고 나를 뿌리치지도 않았다. 두 눈을 감은 채 가만히 몸을 맡기고 있을 뿐이었다. 이번만큼은 재촉하지 않고 기다렸다.

얼마나 시간이 흘렀을까.

여자가 천천히 몸을 일으켰다. 감정을 추스른 것처럼 고요하던 얼굴이 이내 당혹으로 물들었다. 어쩔 줄 몰라 하는 얼굴을 외면하며 고개를 돌렸다. 뭘 보고 놀랐는지 말하지 않아도 알고 있었다. 여자가 품에 안겨 있는 동안에도 눈물이 멈추지 않은 탓에 온 뺨이 축축했다.

뭐야, 이게.

생각할수록 분했다. 내 일이 아닌데도 너무 억울했다. 그새를 못 참고 또다시 눈물 한 방울이 떨어져 내렸다. 차분한 마음과 달리 눈물샘은 고장 난 것처럼 자꾸 물을 흘려 대고 있었다. 결국 주객이 전도되어 여자가 눈물을 뚝뚝 흘려 대는 나를 달래는 괴상한 상황이 벌어졌다. 간신히 울음이 멈춘 뒤에도 여자는 한참이나 내 눈치를 살피며 어쩔 줄 몰라 했다.

나를 달래 주려는 듯 여자는 묻지 않았는데도 먼저 어머니를 만난 이야기를 꺼냈다.

"우연이 아니라 그 사람이 직접 당신을 찾아온 거라고? 여기까지? 어떻게?"

"집을 나온 것뿐이지 정식으로 파양 절차를 밟은 건 아니었으니까. 여기 살게 되면서 처음으로 서류상 주소를 옮겼거든. 그걸 보고 오셨나 봐."

"왜 왔는데? 이제 와 또 무슨 말을 하려고?"

바짝 날 선 내 말에 여자가 고개를 가로저었다.

"그런 게, 아니야."

"그럼 뭔데?"

"사과⋯⋯하셨어. 모든 걸 내 탓으로 몰아붙여 미안하다고, 자신도 알고 있었다고, 어느 순간부터 이상한 낌새를 느꼈지만 차마 그땐 인정할 수 없었다고. 미안하다고 그렇게 사과하셨어."

"뭐야⋯⋯ 그게."

"그리고, 아빠⋯⋯ 아니, 그 사람 얘기도 해 주셨어."

머뭇거리던 여자가 입을 열었다.

"내가 집을 나가고 나서 삼 년 뒤에 자살⋯⋯했대. 차에서 연탄을 피워 놓고⋯⋯."

말끝을 흐리는 여자의 안색이 어두웠다.

자신의 인생을 망친 그런 쓰레기의 죽음이 뭐가 어떻다고 저런 표정을 하는가 싶어 욱했다. 이쪽은 평생 콩밥을 먹게 만들어도 모자랄 놈이 그렇게 허망하게 죽어 버렸다는 사실에 절로 욕이 나올 것 같은데.

반짝반짝 빛나도 모자랄 판에 진흙탕 속에서 뒹굴어야 했던 여자의 지난날들이 아까워서 미칠 것 같았다. 대체 누가 그 흘러간 시간을 보상해 줄 수 있을까. 또 눈물이 날 것 같아 부러 화제를 바꾸었다.

"정말로 사과하려고 찾아온 거야?"

"응."

"거짓말하는 건 아니고?"

"아냐, 정말이야."

그럼 그거 말고 다른 얘기는 없었어? 원한다면 정식으로 파양 절차를 밟아 주겠다고 하셨어. 하지만 나만 괜찮다면 예전처럼 엄마라고 불러 주지 않아도 좋으니까, 가끔씩 만나 볼 수 없겠냐고 하셨어. 또 다른 건? 음…… 별다른 건 없는데, 나를 보고 조금 놀라시긴 했어.

"당신이 뭐가 어때서?"

"그런 게 아니고…… 자기 젊었을 때랑 내가 굉장히 닮아 있어서 놀랐다고. 아무래도 머리 모양이나 입는 옷 같은 게 비슷하니까……."

"취향이 비슷했나 봐."

"그러면 좋겠지만, 아니. 내가 따라 한 거야. 어릴 때 닮고 싶다 생각하기도 했고, 또……."

말을 잇던 여자가 슬쩍 내 눈치를 살피며 덧붙였다. 좀, 무섭지. 그렇게 내쳐지고도 엄마를 닮아 가려 애쓰려 한 모습이 안타까웠을 뿐이지만 내색하지 않았다.

"그럼 그 분홍색 일색인 방 안도?"

"어떻게 알았어? 분홍색을 되게 좋아하셨거든."

"어쩐지. 근데 그건 좀 과해 보였어."

"과했어?"

"응, 과했어. 다른 곳은 다 살벌한데 당신 방만 공주 방이라 무서웠어."

"내가 직접 페인트 사서 칠했는데. 처음이라서 엄청 오래 걸렸어."

엉뚱한 소리를 하는 걸 보니 비로소 내가 알던 여자로 돌아온 것 같았다.

"그럼 나쁜 얘길 한 것도 아니었잖아. 왜 그러고 돌아다녔어?"

"평생 용서받을 수 없는 잘못이라고 생각했는데 갑자기 사과 받아서 당황했던 것 같아. 다시 만나 이야기할 수 있는 날이 올 줄도 몰랐고. 기쁘기도 하고, 예전 일도 떠오르고, 또 지금 내 모습이 부끄럽기도 하고…… 그래서, 나도 모르게 그랬나 봐. 걱정 끼쳐서 미안해."

새벽까지 그렇게 두런두런 두서없는 이야기를 나누었다. 진지할 때도 있었고 우스갯소리에 불과한 대화를 나눌 때도 있었다. 그러다 어느 순간, 둘이서 나란히 머리를 기댄 채 잠이 들고 말았다.

눈을 떴을 땐 어느새 아침이었다. 드문드문 먹구름이 떠 있었지만 비는 완전히 멈춘 채였다.

여자는 여전히 깊은 잠에 빠져 있었다. 슬며시 이마에 손을 짚어 보았다. 다행히 열은 없었다. 불편한 자세로 잘도 자네. 망설이다 여자의 어깨를 끌어당겨 내 무릎을 베고 눕게 했다. 깰까 걱정했지만 여자는 배불리 우유를 먹은 아기처럼 만족스러운 얼굴을 하고 있었다.

머릿속이 몽롱했다. 지난밤의 일이 꿈 같았다. 뭔가 엄청난 이야기를 한 것 같기도 하고 하룻밤 자면 잊힐 시시한 이야기를 나눈 것 같기도 했다. 무슨 꿈을 꾸는 건지 여자의 입술 끝은 부드럽게 휘어 있었다.

나른해 보이는 얼굴에 웃음이 나온 것도 잠시. 다섯 시까지 동우와 입을 맞춰 둔 아파트로 돌아가야 한다고 생각하니 마음이 무거워졌다.

가야 한다고 말한다면 여자는 분명 섭섭해할 것 같았다. 가지 말라 하진 않겠지만 아쉽고 안타까운 얼굴로 나를 바라볼 게 분명했다. 어떻게 두고 가지. 헤어진다고 영영 만나지 못하는 건 아닐 테지만 마음이 좋지 않았다.

'……아버지를, 만나 봤으면 해.'

잠들기 직전 여자는 조심스럽게 말을 꺼냈다. 미움받을까 겁이 난다는 표정을 하면서도, 거듭거듭 말을 골라 이야기했다. 내가 오래도록 원망하고 미워했던, 그 사람을 만나 봐 달라고.

유쾌한 기분은 아니었지만 예전처럼 거센 반발심은 들지 않았다. 너무 울어 대느라 체력 소모가 컸기 때문일까. 아니면 새벽까지 이야기를 나누느라 졸음이 밀려왔기 때문일까.

'만나…… 볼 거야?'

'어.'

그렇게 쉽게 대답하다니 분명 제정신이 아니었다. 하지만 이참에 한 번쯤 만나 그 사람의 이야기를 들어 보는 것도 나쁘진 않을 것 같았다. 엄마의 일을 떠올리면 용서해 주고 싶은 마음 따윈 없지만, 그래도, 이야기를 들어 보는 정도로 크게 손해 볼 일은 없으니까.

그래, 그럴 것 같았다.

구름 너머로 햇살이 반짝였다. 정말 비가 그쳤구나. 그런 생각을 하며, 오래도록 눈부신 햇살을 바라보았다.

그들의 이야기

코트 자락을 여민 채 바삐 걸음을 옮기는 서유의 코끝과 양 볼이 붉었다. 뛸 듯이 서두르던 걸음이 돌연 멈추었다. 얼마 전 까지만 해도 노랗고 붉게 거리를 수놓던 낙엽들이 바닥 곳곳에 흩어져 있었다.

벌써 겨울이구나.

아련함을 담은 눈동자가 느리게 깜빡였다. 도로 양옆에 일정 한 간격으로 늘어선 나무들은 어느새 헐벗은 가지를 드러내고 있었다. 무성한 잎들이 사라지자 거미줄처럼 뒤엉킨 가지들 사 이로 시린 하늘이 드러났다.

태어나 맞이하는 서른여섯 번째 겨울이었다.

차고 마른 바람에도 한참이나 겨울 초입의 풍경을 바라보던 서유가 다시 걸음을 내디뎠다. 중간에 얼어붙은 바닥을 헛디뎌

미끄러질 뻔한 것만 빼면 여느 때와 다름없는 평온한 아침이었
다.

'Open' 이라는 나무 팻말이 걸린 유리문을 열자, 카운터에 앉
아 책 삼매경에 빠져 있던 누군가가 고개를 들었다. 구레나룻에
서부터 턱과 인중까지 연결된 풍성한 수염. 온몸에 착 달라붙는
검정 터틀넥 니트. 검은색 뿔테 안경. 한결같은 스타일을 고수
하는 민 사장이 서유를 보는 순간 반갑게 손을 흔들었다.

"여어, 우리 부지런한 직원."

"안녕하세요."

"춥지? 이제 완전히 겨울이야. 감기 안 걸리게 따뜻하게 입고
다니라고."

읽던 책을 내려놓은 그가 안쪽 주방에서 머그잔 두 개를 내왔
다.

"이리 와, 천천히 마시면서 몸부터 녹여."

서유를 의자 위에 앉힌 그가 난로의 방향을 틀며 투덜거렸다.

"장갑이라도 끼고 다니라니까. 장갑 살 돈도 없다고, 쥐꼬리
만 한 월급 주는 거 시위하는 거야?"

퉁명한 말투 속에 묻어나는 다정함에 서유가 말없이 웃었다.
그에 맞춰 서점 책나무의 주인 민 사장의 얼굴이 구겨졌다. 어
쭈, 또 웃는다 이거지. 말 안 하고 웃기만 하면 단 줄 알아. 오
년이나 함께 지냈으면 이 정도 농담은 좀 받아 줘야 할 것 아냐.
농담도 받아 주는 사람이 있어야 할 맛이 나지, 재미없기는.

"맛있지? 이거 파는 거 아니야, 우리 아버지가 직접 담가 주
신 거라고. 일부러 넉넉히 가져왔으니까 집에 갈 때 가져가. 저
기, 저 선반에 올려 둔 거 있지? 갈 때 챙겨 가면 돼."

"고맙습니다. 잘 마실게요."

"꼭 집에 가져가. 여기 두면 괜히 손님들 한 잔씩 타 준다고 맛도 못 봐라. 여긴 서점이지 카페가 아니니까 사서 고생하지 말란 말이야."

나름 진지하게 이야기했건만 서유는 웃음 섞인 얼굴로 알겠다 답할 뿐이었다. 샐쭉한 표정을 한 것도 잠시, 후후 입김을 불어 뜨거운 유자차를 식히는 서유의 모습에 민 사장이 흡족한 미소를 지었다.

내가 직원 하나는 잘 뽑았단 말이지.

굵은 뿔테 안경을 밀어 올린 민 사장이 고개를 주억거렸다. 삼십 년간 몸담은 출판사를 나온 것이 육 년 전이었다. 매일매일 산더미처럼 쌓인 교정지에 둘러싸여 전쟁과 다름없는 나날을 보내 놓고도 책에 대한 애착은 식지 않아 결국 퇴직 후 서점을 내고 말았다.

돈을 바라고 시작한 일은 아니지만 다행히 직원 월급을 주고 용돈벌이를 할 정도로는 운영이 됐다. 규모는 작아도 인문·예술 분야를 중점으로 취급해 차별화를 시도한 덕이었다. 서점에서 운영하는 독서 모임과 출판사에서 일하며 쌓아 온 인맥을 활용한 강사 초청 강좌가 알음알음 소문나 전국 각지에서 찾아오는 손님들도 제법 됐다.

서점을 운영한 지 일 년 남짓 되었을 무렵이었다. 아내가 허리 수술을 하면서 서점 운영과 병간호를 병행해야 할 처지에 놓였다. 애써 보았지만 혼자서 둘을 모두 해내기엔 한계가 있었다. 한평생 자신의 뒷바라지를 하며 살아온 아내를 다른 사람 손에 맡기고 싶지 않았지만 그렇다고 이제 겨우 자리 잡아 가는 서점을 닫을 수도 없었다. 어중이떠중이 알바생에게 보물과도 같은 공간을 맡긴다는 게 탐탁지 않았지만 상황이 상황이니만큼 별수 있나. 결국 구인 광고를 냈다.

지금처럼 하나둘 낙엽이 지며 겨울로 넘어가던 무렵이었다. 청바지 차림에 긴 머리를 느슨하게 동여 묶은 여자가 문을 열고 들어섰다. 좋게 말하면 곱게, 나쁘게 말하면 남자깨나 후릴 것 같이 생긴 얼굴에 거부감이 일었지만 몇 마디 나눠 보니 차분한 성품이 마음에 들었다. 실은 광고를 내도 찾아오는 사람이 없어 선택의 여지가 없긴 했지만.

그게 벌써 오 년 전이라니 세월 참 빠르다 싶었다.

그 뒤로 퇴원한 아내는 취미나 다름없는 서점 운영에 힘쓰기 보다 자신과 더 시간을 보내길 원했다. 다행히 새로 온 직원은 생각 이상으로 유능했고, 무단결근이나 지각 한 번 하는 일 없 이 성실하게 일했다. 의도한 것은 아니었지만 차츰 역할이 나뉘 어 전반적인 서점 운영은 서유가, 독서 모임과 강좌는 자신이 맡아 관리하는 상황이 지금까지 이어지고 있었다.

"모임은 내일인데 그냥 나오신 거예요?"

"추천 목록 좀 정리한다고. 모처럼 먼저 나와서 놀라게 해 주 려고 했는데 흥, 반응도 없고 말이야."

"놀랐어요."

"하나도 안 놀라운 표정이었거든. 그나저나, 그놈 아직도 자 주 오나?"

"누구요?"

"그 왜, 장 머시기 하는 놈 말이야. 너 좋다고 쫓아다니는."

삼 개월 전인가, 독서 모임에 찾아온 젊은 녀석이 서유에게 반해 버렸다. 도무지 제 나이를 알아볼 수 없는 곱고 말간 얼굴 탓에 몇 번이나 비슷한 일이 있었지만 이놈은 특히나 유별났다. 주말마다 왕복 네 시간 거리를 달려 찾아오니 말 다 한 셈이었다.

"글쎄요."

"내가 이런 말 하기는 뭣하다만, 그놈이 꼭 조폭처럼 험상궂게 생기긴 했어도…… 어쭈, 지금 니가 사장을 비웃어."

자신이 장 머시기를 두고 그런 말을 할 처지가 아니라는 건 알았다. 중학생 때부터 남다른 외모로 불량 청소년들의 스카웃 제의를 한 몸에 받았던 자신이었다. 하지만 아는 건 아는 거고 서유의 입가에 설핏 걸린 웃음이 못마땅한 것도 사실이었다. 그렇다고 화가 나는 건 아니지만.

"여하튼 나도 처음엔 그놈이 마음에 안 들었지만 네 덤덤한 반응에도 꼬박꼬박 찾아오는 고집 하난 인정해 주지 않을 수 없더라고. 생긴 건 그래도 나름 인사성도 밝고 싹싹하니 나쁘지 않던데…… 나이도 서른둘이던가? 요즘 연상 연하가 트렌드니까 네 살 정도 연하는 상관없지 않겠어."

반세기 이상을 살아온 자로서 사람의 인간됨을 판별할 정도의 안목은 있었다. 물론 연인으로서 어떨지는 당사자끼리 만나 봐야 알겠지만 그래도 이것만큼은 단언할 수 있었다. 지금껏 서유의 겉모습에 혹해 쫓아다닌 녀석들 중에서는 장 머시기가 가장 괜찮은 놈이라고.

축구 선수의 꿈을 키우다 부상 때문에 포기하고 건축 회사에 취직했다던가. 나름 우직하고 뚝심 있는 게 이 정도라면 서유를 맡겨도 안심할 수 있겠다, 싶었다.

"생각 없어요."

정작 당사자가 전혀 연애에 관심이 없다는 게 문제라면 문제랄까.

"그렇게 싫어?"

"싫다기보다, 관심 없어요."

평소엔 이래도 좋고 저래도 좋은, 그다지 자신의 의사를 내세우지 않는 서유지만 이런 문제에 관해서는 칼같았다. 과거를 캐물은 적은 없지만 고운 얼굴만 보고 접근한 녀석들한테 마음을 다친 적이 있지 않겠나, 추측하고 있을 따름이었다.

"서른여섯이나 됐으니 결혼해야 한다는 고리타분한 얘기를 하려는 게 아냐. 애먼 놈 만나 고생하느니 혼자 맛깔나게 사는 게 더 좋다는 주의라고, 난. 하지만 결혼은 결혼이고 연애는 연애 아니겠어. 그냥 한번 만나서 밥 먹고 차나 마시다 오면 되잖아."

"마음도 없으면서 기대하게 하고 싶지 않아요."

답답했다. 연애도 하고 데이트도 하면서 좀 알록달록 재미나게 살면 얼마나 좋을까.

오 년이나 함께했으니 이제는 숫제 딸 같았다. 장성한 아들 둘에 갓 대학을 졸업하고 취직한 딸이 있지만 피붙이보다 이쪽이 더 안쓰럽고 신경 쓰였다. 제 자식들이야 자신을 닮아 세상만사 제 편할 대로 살고 있으니 달리 걱정할 이유가 없지만……
휴우.

"심심하지 않아? 어떻게 사람이 기계도 아니고 매일 여기랑 집만 오느냐고."

"어제 지우 씨 집에 놀러 가서 저녁 얻어먹었어요. 며칠 전엔 지현이도 만났구요."

한숨 섞인 타박에 곧장 또롱또롱한 대꾸가 들려왔다. 지우 씨라 함은 서유의 옆집에 사는 미혼모로 이따금 혼자 사는 서유를 불러 저녁을 함께 먹곤 했다. 지현은 자신이 몸담았던 출판사 사장의 딸로 어쩌다 보니 인연이 되어 언니 동생 하며 지내고 있는 사이였다.

처음 이곳에 왔을 땐 아는 이 하나 없이 외롭게 지내던 서유에게 밥도 먹고 수다도 떨 수 있는 이들이 생긴 건 다행스러운 일이었지만, 그렇지만…….

"아니, 내 말은 말이지."

연애를 하란 말이야, 연애를!

자유분방한 연애를 즐기는 딸애를 못마땅하게 생각했던 자신이 이렇듯 열렬한 연애 예찬론자가 될 줄 누가 알았겠는가. 직접 소개팅을 주선하려 시도해 본 적도 있지만 번번이 거절당하고 쓰린 속만 움켜쥐어야 했다.

"차 잘 마셨어요. 이제 일할게요."

오늘도 실패냐!

민 사장의 잔까지 챙겨 든 서유가 주방으로 들어가 설거지를 시작했다. 철옹성처럼 단단한 뒷모습을 바라보는 민 사장의 얼굴로 짙은 수심이 드리웠다.

"아저씨 저 왔어요."

"흥, 안 반갑다."

"삐치셨어요? 지난번에 아저씨 안 보고 가서?"

"내가 너랑 알고 지낸 게 얼만데 치사하게 서유만 보고 가? 나도 돼지고기 좋아하는데. 둘이서 삼겹살에 소주 먹었다며?"

"아저씨한텐 술 금지령 내려졌잖아요. 아줌마한테 또 혼나려구요?"

"몰래 먹으면 되지."

어린애처럼 토라진 민 사장을 보며 지현이 웃음 지었다. 하여간에 나이를 먹어도 똑같다니까. 민 사장은 아버지의 대학 동기이자 그가 생명처럼 여기는 나루 출판사를 삼십 년 동안 함께 키워 낸, 자신에겐 가족이나 다름없는 사람이었다. 자신이 출판사에 입사하자마자 그는 퇴직했고 평생 책만 끼고 살 수 있다면 여한이 없다던 입버릇대로 서점을 차렸다.

"그나저나 지금 일하는 중 아니야? 아무리 회사랑 여기가 가깝다 해도 일하는 도중에 농땡이 피우면 곤란하지."

"아버지한테 이르시려구요?"

"못할 것도 없지."

"피. 정확히 일 때문이라곤 할 수 없지만 전혀 관계가 없는 것도 아니에요. 언니는요?"

기세등등하던 민 사장의 목소리가 낮아졌다.

"……만두 사러."

"아저씨야말로 공과 사는 구분하셔야죠. 이 추운 날에 만두를 사 오라고 언니를 내보내요?"

"낸들 그러고 싶어 그랬겠냐. 따끈한 만두가 먹고 싶다고 말하자마자 다녀오겠다고 말하는 걸 어째."

앙칼진 지현의 눈빛에 민 사장이 변명했다. 자신도 서유를 딸

316

처럼 예뻐하는데 왜 주위 사람들은 직원을 부려 먹는 악덕 사장으로 보는 건지.

"배달을 시키시죠, 차라리."

"오늘 배달부가 안 나와서 배달이 안 된대."

"정말이지."

만두 하나 먹으려다가 역적으로 몰릴 판이었다. 이 나이에 만두 하나 맘 편히 먹을 수 없는 자신이 서글펐지만 변명의 여지가 없는 것 또한 사실이었다.

"지현아?"

그때였다.

민 사장의 구세주인 서유가 문을 열고 들어왔다. 민 사장이 '쟤가 날 구박했다.'며 서러움을 토해 내기 전, 지현이 잽싸게 서유를 끌어안았다. 160이 조금 안 되는 서유가 170이 넘는 시원시원한 키를 가진 지현의 품에 쏙 들어갔다. 두 사람의 행동거지를 보면 영락없이 서유가 동생이요, 지현이 언니와 같았다.

"추워서 얼굴 빨개진 거 봐. 하여간에 아저씨 때문에."

지현의 통박에 서유가 고개를 가로저었다.

"그런 거 아니야. 내가 가고 싶다고 해서 간 거야."

"언니는 정말 착해서 큰일이라니까."

내가 다시 만두 먹고 싶단 얘길 하나 봐.

"근데 며칠 전에 봤잖아. 여긴 웬일이야?"

"언니도 참, 며칠 전에 봤다고 또 보지 말라는 법 있어?"

위아래로 시커먼 남자 형제만을 달고 자란 지현은 서유에 대한 애착이 남달랐다. 예전부터 작고 귀여운 것들만 보면 사족을 못 썼지만 그 못 말릴 버릇이 사람에게까지 적용될 줄은 몰랐다. '서유 씨.' 하고 예의를 차릴 땐 언제고 이제는 아주 '언니, 언니.' 하며 제 품에 안고 사니 보는 이쪽이 다 어이가 없을 지경이었다. 서유라도 그런 행동을 좀 나무라면 좋으련만 형제가 없는 서유에겐 지현이 그저 귀여워만 보이는 듯했다.

"그래도 일하는 시간이잖아. 바쁠 텐데."

"실은 말이지, 나랑 어디 좀 같이 가 줬으면 싶어서."

카운터 구석에서 서글프게 만두를 펼치던 민 사장의 두 눈이 휘둥그레졌다. 저 녀석이 왜 일 잘하는 남의 직원을 데려가고 난리야? 난 좀 이따 가야 한다고. 서유가 가 버리면 가게는 누가 봐? 또 이 많은 만두는 누가 다 먹고?

"아저씨, 두 시간이면 돼요."

"안 돼."

"아저씨이. 진짜 중요한 일이란 말이에요. 아무렴 제가 아무 이유도 없이 일하는 사람을 데려가겠어요?"

지현의 애교에 민 사장의 마음이 스리슬쩍 기울었다.

"딱 두 시간만이야."

"아저씨, 사랑해요."

"대신 만두 하나씩 먹고 가. 나 이거 혼자 다 못 먹는단 말이야."

내가 뭐 나만 좋으려고 이걸 사 오게 한 줄 알아. 내가 이렇게 사 먹어야 옆에서 서유도 조금씩 먹는다고. 자신의 심오한 마음을 알아차리길 바랐지만 지현은 아랑곳하지 않고 뜯지 않은 만두 용기가 든 비닐봉지만을 낚아채 갔다.

"시간 없으니까 차에서 먹을게요."

"헉, 너 거기 못 서!"

"시간 맞춰 언니 데려다줄게요!"

엉겁결에 지현에게 붙들려 문을 나선 서유와 민 사장이 안타까운 시선을 나누었지만 그뿐이었다.

"비닐 속에 든 간장은 두고 가란 말이야."

간장을 두 개씩이나 가져가서 뭣 하게.

덩그마니 만두만을 앞에 펼쳐 둔 민 사장이 서글픈 목소리로 중얼거렸다.

조심스레 노크를 하고 들어서자 병실에 누워 있던 누군가가 벌떡 몸을 일으켰다.

"……언니."

"몸은 괜찮아?"

짧은 머리에 헐렁한 환자복을 입은 소녀가 서유를 보고 활짝 웃었다. 눈가에 영원히 지워지지 않을 날카로운 흉터 자국이 남아 있지만, 예전이라면 상상도 할 수 없을 만큼 고운 웃음이었다.

지현과 함께 혜수의 병실에 들어선 서유의 두 눈에도 봄처럼 따스한 기쁨이 어렸다.

"네? 직접 찾아왔다구요? 아, 알았어요. 금방 갈게요."

지현의 얼굴에 난감한 기색이 어렸다.

혜수가 퇴원 수속을 마치고 병원을 나서는 걸 배웅한 직후였다. 지현은 간장 없이 만두를 씹어 삼킨 민 사장으로부터 '오늘은 날씨도 추우니 일찍 서점 문을 닫겠다.'는 전언을 받았다. 야근을 하는 일이 있더라도 언니와 함께 외식을 하겠노라 결의를 다진 것도 잠시, 아버지로부터 서둘러 회사로 오라는 연락이 왔다.

"난 괜찮으니까 여기서 내려 줘. 버스 타고 돌아가면 돼."

"싫어. 이 추운 날에 무슨 버스야."

"회사 일이 더 급하잖아. 나랑은 다음에 먹으러 가면 되지."

"오늘 어차피 돌아가도 할 일 없잖아. 오래 안 걸릴 거야. 나랑 같이 회사 들렀다 밥 먹으러 가자, 응?"

"난 정말 괜찮아."

"……내가 귀찮게 해서 싫어? 내가 너무 내 멋대로 굴고 있지. 미안해."

시무룩한 표정을 하자 서유의 얼굴에 당혹감이 스쳤다. 그런 게 아니라고, 난 그저 네 일을 방해하고 싶지 않았다며 변명하는 목소리에 지현이 속으로 웃음을 참았다.

역시 순진하다니까.

순식간에 사색이 되어 자신을 달래려 애쓰는 언니에겐 미안한 일이었지만 어쩔 수 없는 노릇이었다. 이렇게라도 해야 자신의 끼니를 챙기는 것엔 소홀한 그녀를 챙겨 먹일 수 있었으니까.

언니를 위한 동생의 마음이라고 생각해 주라.

"그럼 같이 가 주는 거야?"

"너만 괜찮다면."

"끝나면 오랜만에 매콤한 낙지볶음이나 먹으러 갈까?"

좋아. 서유의 대답이 떨어지기 무섭게 지현이 냉큼 시동을 걸었다. 중간에 마음 바꾸기 없기다? 약속한 거야. 한 번 더 서유의 확답을 들은 후에야 비로소 지현의 얼굴에 만족스러운 미소가 어렸다.

"저번에 기획으로 아동 인권에 대한 책을 준비 중이라고 했잖아. 그때 법적인 부분에 자문을 부탁한 사람이 있어. 오태성이라고, 개인 사무소를 차려서 인권 변호사로 활동 중인데……아, 언니도 알겠다. 그 사람이 바로 혜수 일 도와준 변호사야."

"아……."

"연수원도 우수한 성적으로 졸업했다는데 본인 의지로 그쪽 일에 뛰어들었대. 인권 변호사라는 게 사실 수임료도 제대로 못받고 거의 무보수 봉사를 하는 경우가 많거든. 뭐, 그렇다고 매번 적자를 낼 수도 없으니까 다른 의뢰도 받는데 실력이 꽤 좋아서 그것만으로도 어느 정도 사무소 운영이 된다나 봐."

나무와 꽃들로 어우러진 아담한 저택 앞에 멈춰 선 지현이 서유를 돌아봤다.

"말이 길어졌는데, 이번에 그 사람 도움이 상당히 컸어. 책내용에 대한 자문도 그렇지만 우리가 다룰 인권 유린 사건을 담당했던 법조인들을 인터뷰할 수 있게 다리를 놓아 줬거든. 자기일도 아닌데 발 벗고 나서 준 덕분에 피해 아이들 인터뷰 다음으로 까다로운 일을 생각보다 쉽게 끝낼 수 있었어. 알지, 아버지 성격? 고마워서 어떻게든 보답을 하려 했는데 한사코 그쪽에서 필요 없다 거절하는 거야. 근데 결국 아버지가 나 몰래 덜컥사무소로 선물을 보내 버렸어."

질릴 대로 질렸다는 듯 지현이 고개를 내저었다.

"근데 그쪽에서 보답을 받으려 한 일이 아니라면서 선물을 돌려보냈대. 그것도 그냥 돌려보낸 게 아니라 함께 일하는 후배 변호사를 시켜서. 아버지가 기왕 온 김에 차를 대접하겠다고 붙잡아 놨다는데…… 골치 아파. 바쁜 사람을 그런 일로 잡아 두는 게 오히려 민폐라고. 아버진 내가 그쪽하고 연락을 취하던 담당자니까 어떻게든 선물을 가져가게 설득하라는 건데 그게 말처럼 쉽냔 말이지."

아버지 땜에 내가 못 살아, 정말. 폭폭 한숨을 내쉬는 지현의 어깨를 서유가 가볍게 도닥였다.

"오래 안 걸릴 거야. 이미 이십 분 넘게 앉아 있었으니까 그쪽에서도 빠져나갈 궁리만 하고 있을걸. 그래도 일단 예의상 얼굴은 비쳐야 하니까…… 아아, 정말 이게 무슨 민폐야. 미안해서 어떻게 얼굴을 보지?"

이 고집쟁이 아버지 같으니. 내가 그런 선물 달가워하지 않을 거라고 누누이 말했는데!

"언니, 여기서 좀 쉬고 있어."

"얘기 잘 하고 와."

지현이 복도 안쪽으로 사라지자 서유가 천천히 거실로 걸음을 옮겼다. 적갈색의 카펫과 부드러운 크림색을 띤 소파. 벽면 한쪽을 메운 책장. 색색의 하트 쿠션과 손바닥에 올려놓아도 될 만큼 앙증맞은 화분들. 입구에 자그맣게 걸린 출판사 팻말이 아니라면 회사라고는 짐작할 수 없을 만큼 따뜻한 풍경을 지닌 이 공간이 서유는 참 좋았다.

"어머, 서유 씨 오셨네요."

"안녕하세요."

격무에 시달린 듯 두 눈 밑이 새카맣게 잠긴 여자가 비틀거리며 2층 계단을 내려왔다. 지현에게 이끌려 몇 번인가 이곳을 방문하는 사이 안면을 익힌 사람이었다.

"또 최 대리한테 끌려오셨나 봐요. 커피 마실 건데 같이 한잔하실래요?"

"감사합니다."

"최 대리는 지금 사장님 방에 있겠네요. 얘기 다 들었죠? 우리 사장님도 정말 애 같다니까요. 거절할 거 뻔히 알면서 저렇게 억지를 부리시니 말이에요. 게다가 산삼이 뭐야, 산삼이. 젊은 사람들이 그런 거 좋아하냐구요."

"산삼이요?"

"못 들었어요? 사장님한테 신세 진 사람이 보답하고 싶다면서 산삼 세 뿌리를 가져왔는데, 훌륭한 일 하는 사람들 체력 보강하는 데 써야 한다면서 대뜸 그걸 보내 버렸대요."

서유의 두 눈에 잔잔한 웃음이 고였다. 유난히 사람을 좋아하는 지현의 아버지라면 충분히 가능할 법한 얘기였다.

"참, 지금 사장님 방에 있는 변호사 얼굴 봤어요?"

"아뇨, 온 지 얼마 안 돼서."

커피를 마시는 것도 잊은 듯 권 대리의 얼굴에 황홀경이 떠올랐다.

"진짜 훈남이에요, 훈남. 슬쩍 옆모습만 봤는데 완전 연예인 저리 가라예요. 오 변호사님 대학 후배인데 연수원 졸업하고 곧장 그쪽 사무실에 들어갔다나 봐요. 제가 왜 일찍 결혼을 했는지 아주 후회막급이에요."

'애를 둘이나 낳은 아줌마가 외모만 무진장 밝힌다고.'

동료에 대한 지현의 평가는 단호했지만 서유에겐 눈을 반짝 반짝 빛내는 모습이 그저 귀엽게만 느껴질 따름이었다.

"진짜 서유 씨가 안 봐서 그래요. 이따 나올 테니까 꼭 봐요. 진짜 잘생겼다니까요?"

"네, 그럴게요."

"지금 나 못 믿는 거죠? 그죠?"

사람 좋게 웃기만 하는 상대의 반응에 지친 권 대리가 커피를 홀짝였다. 꾸벅꾸벅 잠이 쏟아질 듯 나른한 공기 속에서 서유가 뭔가 생각났다는 듯 물었다.

"그러고 보니."

"그러고 보니?"

"훈남이 무슨 뜻이에요?"

권 대리의 얼굴이 일그러진 순간 지현이 나타났다. 계속되는 밤샘 작업에 죽어 가는 동료와 서유의 얼굴을 번갈아 살핀 지현이 결심한 듯 입을 열었다.

"언니, 진짜 미안한데 다과 좀 챙겨서 가져다줄 수 있어?"

"다과?"

"미안. 아버지가 지금 온 사람이 마음에 들었는지 돌려보낼 생각을 안 해. 빨리 보내 주고 싶은데 선물 받은 귀한 국화차를 꼭 대접하고 싶다고 억지를 부리는 바람에."

좀 부탁할게. 다기는 찬장 왼쪽에서 두 번째 칸에 있어. 애원하듯 두 손바닥을 맞비빈 지현이 서둘러 복도 안쪽으로 사라졌다.

"서유 씨 좋겠다. 그 사람 얼굴 가까이서 보겠네요."

"저 대신 들어가실래요?"

준비는 제가 할게요. 조심스레 제안하자 권 대리의 두 눈이 기쁨으로 물들었다. 진짜요? 하긴 꼭 서유 씨가 들어가란 법은 없으니까 그럼 내가…… 화색이 돌던 얼굴이 일순 어두워졌다.

"아니에요, 서유 씨가 들어가요. 전 어제부터 밤을 꼬박 샜더니 몰골이 엉망이라."

"괜찮은데요."

정말 그렇게 생각해요? 고개를 든 권 대리가 서유의 얼굴을 확인한 후 깊은 한숨을 내쉬었다. 내 피부도 원래 저렇게 좋았는데. 이놈의 빌어먹을 야근만 아니었어도.

"괜찮으세요?"

"괜찮아요. 이 상태로 손님 대접한답시고 사장실 들어가면 욕만 먹겠죠. 다과는 서유 씨한테 부탁할게요. 전 이만 들어가야겠어요. 다음에 또 봐요. 아, 나중에 얼굴 보고 감상 얘기해 주는 거 잊지 말구요."

다기를 챙기러 가던 서유의 시선이 권 대리가 사라진 계단참을 향했다. 영문을 알 수 없다는 듯 고개가 갸우뚱 기울었다. 재미있는 사람이야. 작게 중얼거린 서유의 걸음이 이내 분주해졌다.

"오 변호사는 이런 우수한 후배가 있어서 얼마나 마음이 든든할까."

"실례합니다."

조심스레 문을 열고 들어간 서유가 테이블 위에 쟁반을 내려놓았다. 대화를 방해하지 않게끔 서둘러 할 일을 마치고 나갈 참이었다.

"어라, 서유 양이 어쩐 일로…… 또 지현이 너로구나."

"사람이 없어서 언니한테 부탁했어요."

"이거 번번이 미안해서 어쩌나."

"괜찮아요. 신경 쓰지 마세요."

자신 때문에 이야기가 끊어진 것 같아 서둘러 인사하고 물러 나려는데 중후한 목소리가 걸음을 붙잡았다.

"이 변호사는 운이 좋은 겁니다. 여기, 서유 양이 타 주는 차 맛이 아주 좋아요. 차라는 게 본디 타는 사람의 마음을 반영하 는 거 아니겠어요. 서유 양이 가진 정갈한 성품이 고스란히 배 어 나와 그런지 같은 차인데도 맛이 더 깊고 은은해요."

어우, 저 주책바가지.

일그러진 지현의 표정에 서유가 웃음을 참으려 애쓰던 바로 그때였다. 무심코 고개를 들어 올린 순간, 자신을 직시하는 검 은 눈동자가 시선을 사로잡았다.

조용히 가슴속에 잠들어 있던 추억이 모습을 드러냈다. 밤톨 처럼 바싹 잘린 머리카락. 짙은 눈썹. 치켜 올라간 눈매. 그렇지 만 웃을 때면 개구쟁이처럼 변하던 누군가의 얼굴이 눈앞의 남 자와 겹쳐졌다.

상상했었다.

자신이 알던 소년이, 자신에게 더없이 소중한 추억으로 남은 소년이 자라 어른이 된다면 어떤 모습이 될까 하고.

'키 크지, 몸 좋지, 공부 잘하지. 나중에 나 만날 여자는 복이 터진 거야.'

당당하게 자신을 내세우던 목소리를 떠올릴 때마다 절로 고 개가 끄덕여졌다. 소년은 분명 멋지게 자라 반하지 않고는 견딜 수 없는 사람이 되었으리라, 믿었다.

"……언니?"

밤톨 같던 머리는 자라 부드럽게 이마를 덮었고 젖살이 빠진 얼굴은 보다 유려한 선을 그리고 있었다. 서늘한 눈매는 예전과 다름없었지만 한층 더 깊어진 눈빛은 그를 소년이 아닌 남자로 보이게 했다. 풋풋한 교복 대신 정장을 입은 소년의 모습은 자신이 상상하던 모습과 하나도 다르지 않았다.

"언니, 이 변호사님 알아?"

하마터면 쟁반을 떨어트릴 뻔했다. 멈추어 버린 시계가 지현의 목소리로 째깍째깍 소리 내며 돌아가기 시작했다. 의아한 얼굴로 자신을 바라보는 지현과 사장의 존재를 확인한 서유의 눈동자가 위태롭게 흔들렸다.

"서유 양? 이 변호사, 서로 아는 사입니까?"

소년이, 아니, 어느새 남자가 된 그의 시선이 자신에게 와 닿는 순간 수많은 생각이 머릿속을 스쳤다. 그가 누구나 매력적이라 생각할 만큼 멋지게 자라 준 것이 기쁘고 마치 내 일처럼 자랑스러웠다. 마음의 상처가 곪아 잠을 뒤척이던 그때와 달리 아프지 않고 건강해 보이는 모습에 안도했다. 과거의 자신처럼 진창에서 휘청거리지 않고 당당하게 앞을 향해 걸어가고 있다는 사실에 감사했다.

소년을 만났기에, 지금의 자신이 있을 수 있었다. 모든 것이 그가 있었기에 가능한 일이었다. 머리로 생각하기 전에 입술이 먼저 벌어졌다.

"아뇨. 제가 아는 사람과 잠시 착각했나 봐요. 죄송합니다. 이야기 나누세요."

문을 닫고 나서자마자 다리에 힘이 풀렸다. 쿵쾅, 쿵쾅. 당장 몸 밖으로 심장이 튀어나와도 이상하지 않을 것 같았다. 무슨 정신으로 주방까지 걸어온 건지 기억조차 나지 않았다.

'나, 이제 갈게.'

셀 수 없을 만큼 되새긴 마지막 순간이 다시 머릿속에 재생됐다.

누구에게도 말할 수 없었던, 그렇기에 속으로만 썩어 가고 있던 상처들을 소년은 어루만져 주었다. 어째서 모든 이야기를 털어놓았을까. 소년의 비난을 통해, 자꾸만 착각하게 되는 자신의 위치를 재확인하고 싶었던 걸까.

'아무 잘못 없어. 하나도 안 나빠. 하나도 더럽지 않아.'

아니, 아니었다.

진실을 알고서도 소년은 비난하지 않았다. 오히려 거듭, 거듭 자신을 품에 안고 잘못한 것이 없노라 말해 주었다. 마르고 단단한 가슴에 안기고서야, 비로소 깨달았다. 자신은 오래도록 그 말을 기다려 왔던 거라고. 모든 이야기를 듣고도 괜찮다고, 나쁘지 않다고 말해 줄 누군가를 기다렸던 거라고.

소년은 암울했던 자신의 인생에 있어 단 하나의 빛이었고, 희망이었고, 축복이었다. 그 다정한 가슴에 안겨 위로받은 그 밤. 새벽까지 이어지던 둘만의 이야기. 서로에게 기대 잠들었을 때 맞닿은 팔을 타고 전해지던 온기. 눈을 떴을 때 햇살 아래 빛나던 웃음. 무엇 하나 버릴 수 없는, 놓칠 수 없는 소중한 기억의 조각들.

그날 소년과 자신은 늦은 아침을 먹고 따뜻한 우유를 마시며 아무렇지 않게 이야기를 나누었다. 말하지 않아도 이별의 시간이 머지않았음을 알 수 있었다.

'이제 갈게.'

'그래.'

'여기 당신 전화번호 입력해.'

소년이 휴대폰을 내밀었다.

'당분간 못 올지도 모르니까. 번호라도 알아야 연락하지.'

멍하니 내밀어진 휴대폰을 바라보고 있노라니 소년이 재촉했다. 어서, 시간 없어. 추를 매단 것처럼 무겁게 달라붙은 입술을 간신히 떼어 냈다.

'휴대폰이, 지금 고장 나서 안 돼.'

'번호랑은 상관없잖아. 기기는 고치거나 새로 사면 되는 거고.'

'……내가, 할게. 종이에 그냥 적어 줘.'

휴대폰이 고장 났다는 건 거짓말이었다. 진위를 의심하는 듯한 소년에게 덧붙였다.

'전화번호를 바꿀 것 같아서. 바꾸고 나면 내가 연락할게.'

'갑자기 번호는 왜?'

'이제 그런 일은, 하지 않을 거니까. 번호를 바꾸고 싶어.'

소년의 얼굴에 어렸던 불신이 의구심에서 이내 안도감으로 바뀌었다. 그 선명한, 거짓 없이 정직한 반응에 심장이 뭉클거렸다. 잠시 후 전화번호가 적힌 종이를 받아 들고 나자 그제야 이별이 실감 났다.

'한동안은 만나기 힘들겠지만…… 그래도 당신이 전화하면 반드시 올게. 그러니까 무슨 일 있으면 꼭 연락해.'

한 치의 망설임도 없이 만나러 오겠다 말하는 소년을 어떻게 마주해야 할지 알 수 없었다. 말없이 고개를 끄덕이자 소년이 약 챙겨 먹는 것 잊지 말고 잘 때 꼭 이불을 덮고 자라며 부모님처럼 말했다.

돌아서서 신발을 신고 있는 소년의 등에 대고 자신 안의 어린 아이가 소리쳤다.

가지 마.

좀 더 옆에 있어.

붙잡고 싶었다. 열일곱 살 소년의 옷자락을 붙잡고 매달리고 싶었다. 좀 더 내 옆에 있어 달라고. 혼자 두지 말라고. 스물네 살의 여자가, 철없이, 떼쓰는 어린아이처럼. 신을 신자마자 문을 나설 것 같던 소년이 뒤돌아 다가왔다.

'눈 감아 봐.'

'왜?'

'눈 감아 보라니까.'

코앞에 비치는 검은 눈동자에 빨려 들어갈 것 같았다. 감정의 동요를 들킬 것 같아 질끈 두 눈을 감았다.

따스하고 부드러운 입술의 감촉이 느껴졌다. 새털처럼 가벼운 입맞춤이었다. 그저 입술과 입술이 마주 닿았다 떨어진 것뿐이었다. 이보다 더 깊고 진득한 입맞춤을 수도 없이 해 보았지만 그 무엇도 이 찰나의 입맞춤과 비교할 수 없었다.

모든 감각이 사라지고 마주 닿았다 떨어진 입술의 감촉만이 생생했다. 놀라 눈을 홉뜬 순간 소년이 말했다. 더없이 단호하고 분명하게.

'이게 당신 첫 키스야.'

그러니 다른 놈들이랑 했던 건 다 무효야. 잊어버려. 소년은 그렇게 말했고, 적어도 그 순간만큼은 그것이 진실처럼 느껴졌다.

'이거, 늦었지만 생일 선물이야.'

금색 포장지로 감싸인 뭔가를 손에 쥐여 준 소년이 뒤돌아섰다. 나, 진짜 간다. 발갛게 달아오른 귓불이 보였다. 문이 열리자 미지근한 바람이 불어 들어왔다. 소년이 뒤돌아선 채 손을 흔들었다. 연락해. 그것이 열일곱 소년이 부끄러움을 감추려 하는 행동임을 모르지 않았지만 그 순간, 심장이 아플 정도로 조여 왔다.

멀어지는 발걸음 하나하나까지 놓치지 않으려 귀를 기울였다. 베란다로 달려가 소년의 뒷모습이 시야에서 사라질 때까지 지켜봤다. 더는 모습을 볼 수 없을 때가 되어서야 떨리는 손으로 포장지를 뜯었다. 반짝거리는 고양이 모양의 귀걸이 한 쌍. 다리가 풀려 그 자리에 주저앉았다.

'이게 당신 첫 키스야.'

소년은 당당히 말했고 귀 기울여 듣지 않으면 들리지 않을 만큼 나지막이 덧붙였다.

'그리고 내 첫 키스이기도 해.'

입술에 남은 온기는 오래도록 가시지 않았다.

"역시 내가 안 가길 잘했지."

시계를 노려보던 태성의 얼굴에 흡족한 미소가 어렸다. 바쁘다는 핑계로 나루 출판사에 진우를 보낸 건 아주 바람직한 선택

이었다. 나루 출판사의 사장은 인심 좋고 넉넉한 성품의 소유자
지만 말이 너무 많았다.

진우 녀석 고생 좀 하겠구만.

"웃어른한텐 깍듯한 녀석이니 내색도 못하고 속만 끓이고 있
을 테지."

우하하하. 경박스럽게 웃어 젖힌 태성이 풀썩 의자에 몸을 기
댔다. 책상 위에 올려 둔 발을 꼼지락거리며 언제쯤 골난 후배
님이 돌아오려나 생각하는 찰나, 사무실 문이 열렸다.

"왔냐?"

무뚝뚝한 후배를 골리는 일은 팍팍한 일상의 유일한 낙이었
다. 발을 내리며 잔뜩 뿔이 났을 후배를 맞이한 태성의 미간이
일그러졌다.

"그건 뭐야? 돌려주고 오랬더니 왜 다른 걸 받아 와?"

검은 오라를 내뿜을 줄 알았던 진우가 담담한 얼굴로 다가와
거대한 상자를 내려놓았다. 찻잔 세트랍니다. 맞은편 자신의 자
리로 걸어가는 진우의 등에 대고 태성이 소리쳤다.

"찻잔 세트고 뭐고 필요 없다니까, 누가 물물 교환 하러 보낸
줄 알아?"

"돌려주고 싶으시면 직접 가세요."

내가 직접 갈 생각이었으면 널 보냈겠냐! 울컥했지만 서류 더
미가 가득한 책상 앞에 앉아 멍을 때리는 후배의 상태가 영 이
상했다.

저거 왜 저래?

"어이, 이진우?"

조심스럽게 불러 보았지만 흐려진 눈의 초점은 돌아올 기미

332

가 없었다.

"저기요, 후배님? 아니, 이 변호사?"

나루 출판사 사장은 대체 애한테 무슨 짓을 한 거야.

"이진우!"

"왜 부르십니까."

"너 괜찮아?"

"괜찮습니다."

하여간에 저 무뚝뚝한 녀석. 정신을 차린 듯 컴퓨터 전원을 켜고 일할 태세를 갖춘 진우를 보며 태성이 한숨을 내쉬었다.

"그나저나 이건 뭐냐니까. 이런 걸 또 받아 오면 어떡하자는 거야."

"안 받았으면 오늘 내로 돌아오지 못했을 겁니다. 산삼보단 나으니 웬만하면 그냥 받으세요. 돌려주고 싶으시면 직접 가시든가요."

"그 정도야?"

"그 정돕니다."

저렇게까지 말하는 걸 보니 이쪽이 찾아간들 달라질 건 없을 것 같았다. 찻잔 세트가 또 다른 무언가로 둔갑하는 건 사양이었다. 정말이지 어르신들은 상대하기 어렵다니까. 호의란 건 알지만 대뜸 산삼은 좀 곤란했다. 것도 시중에서 흔히 구할 수 있는 삼이 아니라, 뿌리당 백을 호가한다는 그 삼은 정말이지 부담 백배였다.

찻잔 세트라, 이건 그냥 받아야 하나. 근데 시커먼 남자 둘이서 찻잔 세트를 뭐에 쓰라는 거야.

"너 이거 줄 사람 없어? 아, 너희 어머니께 드리는 건 어때?"

무심코 생각나 물은 것뿐이지만 돌아오는 대답은 싸늘했다.

"돌아가셨습니다."

"……어, 어, 그래? 미안."

근 이 년 가까이 함께 일해 온 사이지만 사적인 얘기는 별로 해 본 적이 없던 터라 어머니가 돌아가신 줄도 몰랐었다.

"저기, 그럼 아버지는?"

"두 분 다 돌아가셨습니다."

타자 소리와 함께 짤막한 대꾸가 돌아왔다. 등줄기에 식은땀이 맺혔다. 마냥 곱게 자란 놈인 줄 알았는데.

"아버지는 고등학생 때 돌아가셨지만 어머니는 연수원에 있을 때 돌아가셨어요. 괜히 이상한 상상 하지 마시죠."

돌아가신 부모님을 생각하며 사법 고시에 매진하는 가련한 청년을 떠올리던 태성이 헛기침을 했다. 크험험. 누가 뭐라나. 나오지도 않는 기침을 거푸 토해 낸 태성이 스리슬쩍 일에 몰두하고 있는 진우를 바라봤다.

그런 사정이 있었단 말이지.

진우는 태성의 대학 후배였다. 물론 그가 졸업하고도 한참 후에 입학했기 때문에 함께 학교를 다닌 건 아니었다. 태성이 연수원을 졸업한 뒤 군법무관으로 삼 년을 재직하고 개인 법률 사무소를 낼 때까지 두 사람 사이엔 어떠한 접점도 존재하지 않았다. 하지만 직접 만난 적은 없어도 태성은 동창과 후배로부터 알음알음 진우의 얘기를 전해 들어왔다.

처음으로 낯선 후배의 이름을 전해 들은 건 진우가 입학한 바로 그해 여름이었다. 동창들과 후배들이 함께한 술자리에서 우리 과에 보기 드문 미청년이 들어왔다는 소식을 전해 들었다.

수업도 열심히 듣고 인간성도 괜찮은데 과 행사나 동기들 모임 엔 거의 나오는 법이 없어 여자들이 애를 태운다는 얘기였다.

다음 해의 동창회 자리에서 녀석이 돌연 일 학년을 마치자마 자 일반 병사로 입대해 버렸다는 말을 들었다. 동기들에게도 한 마디 말 없이 입대한 녀석은 무수히 많은 소문만을 양산하고는 잠잠한 군 생활 끝에 제대 후 복학했다.

녀석과 같은 해에 사법 고시를 패스한 후배와 연수원 졸업 축 하를 겸한 술자리를 가졌다. 지독한 자식이에요. 후배는 단 한 마디로 녀석을 표현하며 고개를 내저었다. 얼마나 독하게 공부 를 하는지, 다른 녀석들이라면 질투라도 하겠는데 그 녀석은 그 럴 맘도 안 드는 거 있죠. 저도 열심히 한다고 했는데 그 정도는 해야 차석으로 졸업하는구나 싶더라구요.

그리고 며칠 뒤 사무실로 한 통의 전화가 걸려 왔다.

녀석이었다.

함께 일하고 싶다는 말을, 처음엔 이해하지 못했다. 충분히 내로라하는 로펌에서 연락을 받았을 텐데 이 무슨 헛소린가 싶 었다. 개인 사무소를 운영한다 해도 자신은 근근이 생계를 이어 가는 가난뱅이 변호사에 불과했다. 사무실의 건물주가 아버지의 불알친구가 아니었다면, 그래서 임대료를 반으로 깎아 주지 않 았더라면 자신은 아마 진작에 파산한 변호사가 되었으리라.

인권 변호사.

이름은 그럴듯하다. '인권'이라는 단어가 주는 고상함과 '변 호사'라는 직업이 지니는 사회적 지위 덕분이다. 하지만 빛 좋 은 개살구라고, 인권 변호사는 노력에 비해 금전적 대가를 받지 못하는 가난한 직업인에 불과했다.

처음 연락을 받았을 땐 대뜸 의심부터 일었다. 전부터 이쪽 방면으로 관심을 보였다면 또 모르나 녀석은 단 한 번의 일탈 없이 전형적인 엘리트 코스를 밟아 온 모범생이었다. 외가 쪽이 제법 산다는 소문이 맞는진 모르겠지만 녀석은 대학 시절 그 흔한 아르바이트 한 번 하지 않고 성실하게 학교와 도서관만을 오 갔을 뿐이었다.

그런 녀석이 금박 두른 길을 내버려 두고 가시밭길로 들어오 겠다고 연락을 해 오니 믿음이 가지 않을 수밖에. 의중을 알 수 없어 미적지근한 태도로 대답을 미루자 녀석은 다음 날 직접 사 무실로 찾아왔다.

한판 붙자는 얼굴로 여기서 일하게 해 달라고 했었지.

며칠 만에 줄행랑을 치는지 보겠다는 심사로 허락했건만 벌 써 이 년이 다 되어 갔다. 서늘한 인상만큼이나 뚝뚝한 성품이 긴 해도 일머리도 좋고 깍듯하기까지 하니 함께 일하기엔 더할 나위 없었다.

물론, 최근엔 그 점이 불만스럽긴 했다. 어차피 일하는 사람 이라곤 둘뿐인 작은 사무실이었다. 한솥밥을 먹은 지 두 해가 다 되어 가니 슬슬 긴장을 풀 때도 됐건만 녀석은 언제나 칼같 이 선을 그었다.

그래도 녀석은 제법 이상적인 법조인이었다. 갓 실무에 들 어간 신입치곤 감정에 휘둘리지 않고 매사에 이성을 앞세우는 편…… 아, 아니었다. 녀석이 딱 한 번 이성을 잃고 날뛴 적이 있었다.

당시 이쪽은 외국인 노동자 상담소와 연계해 외국인 근로자 들의 소송을 준비하고 있었다. 월급 명세서엔 고용 보험금을 납

부한 내역이 기록되어 있었지만 정작 실업 급여를 신청하려 하니 보험에 가입되어 있지 않았다는 사실이 확인된 것이었다.

고용주들이 보험금을 가로챈 경우로 한창 소송이 진행되던 와중 사장이 피해자 중 한 명을 찾아가 폭행한 사건이 일어났다. 뒤늦게 상담소 직원에게 연락을 받아 피해자가 입원했다는 소식을 전해 듣고 병원을 찾았다. 다행히 경미한 부상이었고 사장은 이미 인근 주민의 신고로 경찰에게 붙잡힌 뒤였다.

상담소 직원에게 사건의 경위와 그 밖의 상황을 전해 듣고 있는데 병원 입구에서 소란이 일어났다.

'어째서 안 된다는 거야! 내 딸이 죽어 가잖아!'

'바로 삼 분 거리에 다른 병원이 있습니다. 그쪽으로 가 주세요. 지금 인력이 모자라 환자를 더 받을 수가 없습니다.'

'야 이 짐승 같은 것들아, 내 딸이 지금 무슨 일을 당했는지 알아! 누가 네놈들 속내를 모를 줄 알고 그래! 내 딸 치료했다 괜히 더러운 일에 엮일까 겁나서 그러는 거잖아! 다른 곳으로 갈 시간 같은 건 없어! 당장 살려 내!'

남자는 여자아이를 업고 있었다. 겨우 열 살 남짓 되어 보이는 여자아이가 핏기 없는 얼굴로 남자의 등에 죽은 듯 기대 있었다. 내 딸을 두 번 죽일 셈이냐며 남자가 울부짖는 순간, 아이의 몸을 감싼 이불 아래서 주르륵 핏물이 떨어져 내렸다.

무슨 상황인지 대강 짐작이 갔다. 아이는 성폭행을 당한 것이 분명했고 작고 열악한 동네 병원은 경찰과 엮일 것이 귀찮아 환자를 거부하고 있는 거였다. 그냥 지켜볼 수 없어 앞으로 나서려는 순간 조금 전까지 냉정하게 직원의 이야기를 전해 듣고 있던 녀석이 뛰어 나갔다.

'애가 아프다잖아.'

대뜸 의사의 멱살을 잡아 올린 녀석의 두 눈에 새파란 불꽃이
튀었다.

'당신 의사잖아. 환자를 살리는 게 의사 아니야?'

'그러니까 지금 인력이 부족해서⋯⋯.'

'의료법 제15조 제1항. 정당한 사유 없는 진료 거부는 위반인
거 알고 있지? 이 아이를 거절하는 이유가 합당한 진료 거부 사
례에 해당하는지 알아봐?'

뿜어내는 기세가 여차하면 의사를 때려눕힐 듯 아슬아슬하기
짝이 없었다. 살기 등등한 모습에 질린 의사가 간호사를 불러
환자를 안내하라는 지시를 내리는 것으로 사건은 마무리되는 듯
했다.

하지만 녀석은 그것으로 그치지 않았다. 성폭력 피해 아동을
도와주는 지역 내 해바라기 센터에 연락을 취해 아이가 회복된
이후 정신적 외상을 치료받을 수 있도록 했고, 망설이는 피해
자 아버지를 찾아가 이 일을 경찰에 알리도록 끈질기게 설득했
다.

사무실에 공식적으로 들어온 일만으로 정신없이 바쁜 상황에
서도 녀석은 아이의 상태가 어떤지 알아보기 위해 부지런히 병
원을 방문하고 직접 재판 상황을 확인하는 수고를 마다하지 않
았다. 사무실 소속의 변호사로서 벌인 독단적인 행동을 나무랄
수도 있었지만 당시의 녀석은 보는 이쪽이 다 숨이 막힐 만큼
필사적이었다.

어린아이를 대상으로 벌인 범죄는 특히나 죄질이 나쁘다. 변
호사라는 직업을 떠나, 한 인간으로서 그런 흉악한 짓을 벌인

놈들을 자신도 용서할 수 없었다. 그렇지만 녀석의 반응은 정도가 지나친 감이 없잖아 있었다. 병원 관계자가 녀석이 폭행을 당한 아이의 친오빠라도 되는 줄 착각했을 정도니……

알면 알수록 도통 속을 알 수 없는 녀석이란 말이지. 부모님이 모두 돌아가셨을 줄은 몰랐는데. 무뚝뚝한 후배 변호사가 감추고 있는 아픈 단면을 슬쩍 엿본 기분에 태성의 마음이 무거워졌다.

"배고파."

"중국집에 전화할까요?"

"맨날 짜장면만 먹는데 지겹지도 않냐."

또 시작이네. 태성과 함께 일한 지 어언 이 년. 말투만 들어도 대충 다음 상황이 짐작됐다. 가뜩이나 마음 심란한데 도와주지는 못할망정.

"우리 삼겹살에 소주 한잔, 어때?"

"할 일이 산더미처럼 쌓여 있어요. 그럴 시간 없습니다."

"그러지 말고 딱 한 잔만 하자, 응? 벌써 며칠째 일에만 파묻혀 지냈는지 알아?"

"그럼 혼자 드시고 오세요. 전 남아서 일 처리하겠습니다."

나 혼자 삼겹살에 소주 먹으며 궁상떨 일 있냐!

태성의 눈빛이 이글이글 타올랐다. 오늘만큼은 결단코, 일에 치여 자정을 넘기고 싶지 않았다. 이제 서류라면 글자만 봐도 신물이 올라왔다.

"딱 두 시간만. 응? 더도 말고 덜도 말고 딱 두 시간."

"어디 아프십니까?"

되지도 않는 애교 떨지 말라는 얘기였지만 태성은 꿋꿋했다. 오늘은 정말로 삼겹살에 소주가 고팠다. 정신없이 바쁜 나날에 치여 잊고 지냈지만 어느덧 자신의 나이 서른일곱이었다. 애인이 끊긴 지 사 년째. 변호사라는 번듯한 직함에 다가오던 여자들은 변호사라고 다 '잘나가는' 것이 아님을 알자마자 미련 없이 떠나갔다.

"너도 곧 나처럼 될 거야, 인마. 그때 가서 후회하지 마!"

물론 네 얼굴이 나보다 반반하긴 하지만 말이야, 너도 몇 년만 지나 봐. 아무리 잘나도 늙으면 소용없어. 그럼 너도 나처럼 서러운 노총각 돼서 친척들한테 구박받으며 사는 거라고.

진우가 낮게 한숨을 내쉬었다. 주기적으로 찾아오는 태성의 발작이 또 찾아온 듯했다. 할 일이 목까지 차올라 있었지만 일단 이 덩치만 큰 어린애를 달래는 게 급선무였다. 당장 삼겹살에 소주를 먹지 못하면 앵 토라져 일을 하기는커녕 주구장창 자신만 괴롭혀 댈 게 뻔했다.

"가시죠."

우하하하, 잘 생각했어. 순식간에 태세를 전환한 태성이 겉옷을 챙겨 들고 겅중겅중 계단을 내려갔다. 밑에 있을 테니 불 끄고 와라! 컴퓨터 전원을 끄고 열쇠를 챙겨 든 진우가 나지막이 중얼거렸다. 저 인간은 대체 언제쯤에야 철이 들까.

"여기가 삼겹살 맛이 그렇게 죽여준다더라."

"누구한테 들으셨는데요."

"너도 알걸? 나루 출판사의 최지현 대리."

"아."

나루 출판사 사장의 옆에서 난처하게 웃고 있던 여자의 얼굴이 떠올랐다.

'언니, 이 변호사님 알아?'

친근하게 언니, 라고 불렀었다. 그 사람을.

설마 거기서 만나게 될 줄은 꿈에도 몰랐는데.

십이 년이 지났다. 더는 열일곱의 어린애가 아니지만 말간 얼굴을 마주하는 순간 과거로 회귀하는 듯한 기분을 맛보았다. 십이 년. 결코 적은 세월이 아닌데도 그 사람은 달라진 것이 없어보였다. 마치 홀로 시간의 흐름 속에 멈추어 있던 것처럼.

바로 알아봤어.

얼굴을 마주하자마자 흔들리는 눈동자를 보고 직감했다. 자신을, 알아봤다는 걸.

'아뇨. 제가 아는 사람과 잠시 착각했나 봐요.'

그런 대답을 할 수밖에 없었던 상황을 이해했다. 자신 역시 아는 사이냐는 물음에 제대로 답하지 못했으니까. 아니, 아는 사이냐는 말보다는 뒤이어 자연스레 따라올, 서로 어떻게 알게 된 사이냐는 질문이 더 겁났다.

나도 모르겠는데 그 사람이 뭐라고 답하겠어.

자신조차 정의 내리기 힘든 관계를 타인에게 설명하는 건 불가능했다. 열일곱의 여름을 함께하며 마음속 깊은 상처를 공유했고 십이 년 만에 다시 만났다. 그렇지만 쉽사리 알은척을 할 수도, 그동안 잘 지냈냐는 흔한 안부 인사조차 할 수 없는 것이 그 사람과 자신의 관계였다.

알고 있었다. 너무나 잘 알고 있었다. 허나 알면서도, 그 사람의 입에서 나온 자신을 부정하는 말은 마음에 작은 생채기를 냈다.

"어머, 오 변호사님이시네요?"

태성의 뒤를 따라 가게 안으로 들어서던 진우의 표정이 굳었다. 태성을 맞는 지현의 건너편에 앉아 있던 서유도 말을 잇지 못했다.

"최 대리님이 소개해 주셔서 찾아와 봤는데 이런 우연도 다 있네요."

"제 말 듣고 오셨구나. 이것도 인연인데 합석하실래요? 안 그래도 언젠가 두 사람 자리 한번 만들어야지 싶었는데 이렇게 만나게 되네요. 제가 따로 소개할 필요도 없이 서로 상대방 얘기는 혜수한테 많이 전해 들었을 것 같은데……."

"혹시 서유 씨?"

서유와 태성의 시선이 부딪쳤다. 처음 만난 사이지만 두 사람에겐 혜수라는 공통분모가 있었다. 태성도 혜수로부터 서유의 얘기를 많이 들어온 터였고, 서유도 호탕하고 성격 좋은 변호사 아저씨에 대해 전해 들어 그를 잘 알고 있었다.

"처음 뵙겠습니다. 한서유라고 합니다."

"오태성이라고 합니다. 혜수한테 이야기 많이 들었어요. 얼굴도 마음도 천사처럼 예쁜 분이라고 하던데 그 말이 맞았네요."

태성의 넉살에 서유의 눈가가 부드럽게 휘어졌다. 아직도 사람을 대하는 건 서툴렀지만 태성에게선 오랜 시간을 함께한 지인 같은 친근함이 느껴졌다. 하기야 그들은 직접 얼굴만 마주하지 않았을 뿐, 여린 아이가 상처를 딛고 일어서는 과정을 함께 지켜본 동료나 다름없었다.

"이 변호사님은 낮에 뵈고 또 뵙네요. 언니, 언니도 이 변호 사님 낮에 뵈었잖아."

지현의 말에 서유의 웃음이 거짓말처럼 지워졌다.

"오 변호사님은 합석하실 의향이 있으신 것 같은데. 이 변호 사님은 어떠세요? 언니는?"

합석이라.

눈치를 살피며 대답하지 못하는 서유를 대신해 진우가 고개 를 끄덕였다. 지현이 고기와 술을 추가로 주문하는 사이 태성과 진우가 코트를 벗고 자리 잡았다. 선택의 여지가 없긴 했지만 진우가 옆자리에 앉는 순간 서유의 눈동자가 갈 곳을 잃었다.

"저희도 온 지 얼마 안 됐어요. 여기 골목 안쪽에 무지하게 매운 낙지볶음집이 있거든요. 거기서 거하게 먹었는데 이대로 집에 가긴 아쉽더라구요. 그래서 언니 끌고 이리로 온 거예요."

"흠, 두 분이서 많이 친하신가 봅니다?"

"위로 오빠 둘에 남동생까지, 시커먼 남자들 틈에 자라서 옛 날부터 언니를 갖는 게 소원이었어요. 사이가 좋아 보인다니 다 행인데, 실은 제가 졸졸 따라다니면서 귀찮게 하는 거나 다름없 어요."

지현의 말이 끝나기 무섭게 서유가 당황한 기색으로 고개를 가로저었다.

"귀찮다고 생각한 적 없어."

순진한 반응에 지현이 으헤헤 웃음을 터뜨리며 태성에게 눈 짓했다.

"언니 귀엽죠. 이래서 내가 우리 언니를 미워할 수가 없다니까. 난 우리 언니가 귀여워 미치겠어."

이미 얼큰한 낙지볶음을 먹으며 홀로 소주 한 병을 다 비운 지현이었다. 술이 센 편이라 고작 소주 한 병에 취할 리는 없지만 평소보다 기분이 고양된 건 사실이었다. 헤벌쭉 웃음을 터뜨린 지현이 진우에게 술을 권했다.

"이 변호사님도 한 잔 받으세요. 오늘 저희 아버지 때문에 힘드셨죠."

"우리 이 변호사가 산삼을 찻잔 세트로 바꿔 들고 와서 제가 야단 좀 쳤습니다. 말발로 먹고사는 변호사가 출판사 사장님께 휘둘려 버리면 어쩌자는 거냐고."

"휘둘리긴요. 이 변호사님이 저희 아버지 고집을 알고 봐주신 거죠. 아, 정말이지, 아버지가 이 변호사님이 굉장히 마음에 드셨나 봐요. 제가 어떻게든 보내 드리려고 애를 썼는데 도무지 놔주실 생각을 안 하시더라구요. 오늘 많이 피곤하셨을 거예요."

"괜찮습니다. 덕분에 좋은 말씀도 많이 들었으니까요."

진우의 대답에 지현이 웃으며 고개를 끄덕였다. 그렇게 생각해 주시면 저야 감사하죠.

"두 분이 선후배 사이 맞죠? 사석에서도 서로 존댓말 쓰세요?"

"아뇨. 전 편하게 말 놓습니다. 헌데 우리 이 변호사가, 아니 우리 깍듯한 후배가 도무지 절 편하게 대해 주지 않네요."

"왠지 알 것 같아요."

"오늘 출판사에선 아무 일 없었습니까? 이 녀석이 성격은 무뚝뚝해도 겉모습은 꽤나 그럴듯해서 말이죠."

"말도 마세요. 사장실에 직원들이 다닥다닥 붙어서 떼어 내느라 고생이 이만저만이 아니었다니까요. 일하던 사람들이 훈남이 왔다고 꺅꺅거릴 땐 웬 호들갑인가 싶었는데 저도 처음 본 순간 가슴이 덜컹했어요. 그거 아세요? 마침 언니도 거기 있었거든요. 언니가 남자한테 관심 있는 걸 본 적이 없는데 이 변호사님 보고 딱 얼어붙은 거 있죠."

"서유 씨한테도 이 녀석 얼굴이 먹혔나 보군요."

"네? 아, 저기, 네."

서유가 고개를 끄덕였다. 팔이 맞닿을 만큼 가까운 거리에 진우가 있다는 사실만으로 패닉이라 자신이 무슨 대답을 하고 있는지도 알지 못했다.

"언니가 이래 봬도 인기 만점이에요. 일 년에 한두 번씩은 일하는 언니를 보고 고백하는 사람들이 있다니까요."

"정말입니까? 하긴, 서유 씰 보면 충분히 그럴 수 있을 것 같네요."

"아뇨, 별로 그렇게는."

"별로는 무슨. 물론 개중에 영 아닌 인간들도 있었지만 그래도 제 눈엔 제법 괜찮은 사람들도 있었단 말이에요. 근데 언니는 하나같이 단칼에 거절하는 거 있죠. 한번 만나 보기만 하라 해도 도무지 말을 안 들어요."

"무슨 이유라도 있나요?"

"……그냥, 그런 데 관심이 없어서요."

세 사람의 이야기를 말없이 듣고 있던 진우가 처음으로 입을 열었다.

"서유 씨는 나루 출판사 직원이 아닙니까?"

"언니는 저희 회사 직원은 아니에요. 저희 출판사에서 일하시던, 민 이사님이라고 계시거든요. 지금은 민 사장님이시지만. 그분이 운영하시는 서점에서 일하고 있어요."

낯을 가리는 서유를 대신해 지현이 대답했다.

"벌써 오 년 됐지, 언니?"

"오 년이나 말입니까?"

"네에. 아저씨가 언니를 무척 마음에 들어 하거든요. 저희 아버지 대학 동기인데 한 가족이나 다름없이 알고 지낸 사이라 전 그냥 편하게 아저씨라 불러요. 무튼, 책을 워낙 좋아하는 분이셔서 퇴직 후에도 서점을 연 건데 지금은 거의 언니한테 맡겨 놓고 본인은 틈나는 대로 짬짬이 나오는 정도예요."

언니를 아주 딸처럼 예뻐하세요. 취미 삼아 연 가게라 해도 덜컥 남한테 맡길 분이 아닌데 언니를 그만큼 믿고 의지하고 계신단 얘기겠죠. 지현이 덧붙이자 진우가 알 것 같다는 듯 고개를 끄덕였다.

막 술잔을 집어 든 진우의 팔이 서유의 팔에 스쳤다. 얼결에 바라보자 눈을 마주칠세라 재빨리 시선을 내리는 상대가 보였다. 진우의 입매가 굳게 다물렸다. 갑작스러운 만남에 당혹스러워한다는 건 알았지만 이쪽이 나쁜 놈이 된 듯해 기분이 좋지 않았다.

내가 해코지라도 한 것 같잖아.

본의 아니게 샐쭉해진 기분으로 진우가 말없이 술을 들이켰다. 두 사람 사이의 찜찜한 공기를 알아챈 태성이 분위기를 띄우기 위해 입을 열었다.

"서유 씨는 뭐 궁금한 것 없으세요? 저희가 다 대답해 드릴 수 있는데."

별다른 기대를 한 건 아니었지만 태성의 말이 끝나기 무섭게 서유가 동그랗게 눈을 떴다. 그 적극적인 반응에 태성이 무엇이든 물어보라며, 원하신다면 진우 녀석의 신체 사이즈도 공개할 수 있다며 호언장담했다.

"······저기."

"네네, 뭐든지 말씀하세요."

"훈남이 뭐예요?"

푸학.

서유의 물음과 동시에 진우가 마시던 소주를 뿜었고 지현은 뒤로 넘어가 자지러졌다. 휘둥그레진 태성의 시선이 사레가 들려 정신없이 기침을 토해 내는 진우를 향했다.

"내가 진짜 언니 때문에 못 살겠어."

"서유 씨 멋진데요. 이 녀석을 이렇게 망가뜨리다니. 덕분에 좋은 걸 봤습니다."

태성이 서유를 보며 엄지손가락을 치켜세웠다. 앞으로 존경하는 인물 일 순위로 삼겠습니다. 세 사람의 열렬한 반응에 무슨 실수라도 한 건가 전전긍긍하는 서유를 더는 지켜볼 수 없던 지현이 훈남의 정의를 알려 줬다.

"훈남은 훈훈한 남자의 줄임말이야."

"훈훈해? 마음이 따뜻한 사람이라는 뜻이야?"

서유의 대꾸에 지현이 다시금 뒤로 넘어갔다. 아, 나 언니 정말 좋아. 어떡해. 미칠 것 같아.

"서유 씨 말이 꼭 틀린 건 아닙니다. 원래는 외모를 떠나, 매력적인 남자를 훈남이라고 그랬죠. 그런데 요즘엔 그냥 보기만 해도 훈훈함이 느껴질 만큼 잘생기고 멋진 남자를 말하는 말로 많이 쓰인달까요. 어떠세요, 서유 씨가 보기엔 진우가 훈남인가 요?"

어느새 평소 모습으로 돌아온 진우를 확인한 태성이 서유를 향해 눈을 찡긋거렸다. 혜수의 일로도 충분히 정감 가는 사람이 었지만 진우의 새로운 면모를 보게 해 준 것도 그렇고 볼수록 호감이 갔다.

"언니, 솔직하게 말해 봐."

두 사람의 집중 공격에 어쩔 줄 몰라 하던 서유가 처음으로 진우의 얼굴을 마주했다. 덤덤하게 자신을 바라보는 시선 앞에 서 서유가 작게 고개를 끄덕였다. 그 순진무구한 반응에 태성과 지현의 얼굴로 함박웃음이 번졌다.

"서유 씨가 잘생겼다고 칭찬해 주시잖냐. 감사 인사라도 드려 야지."

태성이 진우의 등을 두들기며 한마디 해 보라 종용했다. 차마 고개를 들지 못하고 있는 서유의 머리꼭지를 내려다보던 진우가 태연히 대꾸했다.

"잘생겼다는 건 원래 알고 있었습니다."

"우와, 재수 없어."

"이 변호사님, 방금 발언은 좀 너무한데요."

"뭐가 너무합니까. 잘생긴 걸 잘생겼다고 말하는 게. 안 그렇 습니까, 한서유 씨?"

난데없이 불린 자신의 이름에 서유가 놀라 고개를 든 순간, 다시 시선이 부딪쳤다. 하지만 이번엔 서유도 진우를 피하려 들 지 않았다.

'키 크지, 몸 좋지, 공부 잘하지. 나중에 나 만날 여자는 복이

터진 거야.'

'내가 나를 못생겼다거나 평범하다고 말하면 거짓말을 하는 게 되는 거야. 누구는 그게 겸손이라 말하겠지만 실은 더 재수 없는 거라고. 눈만 멀쩡히 달려 있으면 뻔히 알 수 있는 일을 왜 빙빙 돌려 말해? 안 그래?'

'잘난 척? 잘난 걸 잘났다고 말하는 게 왜 잘난 척이야?'

열일곱 소년의 오만하고 당당한 표정이 눈앞의 스물아홉 청년의 모습과 겹쳐졌다. 행복했던 과거의 추억이 가슴에 어려 있던 불안을 녹여 주었다. 성벽이 허물어지듯 부드러워진 서유의 표정에 멈칫하던 진우의 입술도 마침내 매끄럽게 휘어졌다.

십이 년 만의 해후였다.

"넌 뭐가 그렇게 멀쩡해?"

"멀쩡하지 않을 이유도 없겠죠."

전날 자신과 비등하게 술을 마셨던 진우의 말짱한 모습에 태성의 얼굴이 일그러졌다. 크윽, 이게 바로 젊음이라는 건가. 자신에게 썩 유익하지 못한 결론을 내린 태성은 또 다른 의미로 속이 쓰려 옴을 느꼈다.

"첫 번째 서랍에 늘 드시던 위장약 있을 겁니다. 드시고 빨리 일하세요."

태성은 새삼스레 자신의 후배이자 동료 변호사의 몰인정함을 깨달았다. 속은 괜찮냐, 아침에 해장은 했느냐 따위의 살가운 위로를 바라진 않았지만 이건 좀 아니지 않은가. 게다가 같은 독신임에도 왜 저 녀석의 온몸에만 귀티가 흐르는 건지.

"네 셔츠는 왜 그렇게 주름 하나 없는 거야?"

"잠들기 전에 다려 뒀습니다."

"어젯밤에 돌아가서?"

"네."

분명 자정이 다 되어서야 술자리를 파했던 걸로 기억했다. 그런데 집에 돌아가서 다음 날 입을 셔츠를 다렸다고? 이런 인간 같지 않은 자식. 억지라는 건 알지만 이렇게라도 하지 않으면 자괴감에 견딜 수 없을 것 같았다.

"그러고 보니."

이제야 걱정해 줘도 소용없어. 뿌루퉁한 얼굴과 달리 기대감 어린 시선을 숨기지 못한 채 태성이 진우의 말을 기다렸다.

"혜수는 대체 누굽니까."

"흥, 네가 알아서 뭐 하게."

왜 또 저렇게 어린애처럼 구는 건지.

괜스레 서류를 내던지는 태성의 행각에 진우가 속으로 한숨을 삼켰다. 소문으로 전해 들었던 오태성은 이렇게 덩치만 큰 어린애 같은 사람이 아니었는데.

태성은 진우 자신과 많이 다른 부류였다. 대학 시절에도 외조부로부터 지원을 받으며 학교와 도서관만을 오가던 자신에 비해 태성은 닥치는 대로 일을 하며 학교생활을 해 나갔다. 밤낮으로 아르바이트 뛰랴, 술자리에 참석하랴, 각종 투쟁이 있을 때마다 뛰어다니랴 정신없이 바빠 학과 성적은 언제나 바닥을 기었다고 들었다.

본인의 말에 의하면 아슬아슬하게 사시를 패스하고 연수원 졸업과 동시에 군법무관으로 재직할 때까지만 해도 태성은 후배들에게 '사람 좋기로 소문난 선배'일 뿐이었다. 태성이 본격적으로 소문의 중심에 떠오른 건, 그가 만년 적자의 법률 사무소를 운영하고 있다는 얘기가 들리기 시작하면서부터였다.

진우가 제대할 때쯤 태성은 이미 동기들 사이에서 유명했다. 소신대로 사회 정의를 위해 일하고 있는 태성을 존경하는 이들도, 괜히 고달프게 산다며 혀를 차는 이들도 있었다.

진우 자신은 어느 편에도 속하지 않았지만 그땐 태성이 이런 인물이라고는 생각도 하지 못했다. 서른일곱 살 노총각의 어리광은 정말이지 맨정신으로 봐주기 곤란할 지경이었다.

"너 지금 노총각 히스테리라고 생각했지."

비슷했다. 곰 주제에 눈치만 빠른 태성에게 진우가 비장의 카드를 꺼냈다.

"혜수가 누군지 말씀해 주시면 제가 나가서 해장국 사 오겠습니다."

"길 건너 말고 사거리에 있는 엄마표 해장국 사다 줘."

정말 이 인간 밑에서 계속 일하는 게 맞는 걸까. 진우가 알겠노라 대답하자 그제야 태성의 입가에 흡족한 미소가 번졌다. 비밀 보장은 확실히 해. 턱을 괸 태성이 기억을 더듬으며 느릿하게 말을 이었다.

"네가 들어오기 전이었어. 그땐 길 건너 해장국집 주인이 달랐거든. 맛이 꽤 괜찮아서 나도 가끔 사 먹었었는데 어느 날 주인아주머니가 사무실까지 찾아오셨어. 안 그래도 가게 문이 몇 주간 닫혀 있길래 무슨 일이 있나 싶었거든. 여기 와서도 한참 망설이시더니, 다른 사람한테 쉽사리 털어놓을 이야기는 아닌데

351

그렇다고 자기 혼자선 뭘 어떻게 해야 할지 모르겠다면서 도와 달라 부탁하셨어. 내가 무슨 일을 하는지 정확히는 모르지만 어려운 사람들을 돕는다고, 그렇게 듣고 찾아오셨던가 봐. 어쨌든 아주머니 이야기는 대략 이랬어."

태성의 눈빛이 무겁게 가라앉았다.

"중학교에 입학한 자기 딸이 배가 아프다고 해서 병원에 갔다. 알고 봤더니 임신이었다. 딸에게 캐물었더니 아이 아버지는 자신의 친오빠더라. 함께 살고 있던 아이의 외삼촌이 아주머니가 가게에 나가 있는 동안 초등학교 5학년 때부터 이 년간 성폭행해 온 거였어."

말이 끝나기 무섭게 아득, 이를 악무는 진우가 보였다. 역시 저 녀석은 이런 사건에 약하단 말이지. 주먹을 움켜쥐고 있는 모양새가 눈앞에 외삼촌이란 작자가 있다면 몇 대 후려쳐 버릴 태세였다.

"칠년형을 언도받은 게 전부야. 알잖아. 우리나란 그런 쓰레기 같은 자식들한테 관대한 거. 문제는, 후. 재판이 진행되던 와중에 아이가 유산됐다는 거야. 딸이, 그러니까 혜수가 자기 집에서 뛰어내렸거든. 죽으려고 한 게 아니라, 아이를 없애려고. 이해해. 어떻게 멀쩡한 정신으로 그런 놈의 아이를 품고 있겠어. 겨우 열네 살인데, 너무 가혹한 일이잖아. 늦게 알아차리는 바람에 시술도 불가능했던 상황이니…… 그게 자기 나름의 최선이었겠지.

애는 죽었고 다행히 혜수도 생명엔 지장이 없었지만 그 뒤로 자해가 계속됐어. 손목을 긋고, 벽에 머리를 내리찧고, 수면제를 먹고…… 한번은 죽겠다고 가위를 휘두르는 걸 말리는 와중에 눈가를 심하게 베서 위험했던 적도 있어.

사별하신 터라 아주머니가 생계를 유지하실 수밖에 없는 상황이었거든. 혜수를 병원에 입원시키고 일을 하셨지만 거기서도 자해가 멈추질 않아서 결국 식당도 다른 사람에게 넘기셨어. 근데 그 뒤로도 아주머니가 잠시 한눈을 팔면 어김없이 애가 사라지는 거야. 뭐, 발견하면 어김없이 자해를 하고 있는 그런 비슷한 상황이 반복됐어. 아주머니도 혜수도 궁지에 몰려 있었지."

여기까지 말을 이은 태성이 잠시 머뭇거리자, 찰나의 망설임을 눈치챈 진우가 물었다.

"거기에 그 사람이 관련된 겁니까?"

"그 사람?"

"한서유 씨 말입니다."

"……뭐, 그런 셈이지."

태성의 두루뭉술한 대답에 진우가 미간을 그러모았다.

"그런 셈은 뭐가 그런 셈입니까. 구체적으로 말해 주세요."

"아아, 그러니까, 이건 좀 그렇다구. 서유 씨 개인적인 사정이란 것도 있으니까."

"제가 어디 가서 그런 얘길 떠들어 댈 인물로 보이십니까?"

"아니, 절대로 그렇게 안 보여. 그치만, 이건 뭐랄까…… 좋아. 대신 나중에 서유 씨 보게 되더라도 내색하지 마."

난감한 듯 머리를 긁적이던 태성이 한숨과 함께 운을 뗐다.

"서유 씨가 원래 혜수와 알고 지내던 사이였대. 지금은 아니지만 그때 서유 씨가 혜수 집 앞집이었나, 옆집이었나, 잠깐 세들어 살았다나 봐. 가끔 서유 씨가 혜수한테 밥도 차려 주고 간식도 챙겨 주면서 언니 동생, 아니 실제로는 이모와 조카뻘이

긴 하지만 어쨌든 그렇게 지냈는데 혜수 이야길 어떻게 듣고 병원에 찾아온 거야. 참고로 나도 아주머니께 전해 들어서 알게 됐어. 재판 끝나고도 혜수 안부를 물을 겸 가끔 아주머니와 통화를 했었거든.

정확한 사연은 모르지만 서유 씨도 비슷한 일을 겪은 적이 있어서, 링거를 휘두르면서 난동을 피우던 혜수를 끌어안고 자기 얘기를 들려줬대. 자기도 그런 일 겪었지만 이렇게 잘 살고 있다고, 너도 아프지만 이겨 낼 수 있다고…… 그렇게 혜수를 위로했나 봐. 그 뒤로도 서유 씨가 일 끝나자마자 찾아가서 돌봐 주고 다독여 주면서 애 많이 쓰셨는데 그제야 혜수도 안정을 찾아가더라. 아무래도 같은 상처를 지닌 사람의 말이 더 크게 와닿지 않았겠어. 거기다 그런 상처를 지녔으면서도 서유 씨가 반듯하게 살아가고 있는 모습을 보니까 혜수도 용기를 얻었던 걸 테고.

그게 끝이면 좋은데 혜수 그 아이, 얼마 전까지도 계속 입원과 퇴원을 반복했어. 자해를 하는 건 아닌데 마음의 상처가 워낙 깊으니까, 계속 잠을 못 자거나 악몽이 반복되면 본인 의사로 입원하고 싶다고 말해 왔거든. 이대로라면 자기가 무슨 짓을 저지를지 모르겠다면서."

"지금도 그래롭니까?"

"다행히 오늘 아침에 아주머니로부터 연락받았어. 일주일 전에 입원했던 혜수가 어제 퇴원했다더라고. 퇴원하기 전에 혜수가 서유 씨를 불러서 그렇게 말하더래. 다시 학교에 다니면서 언니처럼 될 수 있도록 노력해 보고 싶다고. 최 대리가 이번 책을 기획한 것도 서유 씨로부터 혜수 이야길 전해 듣고, 그 아일 만나고 나서부터야. 아니, 어쩌면 서유 씨 때문일 수도 있겠지. 언니 과거를 전해 듣고 나서 며칠 동안 잠을 못 이뤘다고 그랬거든."

"최지현 대리와는 그전부터 알고 지내셨던 겁니까?"

"아니. 올봄에 왜, 나루 출판사에서 연락해 왔었잖아. 이번에 기획하는 책 자문 좀 맡아 달라고. 직접 만나서 이런저런 이야기를 나누다가 서로 혜수와 서유 씨라는 접점이 있다는 걸 알게 됐지. 뭐, 세상사 좁다면 좁달까."

어깨를 으쓱하던 태성이 어두워진 진우의 얼굴을 보고 미간을 찌푸렸다.

"넌 또 왜 그런 표정을 짓고 있어."

"……아무것도 아닙니다."

내 저럴 줄 알았지. 인간미가 느껴져 좋긴 한데 매번 저러면 것도 큰일이란 말이지. 절레절레 고개를 내젓던 태성이 후우, 길게 한숨을 토해 냈다.

"혜수는, 이런 말 하긴 뭣하지만 운이 좋은 케이스인 거야. 그런 불행한 일을 당한 아이한테 운이 좋다는 말을 쓰는 게 염치없다 싶긴 하지만 어쨌든 비슷한 일을 겪은 애들 중에서는 정말 상황이 양호한 편이야.

어머니가 용기 내서 경찰에 신고했기 때문에 외삼촌이란 놈도 처벌할 수 있었고, 무엇보다 가게 일을 그만두면서까지 마음의 상처를 달래 주려 노력하셨으니까. 혜수 같은 아이, 난 몇 번이나 봐 왔어.

근데 개중에는 친부가 자식을 성폭행한 사실을 알면서도 묵인해 주는 엄마도 있고, 아이가 피해 사실을 말했는데도 부끄럽다고 숨기거나 임신을 했다고 강제로 낙태를 시킨 부모도 있어.

짐승 같지. 이 일 하다 보면 인간에 대한 환멸을 느낄 때가 많아. 법이란 건 대체 왜 있나 싶고, 난 대체 뭘 하나 싶고……."

무거운 침묵이 내려앉았다. 얼마 동안 서로 말없이 자신만의 생각에 잠겨 있었을까.

"혜수 이야기를 한 건, 앞으로 이런 일이 비일비재할 거니까 정신 줄 놓지 말라는 뜻에서야. 네가 왜 이런 사건에 유독 감정적인지는 모르겠지만 지난번처럼 그렇게 이성을 잃는 일은 앞으로 없어야 해. 피해자의 상황에 감정이입을 해 주는 건 좋은데 변호사로서의 냉철함은 유지해야지. 이건, 직장 선배로서의 충고야. 새겨들어."

에휴. 태성이 신경질적으로 자신의 뒷머리를 문질렀다.

"너도 알겠지만, 우리 집에선 내가 내놓은 자식이야. 부모님은 아직도 철이 안 들었다고 한 소리 하시지, 벌써 시집 장가 다 간 동생 녀석들은 한심하게 날 보지. 나도 알아. 남들 눈엔 돈도 제대로 못 받으면서, 오히려 내 돈 쓰면서 이 일 저 일 뛰어다니는 내가 병신 같겠지. 그렇다고 뭐 대단히 거창한 일을 하는 것도 아니고 말이야.

그치만 너, 그거 아냐. 얼마 전에 만나러 갔을 때 혜수 녀석이 날 보고 얼마나 이쁘게 웃었는지. 그렇게 죽을 것처럼 아파하던 아이가 웃는 걸 보면, 그 아이가 그렇게 웃는 데 내가 조금이나마 도움이 되었다고 생각하면 이딴 일 당장 때려치우고 싶다가도 포기할 수가 없는 거야."

못 볼 꼴도 많이 보고 기운 빠지는 일도 많지만, 그래도 우리가 하는 일이 의미가 아예 없진 않아. 그러니까 그렇게 죽상은 그만해라. 굳은 표정을 오해한 건지 태성이 위로의 말을 건넸다. 하지만 아니었다. 기분이 가라앉는 건 혜수의 일 때문만은 아니었다.

함께 일하고 있지만 자신이 이곳에 있는 목적은 태성과는 달랐다. 열일곱 자신이 바라던 미래는 결코 이런 것이 아니었다. 불순한 동기를 가지고 급작스레 방향을 틀어 버린 탓일까, 스스로 선택했다 해도 서류 더미에 파묻혀 있다 보면 자신이 어째서 여기에 있는 건지 몰라 아연할 때가 있었다.

"근데 말이야. 넌 애인 안 만들어?"

갑작스러운 물음에 잠시 멈칫했다. 난데없이 애인이라니?

"애인이요?"

"그래, 애인. 네가 여기 온 뒤로 여자 만나는 걸 본 적이 없어서. 설마, 모태 솔로?"

"오기 전에 둘, 아니, 셋 정도 사귀었습니다. 그렇게 오래가진 못했지만요."

"왜?"

"……글쎄요."

대학교와 연수원을 다닐 때 고백해 온 여자들과 사귀었지만 육 개월 이상 만남이 이어진 적은 없었다. 딱히 다툰 적도 없었는데 언제나 마지막엔 연인도, 친구도 아닌 애매한 관계가 되어 이별했다.

"지금은? 최근에 대시해 온 여자 없어?"

"있긴 했지만."

진우의 대답이 끝나자마자 태성이 짐승처럼 포효했다.

"뭐어, 있었어!"

"있긴 했지만, 구멍가게 주인보다 못한 변호사라 하니 줄행랑을 쳐 버려서."

분노로 달아올랐던 태성의 얼굴에 순식간에 동정심이 깃들었다.

"나도 그래. 조금 넘어올 듯싶어도, 결국 어디선가 내가 돈 안 되는 일을 하고 있다는 걸 알고 떠나가더라고. 그래도 처음보단 요령이 생겨서 이제 적자는 아닌데 말이야."

태성의 울먹임에 진우가 고개를 가로저었다.

"어제 두 사람 분위기 좋아 보였습니다."

"네가 봐도 그랬어?"

좋단다. 금세 해쭉거리는 태성을 진우가 질린 얼굴로 바라봤다.

"최 대리님이라면 저희 일에 대해서도 잘 알고 있고, 그런데도 호감을 갖고 있는 것 같으니 잘만 노력하면 가능할 것 같습니다만."

"그래, 나도 그럴 거라 생각해. 그러니까 내일모레 저녁에 시간 비워 놔."

"……네?"

"출판사 회식 있다고 최 대리가 가르쳐 줬어."

"남의 출판사 회식 자리에 우리가 왜 끼어듭니까."

"도와준다며."

"자기 일은 스스로 하셔야죠. 게다가 어제도 딱 두 시간이라고 해서 나갔다가 자정이 다 돼서야 들어갔잖습니까. 할 일이 태산입니다."

진우의 말에 태성이 항변했다.

"너도 어제 많이 퍼마셨잖아! 한 번만 더 도와주면 뭐가 어때

358

서. 그리고 상관이 없긴 왜 상관이 없어. 이번에 기획한 책 출간 기념 파티를 겸한 회식 자리란 말이야. 최 대리가 우리도 꼭 와 줬으면 좋겠다고 했다고. 근데 네가 없으면 나 혼자서 얼마나 뻘쭘하겠어. 응? 물론 서유 씨도 온다고 했지만, 야, 그냥 사람 하나 살리는 셈 치고 와 주면 안 되냐?"

태성이 한평생을 노총각으로 마감한다 해도 상관없었지만 무심코 튀어나온 서유, 라는 이름이 주는 영향력은 꽤 컸다.

'훈남이 뭐예요?'

어째서 세월이 지나도 그놈의 어벙함은 변하지 않는 건지. 그 사람이 온다면, 가 볼까. 태성의 애원에도 굳건하던 마음이 흔들렸다.

이번에야말로 만나게 된다면 묻고 싶었다. 그동안 어떻게 지내 왔는지, 지금은 어떻게 살고 있는지. 풍기는 분위기만으로도 과거와 달리 훨씬 안정된 나날을 보내고 있다는 걸 알 수 있었지만 그래도 직접 들어 보고 싶었다.

"모레까지 거기 책상에 쌓인 일을 다 처리하시기만 한다면 생각해 보겠습니다."

진우의 말에 태성이 벌떡 자리에서 일어났다.

"진짜지? 너 약속했지?"

"네."

"좋아, 좋아, 내가 다 끝내 보이겠어! 앗싸! 드디어 솔로 탈출!"

태성의 행복한 비명이 사무실 내에 울려 퍼짐과 동시에 진우가 고개를 내저었다.

겉으로는 일반 전원주택과 다를 바 없어 보이는 나루 출판사의 거실이 사람들로 북적였다. 상 가득 쌓인 푸짐한 음식들과 색색의 술병들 사이로 간만에 긴장을 푼 직원들의 웃음소리가 끊이질 않았다.

"많이 피곤해 보이시는데 괜찮으세요?"

왁자지껄한 사람들 틈바귀를 빠져나온 지현이 태성에게 다가와 물었다.

"하하하, 괜찮습니다."

이 몰인정한 자식. 산더미처럼 쌓인 서류를 이틀 동안 처리하게 만든 진우를 향해 태성이 부득부득 이를 갈았다. 그게 빈말이 아니었단 말이지. 일을 끝내 놓지 않으면 동행하지 않는 것은 물론 혼자서도 가게 할 수 없다는 협박 아닌 협박에 울며 겨자 먹기로 밤잠을 설치며 일을 마무리 지어야 했다.

대체 내가 왜 까마득한 후배 녀석한테 끌려다녀야 하는 거야? 나중에 두고 보자. 진우를 향해 뜨겁게 타오르던 분노는 지현의 걱정 어린 시선에 눈 녹듯 사라졌다.

"흠흠, 사장님은 안 계시네요?"

"조금 전까지 있다 가셨어요. 모처럼의 회식인데 윗사람이 있으면 얼마나 불편하겠어요. 실은 더 있고 싶어 하시는 걸 제가 쫓아냈어요."

지현의 눈웃음에 헤벌쭉 입을 벌린 태성이 상황을 수습하려는 듯 헛기침을 토해 냈다.

"서유 씨는요?"

"언닌 지금 주방에서 음식 만드느라 정신없어요."

"설마 여기 음식을 모두 혼자 만드신 건가요?"

"다른 사람들도 도와주긴 했지만 메인 요리사는 언니가 맞아요. 언니가 음식을 정말 잘하거든요. 힘든 일 시키고 싶지 않았는데 기어코 자기가 하겠다고 고집을 부려서요. 언니가 뭐 만들어서 먹이는 거 정말 좋아해요. 근데 이 변호사님은 같이 안 오셨나 봐요."

"이 변호사요? 같이 왔는데. 안 보여요? 화장실에 갔나?"

"직원들한테 알려 줘야겠네요. 지난번 이 변호사님이 오셨을 때 화장실도 안 갈 것 같은 이미지라면서 좋아하던데."

지현의 말에 태성은 차마 웃지 못했다. 화장실도 안 갈 것 같은 이미지는 무슨. 나이로 보나 외모로 보나 자신이 진우에게 월등히 불리했다. 네놈이 내 연애 사업을 방해하게 둘 순 없지. 누구보다 앞장서서 약자의 인권을 보호하던 태성이 악의 깃발을 뽑아 들었다.

"그 녀석이 사실 만년 변비로 고생 중이랍니다."

"엑?"

"무뚝뚝한 표정도 사실 그 때문이에요. 언제나 아랫배가 꽉 들어차 있다 보니 답답함에 절로 그런 얼굴이 나오는 거죠."

태성의 배신으로 졸지에 악성 변비 환자가 되어 버린 진우는 마침 정원에 나와 머리를 식히고 있었다. 어슴푸레한 밤하늘을 올려다보던 진우의 시선이 한 곳을 향했다.

주방 창문 너머로 못해도 십여 명은 넘는 사람들의 식사 겸 안줏거리를 홀로 준비하는 서유가 보였다. 조금 전까진 도와줄 일이 없냐며 찾아오던 사람들도 본격적인 술판에 합류해 현재

주방 근처엔 개미 새끼 한 마리 얼씬대지 않았다.

혼자 저게 무슨 고생이야. 나중에 몸살이라도 나면 어쩌려고.

서유를 세상에서 제일 좋아하는 언니라 소개하던 지현도 거실 구석에서 태성과 낄낄거리느라 정신이 없었다. 손재주가 없는 지현이 돕겠다고 찾아온 걸 서유가 극구 말렸다는 사실을 알리 없는 진우로선 그 모습이 곱게 보일 리 만무했다.

왜 직원도 아닌 사람을 부려 먹냐 따져 물을까도 했지만, 이내 자신이 그렇게 할 수 없으리란 걸 알았다. 웃고 떠드느라 정신없는 사람들 사이에서 혼자 뽈뽈 바삐 움직이는 상대의 얼굴엔 웃음이 가득했으니까.

"바보 같아."

저 사람은 예전에도 그랬다. 불청객이나 다름없는 자신에게도 끊임없이 뭔가를 먹이고 싶어 했고 사 주고 싶어 했다. 자신이 먹는 모습을 보며 더 포만감 어린 얼굴로 미소 지었다. 그땐 도무지 이해가 가지 않았는데 이제 와 보니 그냥 천성인 듯싶었다.

표정만으로도 이곳에 모인 사람들을 좋아하고 있다는 게 느껴졌다. 보답받고자 하는 것이 아닌, 상대방을 위해 뭔가를 해 줄 수 있다는 사실만으로 저토록 순수하게 기뻐하는 걸 보자 목 안쪽이 시큰거렸다.

왜 하필이면, 하필이면 그런 놈을 만나서.

양부에게 학대받은 사실을 얘기할 때도 저 사람은 그에 대한 원망을 내비치지 않았다. 그런 일을 당해 놓고도 오히려 비난의 화살을 파렴치한 그놈이 아닌 자기 자신에게 돌렸다. 믿을 수가 없었다. 그저 화가 났고, 기막혔고, 억울했다. 어째서 저 사람인가 싶었다. 어째서, 어째서 하필 저런 사람이 그런 일을 겪어야 했나 싶었다.

지난번 술자리에서 연애엔 관심이 없다며 고개를 내젓던 모습이 떠올랐다. 거짓말이었다. 저 사람은 연애를 안 하는 게 아니라 할 수 없는 거였다.

조금만 더 뻔뻔한 사람이었다면, 적당히 과거를 숨기고 누군가를 만날 수 있는 사람이었다면 마음이 이토록 무겁진 않을 터였다. 자신보다 일곱 살이나 많은 사람이 물가에 내놓은 아이처럼 신경 쓰이진 않을 터였다.

'서유 씨도 비슷한 일을 겪은 적이 있어서, 링거를 휘두르면서 난동을 피우던 혜수를 끌어안고 자기 얘기를 들려줬대. 자기도 그런 일 겪었지만 이렇게 잘 살고 있다고, 너도 아프지만 이겨 낼 수 있다고…… 그렇게 혜수를 위로했나 봐.'

바보같이. 아무도 과거를 알지 못하는 이곳까지 와서 남을 위해 꽁꽁 감춰 두어도 모자랄 자신의 상처를 풀어 헤친 상대가 못마땅했다. 혜수라는 아이가 겪은 일도 끔찍했지만 눈앞의 여린 여자가 혹여 과거를 드러내 입을지 모를 상처가 더 신경 쓰였다.

"바람이 많이 차네요."

신경질적으로 넥타이를 풀어 헤치는 순간 낯선 목소리가 들려왔다. 뒤돌아보자 발갛게 술기운이 오른 여자가 이쪽을 바라보고 서 있었다.

"아까 인사드렸는데, 기억나세요?"

지현으로부터 얼핏 소개받은 기억을 떠올린 진우가 고개를 끄덕였다. 서수영 팀장이라 했던가.

"뭐 하고 계셨어요?"

"그냥 바람 좀 쐬고 있었습니다."

"그 차림으로는 추우실 텐데."

"안 그래도 들어가려던 참이었습니다."

귀찮은 일을 피하고자 걸음을 옮기는 순간 옷자락을 붙잡는
손길이 느껴졌다.

"아, 저기, 죄송해요. 저도 모르게."

반사적으로 나온 행동이었는지 상대가 당황한 듯 말을 더듬
었다. 처음 소개받은 시점부터 자신에게 관심을 보인다는 사실
을 눈치챘지만 그뿐이었다. 자신의 외모는 객관적인 기준에서
나쁘지 않았고 이런 식의 관심을 받는 덴 익숙했다.

"죄송하지만 제가 좀 피곤해서요. 이만 들어가 볼까 하는데."

"그, 그러세요."

돌아선 진우의 시야에 이쪽을 보고 있는 서유가 들어왔다. 언
제 거실로 나온 건진 몰라도 동그랗게 뜬 눈동자가 단단히 오해
하고 있노라 말하고 있었다. 서둘러 오해를 풀어야겠다는 생각
에 걸음을 떼던 진우가 그 자리에 멈춰 섰다.

대체 무슨 사이라고?

사람들이 무어라 떠드는 소리가 들리더니 서유가 가방에서
지갑을 챙겨 드는 것이 보였다. 옆에서 지현이 만류하는 듯했지
만 서유가 고개를 가로저었다.

술이 떨어져서 사러 간다는 것 같았다.

설마 이 늦은 밤에 여자 혼자 내보내겠냐 싶었지만 기어코 홀
로 신발을 갈아 신고 있었다. 저 인간들이 진짜. 또다시 둘이 노
닥거리기에 바쁜 태성과 지현의 뒤통수를 한 대씩 후려치고 싶

은 충동이 일었다.

"이 변호사님?"

"급한 일이 생겨서요. 실례하겠습니다."

등 뒤로 따라붙는 시선이 느껴졌지만 그런 건 아무래도 좋았다. 재빨리 코트를 챙긴 진우가 서유를 쫓아 밖으로 뛰어나갔다.

편의점에서 술을 사 들고 나올 때까지 서로 아무 말도 하지 않았다. 진우가 묵직한 비닐봉지를 빼앗아 들었을 때도 서유의 시선은 바닥을 향해 있었다.

"언제까지 모른 척할 건데."

"……어?"

"정말 아는 사람이랑 착각했다 생각하는 건 아니겠지?"

이틀 전 술자리에서도 꼬박꼬박 존댓말을 하던 진우의 변화에 서유가 놀란 얼굴을 했다.

"나, 기억 못 해?"

잠시 망설이던 서유가 세차게 고개를 가로저었다.

"그럼 왜 알은척 안 했는데."

"……그래야 할 것 같아서."

그뿐이었지만 진우도 더 이상 따져 묻지 않았다. 대신 맥주를 계산하며 따로 챙겨 두었던 캔 커피를 내밀었다. 어리둥절한 얼굴로 따뜻한 온기를 품은 커피를 건네받은 서유가 진우를 바라봤다.

"마시지 않아도 되니까 쥐고 있어. 장갑을 안 끼니까 손이 얼지."

진우가 자신의 손에 머무른 시선을 느끼고 어깨를 으쓱해 보였다. 코앞인데 뭐, 난 됐어. 춥다며 캔 커피를 건넨 사람이라곤 믿을 수 없을 만치 무신경한 대답에 서유가 꾹 입술을 물었다.

"무슨 출장 요리사도 아니고. 돈 받고 하는 것도 아닌데 좀 도와 달라 말해. 안 힘들어?"

"힘들긴 하지만…… 그래도 괜찮아."

"그러다 골병 나면 누가 알아준대?"

네가, 알아주잖아.

샐쭉한 말에 서유가 혀끝에 맴도는 말을 삼켰다. 무어라 말을 하려다 포기한 듯 고개 숙인 모습에 진우도 입을 다물었다. 하고 싶은 말이 없는 건 아니었지만 쉽사리 입이 떨어지지 않았다. 태성이라면 또 모를까, 애초에 진우 자신도 먼저 화제를 꺼내 대화를 주도하는 성격이 아니었다.

진우가 입을 다물자 다시 둘 사이에 침묵이 내려앉았다. 자신에겐 캔 커피 하나만을 건네고 홀로 무거운 짐을 떠맡은 진우를 서유가 흘끗 살폈다. 어째서 진우가 자신을 따라온 건지 알 수 없지만 이렇듯 나란히 걷고 있다는 사실이 믿기지 않았다.

"저기……."

"서유 씨?"

갑작스러운 부름에 간신히 용기 낸 서유의 목소리가 흩어졌다. 두 사람이 동시에 돌아보는 순간, 부지런히 걸어와 거리를 좁힌 남자가 해맑게 웃었다.

"정말 서유 씨 맞네요. 보고픈 마음에 다른 사람과 착각을 했나 했어요. ……실례지만 이분은 누구신지?"

생글생글 웃던 남자가 경계심 어린 눈빛으로 진우를 바라봤다. 누구라고 설명해 주길 바라며 초조하게 눈을 굴리는 남자를 도와준 건 멀뚱히 사태를 관망하던 진우였다.

"자리 피해 줄까?"

"저, 그게……."

"아는 사람이야?"

진우의 물음에 서유가 남자의 눈치를 살피더니 그렇다고 답했다. 흐음. 그렇단 말이지. 진우의 눈동자가 느릿하게 남자를 위아래로 훑었다. 험악하게 생겼지만 위험한 느낌은 들지 않았다. 맹견보다는 그저 주인을 만나 좋다며 꼬리를 흔드는 대형견 같달까.

"자리 비켜 줘?"

여차하면 금방이라도 자리를 피해 줄 태세에 서유가 반사적으로 진우의 소맷자락을 붙잡았다. 서유 씨? 돌발 행동에 상대편 남자가 휘둥그레 눈을 뜨고 진우 역시 가늘게 눈매를 좁혔다.

"누군진 모르겠지만 오늘은 그냥 가시는 게 좋을 것 같습니다."

진우의 말에 남자가 한껏 경계하는 눈초리로 물어 왔다.

"저기, 실례지만 서유 씨와 어떤 관계십니까?"

"그럼 그쪽은 어떤 관곕니까?"

"……일방적으로 쫓아다니는 관곕니다. 서점에서 서유 씨를 보고 첫눈에 반했거든요."

눈앞의 남자가 제법 대단하다고 생각했다. 상대방이 누군지도 모르는 상태에서 쫓아다니는 관계라느니, 첫눈에 반했다느니 하는 말을 내뱉는 담대함은 인정해 줄 만했다. 하지만 그것과는 별개로, 연적이라 말한다면 정정당당하게 겨뤄 보자고 말할 듯한 타입의 남자가 달갑지는 않았다.

"죄송하지만 기다리는 사람들이 있어서 이만 가 볼게요."

어떻게 이 귀찮은 놈을 떼어 낼까 말을 고르는 사이 서유가 앞으로 나섰다. 허전한 소맷부리를 확인한 진우의 눈썹이 작게 꿈틀댔다. 그냥 얌전히 자신한테 맡기면 될 일인데. 서유가 다시 한번 더 남자에게 고개 숙여 부탁했다.

"나중에 제가 연락드릴 테니까."

그러니까 당신이 왜 연락을 하냐고. 서유의 말에 굳어 있던 남자의 얼굴에 화색이 돌았다. 한 줄기 희망을 얻은 듯 해사하게 빛나는 얼굴을 보는 순간 삐죽 심술기가 돋았다.

성큼 다가선 진우가 서유의 손을 움켜쥐었다. 놀람과 불쾌함으로 일그러진 남자의 시선을 느끼며 진우가 사르르 녹아내릴 듯 웃어 보였다.

"누나, 손이 얼었잖아."

……네?

서유의 눈동자에 피어오른 얼빠진 대꾸를 무시한 채, 진우가 맞잡은 손을 제 코트 주머니 속에 집어넣었다.

"이러면 좀 따듯할 거야."

다시 달콤한 미소를 흘린 진우가 얼어붙은 남자를 향해 고개를 까딱였다.

"죄송하지만 이만 가 보겠습니다. 보시다시피 누나가 많이 추워하는 것 같아서요."

어버버, 말할 타이밍을 놓친 남자를 두고서 진우가 냉정히 돌아섰다. 누나, 라는 한마디에 영혼이 육체를 이탈해 버린 서유를 끌어당기면서.

"춥겠지만 잠깐 있어."

맥주가 한 아름 담긴 비닐을 이름 모를 출판사 직원에게 건넨
진우가 다시 밖으로 나왔다. 여전히 얼이 나간 서유를 이끌고
찾아간 곳은 돌아오던 길에 발견한 카페였다. 은은한 조명이 비
치는 실내엔 두 쌍의 연인들이 조용히 담소를 나누고 있을 뿐이
었다. 카운터 앞에 선 진우가 서유를 향해 물었다.

"뭐 마실 거야?"

"나는, 카푸치노."

계산을 끝내고 창가 근처에 자리 잡았다. 안절부절못하는 서
유를 알고 있었지만 진우의 시선은 고집스럽게 창밖의 풍경을
향해 있었다. 검은 앞치마를 두른 직원이 주문한 커피를 가져와
서야 기묘한 정적이 깨졌다.

"익숙한가 봐."

"어?"

"이런 데 오는 거 말야."

요즘 세상에 카페에 와 보지 않은 게 도리어 이상한 일이었
다. 하지만 과거의 서유를 아는 진우로서는 무엇을 먹겠냐는 물
음에 자연스레 카푸치노를 읊조리던 목소리가 생경했다. 은연중
에 메뉴판 앞에서 쩔쩔매는 상대의 모습을 상상하고 만 자신이
우스웠다.

눈앞의 사람에게도, 자신에게도 새삼 많은 세월이 흘렀구나

싶었다.

"카페? 주로 지현이랑 와. 예전엔 일하던 사람들이랑 같이 왔었지만."

"예전에 일하던 사람들?"

"식당 사람들. 같이 일하던 아주머니들이랑 한 달에 한 번씩 모여서 수다 떨었거든."

식당? 눈앞에 놓인 커피를 마실 생각도 잊고 진우가 반문했다.

"식당에서 일했어?"

"응. 고깃집에서도 일해 봤고, 감자탕집에서도 일해 봤어. 음, 호프집이랑 횟집에서도 잠깐 일했고."

"다른 일은?"

"전단지도 붙여 봤고, 또, 공장에서도 일해 봤는데……."

다시 손가락셈이 시작됐다. 거친 직업의 개수가 여덟 개를 넘어갈 즈음 진우가 손을 내저었다. 알겠어, 알겠으니까, 이제 됐어.

더는 돈을 받고 몸을 내어주는 일을 하지 않는다는 사실에 안도했지만 어째서 눈앞의 사람이 아무 고생 없이 지금에 이르렀다고 생각했을까. 아니, 풍파 따윈 겪어 본 적 없는 듯 말간 얼굴에 잠시 잊고 있었다. 세상은 겨우 중학교만을 졸업한 여자를 쉬이 받아 줄 만큼 따뜻한 곳이 아니라는 걸.

문득 우스워졌다. 일곱 살이나 어린 데다 외조부의 품 안에서 고이 자란 자신이 세상이 어쩌네 떠들어 댈 입장은 아니었다. 겉으로는 세상 물정 모르는 순한 얼굴을 하고 있어도 이 사람은 책상에 앉아 머리만 굴려 대던 자신보다 훨씬 더 어른이었다.

스물넷의 나이에 누구의 도움 없이 홀로 시작하는 게 얼마나 힘들었을까. 세상과 사람에 상처받을 때마다 얼마나 많은 밤을 눈물로 지새웠을까. 그렇지만 이 사람은, 그 모진 시간을 견뎌 내고 이렇듯 자신의 앞에 앉아 있었다. 한 번도 상처받지 않은 듯, 아이같이 맑은 눈을 하고서.

　"일만 했던 건 아니야. 나, 검정고시도 합격했어."

　흐려진 진우의 얼굴에 주저하던 서유가 입을 열었다.

　"검정고시?"

　"고등학교, 졸업 못 했으니까. 지금 일하는 가게 사장님이 공부할 책을 선물해 주셨거든."

　나루 출판사에 다니다 퇴직 후 서점을 열었다는 그 사장 말인가. 최 대리는 그가 서유를 많이 챙기고 아껴 준다 말했었다.

　"혼자서 공부했어?"

　"사장님이 많이 도와주셨어. 지현이도 그렇고."

　대학교에 가지 않는다는 선택지는 상상해 본 적도 없는 삶을 살았다. 독학으로 검정고시에 합격했다는 이야기가 다른 세상 속 이야기처럼 낯설었다. 눈앞의 사람과 자신이 살아온 삶이 다르다는 사실이 새삼 피부로 전해져 왔다.

　"일하면서 공부까지 하고. 열심히 살았네."

　"응. 열심히 살았어."

　뿌듯함이 넘치는 목소리에 피식, 웃음이 나왔다. 그래, 이런 사람이었다. 어떤 말을 해야 할까 고민하던 것이 전부 의미 없게 느껴졌다.

　"그럼, 이제 당당한 고졸인 거야?"

　"맞아."

"대학에도 가 보지 왜."

"사장님도 가 보라고 하셨지만 학비도 비싸고 또⋯⋯."

"또?"

"공부하는 건 별로⋯⋯."

묘하게 정직한 발언이었다. 어이없다는 표정을 본 건지 황급히 덧붙였다.

"대신 책은 많이 읽으려고 해."

"만화책만 읽는 거 아니고?"

"만화책만 읽는 건 아니지만, 그래도 가끔 봐."

"예전에 나랑 빌려 본 이후로?"

동의하듯 끄덕이는 고갯짓에 기분이 이상해졌다. 결국, 자신 때문에 만화책을 읽기 시작했다는 말이 아닌가. 별것 아니지만 상대의 삶에 영향을 끼쳤다는 사실이 어쩐지 심장 한쪽을 간질였다.

"커피 식겠다. 마셔."

그래도 다행이었다. 답답하게 굴던 상대가 생각보다 쉽게 말문을 터 주었으니까. 여기까지 와서도 자신의 눈치를 살피며 우물쭈물댔다면 속에서 천불이 났을 터였다.

"단걸 좋아하는구나."

서유의 말에, 진우가 생크림과 초코시럽이 듬뿍 올라간 자신의 음료를 바라봤다. 어린 날의 자신이라면 진저리 쳤을 단맛이지만 어쩔 수 없었다. 외조부를 실망시키면 안 된다는 압박감으로부터 기인한 스트레스를 해소할 방법이 별달리 없었으니까. 그래도, 확실히 취향이 극악하게 변했다는 건 스스로도 인정하는 바였다.

"맛있어?"

조심스러운 물음에 진우가 대뜸 제가 마시던 잔을 내밀었다.

"궁금하면 마셔 보든가."

영화관에 갔을 때도 느꼈지만 눈앞의 인물은 호기심이 많았다. 오죽하면 열일곱의 자신이 강아지란 표현을 생각했겠는가. 지금도 선뜻 받아들이지 못하고 있지만 자신이 좋아하는 이 음료가 무슨 맛일까, 궁금해하는 표정이 역력했다.

"식어."

얼결에 잔을 받아 든 서유가 눈치를 살피더니 흔적이 남지 않은 반대편에 살며시 입술을 가져다 댔다. 그 모습에 진우가 속으로 쓴웃음을 삼켰다. 다짜고짜 자신이 마시던 잔을 내밀다니. 오래된 친구나 연인 사이에서나 할 법한 행동을 한 자신이 이해되지 않았다.

"어때?"

스스로에 대한 비웃음도 잠시. 망설이던 것이 무색하게 진지하게 맛을 음미하는 서유를 보자 절로 웃음이 나왔다.

"단 것 같아."

"단 것 같은 게 아니라 그냥 단 거야."

"단거 좋아하면 다음에 과자 구워 줄까?"

난데없는 제안에 말을 잃은 진우를 대신해 당황한 서유가 실수였다며 자신의 말을 부정했다. 역시나 종잡을 수 없는 성격이란 말이지. 허둥허둥 변명하는 서유를 만류한 진우가 조금 전의 화제를 이어 나갔다.

"과자도 구울 줄 알아?"

"조금."

"또 혼자 배웠어? 그런 거 하려면 오븐 같은 거 필요하지 않나?"

"책 보면 어렵지 않아. 오븐은 재작년에 샀고."

중고지만. 서유가 쑥스러운 표정으로 덧붙였다.

"이번에도 누가 권했어?"

"응? 아니, 그냥 해 보고 싶어서."

해 보고 싶었기 때문에 오븐을 사서 직접 과자를 구웠다. 별다를 게 없는 얘기지만 그 말이 서유에게서 나왔다는 점이 중요했다. 그 말로 진우는 내내 묻고 싶었던 물음에 대한 답을 전해 들은 셈이었다.

그녀는 스스로를 방치하고 외면하며 살아가던 과거를 넘어 착실히 자신의 삶을 살아가고 있었다. 그런데, 이상했다. 알 수 없는 허전함이 스며들었다. 우습다고 생각하면서도 맥이 탁 풀리는 느낌이었다.

"……는?"

"뭐?"

"너는, 어때?"

마땅한 호칭이 없는 듯 우물거리던 서유가 조심스럽게 너, 라고 운을 뗐다.

"궁금한 게 있으면 물어봐. 다 대답해 줄게. 신체 사이즈도."

언젠가 태성이 했던 농담을 떠올린 진우가 덧붙이자 서유의 입가에 웃음이 스몄다.

"그동안 어떻게 지냈는지 알고 싶어."

"딱히 별다를 건 없는데. 고등학교 졸업하고 법대에 들어갔어. 별다른 이유는 없고, 그냥 나쁘지 않을 것 같아서. 그런 다

374

음 일 학년 마치고서 입대했고, 제대한 뒤엔 고시 공부했고, 합
격한 후엔 연수원에 들어갔어."

스스로 말하면서도 무미건조하기 짝이 없는 인생이다 싶었
다. 연애도 하긴 했지만 대부분의 일상이 학교, 도서관, 집을 오
가는 것으로 이루어져 있었다.

"연수원?"

"고시에 합격했다 해도 시험은 말 그대로 이론일 뿐이니까.
실무를 배우는 곳이라고 보면 돼."

"그렇구나."

서유가 새로운 세상을 알았다는 듯 고개를 주억거렸다.

"연수원 졸업하고 나서 지금 사무실로 왔으니까, 이제 거의
이 년 다 되어 가."

"서로 가까운 곳에 살고 있었네."

"그러게. 세상 참 좁아."

"일은 힘들지 않아?"

태성의 사무소로 간 덕분에 한동안은 여기저기서 전화가 많
이 왔다. 무슨 일이 있는 거냐는 걱정에서부터, 제정신이냐는
비난, 차라리 자신 밑으로 들어오라는 제의까지.

"그냥 그래. 일이란 게 다 그렇지."

언제까지 이 일을 계속 할지는 모르겠지만. 목까지 차오른 말
을 삼켰다. 고민이 있다고 한다면 눈앞의 사람은 두 시간이고
세 시간이고 진지하게 이야기를 들어 줄 터였다. 하지만 자신은
더 이상 위로가 필요한 열일곱의 어린아이가 아니었다.

"그러는 당신은 어때? 일은 할 만해?"

"힘든 건 없어. 사장님도 잘 챙겨 주시고 일도 재밌어."

"다행이네."

"변호사라니. 대단해."

"대단하긴."

진우의 말에 서유가 그렇지 않다며 단호히 부정했다.

"열심히 노력했잖아. 한시도 쉬지 않고 공부했을 거잖아. 대단해. 나라면 절대로 그렇게 못 했을 거야."

"당신도 내 입장이었다면 이 정도는 했을 거야."

"그건 아닐 거야."

또다시 단호한 부정이었다.

"어째서."

"공부는…… 영, 소질이 없어서. 요리나 청소 같은 건 괜찮은데…… 실은 학교 다닐 때도 수학 같은 건 하나도 이해 안 됐고…… 국어는 좋아했지만. 역시 난 머리 쓰는 일보단 몸을 움직이는 게……."

점차 자신감을 상실해 가는 듯 목소리가 줄어들었다. 선생님 앞에서 야단맞는 아이처럼 기죽은 서유를 보며 진우가 터져 나오는 웃음을 참았다. 안 돼, 웃으면 안 되는데.

이상한 느낌에 고개를 든 서유가 숨죽여 웃고 있는 진우를 홀린 듯 바라보았다.

아, 웃는다.

기분 좋게 휘어진 눈매에 가슴이 떨렸다. 어째서일까. 오래전에도 비슷한 일이 있었지만 어른이 되어 만난 이후엔 매번 심장이 쿵쾅거려 견딜 수가 없었다. 새까만 눈동자를 마주할 때면 자신도 모르게 넋을 잃고 말아 대화를 나누기는커녕 시선조차 제대로 마주할 수가 없었다.

소년은, 눈앞의 남자는 알지 못하리라. 과거의 그 짧은 입맞춤이 자신에게 어떤 의미를 지니고 있는지. 죽는 날까지 입 밖으로 꺼낼 순 없겠지만 스물넷의 자신은 열일곱의 소년을 좋아했다. 자신에게 있어 소년은 달콤하고 아릿한 첫사랑이었다.

'이게 당신 첫 키스야.'

어떻게 끌리지 않을 수 있었을까. 구김 없이 자신을 직시하는 곧은 시선에, 당당하게 허리를 펴고 나아가는 그 뒷모습에, 어떻게, 어떻게 반하지 않을 수 있었을까.

힘들고 고단했던 지난날 무너지려는 순간마다 소년을 떠올렸다. 그 눈빛. 그 웃음. 그 말투. 그 온기. 퉁명스러운 말투 속에 다정함을 숨기던, 자신에게는 여름날의 태양보다 더 눈부시던 소년을 생각하며 이를 악물고 버텼다. 먼 훗날 우연히 어른이 된 소년과 만나게 된다면 부끄럽지 않은 자신으로 서 있고 싶다는 단 하나의 바람을 위해.

"네 덕분이야."

담담하게 말하려 했지만 목소리가 떨렸다.

"내가 뭘 했다고."

"내 얘기를 들어 줬어. 나쁘지 않다고…… 말해 줬어. 언제나 그 말을 기다려 왔다고 생각해. 내가 나쁘다고 말하면서도, 그래도, 누군가 괜찮다고 말해 주길 바랐어. 네 덕분이야. 네가 아니었다면, 난 여전히 그 상태에 머물러 있었을 거야."

"……."

"너에게 감사해. 네가 있어서, 지금의 내가 있을 수 있었어."

서유의 말이 이어질수록 진우의 표정이 어두워졌다. 용기 내어 고마움을 표현하는 상대 앞에서 머릿속은 빠르게 과거로 질주했다.

열일곱의 여름. 작열하던 태양과 변덕스럽게 쏟아지던 빗줄기. 낡고 오래된 빌라. 심술궂은 뚱뚱한 고양이와 담담한 눈빛 아래 외로움을 숨기고 있던 여자. 탈탈 요란한 소리를 내며 돌아가던 선풍기. 쓰르라미 울음소리. 선명한 노을. 입가에서 사르륵 녹아내리던 화채. 미워하고, 소리치고, 웃고, 울고, 투정 부렸던, 생애를 통틀어 가장 많은 감정의 파편들이 녹아 있는 그해 여름과 마지막 작별 인사.

아직도 어제 일처럼 또렷했다. 현관 앞에 서서 연락처를 건네던 순간 말간 얼굴에 어린 슬픔. 그 표정을 지우고 싶어 충동적으로 저지른 입맞춤. 심장 소리가 들릴까, 황급히 준비했던 선물을 쥐여 주고 달아난 어린 날의 자신.

그해 가을. 연락을 주겠다던 사람은 내내 감감무소식이었다. 알 수 없는 불안감에 쫓겨 집을 찾았지만 만나지 못한 채 새로 입주한 낯선 남자로부터 수상하단 눈길만 받았다.

허탈하게 돌아오는 내내 생각했다. 어째서 예상하지 못했을까. 세상 그 어디에도 기댈 곳 없는 외로운 사람인데. 어째서 좀더 단단하게 그 손을 붙잡지 않았을까.

시린 칼끝이 가슴을 파고들었다. 정말 예상하지 못했을까. 자신은, 정말로 그 사람이 떠날 걸 알지 못했을까. 휴대폰이 고장났다며, 번호를 바꿔야 하기에 연락처를 줄 수 없다던 그 말을 자신은 정말 믿고 있었던 걸까. 다신 보지 못할 것처럼 필사적으로 자신의 얼굴을 두 눈에 담으려 애쓰던 모습의 의미를, 정말 몰랐던 걸까.

그 손을 놓아 버린 건, 결국, 자신이 아니었을까.

모질게 밀쳐 내고 사나운 말들을 퍼부었지만 도리어 자신을 위로했다. 비틀대는 부모 사이에서 갈팡질팡하던 자신을 붙잡아 주었다. 먹이고, 재워 주고, 때론 어수룩한 말들로 웃게 했다. 화를 내도, 짜증을 부려도, 애처럼 떼를 써도 받아 주었다. 스스로도 감당할 수 없어 마구잡이로 토해 내던 수많은 감정의 찌꺼기들마저 모조리 끌어안아 주었다.

그 사람이 받아 주었던 것처럼 자신도 똑같이 해 주고 싶었다. 세상에 혼자 남은 외로운 사람을 이제는 자신이 도와줄 차례라고 생각했다. 그렇지만 은연중엔 이 관계가 오래가지 못할 거라 생각하고 있었다. 참혹한 과거의 기억에 함께 아파하고 눈물지었던 마음은 거짓이 아니었지만 결국, 전부를 끝까지 끌어안아 줄 자신은 없었다.

그 사람의 손을 붙잡는 순간 다쳐 버릴 다른 사람들을 외면할 수 없었다. 마음의 문을 닫고 기억을 잃어버린 어머니. 그런 딸의 모습을 초조하게 지켜보는 외조부. 혼자 남은 자신을 전전긍긍하며 보살피는 외조모. 아니, 겁도 났다. 그 사람과 자신의 아버지 사이에 있었던 일을 묵인하기엔 그 진실의 무게가, 감추었을 때 치러야 할 대가가 너무나 컸다.

자신이 없었다. 그 사람의 손을 잡았을 때 뒤틀려 버릴 자신의 미래를 감당할 용기가 없었다.

어쩔 수 없었다 해도, 그것이 자신에겐 최선의 선택이었다 해도, 그래도 이 얼마나 잔인한 마음일까. 자신을 지키기 위해, 주변 사람을 보호하기 위해 세상에 홀로 내쳐진 사람을 다시 내팽개쳐 버리다니.

"다시 만나면 꼭 고맙다는 말을 하고 싶었어."

원망하지 않을 사람이란 걸 알고 있었다. 애초에 누군가를 미워할 줄 모르는 사람이었다. 양부의 학대조차 자신의 잘못이라 여기며 살아온 사람이었다. 아무것도 모르는 이 사람은 자신에 대한 좋은 기억만을 품고, 어쩌면 자신을 만난 것이 행운이라 감사해하며 살아갈지 모른다 생각했다.

"정말 고마워. 진……우야."

이과보다는 문과 쪽의 적성이 맞았다. 딱히 하고 싶은 일은 없으니 성적에 맞춰 문과 계열에서 가장 선호하는 과를 택했다. 법대를 택한 건, 아버지라는 남자와 다른 분야로 가 인정받고 싶어서였다.

생활비는 충분히 받고 있었고 남들처럼 아르바이트다 뭐다 힘들게 뛰어다닐 필요 없이 학업에만 충실할 수 있었다. 다른 일에 시간을 뺏길 필요가 없는 만큼 성적은 언제나 상위권을 유지했고 교수들은 성실한 자신을 예뻐했다. 반듯한 외모 덕에 노력하지 않아도 쉽게 호감을 샀고 주변엔 외로울 틈 없이 사람들이 모여들었다. 기억을 회복한 어머니 역시 외조부 댁에서 잘 지내고 있어 모든 것이 수월하게 풀려 가고 있었다. 이대로 사법 고시만 합격한다면 앞길은 순탄 그 자체일 터였다.

하지만, 어느 순간부터 무거운 돌덩이가 얹힌 것처럼 숨 쉬기가 답답해졌다. 몇 달 후엔 책을 읽는 것조차 어려워져 외조부의 만류에도 일 학년을 마치자마자 곧장 입대했다. 군대에 갔다고 달라지는 건 없었지만 차라리 몸을 쓰는 편이 나았다. 그러면 밤에 곯아떨어질 수라도 있었으니까.

제대를 앞두고 휴가를 나왔다 무심코 펼쳐 든 신문에서 태성의 기사를 발견했다. 그가 대단하다고 생각했지만 그뿐이었다.

그의 삶과 자신이 바라던 삶은 그 어떤 접점도 없이 평행선을 달리고 있었으니까. 그렇지만 복학 후 알음알음 전해져 오는 태성의 소식을 귀담아듣는 자신이 있었다.

자꾸만 가슴을 짓누르던 돌덩어리의 정체는 알고 있었다. 스스로의 안녕을 위해, 진실의 무게를 감당하기 버겁다는 이유만으로, 고작 열일곱의 힘없는 아이라는 이유로 그 외로운 사람의 손을 놓아 버린 자신. 기억하지 않으려 했다. 생각하지 않으려 했다. 그 사람을 생각하면 아프니까, 미안해서 견딜 수가 없으니까.

이유야 어쨌건, 그 사람은 자신의 아버지와 만났다. 그 아버지의 핏줄인 자신이 그 사람과 어떤 사이가 된다는 건 불가능했다. 상식적으로 말이 되지 않았다. 그런 모진 시련 속에서도 티 없이 맑은 그 사람을 좋아했지만 그 남자, 자신의 아버지와의 일까지 받아들일 수는 없었다.

하지만 가슴 깊은 곳에서 속삭이는 목소리가 있었다. 정말로 그게 최선이었을까. 하다못해 친구로라도, 아니, 어린 동생으로라도 그 사람의 곁에 남아 줄 순 없었을까. 열일곱, 무력한 어린 아이였지만 몇 마디 말이 그 사람에게 얼마나 큰 위로가 되었는지 알고 있었다.

자신이 유일했다. 자신만이 누구에게도 쉽사리 털어놓지 못한 오랜 아픔을 알고 있는 유일한 사람이었는데, 모질게 그 손을 놓아 버리는 것만이 정답이었을까.

더는 외면할 수 없었다. 과거의 죄책감이 현재를 좀먹고 있었다. 그래서 연수원을 졸업하자마자 태성을 찾아갔다. 이렇게라도 하지 않으면 평생 마음의 짐을 지고 살아야 할 것 같았다. 누구를 위해서가 아니었다. 또다시 자신을 위해서였다. 그 사람의 손을 놓은 자신을, 다른 사람들의 손을 잡아 주는 것으로 대신 용서해 주고 싶었다.

"괜찮아?"

다행히 다시 만난 그녀는 잘 지내고 있었다. 그동안 많이 아프고 힘들었겠지만 꿋꿋하게 견디어 내고 이렇듯 자신의 앞에 앉아 있었다. 과정이야 어찌 됐건 눈앞의 사람은 과거보다 행복해 보였고, 케케묵은 죄책감을 이제는 털어 내도 될 것 같았다.

그런데 개운하지 않은 건 왜일까.

"진우야?"

그 입술 사이로 흘러나오는 자신의 이름에, 어째서 이토록 안타까운 느낌이 드는 건지.

"어디 아픈 거 아니야? 병원 갈래?"

"……괜찮아. 잠깐, 생각할 일이 있어서."

서유가 불쑥 테이블 앞으로 몸을 내밀었다. 따뜻한 손바닥이 이마 위에 닿았다. 열은 없는 것 같은데.

"집에 가는 게 좋을 것 같아. 가서 쉬어."

이 사람은 여전해.

일어나, 가자. 서유의 재촉에 침묵하던 진우가 고개를 가로저었다.

"안 가."

어린애처럼 뚱하게 튀어나온 목소리에 절로 쓴웃음이 나왔다.

"왜?"

"안 아프니까."

"얼굴이 창백해. 좀 쉬는 게 좋을 것 같아."

"괜찮아."

어째서 이렇게 고집을 부리고 있는 건지 스스로도 알 수가 없었다. 진우가 손목을 붙잡자 그제야 자신이 무엇을 했는지 깨달은 서유가 얼굴을 붉혔다.

"미안, 나도 모르게 그만."

"삼십 분만 더 있다가 가."

"그치만."

서유의 붉어진 볼을, 당혹으로 물든 두 눈을 바라보던 진우가 손목을 놓았다. 손에서 빠져나가는 온기가 아쉽다는 마음이 낯설었다. 이렇게 마주하고 이야기를 나누면 뒤죽박죽인 감정을 정리할 수 있을 거라 생각했지만, 아니었다.

"얘기 들려줘."

"얘기?"

무엇 하나 말끔히 해결된 건 없지만, 그래도 이것만은 명확했다.

"당신이 살아온 얘기. 뭐라도 좋으니까, 더 들려줘."

좀 더 함께 있고 싶었다. 좀 더 이 사람의 이야기를 듣고 싶었다. 이유는, 변명거리는 무엇이라도 좋으니. 조금만 더.

— 이 자식! 너 대체 뭐야!

통화 버튼을 누르기 무섭게 날아드는 외침에 진우가 미간을 구겼다. 선배만 아니라면 그냥. 간만의 휴일에 늦잠 좀 자려 했더니 느닷없이 날벼락이었다.

"왜 그러십니까, 또."

— 나 다 들었어! 너, 너, 요즘 서유 씨 만나고 다닌다며?

"그런 말은 어디서 들으셨는데요."

마른세수를 하며 일어난 진우가 비몽사몽인 얼굴로 주변을 돌아봤다. 시계는 이제 겨우 여덟 시를 가리키고 있었다. 2주 만의 휴일에 늦잠 좀 자게 해 주면 어디 덧나나.

— 알면 뭐 하게. 다아 들었어. 너 출판사 회식 날도 서유 씨 술 사러 가는데 따라갔었다며. 거기다 술만 내밀고 또 서유 씨랑 사라지고. 내가 다음 날 물었을 땐 피곤해서 집에 갔다고 말해 놓고선. 목격자가 한둘이 아니야. 서유 씨랑 밥 먹는 거 본 사람도 있고, 카페에서 이야기하는 거 본 사람도 있어. 게다가 너, 지난주엔 서점으로 직접 찾아가기까지 했다며! 뭐야, 대체 나 몰래 무슨 짓을 꾸미고 다니는 거야!

바람난 부인 닦달하는 남편도 아니고.

듣다 보니 이쪽도 울컥 짜증이 치밀었다. 할 일 없이 그런 걸 떠들어 대는 인간들은 또 뭐고, 자긴 왜 남의 사생활에 열을 내는 건지.

— 언제부터 그렇게 가까워진 거냐고 묻잖아, 이 자식아!

애초에 숨기고 자시고 한 적도 없었다. 한 달 반 동안 서너 번 정도 함께 밥을 먹고 카페에 간 게 전부였다. 직접 서점으로 찾아갔던 건 무심코 읽고 싶었다 말한 책을 구해 주어서였다. 날도 추운데 오라 가라 하고 싶지 않아 근처를 지나던 중 들른 것뿐인데, 대체 그게 뭐가 어쨌단 건지.

누가 보면 남몰래 연애라도 하는 줄 알겠네. 제 후배가 자신을 버려두고 먼저 연애를 할까 전전긍긍하는 서른일곱 노총각이 한심할 따름이었다.

"최 대리님이랑 잘되고 있던 것 아니었습니까?"

— 무, 무슨! 너어, 말 돌리지 말고 바른대로 말해! 언제 그렇게 가까워졌냐고 묻잖아! 대답 안 하면 내가 너희 집으로 찾아간다!

기차 화통을 삶아 먹었나. 사무실에 있을 땐 그렇다 쳐도 휴일 아침까지 어린애 같은 투정을 받아 주고 싶진 않았다. 쉬는 날인데 놀러 갈 데도 없고 심심하니 이러겠지. 맘 같아선 휴대폰을 내던지고 싶지만 선배에 대한 최소한의 예의는 지켜야 했다. 상대도 그걸 좀 지켜 준다면 더없이 좋겠지만.

"원래 아는 사이였습니다."

— 그래, 당연히 원래 아는 사이…… 뭐?

"가까워지고 자시고 할 것도 없이, 원래 아는 사이였다고 말씀드렸습니다. 그럼 이만 씻어야 해서."

냉정히 통화 종료 버튼을 눌렀다. 습관처럼 이부자리를 정리하고 냉장고를 열었다. 1.5리터 생수 두 병, 말라 버린 사과 한 쪽. 할머니 아시면 난리 나겠네. 청소나 빨래는 어떻게 해도 먹는 건 늘 뒷전이 됐다.

물을 마시고 화장실로 향하던 걸음이 식탁에 놓인 푸른 찬합을 발견하고 우뚝 멎었다. 평소라면 씻기 전에 뭔가를 먹는다는 건 상상도 할 수 없지만.

망설이다 밥솥을 열었다. 뽀얀 김과 함께 자글자글 윤기가 도는 밥이 보였다. 집에 와 쓰러지기 일보 직전의 상황에도 밥을 미리 안쳐 놓길 다행이다 싶었다.

어제 오후 전화가 왔다. 소송 준비로 바빠 집 주소를 알려 줄
수 있겠냐는 물음에 아무 생각 없이 불러 줬다. 전화가 온 사실
도 까맣게 잊은 채 일을 끝내고 돌아왔더니 경비원이 낮에 누군
가 주고 갔다며 찬합을 내밀었다.

찬합 속엔 오뎅볶음이며 무말랭이무침이며 반찬들이 한가득
이었다. 새삼 허기가 밀려왔지만 당장은 밥보단 잠이 더 급했
다. 그나마 아침을 위해 밥을 안쳐 두고 침대로 쓰러진 게 마지
막 기억이었다.

"식당 갔을 때 내가 잘 먹었던 반찬들뿐이잖아."

식탁에 앉아 찬합 속 반찬을 하나하나 뜯어보던 진우가 무심
코 중얼거렸다. 집에서 이렇게 밥을 먹는 게 얼마 만인지. 따뜻
한 밥 한 술과 짭쪼롬한 계란말이 한 조각이 순식간에 입안에서
녹아내렸다.

남은 밥을 한쪽 볼에 밀어 넣은 진우가 다시 밥솥 뚜껑을 열
었다. 의심 어린 눈초리가 찬합을 향했다.

"……약을 탄 건 아니겠지."

벌써 세 공기째였다.

눈 뜨자마자 세수도 하지 않고 먹어 치운 양치고는 좀 과하다
싶었다. 뭐, 사람이 살다 보면 그럴 수도 있지. 자기 합리화로
평화를 되찾고 나자 찬합을 안고 종종거리며 아파트로 찾아왔을
상대가 머릿속에 그려졌다.

"엄마도 아니고."

아니, 나이상으론 누나라 해야 하나.

'누나, 손이 얼었잖아.'

언젠가의 기억을 떠올린 진우의 얼굴이 붉게 달아올랐다. 누

나. 서유 누나. 홀로 누나라는 단어를 곱씹던 진우가 이내 벅벅 제 목덜미를 긁었다. 일곱 살 연상이니 누나라는 표현이 어색할 건 없지만 어쩐지 낯간지러워 미칠 것만 같았다. 평소에 불러 대던 당신이란 호칭이 훨씬 낫다 싶었다.

"당신, 당신이라. 생각해 보니 이것도 어감이 좀 이상한데."

이 순간 당신, 여보, 자기 신혼부부 3종 세트가 떠오르는 이유는 뭐란 말인가. 급하게 물을 마시다 사레가 들렸다. 그런 거랑 전혀 상관없거든. 내가 미쳤나, 뭔 쓸데없는 생각을 하는 거야. 당신은 그냥 당신일 뿐이라고. 그 당신이 아니란 말이지. 세차게 자신의 생각을 부정했지만 얼굴이 뜨끈뜨끈했다.

"언제쯤 전화를 하는 게 좋을까."

아침잠이 많은 편이니까 아직 자고 있으려나. 잠이 덕지덕지 붙은 얼굴로 등굣길을 배웅해 주던 서유를 떠올린 진우의 입가에 미소가 어렸다. 게으른 건지 부지런한 건지 모르겠단 말야. 세 공기를 말끔히 비운 진우가 찬합을 정리하고 설거지를 시작하려던 순간이었다.

난데없이 울리는 벨 소리에 나른했던 얼굴이 사납게 구겨졌다. 또 그 인간인가. 태성이라면 받지 않고 전원을 꺼 버리겠노라 마음먹었지만 발신자는 전혀 기대하지 않았던 인물이었다.

— 잤어?

"지금 시간이 몇 신데."

태성이 아니었다면 지금까지 자고 있었을 테지만 뚝 시침을 뗐다. 왜 굳이 그래야 하는지는 알 수 없지만.

— 오늘 쉰다고 들었어.

"최 대리님이 말해 주셨어?"

— 응.

최근 지현과 태성은 달콤쌉싸름한 분위기를 풍기며 연인에 가까운 관계로 바싹 다가선 상태였다. 본인들은 한사코 그런 게 아니라며 반박하고 있었지만 애초에 너무 티가 나 소용없었다.

"반찬 잘 먹었어."

— 먹을 만했어?

"어. 간만에 배부르게 먹었어. 안 그래도 조금 이따가 연락하려 했는데. 그거 땜에 전화했어?"

몇 번이나 함께 밥을 먹고 차를 마셨지만 두 사람의 사이는 크게 변한 것이 없었다. 성격이 다르다든가 대화 주제가 안 맞는다든가 하는 것을 떠나 둘 다 말수가 적었고, 통화를 한다 해도 꼭 필요한 말이 아니면 하지 않았다.

— 오늘 혜수랑 같이 놀이공원에 가기로 했는데 괜찮으면 같이…… 가 줄 수 있나 해서.

지금까지의 만남은 언제나 진우가 주도했었다. 그래 봤자 '시간 있어? 밥 먹을래? 어디서 봐.' 정도로 끝나는 단답형의 문장이 대다수였지만 이렇듯 서유가 먼저 제안해 온 것은 처음이었다.

— 혜수 어머니가 차로 데려다주기로 하셨는데 일이 생겨서. 지현이는 오늘 고모 댁 간다 했거든. 오 변호사님께 전화를 드렸더니 네게 말해 보면 어떨까 하셔서. 부담은 갖지 말고. 꼭 오늘이 아니라도 다음에 가면 되니까.

그 인간도 대체 종잡을 수가 없어.

지금쯤 으하하하, 바보 같은 웃음을 짓고 있을 태성을 떠올린 진우가 고개를 가로저었다.

— 역시 곤란하겠지?

이쪽의 대답을 기다리는 상대에게서 긴장한 기색이 느껴졌다. 오늘 하루만큼은 집에서 휴식을 취할 생각이었지만 머리로 생각하기 전에 입술이 먼저 벌어졌다.

"어디로, 몇 시까지 가면 되는데?"

역시 진우를 부르지 말 걸 그랬나 하는 후회가 일었다. 괜스레 바쁜 사람에게 부탁해 모처럼의 휴일을 망쳐 버린 것 같아 미안한 마음뿐이었다.

"내 눈치 보지 마. 무슨 죄 졌어?"

퉁명스러운 말투가 자신의 미안함을 덜어 주기 위한 나름의 배려라는 걸 알았다. 문제는 처음 만난 사람이 그 뚝뚝한 말 속에 담긴 자상함을 알아차리기는 힘들다는 거였다.

"재수 없어."

서유의 옆에 착 달라붙어 있던 혜수가 낮게 중얼거렸다. 작은 목소리였지만 서유와 진우의 귓가엔 충분히 전해졌다. 서유의 얼굴이 하얗게 질렸다.

"그런 말 하면 안 돼, 혜수야."

서유의 말에 방울이 달린 모자를 눌러쓴 혜수가 입술을 삐쭉였다. 못마땅해 견딜 수 없다는 표정이었다. 차마 서유에게 신경질을 부리지 못한 혜수가 애꿎은 바닥의 돌을 괴롭히며 불만을 표현했다.

"추워."

"추워?"

"추워 죽을 것 같아."

"그럼 잠깐 따뜻한 데 들어갈까?"

"싫어."

……저걸 한 대 쥐어박을 수도 없고.

진우가 빠득 이를 갈았다. 12월에 놀이공원에 오자고 말한 건 다름 아닌 네 녀석이잖아. 서유의 입으로 전해 들은 혜수는 '귀엽고', '사랑스럽고', '어여쁜' 열여섯 소녀였지 이렇게 심술궂은 꼬맹이가 아니었다.

거짓말쟁이 같으니라고.

진우의 못마땅한 시선이 투정 부리는 혜수를 달래기 바쁜 서유에게 닿았다. 베이지색 코트를 입고 머플러를 두른 모습이 아무리 봐도 서른여섯의 나이로는 보이지 않았다.

"따뜻한 거라도 하나 마실까?"

"싫…… 아니, 좋아."

"그럼 내가 사 올 테니까, 오빠랑 같이 있어."

"싫어."

나도 싫거든.

스물아홉의 성인이 열여섯밖에 되지 않은 꼬맹이와 신경전을 벌이는 꼴이 유치하다는 걸 알았지만 어쩌겠는가.

약속한 대로 서유를 먼저 태운 후 차를 몰고 혜수의 집 앞으로 갔다. 좋아하는 언니를 보고 함박웃음을 짓던 혜수는 운전석에 있던 자신을 보고 곧장 뭐 씹은 얼굴을 했다. 서유가 자신을 소개했을 때의 표정은 굳이 설명할 필요도 없었다. 둘만의 데이트를 생각했던 혜수는 난데없이 나타난 자신을 철저히 불청객으로 취급했고 이곳에 오는 내내 시비를 걸어 댔다.

'고물 똥차야.'

몇 달 전에 구입한 자신의 중고 자동차를 혜수는 단 한 마디로 압축했다.

'변호사는 원래 돈 잘 버는 거 아니야? 가난뱅이 변호사네.'

틀린 말은 아니었지만 본디 옳은 지적이 더 아린 법이었다.

'스물아홉? 완전 아저씨야.'

이 지점에서 진우는 진심으로 분개했다. 어째서 서른여섯의 서유는 언니고 스물아홉의 자신은 아저씨란 말인가.

"추워."

서유를 재촉하는 혜수를 바라보던 진우가 먼저 운을 뗐다.

"여기 있을 테니까 둘이 가서 사 와."

말 끝나기 무섭게 활짝 웃어 보이는 혜수와 달리 서유의 낯빛은 여전히 어두웠다. 언니, 어서 가자. 저 아저씨도 그러라잖아. 아저씨라는 말에 다시 울컥했으나 아무렇지 않은 척, 미안한 얼굴을 한 서유를 향해 가 보라는 표시로 턱짓을 했다.

이게 대체 뭐 하는 꼴인지.

코트 주머니에 손을 넣은 채 삐딱하니 선 진우가 한숨을 내쉬었다. 저 멀리 서유의 손을 잡고 룰루랄라 흥겹게 가게로 들어가는 혜수가 보였다. 모자에 달린 방울을 달랑거리며 씩씩하게 걸어가는 모양새가 영락없는 열여섯 천진한 소녀였다.

진우도 혜수의 사정을 모르지는 않았다. 초등학교 5학년 때부터 이 년간 외삼촌에게 성폭행을 당한 아이였다. 겨우 일상으로 복귀했지만 여전히 남자에 대한 혐오감과 두려움을 가진 채였다. 본래 남녀공학을 다녔지만 지금은 여중으로 전학했고 등하교 시간엔 언제나 어머니의 차로 이동했다. 혜수가 거부하지 않는 남자는 사건을 담당해 주고 꾸준히 자신을 찾아온 태성이 유일했다.

한겨울이라 사람이 없을 때긴 하지만 놀이공원에 오기로 한 것 자체가 혜수로선 큰 용기를 낸 셈이었다. 오랜만의 외출을, 그것도 좋아하는 언니와 함께 할 수 있다는 사실에 들떠 있던 와중 생판 모르는 남자가 나타났으니 날을 세우는 것도 이해 못 할 바는 아니었다. 물론 자신도 사람인지라 원망이 생기지 않는 건 아니지만.

"이럴 거 알면서 왜 날 부른 거야."

비난의 화살은 슬며시 자신을 이곳으로 데려온 상대에게로 향했다. 오래도록 혜수를 옆에서 지켜본 사람이니 지금과 같은 상황이 벌어질 걸 충분히 예상했을 터였다. 아직 남자를 두려워하는 혜수에게 왜 하필 자신을 소개한 걸까. 정말 자신을 운전기사 정도로만 생각한 거라면…….

모처럼의 휴일 다 날아갔네.

코끝이 시려 올 즈음 저 멀리서 두 사람이 걸어왔다. 표정이 보일 만큼 가까워진 순간 거센 바람이 불었다. 빈 가지들이 휘청일 만큼 요란하고 시린 바람에 잠시 고개를 돌렸다. 바람이 잦아든 후 두 사람이 있던 방향을 보자 날아갈 뻔한 모자를 부여잡은 채 깔깔 웃고 있는 혜수가 보였다. 바람에 머리가 헝클어진 서유는 그런 혜수를 보며 잔잔하게 미소 짓고 있을 따름이었다.

문득 흐트러진 긴 머리카락을 넘겨 주고 싶다는 충동이 일었다. 중간에 자신을 발견하고 썩은 표정을 지어 보인 혜수만 아니었다면, 가까이 다가왔을 때 저도 모르게 손이 나가 버렸을 터였다. 바보 같은 생각을 깨달은 진우가 주머니 더 깊숙이 손을 밀어 넣었다.

"많이 추웠지."

"별로."

"이거 마셔 봐. 따뜻할 거야."

"……핫초코네."

"단거 좋아하잖아."

서유의 말이 끝나기 무섭게 혜수가 보란 듯 중얼거렸다.

"남자가 유치하게 핫초코가 뭐야."

진우의 표정이 굳어졌다.

넉살 좋은 태성이라면 호탕하게 웃어 젖히며 아저씨를 남자로 봐 줘서 고맙다 말하겠지만 자신의 성격으론 불가능했다. 이성은 가여운 아이고 남자에 대해 극단적인 혐오증을 가지고 있으니 이해해야 한다 말하지만 슬슬 한계에 다다르는 듯싶었다. 스물아홉이나 먹었어도 자신의 인내심은 열일곱 그때와 다를 바 없었다. 우울해졌다.

"나는 약이 싫어."

가만히 상황을 지켜보던 서유가 말했다.

"물약은 그럭저럭 괜찮지만 알약은 먹기 싫고 가루약은 더 못 먹겠어."

앞뒤를 모두 잘라먹은 말에 혜수도, 진우도 영문을 알 수 없단 표정이었지만 서유는 꿋꿋했다.

"어린애 같지. 서른여섯이나 먹어선."

제 말에 제가 상처 입고 시무룩해진 서유의 모습에 혜수가 황급히 고개를 가로저었다.

"무슨 소리야. 어른이라고 꼭 약을 잘 먹으라는 법이 어딨어? 나도 사실 약 같은 건 질색이야. 얼마 전에 엄마가 지어 준 한약 있지? 실은 먹기 싫어서 몰래 변기에 버렸다구!"

당당한 외침도 잠시, 말실수를 깨달은 혜수가 제 입을 틀어막았다.

"아니, 난 그러니까…… 매번 그런 건 아니고, 그냥 서너 번 그랬다는 거지."

약에 너무 물려서 그런 거야. 엄마한텐 비밀로 해 줘. 혜수가 우물쭈물 눈치를 살피며 말했다. 그 모습에 슬며시 웃음 지은 서유가 혜수의 뺨을 감싸 쥐었다.

"나는 어른이지만 약을 잘 못 먹고 혜수는 나보다 어리지만 약을 잘 먹어. 대신 나는 버섯을 잘 먹는데 혜수는 버섯을 못 먹잖아. 오빠도 마찬가지야. 남자라고 단걸 좋아하면 안 될 이유는 없어."

그제야 서유가 말하고자 하는 바를 깨달은 혜수의 얼굴이 붉게 달아올랐다. 직접적으로 혼이 난 건 아니더라도 좋아하는 언니에게 지적을 받은 것이 창피해 견딜 수 없는 듯했다. 금방이라도 울 것처럼 흐려진 얼굴에 도리어 진우의 심장이 뜨끔해진 순간, 서유가 혜수를 끌어안았다.

"알아. 혜수가 몰라서 그런 말 한 게 아니라는 거. 나는 혜수네가 어떤 아이인지 잘 알아. 그치만 오빠는 혜수를 잘 모르니까 그런 말 듣고 오해할지 모르잖아. 나는 혜수가 좋은데, 내가 좋아하는 사람이 다른 사람한테 오해받으면 속상해."

"……응."

"한약 몰래 버린 건 비밀로 해 줄게."

작은 속살거림에 혜수가 킥 웃음을 터뜨렸다.

"응. 그래도 앞으론 안 버릴 거야."

"갈 때 사탕 사 갈까? 약 먹고 입 쓰면 먹게."

"……아니야. 집에 잔뜩 있어. 괜찮아."

혜수의 붉어진 얼굴과 젖은 눈시울이 가라앉을 때까지 등을 도닥이던 서유가 진우를 올려다봤다. 풀 죽은 강아지 같은 얼굴에 진우가 입 모양으로 괜찮다는 말을 전한 그때였다. 멀리서 사람들의 비명 소리가 들려왔다.

"춥긴 해도 놀이 기구 타러 온 거 아니야?"

진우의 제안에 서유가 포옹을 풀고 혜수를 바라봤다.

"우리도 뭐 타 볼까?"

"……그럼, 저거."

이리저리 놀이공원을 둘러본 혜수의 손가락이 한곳을 향했다. 진우와 서유의 시선이 혜수의 손가락이 가리키는 방향을 따라갔다. 꺄아아아아악, 날카로운 비명에 서유의 눈이 휘둥그레졌다.

"롤러코스터, 저거 타고 싶어."

"저거?"

혜수의 소원이라 오긴 했지만 실은 서유 본인도 아홉 살 이후 놀이공원이 처음이었다. 입양되고 얼마 되지 않아 부모님과 함께 오긴 했지만 어린이용 놀이 기구 몇 개만을 타 본 것이 전부였다. 중학생 땐 체험학습 날 호되게 감기에 걸려 기회를 놓쳤다.

"싫어?"

"아니, 싫다기보다는."

위험하지 않을까?

TV 속에서만 보던 롤러코스터를 눈앞에 마주한 서유의 얼굴에 불안함이 어렸다. 도움을 구하듯 진우를 바라봤지만 무슨 생각을 하는 건지 무심하던 얼굴에 짓궂은 미소가 걸려 있었다.

"뭐 해. 빨리 타러 가지 않고."

자신을 재촉하는 진우의 눈빛에 왠지 모를 불길함을 느꼈다.

불길한 예감은 적중했다. 예감이 적중한 대상이 좀 다르긴 했지만.

"괜찮아?"

새파랗게 질린 진우를 향해 서유가 근심스러운 얼굴로 물었다. 어지간하면 괜찮다고 말할 진우도 이번만큼은 아무 말도 할 수 없었다. 가까스로 토하지는 않았지만 벤치에 앉아 있는 것만으로도 힘에 부쳤다. 멀리서 다시 들려오는 비명에 진우가 손으로 입을 틀어막았다.

'뭐 해. 빨리 타러 가지 않고.'

롤러코스터를 보고 아연한 표정을 짓던 상대를 재촉한 자신의 입을 꿰매 버리고 싶었다. 시작은 사소한 심술이었다. 이런 일이 벌어질 줄 알면서 자신을 데려오고, '미안한' 표정을 지으면서도 시종일관 혜수만을 우선시하던 그녀에 대한 작은 복수심이었다. 나잇값을 못 하면 어떤가. 휴일까지 반납한 자신에게 이 정도의 보상은 있어야 한다 믿었다.

'어서 타. 짐은 들어 줄 테니까.'

문제는 거기서부터였다. 서유의 손을 잡고 룰루랄라 입장할 것 같았던 혜수가 삐딱한 표정으로 물었다.

'아저씨는 왜 안 타?'

그 순간만큼은 아저씨라는 말도 심기를 어지럽히지 못했다.

'난 안 타.'

'왜 안 타? 타.'

'안 탄다니까.'

'타. 왜 여기까지 와서 안 타? 겁나?'

조금 전 들은 말이 있는지라 대놓고 '남자 주제에 겁쟁이' 따위의 말은 하지 못했지만 생략된 뒷말은 충분히 전해졌다. 물론 자신은 그런 꼬맹이의 어쭙잖은 도발에 넘어갈 정도로 어리석지 않았다. 오빠도 겁이 날 수 있어. 눈치코치 없는 상대가 괜스레 편을 든답시고 나서기 전까지는.

'내가 저까짓 걸 무서워할 것 같아?'

기껏 잘 참아 놓고서 어째서 그 말에 울컥해 버린 걸까. 당당하게 두 사람을 이끌고 롤러코스터에 탑승한 순간 잊고 있었던 사실을 깨달았다. 자신에겐 고소공포증이 있었고 학창 시절에도 놀이공원에 오면 친구들과 범퍼카를 타고 치고 박는 장난을 친 것이 전부였다는 걸.

"의무실 갈까?"

"……안 가."

자신의 추한 꼴에 절로 욕이 튀어나오려 했다.

"물 마실래?"

"됐어."

어이가 없었다. 아니, 화가 났다. 롤러코스터를 보고 겁먹은 표정을 짓던 눈앞의 인물은 탑승 내내 담담하기 짝이 없는 태도

397

를 보였다. 허옇게 질려 놀이 기구에서 떨어질까 바를 움켜쥐고 있던 자신과 달리 느긋하게 바람을 맞으며 주변 풍경을 둘러보는 모습엔 정말이지……. 겁을 먹기는커녕 내내 깔깔 웃음을 터뜨린 혜수 또한 비참함을 배가시키기에 충분했다.

"그렇게 무서워할 줄 몰랐어. 미안해."

진심 어린 목소리가 마지막 비수를 꽂았다.

"됐거든."

당신, 대체 정체가 뭐야.

시종일관 피와 살점이 튀기던 공포 영화를 보며 꿋꿋이 팝콘을 집어 먹던 사람이라는 게 새삼 생각났다. 대체 저 멍한 얼굴 속에 뭐가 들었는지 짐작조차 불가능이었다. 쪽팔리지, 속은 메슥거리지, 열받게 하는 당사자는 위로랍시고 자꾸만 신경을 긁어 대지. 정말 미쳐 버리기 일보 직전의 순간, 옆에서 웃음소리가 들려왔다.

"혜수야?"

끝내 웃음을 참지 못한 혜수가 배를 잡고 주저앉았다. 화를 낼 힘조차 없어 보이는 진우의 시선에도 혜수는 개의치 않고 웃어 젖혔다. 두 사람의 모습이 시트콤의 한 장면처럼 우스워 미칠 것 같았다.

남자라는 생물이 싫었다. 외삼촌에게 그런 일을 당한 직후 남자라는 존재는 무조건적인 혐오를 불러일으켰다. 태성 아저씨와 같은 사무실에서 일한다는 남자도, 당연히 싫었다. 예전의 자신이었다면 잘생겼다며 좋아했을 테지만 이제는 그 속에 들어 있을 추악한 욕망을 먼저 생각하게 됐다. 저 사람도 '그걸' 좋아하고 누군가와 '그걸' 하려 할 테지. 생각만으로 소름이 돋았다.

아니, 혐오감 이전에 무서웠다.

엄마에게 알리려 했지만, 경찰에 신고하려 했지만, 할 수 없었다. 밖에 알리는 순간 더는 평범한 중학생인 김혜수로 살 수 없을 것 같았다. 그 남자가 그런 자신의 마음을 이용한다는 걸 알면서도 아무것도 할 수 없었다. 그저 참고, 인내하고, 견뎌 내는 수밖에 없었다.

시도 때도 없이 이어지는 무자비한 폭력 속에서 자신은 철저한 약자였다. 어떻게든 거부해 보려는 몸짓은 인간의 손가락 아래 짓눌리는 개미의 반항만큼이나 무의미했다. 자신의 양손을 우습다는 듯 한 손으로 틀어쥐는 그 남자를 이기는 건 불가능했다.

헌데.

롤러코스터 한 번에 절인 배추처럼 흐물대는 남자의 모습은, 뭐랄까, 우습고 안타까웠다. 단언하건대 그는 분명 언니에게 관심이 있었다. 그러니 놀이 기구 따위에 무너진 이 상황이 쪽팔리고 부끄러울 게 틀림없었다.

차라리 그냥 내버려 두면 좋으련만 눈치 없는 언니는 연신 '많이 무서웠구나.', '누구나 무서운 게 있을 수 있어.', '사실 난 청개구리가 무서워.', '다음엔 무섭지 않은 걸로 타자.' 며 죽어 가는 사람에게 연신 칼을 꽂아 대고 있었다.

뭐야, 저게.

장신의 남자가 자그마한 여자에게 반격 한 번 못 해 보고 속수무책으로 당하는 모습은 한 편의 코미디 같았다.

"······인간적으로 너, 너무 많이 웃는다."

"혜수야, 괜찮아?"

창백한 얼굴로 중얼거리는 진우와 양쪽의 눈치를 살피는 서유의 모습에 혜수가 다시 뒤집어졌다. 맑고 청량한 웃음은 오래도록 그치지 않았다.

"언니 잘 가. 오늘 재밌었어."

"그래. 피곤할 텐데 푹 쉬어. 다음에 또 놀러 가자."

"응. 조심해서 가. 아저씨. 조심해서 가요. 다음에 보면 그땐 오빠라고 불러 줄게요."

제 어머니의 손을 꼭 움켜쥔 혜수가 서유와 진우를 향해 손을 흔들었다. 롤러코스터 사건 이후 마음을 연 혜수는 온종일 제집처럼 놀이공원을 뛰어다녔다.

"오늘 정말 감사했습니다. 두 분 모두 많이 피곤하실 텐데 조심해서 들어가세요."

혜수 어머니가 허리를 숙여 인사했다. 먼저 떠나지 않으면 두 모녀를 하염없이 밖에 세워 둘 것 같아 진우가 차를 출발시켰다. 룸미러 너머로 조잘대며 집으로 들어가는 혜수를 보는 진우의 눈가에 웃음이 머물렀다. 차가 넓은 도로로 진입해 속도를 내기 시작할 무렵 내내 눈치를 살피고 있던 서유가 입을 열었다.

"괜찮아?"

"뭐가."

"오늘 많이 힘들었지."

"그럼 안 힘들었겠어."

심술이란 걸 알면서도 말이 곱지 않게 나왔다. 되는대로 뱉어 놓고 후회했지만 이미 늦었다. 시무룩해진 서유를 본 진우가 속으로 한숨을 삼켰다.

"이젠 괜찮아."

"응."

"정말 괜찮대도."

"응."

뭐가 응이야. 물기가 담뿍 밴 목소리에 아차 싶었다.

사실 이 사람에겐 아무 죄도 없었다. 혼자 욱해 고소공포증이 있다는 것도 잊어버리고 사서 고생한 것뿐이지 않은가. 게다가 그 일로 혜수도 마음을 열고 신나게 하루를 보냈으니 오히려 잘된 일이라 할 수 있었다.

여태까지 비교적 어른스럽다는 소리를 듣고 자라 왔는데 말이지.

무엇을 해도 받아 주는 성품을 알기 때문일까. 이 사람 앞에서만 어린아이처럼 구는 자신이 못마땅했다. 생각 없이 말을 내뱉는 제 입을 한 대 치고 싶은 심정이었다.

"안 피곤해? 온종일 돌아다녀서 피곤하지?"

애써 분위기를 바꿔 보려 진우가 무거운 입을 뗐다.

"괜찮아. 사장님께서 내일은 좀 늦게 나와도 된다고 하셨거든. 네가 많이 피곤하겠다. 휴일이라 쉬고 싶었을 텐데 나와 줘서 고마워."

울 것 같던 표정도 잠시, 금세 담담한 목소리가 돌아왔다. 시무룩한 얼굴도 별로지만 금세 말짱해진 모습도 마음에 들지 않는 건 왜일까. 스스로의 모순에 혼란스러워졌다.

"여기 맞지."

"맞아. 데려다줘서 고마워."

안전벨트를 풀고 나가려던 서유가 진우를 돌아보았다. 왜, 뭐 잊은 거 있어? 진우의 물음에 서유가 머뭇거리며 말했다.

"잠깐 들렀다 갈래?"

"뭐?"

"……여기까지 왔으니까, 차나 한잔 마시고 가면 어떨까 해서."

핸들에 몸을 기댄 진우가 진지하게 음영이 드리운 상대의 얼굴을 뜯어보았다. 이 여자는 야밤에 남자를 집에 초대하는 게 무슨 의미인 줄은 알고 이러는 거야. 물론 진우도 서유가 자신을 그런 의미로 부른 게 아니란 것 정돈 알았다. 그렇지만.

"그 말, 다른 사람한테도 한 적 있어?"

"응?"

"차 마시러 집에 들르란 말, 한 적 있냐고."

갑작스러운 취조 분위기에 의아해하면서도 서유가 고개를 끄덕였다. 있어. 서유의 대답이 끝나기 무섭게 진우의 음성이 냉랭해졌다.

"누구한테, 언제, 왜 그런 말을 했는데."

왜 화가 난 거지. 느릿느릿 눈만 깜빡이던 서유가 어느 순간 손사래 쳤다.

"그런 거 아니야."

"뭐가 아닌데."

"그런 의미 아니었어. 난 그냥, 정말로 차나 마셨으면 해서."

다소 상식과 동떨어진 서유지만 이성에게 밤늦게 차를 권하

는 의미를 모르진 않았다. 다만, 그걸 자신의 상황과 연관 짓지
못한 것뿐이었다.

"알고 있어. 그래서, 누구한테 집에 오라고 했는데."

"지현이한테."

서유의 대답이 끝나기 무섭게 진우의 고개가 꺾였다. 이 여자
가, 지금 나랑 장난해? 필사적으로 솟구치는 분노를 억눌렀다.
생각해 보면 자신은 '다른 사람한테도 차를 권한 적이 있냐.'고
물었지 '남자에게 차를 권한 적이 있냐.'고 묻진 않았다.

아무리 그래도 그렇지.

슬슬 이 여자가 자신을 가지고 노는 게 아닌가 하는 의심이
일었다. 롤러코스터 사건 따윈 쿨하게 잊었다 자위했지만 위로
하는 듯하며 연신 비수를 꽂아 대던 상대의 말과 행동이 쉽게
잊힐 리 만무했다.

"그런 생각 한 번도 해 본 적 없어. 남자랑 따로 밥 먹은 적도
없고, 차 마신 적도 없어. 정말이야. 다 네가 처음이야."

심상치 않은 분위기에 서유가 허둥허둥 변명하자 진우가 슬
며시 핸들에 박고 있던 고개를 들었다. 두 손을 내저으며 그런
적 없다고, 믿어 달라고, 절대 그런 흑심은 품지 않았노라 말하
는 모습이 퍽 우스웠다.

흑심이라니. 대체 누가 누구에게 흑심을 품는단 말인가.

오해가 더 커지지 않게끔 이쯤에서 진정시켜 줘야 하는 걸 알
지만 뭐랄까, 쉽게 말이 나오지 않았다. 왜 화가 났는지도 모르
면서 오해를 풀어 주려 애쓰는 모습이 귀여워 뺨을 훅 잡아당기
고 싶은 충동이 일었다.

이 순간, 진지하게 고심했다. 자신에겐 사실 변태적 성향이

있는 게 아닐까.

"쓸데없는 소릴 했어. 미안. 피곤할 테니 쉬어야지. 이만 갈게."

"차, 뭐 줄 건데."

"유, 유자차. 사장님 아버지께서 직접 담그신 건데 달고 맛있어. 마실 때마다 네 생각이 나서……."

마실 때마다 내 생각이 났다라. 흠, 그건 좀 곤란한데.

낮의 앙금이 말끔히 가신 진우가 그럼 한잔 마시고 가겠다며 대답하려던 순간이었다. 다급한 얼굴로 서유가 먼저 운을 뗐다.

"원래 반찬 줄 때 가져다주려고 했는데 잊었어. 잠깐만 기다릴래? 덜어 놓은 거 있으니까 가져다줄게."

"잠깐."

서두르던 서유의 손목이 잡혔다. 영문을 알 수 없다는 듯한 표정에 진우가 미간을 좁혔다. 지금 이 손을 놔주면 당장이라도 달려가 자신 몫의 유자차를 가지고 올 것 같았다. 내가 이런 말까지 하게 만들어야겠어? 이제 몇 해 더 지나면 당신 마흔이야. 이쯤 됐으면 눈치가 좀 생겨야 하는 거 아니야?

으이구, 내가 뭘 바라.

깊은 한숨을 내쉰 진우가 안전벨트를 풀었다. 여전히 상황 파악이 안 된 듯 서유는 어리둥절한 얼굴을 하고 있었다.

"뭐야, 타 주기 귀찮다 이거야? 갖다줄 테니 나보고 알아서 타 마시라고?"

"……아."

아, 같은 소리 하고 있네. 이 여자가 진짜. 무어라 쏘아붙이려하는 순간 서유의 얼굴로 배시시 웃음이 번져 나갔다. 그 해맑은 미소에 할 말을 잃은 진우가 속으로 중얼거렸다.

정말이지, 미워할 수가 없다니까.

서유가 권한 소파에 자리 잡은 진우가 주변을 둘러보았다. 방 두 개에 작은 거실과 주방이 딸린 집은 조촐하지만 초라하진 않았다. 제 색을 잃어버린 누런 벽지에 낡은 소파만이 덩그러니 놓여 있던 예전 집을 떠올린 진우가 소리 없이 안도의 한숨을 내쉬었다.

"TV가 있네."

주방에서 차를 준비하던 서유가 놀라움이 섞인 목소리에 슬쩍 웃었다.

"지현이가 이사 기념으로 사 줬어."

"이젠 TV도 보나 보지?"

"나는 잘 안 봐. 지현이가 놀러 올 때나 조금 트는 정도야."

본인이 놀러 올 때 심심할까 봐 사 줬단 얘기군. 장식장 위에 자리 잡은 TV를 향한 진우의 시선이 곱지 않게 변했다.

"최 대리님이랑은 어떻게 알게 된 건데?"

"지현이랑 사장님은 한 가족이나 다름없거든. 사장님이 회사 그만두시고 난 후에도 지현이가 자주 서점에 놀러 왔었어. 같이 이야기도 하고, 밥도 먹고, 그러다 보니까 친해졌어. 사장님이 친해지도록 많이 도와주기도 하셨고."

"이사는 언제 왔는데?"

"재작년에."

"이사 올 때 짐은 어떻게 했어. 혼자 다 정리했어?"

"사장님 내외도 와 주셨고, 지현이도 와 줬어. 이 집 구할 때 사장님이 많이 도와주셨어. 사장님이 안 계셨으면 아마 집을 살 엄두 같은 건 못 냈을 거야."

"당신 집이야?"

"……응, 대출금 다 갚으려면 부지런히 일해야 하지만."

차와 함께 내올 과자를 준비하던 서유가 작게 덧붙였다. 내 집을 갖는 게 소원이었거든. 누구나 가질 법한 당연한 바람인데, 어째서일까. 혼잣말처럼 덧붙여진 그 목소리가 유달리 아련하게 느껴지는 건.

"이사 온 지 좀 된 것치곤 집이 휑한데."

집 안은 깔끔했지만 그게 전부였다. 꼭 필요한 가구나 가전만 갖추고 있어 그런지 깨끗하지만 아늑한 느낌은 들지 않았다. 이상했다. 집은 주인을 닮는다는데, 왜 온화하고 따스한 이 사람의 집에선 늘 휑한 바람 냄새가 날까.

"당신 집이라며. 좀 꾸미고 살지."

"이상해?"

"이상하기보단, 집이 썰렁해서. 좀 꾸미고 그래 봐."

자신의 집도 상황은 마찬가지였지만 뭘까, 열심히 일하고 퇴근한 이 사람이 더 따뜻하고 포근한 공간에서 쉬었으면 싶었다.

"꾸미는 거 별로 안 좋아해?"

"당장 필요하지 않은 걸 사는 건 돈 낭비 같아서."

전혀 예상 밖의 대답이었다.

"그렇게 돈 모아서 다 어디다 쓰게."

"어디다 쓴다기보다는…… 벌 수 있을 때 아껴서 저축해야지. 언제까지 일을 할 수 있을지 모르니까."

지극히 현실적인 대답에 말문이 막혔다. 하기야 틀린 말은 아니었다. 작은 서점에서 일하며 버는 돈이 많아야 뭐 얼마나 많을까. 그런데도 담담하게 현실을, 미래를 직시하는 말이 목에 걸린 가시처럼 껄끄럽고 못마땅했다.

"누가 알아. 좋은 사람이 나타날지."

머그잔에 뜨거운 물을 붓던 손길이 멎었다.

"나타나지 않을 수도 있잖아. 준비해 둬야지."

티스푼으로 차를 저은 서유가 쟁반을 챙겨 들고 거실로 나왔다. 대답이 마음에 안 들었던 건지 진우는 어딘가 불퉁한 얼굴을 하고 있었다.

"지현이랑 사장님이 있어. 옆집에 친한 언니도 생겼고, 혜수도 있어. 이젠 내 집이 있어서 이곳저곳 떠돌지 않아도 되고 몸도 아프지 않고 건강해. 여기서 다른 것까지 바라면 정말 욕심쟁이가 되어 버릴 거야."

"……당신이 그렇게 생각하면 뭐, 그런 거겠지만."

체념한 듯 중얼거린 진우가 주변을 돌아보며 물었다.

"그러고 보니 그 녀석은?"

"그 녀석?"

"고양이 말이야. 뚱뚱하게 살찐 녀석."

"조루 말하는 거야?"

어린 시절부터 동물은 그다지 좋아하지 않았다. 특히나 고양이처럼 새침하고 주인 말도 듣지 않는 녀석들은 정말이지 별로였다. 차라리 사람을 따르는 강아지가 낫지. 어딘가 맹한 얼굴로 눈만 껌뻑이는 서유를 곁눈질한 진우가 제 손을 감아쥐었다. 자꾸 강아지 같다고 생각했더니 또 머리를 쓰다듬어 버릴 뻔했다.

"왜 대답이 없어? 설마, 죽……었어?"

하긴 벌써 십이 년이 지났다. 심술과 살집이 덕지덕지 붙은 뚱보 고양이를 떠올렸다. 예사로 주인의 팔을 할퀴어 대면서도 끼니때만 살랑거리던 녀석은 자신의 앙숙이나 다름없었다.

'조루는 아가씨야.'

세상의 모든 아가씨가 그러했다면 총각들은 현실에 절망하며 바다로 뛰어내렸을 게 분명했다. 물론 생긴 것과 달리 주인 앞에서 피워 대는 내숭만큼은 새침데기 아가씨 못지않았지만. 앓아누운 주인의 옆에서 고요히 자리를 지키던 고양이를 떠올린 진우의 목소리가 조심스러워졌다.

"하긴, 동물들 수명은 우리보다 짧으니까."

침묵을 긍정의 뜻으로 받아들였다. 처음 만난 순간부터 내내 못나고 뚱뚱하다며 구박만 해 댔지만 죽었다는 얘기를 듣자 마음이 무거워졌다. 그래도 이 사람과 함께 있는 동안 행복했겠지. 잠시나마 애도의 마음을 가지는데 서유가 고개를 갸우뚱거렸다.

"……뒤에 있잖아?"

말 끝나기 무섭게 등줄기로 오싹한 한기가 내달았다. 설마 등 뒤에 느껴지던 이 푹신푹신한 게 쿠션이 아니라……. 호러 영화의 한 장면처럼 숨죽인 채 뒤돌아본 진우와 잠들어 있다 본의 아니게 쿠션이 되고 만 조루의 시선이 마주쳤다. 불만을 담은 샛노란 눈동자가 가늘게 휘어졌다.

기억났다. 분명 발톱을 휘두르기 직전의 표정이었다.

진우가 반사적으로 몸을 일으켰다. 경악으로 일그러진 진우의 얼굴을 시큰둥하게 바라본 조루가 뒷발로 목덜미를 긁었다.

쭈우욱, 스트레칭하듯 길게 몸을 늘인 조루가 사뿐히, 아니 다소 둔중한 몸짓으로 소파에서 내려왔다. 우아하게 실룩이는 고양이의 뒤태가 방문 너머로 사라졌다.

"놀랐어?"

철부지 십 대 소년이었다면 분명 이렇게 말했을 터였다.

씨발, 졸라 놀랐어.

목까지 치민 욕설을 내리누르며 애써 놀란 가슴을 진정시켰다. 주인과 고양이가 이제 쌍으로 사람을 놀리는가 싶어 몹시 우울해졌다.

"마셔 봐. 좀 진정될 거야."

자꾸 먹을 걸로 달래려 하지 마.

"알겠으니까, 당신도 여기 앉아. 바닥에 앉지 말고. 차잖아."

자신의 옆자리를 두드리는 진우를 향해 서유가 고개를 내저었다. 바닥이 편해. 진우가 쓸데없는 고집 부리지 말라 말하려는 순간 서유가 말했다. 이렇게 앉아야 얼굴을 잘 볼 수 있잖아.

이 여자, 선순가?

"내가 잘난 건 아는데 그렇게 대놓고 작업 걸면 곤란해."

으응? 말귀를 알아듣지 못한 서유를 내버려 둔 채 진우가 유자차를 음미했다. 확실히 시중에서 파는 것보다 달고 진했다. 차 홀짝이는 소리만 들리는 가운데 진우의 시선이 서유에게 닿았다. 차가 뜨거운지 후후 바람을 부느라 오므린 입술을 보자 갑자기 열이 올랐다. 당혹스러움에 진우가 고개를 돌리는 순간, 요란하게 벨 소리가 울렸다. 미안. 양해를 구한 서유가 휴대폰을 들고 주방으로 향했다.

"여보세요. 네. 몸은 괜찮으세요. 네, 아뇨, 저는 괜찮아요."

남자는 아니겠지.

자신도 모르게 통화를 엿듣고 있던 진우가 눈이 마주치자 재빨리 딴청을 피웠다. 내가 어쩌다 이 모양이 되었는지. 소파에 몸을 기댔다. 따뜻한 차가 속을 덥혀 주자 몸이 노곤노곤 풀렸다. 한껏 나른해진 진우의 눈길이 전화를 받고 있는 서유에게 머물렀다.

싫지 않았다.

저 사람이, 싫지 않았다.

누군가를 탓하기보다 자신을 탓하는 미련함도, 받기보다 줄 수 있어 행복해하는 고운 심성도, 어른스러운 표정 너머로 불쑥불쑥 드러나는 아이 같은 모습도 모두 좋았다. 부정할 수 없었다. 어른이 되어 처음 만난 순간부터 자신은 자연스럽게 눈앞의 사람에게 끌리고 있었다.

"잘 지내고 있어요. 너무 걱정하지 마세요. 네, 잘 먹고 있어요."

일곱 살의 나이 차. 학력. 직업. 가정환경. 평범한 남녀 간의 관계였다면 마음을 깨달은 시점에 위와 같은 문제를 고민했으리라. 하지만 진우의 마음을 무겁게 짓누르는 건 일곱 살의 나이 차도, 고졸 검정고시가 전부인 상대의 학력도, 부모 없이 혼자라는 가정환경도 아니었다.

눈앞의 사람은 매춘을 했고, 무엇보다 자신의 아버지와 관계를 가졌다. 감정을 주고받은 사이는 아니라 해도 아버지와 밤을 보낸 여자와 그의 아들이 엮인다는 건, 미친 소리였다. 그런 말도 안 되는 관계는 신화나 까마득한 역사의 귀퉁이에서만 존재할 수 있었다.

약속한 대로 그 남자, 아니, 아버지를 만났었다. 장마가 끝나고 무더위가 기승을 부리던 열일곱 그해 여름부터 낙엽이 하나 둘 쌓여 가던 그해 가을 중순까지 네 번 정도 병실을 방문했다. 감동적인 해후. 화해와 용서. 눈물. 그런 건 말 그대로 영화 속에서만 존재할 뿐이었다. 그는 사과했지만 용서를 구하지 않았고 자신은 그런 그를 말없이 지켜보았을 뿐이었다. 그는 끝내 겨울을 견디지 못하고 홀로 눈을 감았고 장례식은 간소하게 치러졌다.

그가 이전처럼 밉고 증오스럽지는 않았다. 병실을 찾아갔을 때 그는 변명하기보다 자신의 어리석음으로 너무 많은 상처를 주었다고, 좋은 부모가 되어 주지 못해 미안하고, 못난 부모 밑에서도 잘 자라 주어 고맙다 거듭 말할 뿐이었다. 필사적으로 전해 오던 그 마음은, 적어도 가슴속에서 어쩌지 못하고 들끓던 원망의 감정을 삭여 주었다.

하지만 그렇다 해서 그를 용서하고 받아들일 순 없었다. 마음의 무게 추는 제대로 얼굴 한 번 마주하지 못했던 그가 아닌 어머니를 향해 기울어져 있었으니까.

어머니.

그 단어를 떠올리는 순간 죄책감이란 이름의 사슬이 노곤해진 몸을 휘감았다. 한때 스스로 기억의 문을 닫아걸었던 그녀는 이 년여의 치료와 부모의 지극정성으로 병세가 호전되었다. 수능을 치르고 대학 합격 소식을 기다리고 있던 어느 날, 자신을 부르는 다정한 음성을 들었다.

'진우야.'

기억 속에 남은 아들보다 더 자란 자신을, 그녀는 온 힘을 다

해 끌어안아 주었었다.

삼 년 전 사고로 눈을 감기 전까지 어머니는 남해의 외조부 댁에서 평온하고 행복한 시간을 보냈다. 그곳에서 그녀는 잘 먹고, 잘 자고, 자주 웃고, 관심 있어 하던 꽃을 키우며 시간을 보냈다. 자신이 내려가는 날이면 손수 요리를 만들어 주기도 했고 함께 바닷가를 산책하기도 했다.

그날의 사고만 없었더라면, 그녀는 지금도 여전히 그곳에 살고 있었을 터였다.

'이 할아버지가 미안하다. 네 엄마가 나 때문에······.'

빗길에 드라이브를 나갔던 그녀는 그 자리에서 숨을 거두었고 함께 있었던 외조부는 시력을 잃었다. 그녀가 살아 있다면, 그래서 자신의 남편과 밤을 보낸 여자에게 아들이 호감을 가지고 있다는 사실을 알게 된다면······.

무리였다.

불가능했다.

이렇듯 가능성을 타진해 보는 것만으로도 죄악감에 온몸이 차게 식었다. 당장이라도 이곳을 뛰쳐나가고 싶은 충동이 일었다. 차라리 다시 만나지 않았다면. 그날 선배 대신 자신이 출판사에 가지 않았더라면, 그 고깃집에 가지 않았더라면 좋았을 텐데. 의미 없는 생각이란 걸 알면서도 후회가 됐다.

"미안, 많이 기다렸지."

"······아냐."

"안색이 안 좋아."

"신경 쓸 것 없어. 근데 누구였어, 이 시간에."

"아, 어머니야."

'모든 걸 내 탓으로 몰아붙여 미안하다고, 사과하셨어.'

어머니다. 해명의 기회조차 주지 않은 채 딸을 밖으로 내몬 여자였다. 뒤늦게나마 버린 딸을 찾아와 용서를 구하긴 했지만. 그날 이후 계속 연락을 하고 지내는 모양이었다.

"만나기도 해?"

"……응."

"잘됐네."

"응, 잘됐어."

뭔가 개운하지 않았다. 마지못해 대답을 하는 것처럼, 아니, 억지로 거짓을 꾸며 내는 것처럼 목소리가 떨리고 있었다.

어머니와의 지난 추억을 이야기하는 것만으로도 아이처럼 들떴던 사람이었다. 용서받지 못했던 당시에도 엄마라는 이름 하나만으로 즐거워 어쩔 줄 몰라 했던 사람이, 다시 연락하고 지낸다 말하는 지금은 그리 기뻐 보이지 않았다.

무슨 일이냐고 되물으려다, 포기했다. 거짓말을 한다는 걸 알아차렸지만 상관없는 일이었다.

끌리고 있었다. 하지만, 끌려선 안 되는 사이였다. 어떻게 해야 할지 갈피를 잡지 못한 상황에서 개인적인 사정에 깊숙이 개입하고 싶지 않았다.

"내가 너무 오래 붙잡아 둔 것 같아. 피곤하겠다."

자리에서 일어난 서유가 주방으로 가 유자차를 덜어 놓은 유리병을 건넸다.

"내 건 충분히 있으니까 가지고 가서 먹어. 피곤할 때 마시면 도움이 될 거야."

"잘, 마실게."

서유가 미소 지었다. 전부 이해한다고 말하는 듯한 웃음에 진우의 눈동자가 흔들렸다. 조금 전까지만 해도 당장 이 집을 뛰쳐나가고 싶었다. 상대가 전화를 끊으면 무슨 핑계를 대서라도 돌아가기로 마음먹었다. 그런데도, 상대방이 너무 오래 붙잡아 두었다며 어색하지 않게 이곳을 벗어날 기회를 주었는데도 발이 떨어지지 않았다.

"괜찮아."

진우의 망설임을 알아챈 듯 서유가 먼저 입을 열었다.

"나는 이제 괜찮아. 그러니 걱정하지 마. 신경 쓸 것 없어."

"뭘, 말이야."

"전부 다. 이젠 혼자가 아닌걸. 힘들 때 같이 아파해 주는 사람도 있고 즐거운 일이 있을 때 불러 주는 사람도 있어. 사장님도 딸처럼 예뻐해 주시고 지현이도 동생이면서 여러모로 날 챙겨 줘. 게다가 해 왔던 어떤 일보다도 지금 하는 일이 재밌고 이렇게 내 집도 생겼어. 요즘은 하루하루가 꿈같아. 걱정해 주는 건 고맙지만, 이젠 그러지 않아도 돼, 정말로."

"……."

"실은, 더 바라면 욕심쟁이가 되겠지만, 그래도 딱 한 가지 더 소원이 있었거든…… 근데 그것까지 이뤄졌어."

"……."

"널 만나고 싶었어. 예전에 너무 못난 모습만 보여 줬으니까, 그래서, 지금은 나도 이렇게 잘 살고 있다고 말해 주고 싶었어. 만약 날 잊었다면 그냥 스치듯 만나서라도 네가 어떻게 자랐는지 보고 싶었어. 다른 바람이 있어서가 아니라, 그냥 네 소식이 궁금했거든."

"......."

"불가능할 줄 알았는데 이렇게 만났어. 만나서 얘기도 나누고, 같이 밥도 먹고, 차도 마시고, 오늘은 놀이공원에도 함께 갔어. 혜수 핑계를 댔지만 실은 내가 함께 가 보고 싶었거든……. 이미 내 평생의 행운을 다 써 버린 기분이야. 절대로 이루지 못할 거라 생각했던 소원도 다 이뤘으니까 이젠 정말 바랄 게 없어."

정말이야. 서유가 믿어 달라는 듯 덧붙였다.

"......."

"네게 고맙다는 말을 할 수 있어 다행이고…… 이렇게, 어른이 된 너를 만나 기뻐. 정말로, 정말로 기뻐. 그러니까, 이걸로 됐어. 충분해. 나는 이제 정말 괜찮아."

입을 꾹 다물고 있는 진우를 향해 서유가 빙긋 웃어 보였다.

"걱정해 준 거지. 알고 있어. 내 과거를 알고 있는 너니까, 내가 그렇게 사라져 버린 뒤에 많이 걱정했을 거란 거 알아. 이번에 만나서도 계속 신경 써 주었다는 거, 알고 있었어. 일부러 바쁜 시간 내서 저녁 먹자고 불러 준 것도. 아는데, 모른 척하고 있었어. 언제까지 이렇게 만날 수 없다는 걸 아니까, 볼 수 있을 때 조금만 더 보고 싶어서…… 근데 이젠 정말 괜찮아. 미안해, 너무 오래 붙잡아 둬서."

주먹 쥔 진우의 손등 위로 푸른 힘줄이 솟았다. 어차피 계속 만날 수 없는 사이라 생각하고 있었다고? 대체 언제부터? 처음부터야?

"붙잡아 두다니, 무슨 말을 하는 거야."

감정을 억누르려 했지만 날 선 목소리가 튀어나왔다.

"나는 네 아버지와 잤어."

거짓말처럼 담담한 목소리가 이어졌다.

"기억도 나지 않을 만큼 많은 사람들과도, 그랬어. 이유가 뭐든, 나는 내 의지로 그런 일을 했어. 후회하지만 과거는 변하지 않아. 그런 일이 있었는데, 어떻게 날 볼 때마다 그걸 떠올리지 않을 수 있겠어. 소중히 여기는 가족들이 있는데, 어떻게. 이제 정말 괜찮아. 옛날처럼 혼자도 아니고 함부로 나를 상처 입히지도 않아. 그러니…… 부담을 느끼면서까지 날 만나려 할 필요는 없어."

어째서 이 사람은 자신이 필사적으로 고민하고 있던 걸 아무렇지 않게 말해 버리는 걸까. 평소엔 세상 물정 모르는 아이처럼 어리숙하게 굴면서도 중요한 순간엔 현실에 닳고 닳은 어른처럼 매몰차게 경계를 그었다.

이런 면이, 정말 싫었다.

눈앞의 사람이 자신을 좋아한다는 걸 알고 있었다. 자신을 바라볼 때 얼굴에 어리는 완연한 호의는 아무리 둔한 사람이라도 알아차리지 못하는 게 이상할 정도였다. 실수로 손끝이 맞닿은 순간이면 막 첫사랑을 시작한 소녀처럼 볼을 붉혔고, 짓궂은 장난이라도 치면 수줍어서 어쩔 줄 몰라 했다. 그러면서도 시선이 마주칠 때면 동경하던 왕자님이라도 본 것처럼 반짝반짝 눈을 빛내서, 뻔뻔하기론 둘째가라면 서러운 자신조차 부담을 느낄 정도였다.

"무리하지 마. 더 이상 나한테 신경 쓰지 않아도 돼. 지금까지 해 준 걸로 충분해."

지금 자신에게 들려주는 말이 본심이 아니란 건 알고 있었다.

하지만 신경 쓰지 않아도 된다는 그 말이 거짓이 아님도 알고 있었다.

이렇게 스스로가 한심하게 여겨진 건 처음이었다. 두 사람의 관계가 어떻게 나아갈지는 오롯이 자신의 손에 달렸다고 생각했다. 그녀가 자신을 좋아한다는 건 분명했다. 어쩌면 자신이 좋아하는 것보다 더 많이, 그녀가 자신을 마음에 담고 있다고 여겼다. 그래서 상대방의 곁에 남고 떠나고를 결정짓는 것은 자신이라 믿었다.

그런데 결코 먼저 밀어낼 리 없다 여긴 상대방은 단호하게 말하고 있었다. 자신은 괜찮으니, 더는 무거운 과거에 짓눌리며 자신을 만날 필요가 없다고. 먼저 밀어낼 거라고는 상상조차 하지 못했다. 반대의 경우만을 생각했다. 자신이 돌아서는 순간 상대가 울며 매달리거나 애원하면 어떻게 해야 할지만을…….

착각이었다.

그녀는 울지도 매달리지도 않았다. 오히려 단호히 결론을 내리고서 부담감이나 죄책감 없이 손을 놓도록 기회를 주고 있었다.

"피곤해. 이만 가 볼게."

겨우겨우 끌어 올린 말에 돌아오는 대답은 허망하리만큼 간단했다.

"그래. 가서 쉬어."

어차피 무리였다. 불가능했다. 이미 꼬일 대로 꼬여 버린 실이었다. 잘된 일이었다. 이미 많은 상처를 지닌 사람에게 자신이 칼날을 들이댈 순 없었다. 차마 할 수 없었던 말을 대신 해준 셈이니 다행이었다.

어차피 헤어져도 이게 마지막은 아니었다. 태성과 지현이 잘
되어 가고 있으니 서로서로 스치듯 얼굴을 마주할 순 있었다.
지금처럼 둘이 따로 만나는 일은 없겠지만 자신은 태성의 후배
로 그녀는 지현이 아끼는 언니로 만날 수 있었다. 적당히 친하
고, 적당히 거리감 있는 그런 사이로.

그래, 그게 옳았다.

담벼락에 세워져 있던 차의 헤드라이트가 켜졌다. 커튼 자락
을 움켜쥔 손에 힘이 들어갔다. 차가 골목길을 빠져나가는 순간
차분하던 서유의 표정이 무너졌다.

다물린 입술이 잘게 떨리기 시작했다. 울지 않기 위해 부릅뜬
두 눈에 눈물이 차올랐다. 다리에 힘이 풀려 스르륵 주저앉는
순간, 툭툭 굵은 눈물방울이 떨어져 내렸다. 믿기지 않았다. 제
손으로 진우를 밀어냈다는 사실을 믿을 수가 없었다. 현실감이,
없었다.

"……아파."

겨우 한마디를 토해 낸 서유가 한껏 몸을 웅크린 채 울었다.
아팠다. 아파서, 미칠 것만 같았다. 붙잡고 싶었다. 매달리고 싶
었다. 좋아한다고 말하고 싶었다. 내 첫사랑이 너였노라고, 네
입맞춤에 터질 것처럼 심장이 뛰었노라고 고백하고 싶었다. 지
금도 너를 좋아하고 있다고, 다시 만난 그날부터 지금까지 매
순간 너로 인해 가슴이 떨렸노라 말하고 싶었다.

심장이 녹아내릴 듯한 아픔에 가슴을 쥐어뜯어 보아도, 통증

은 가시질 않았다. 몇 마디 말밖에 배우지 못한 아이처럼 아프다는 말밖에 떠오르지 않았다. 차라리 소리 내어 엉엉 울고 싶은데 목소리조차 나오지 않았다.

진우야.

진우야.

다시 만난 뒤에도 제대로 불러 본 적 없는 그 이름을, 속으로만 애타게 부르짖었다. 어째서 안 될까. 이렇게 좋아하는데, 그 무엇보다 간절히 바라는데, 어째서 그 이름을 부르는 것조차, 좋아한다고 말하는 것조차 허락되지 않는 걸까.

왜.

대체, 왜.

할 수만 있다면 과거를 모조리 지워 버리고 싶었다. 먹물처럼 검게 칠해진 과거를 깨끗이 지우고 열일곱의 소년을 만나고 싶었다. 아무런 죄도 짓지 않은 깨끗한 모습으로 소년을 만나 좋아한다고 말하고 싶었다.

수천 번, 수만 번 상상했다. 열일곱의 소년과 열일곱의 자신이 만나는 장면을. 같은 반이 아니더라도 학교에서 소년을 마주하는 순간 자신은 분명 한눈에 반해 버렸을 터였다. 올곧게 자신의 길을 가는 뒷모습을 두근대며 지켜봤을 터였다. 하지만 누구도 그런 자신을, 동갑내기 소녀가 동갑내기 소년을 좋아하는 일을 비난하진 않을 거였다.

"아파."

정말로 욕심쟁이가 되어 버렸다. 과거에 비하면 과분한 행복 속에 살고 있는데도 소년이, 남자가 된 그가 가 버리자 세상이 무너져 내리는 것 같았다.

십이 년 전, 소년이 떠난 후 남자들을 소개해 준 술집 사장을 찾아갔다. 깨끗하게 놓아준다는 조건으로 그간 모아 두었던 돈의 대부분을 그에게 넘겼다. 조루와 함께 어떻게든 처음부터 다시 시작해야 했다.

임금을 받지 못할 때도, 이유 없이 내쫓길 때도 있었다. 혼자 사는 여자라는 이유로 과거와 같은 험한 일을 당할 뻔하기도 했다. 많이 상처받고 많이 울었지만 무릎이 꺾여 주저앉고 싶을 때마다 소년을 생각했다. 다시 만난다면 부끄럽지 않은 모습으로 앞에 서고 싶다는 단 하나의 바람을 위해 이를 악물었다.

노력하고 노력한다면 어두운 과거에 가리어지지 않는 미래가 있을 거라 생각했다. 오 년 전 이곳으로 와 사장님을 만나고 지현을 알게 되면서부터 차츰 생활도 자리 잡혀 갔다. 우는 날보다는 웃는 날이, 혼자일 때보다 함께인 시간이 늘어났다. 과거를 버리고 새로이 나아갈 수 있다 생각했고, 그렇다고 믿었다.

하지만 어른이 된 소년을 마주하는 순간 절실히 깨달았다. 과거는 지울 수 없고, 극복될 수 없다는 사실을. 온통 새하얗게 빛나는 끈을 밟고 있는 그와 달리, 자신이 밟고 있는 끈의 뒤쪽은 시커먼 얼룩으로 뒤덮여 있었다.

죄는, 과거의 잘못은 지워지지 않을 터였다. 아무리 사죄하고, 용서를 구해도, 무슨 짓을 해도 꼬리표처럼 자신을 따라다닐 터였다. 그렇기에 자신은 죽는 그 순간까지 소년을, 어른이 된 그를 향한 마음을 입에 담을 수 없었다.

아파.

아파서, 죽을 것 같아. 진우야.

"할머니, 저 왔어요."

"조금 늦었구나."

주방에서 나온 노인이 황급히 물기 묻은 손을 앞치마에 훔쳐 내며 진우의 손을 잡았다.

"차가 좀 밀려서요. 자주 찾아뵙지 못해 죄송해요."

"그런 말 마라. 좋은 일 하느라 바쁜 거 다 아는데."

외조모의 온화한 웃음에 진우의 표정이 흐려졌다. 성큼 다가 간 진우가 자신의 가슴팍에도 미치지 못하는 조그마한 여인을 끌어안았다. 자신은 이렇듯 커 버렸는데 그녀는 시간이 흐를수 록 점점 작아진다는 사실이 가슴 아팠다.

"다 큰 우리 손자가 왜 갑자기 어리광일까."

주름진 손이 진우의 등을 마주 안았다. 나중에 색시 맞으면 이 할민 눈에 보이지도 않을 텐데 이럴 때라도 안아 봐야지. 웃 음 섞인 목소리가 뒤따라왔다.

"만나는 사람은 있고?"

"없어요."

"왜?"

이렇게 잘난 손자를 누가 거부하냐는 듯한 물음에 진우가 웃 었다.

"할머니 손자가 잘나긴 했는데 돈을 잘 못 벌잖아요. 요즘 여 자들은 현실적이거든요."

"돈 가지고 사람을 판단하면 쓰나."

태성의 사무소로 가는 걸 반대한 외조부와 달리 외조모는 자신의 선택을 적극적으로 지지해 주었다. 젊은 날 외조부가 건축가로 이름을 알리고 있을 때 그녀는 어려운 이웃을 찾아가 봉사하는 것을 삶의 낙으로 삼았다. 사람은 서로 돕고 살아야 한다는 지론을 가진 그녀는 이 일을 택했을 때 등을 두드리며 격려해 준 유일한 사람이었다.

"뭐, 돈이 중요하긴 하잖아요."

"돈 보고 너 따라오는 애들은 내가 싫다."

이만큼이나 잘났으면 됐지 어떻게 돈까지 바라? 아이처럼 투덜대는 그녀가 밉지 않았다.

"할아버지는 방에 계시죠? 인사드리고 올게요."

"저녁 거의 다 됐으니까 십 분만 있다가 모시고 나오렴. 오늘 자고 갈 거지?"

"아뇨. 저녁 먹고 올라가야 해요. 이 근처에 출장 왔다 잠시 들른 거라서요."

"여기서 거기까지 바로 간다고? 그 먼 거리를?"

"아뇨, 진주에 잠깐 들를 거예요. 이번 소송 건으로 만나야 할 사람이 있어서요."

어두워진 그녀의 얼굴에 진우가 안심시키듯 덧붙였다. 잘 데는 많으니까 거기서 자고 다음 날 올라가려구요. 절대 무리 안 하니까 걱정하지 마세요.

"일이 힘든 건 알고 있지만 제대로 먹고는 다니는 거니?"

"선배가 제일 못 참는 게 밥 굶는 거고, 혼자 먹는 거예요. 삼시 세끼 꼬박꼬박 챙겨 먹고 있으니까 걱정하지 마세요."

전혀 설득이 되지 않은 듯 다시 팔을 걷어붙이고 주방으로 들어간 외조모를 보며 진우가 고개를 저었다. 오늘도 배가 터질 만큼 먹지 않고서는 식탁을 떠날 수 없으리라.

외조부의 방 문 앞에 멈춰 선 진우의 시선이 복도의 커다란 창에 닿았다. 방에 있다던 그는 반쯤 열어 둔 창문 밖을 응시하고 있었다.

"할아버지."

"……진우냐?"

휠체어에 앉은 그의 목소리는 깊게 잠겨 있었다. 그의 시선이 진우를 지나쳐 아련한 허공을 맴돌았다.

"네, 할아버지. 왜 나와 계세요. 감기 걸리시겠어요."

"자고 갈 거냐?"

"가 봐야 할 곳이 있어서 저녁 먹고 나가야 해요."

진우의 말에 주름진 입매가 단단히 굳어졌다. 아내의 봉사 활동을 탓하지도 나무라지도 않은 그였지만 하나뿐인 손자가 돈벌이도 되지 않는 일에 정신없이 뛰어다니는 게 마땅찮을 터였다.

"이리 가까이."

외조부의 부름에 진우가 휠체어 옆에 한쪽 무릎을 꿇고 앉았다. 몇 번인가 허공을 헤매던 손이 진우의 뺨에 닿았다. 찬 바람에 거칠어진 피부를 어루만지며 그가 탐탁지 않은 목소리로 중얼거렸다.

"많이 야위었구나."

"젖살이 빠진 거예요."

저도 이제 성인이잖아요. 진우의 농담에 비로소 굳어 있던 표정이 풀어졌다.

"일은 할 만하고?"

"뭐, 그럭저럭이요."

"편히 살 수 있는 길을 두고 뭣 하러 그리 힘들게 사는지."

불만 가득한 그의 말에 진우가 소리 없이 웃었다. 자신 앞에 선 언제나 못마땅한 표정을 지어 보이는 그의 또 다른 일면을 알고 있었다. 외조모의 말에 따르면 그는 친구들이 찾아올 때마다 제 손자는 돈독 오른 요즘 녀석들과 달리 올곧게 제 길을 가고 있다며 칭찬을 늘어놓기 바빴다. 판검사며, 잘나가는 금융업계 종사자며 남부럽지 않은 직업을 가진 손주를 둔 친구들이 입한 번 뻥긋 못 하고 돌아가야 할 정도로.

"몸은 어떠세요."

"나쁘지 않다. 밤에 가끔 악몽을 꾸긴 한다만, 그 정도야 견뎌 내야지."

구태여 그가 꾸는 악몽에 대해 묻지는 않았다.

삼 년 전 가을의 일이었다. 외조모가 친구를 만나러 간 사이 외조부와 어머니는 간만에 오붓한 드라이브를 나섰다. 사고는 예기치 않게 찾아왔다. 빗길에서 커브를 돌던 와중 바퀴가 미끄러져 차가 가드레일을 박고 말았다. 운전석에 앉아 있던 외조부는 시신경 손상으로 시력을 잃었고 무너진 차체에 짓눌린 오른 다리를 평생 절게 되었다. 그가 세상 누구보다 사랑해 마지않는 그의 딸이자 자신의 어머니는 그 자리에서 숨을 거두었다.

외조부로선 시력을 잃었다는 것보다 자신의 잘못으로 딸이 목숨을 잃었다는 사실이 더 큰 아픔이고 고통이었다. 의사의 만류에도 불구 한동안 술에 의지해 하루하루를 보냈다. 외조모의 부단한 노력으로 지금은 술을 끊고 찾아오는 친구들을 만나 웃기도 하지만 딸을 잃은 상실감이 쉬이 사라질 리 없었다.

진우의 시선이 창 너머 휑한 화단에 닿았다. 어머니가 살아생

전 애지중지하며 키우던 꽃밭이었다. 더 이상 앞이 보이지 않는 그는 이곳에서 무엇을 보고 있었던 걸까.

"온다는 연락 받고 네 할머니가 온종일 얼마나 부산스럽게 굴던지. 괜히 타박 들을까 차 한잔 타 달란 말도 못 했다."

"아무리 그래도 차 한잔 안 타 주셨겠어요."

"타 주면 뭘 해. 바쁜데 귀찮게 한다며 뭐라 하겠지. 다 늙은 영감탱이보다 잘생긴 손자가 더 좋은 건 어쩔 수 없는 거지만 흥. 마누라도 다 소용없다."

투박하고 거친 손을 어루만지던 진우가 웃음을 터뜨렸다.

"바쁜 건 알지만 전화라도 자주 해라. 매일같이 우리 손자 잘 지내나 근심하는 소리도 이젠 듣기 싫으니까."

"네, 할아버지."

"대답은 잘 하지."

외조부가 무뚝뚝한 손길로 진우의 머리를 쓰다듬었다. 그의 무릎에 얼굴을 기댄 진우가 눈을 감았다.

"무슨 일 있는 거냐?"

"아뇨."

"괜히 속병 앓지 말고 힘든 일 있으면 말해라. 눈멀고 다리 불편해도 손자 녀석 도와줄 힘 정도는 있으니까."

뚝뚝한 말 속에 담긴 묵직한 애정에 가슴이 아려 왔다. 그 밤, 그렇게 그 사람의 집을 떠나온 이후 생각하고 또 생각했다. 그래도 답은 하나였다. 친부모보다 더 부모처럼 자신을 돌봐 준 두 사람을 배신할 수 없었다.

그 사람도 더는 혼자가 아니었다. 그 사람 말대로 기쁠 때 함께 웃고 슬플 때 함께 울어 줄 사람들이 있었다. 굳이 자신이 아니어도 괜찮았다. 그러니, 이게 옳았다. 자신과 함께한다면 그 사람도 계속 과거의 일을 떠올리지 않을 수 없을 터였다. 자신에게도, 그 사람에게도 이게 최선이었다.

"할아버지."

"그래."

"사는 게 너무 어려운 것 같아요. 뭐가 이렇게 어려운지 모르겠어요."

분명히 옳은 길을 택했는데 흔들리는 마음은 갈피를 잡지 못하고 흔들렸다. 대체 무슨 미련이 남았기에.

진우의 중얼거림을 들은 외조부의 얼굴에 애잔함이 어렸다. 어린 나이에 부모에게 마음을 다치고도 한 번의 비뚤어짐 없이 착실히 살아온 손자였다. 많이 힘들었을 텐데도 참고 견뎌 낸 손자가 대견하면서도, 너무 일찍 철이 들어 버린 것이 짠하고 안쓰러웠다.

부모 대신 돌보아 준 자신들의 기대에 보답해야 한다 여겼는지 모질고 독하게 공부에만 파고들던 아이였다. 그러니 변호사가 된 뒤에는 남들처럼 누리며 편하게 살길 바랐는데 돌연 그 힘들고 어려운 길을 가겠다 선언했다.

그 소신 있는 선택이 자랑스럽고 기특하지 않다면 거짓이었다. 자기밖에 모르는 인간들이 판치는 세상에 남을 위한 일을 한다는 게 어디 쉬울까. 하지만 세상 모든 아버지의, 할아버지의 마음이 그러하듯 그도 자신의 손자가 험한 가시밭길로 걸어가지 않길 바랐다. 편하게 남들 하는 만큼만, 그렇게 살아 주었으면 싶었다.

이젠 좀 편히 살아도 좋으련만.

"네가 나이가 들긴 들었구나. 그런 소리를 하는 걸 보니."

"벌써 스물아홉인걸요."

"날 따라잡으려면 아직 한참 멀었다."

"할아버지에 비하면 아직 핏덩이긴 하죠."

이렇게 예쁜 녀석을. 진우의 일을 생각하면 그저 기가 막혔다. 대체 부모란 이들이 어린아이에게 무슨 짓을 한 건지. 눈에 넣어도 아프지 않은 자신의 딸이지만 진우를 생각할 때면 한없이 괘씸했다. 어떻게 제 아이를 두고 그런 선택을 할 수 있었을까. 아무리 남편이 밉고 세상 사는 게 힘들어도 그렇지, 어떻게 자신의 아이에게 그런 모습을 보게 하고 말았을까.

'아빠 있잖아요. 그 사람 너무 미워하지 말아요.'

'누구 말이냐.'

'진우 아버지요. 그 사람도, 생각해 보면 불쌍한 사람이니까.'

'그런 놈이 불쌍하긴 뭐가 불쌍해? 제 마누라랑 아들 두고 바깥으로 돈 놈이다. 그런 말 꺼내지도 마라.'

빗길에서 사고가 일어나기 전, 딸아이는 차 안에서 담담한 얼굴로 고백했다.

'그 사람, 집안끼리 결혼 약속 정하기 전에 만나던 사람이 있었어요.'

'……뭐?'

그로서도 처음 듣는 사실이었다.

'웃는 게 꽤 예쁜 여자였어요. 홀아버지 밑에서 어렵게 컸다는데 별 볼 일 없는 집안이라고 그 사람 집에서 반대했었대요. 맞선 자리에서 그 사람이 그러더라구요. 자기는 이미 만나는 사

람이 있다고. 부모님이 억지를 부려 나오긴 했지만 저랑 결혼할 마음 같은 건 없다구요.'

'난 전혀 몰랐다. 왜 말 안 했니. 알았다면 내가 그런 결혼 시켰을 리 없다는 걸 알면서.'

'처음엔 호기심이었어요. 절 그렇게 거절한 사람이 처음이었거든요. 그렇잖아요. 아버지 딸이 뭐가 모자라서 집안도, 학벌도, 직업도 달리는 그런 여자한테 밀리겠어요. 거기다 시어른들도 무조건 제 편이니까 무서울 게 없었어요. 저, 심지어 그 사람 몰래 그 여자 찾아가서 협박도 했어요.'

'하영아?'

'영문도 모른 채 그 여자가 떠나고 그 사람 자포자기하듯이 저랑 결혼했어요.'

'네가 아쉬울 게 뭐가 있다고 대체 왜……'

'좋아해서, 라고 말하고 싶지만 아니요. 그냥 오기고 억지였어요. 태어나서 한 번도 갖고 싶은 걸 가져 보지 않은 적이 없잖아요, 저.'

눈에 넣어도 아프지 않은 딸이었다. 무엇을 해도 밉지 않은 딸이었다. 헌데 그 순간, 담담히 자신의 이야기를 털어놓는 딸이 낯설었다. 한 떨기 꽃처럼 곱고 여리다고 여겼던 딸이 세상살이에 지칠 대로 지친 늙수그레한 여인처럼 보였다. 무슨 말을 해야 할지 알 수 없어 망설이는 동안에도 나지막한 목소리는 계속 이어졌다.

그 사람 성격 알죠? 처음엔 아빠도 그 사람 마음에 들어 했잖아요. 나름 좋은 남편으로, 아버지로 살려고 애썼는데 솔직히 서로 안 맞더라구요. 성격도, 입맛도, 가치관도, 전부요. 헤어질

까도 생각했지만 이혼녀라는 딱지 붙이고 살 자신이 없었어요.

그 사람이 진우 중학교 입학하고 집 나간 거 저 때문이에요. 홧김에 다 말해 버렸거든요. 근데 재밌는 건…… 할 줄 아는 건 일밖에 없던 그 고지식한 사람이 유일하게 만났던 여자가 있어요. 아버지도 잘 아실 거예요. 그 여자, 예전에 그 사람이 만나던 여자랑 웃는 얼굴이 굉장히 닮았어요.

후회하고, 또 후회했어요. 제가 정말 잘못된 선택을 했다는 걸 알았거든요. 그런데 지나간 시간을 돌이킬 순 없잖아요. 제가 똑똑하고 강한 여잔 줄 알았는데 아니었어요. 다시 시작할 수도 있었지만 도저히 그럴 용기가 없었어요. 그래서 결국 진우한테도, 아빠한테도 몹쓸 짓을 해 버렸어요.

그 사람, 너무 미워하지 마요. 저랑 만나지 않았다면 그 사람도 그렇게 일에만 치여 살다 일찍 가 버리지 않았을 거예요.

처연하게 웃는 딸의 모습에 시선을 빼앗긴 게 실수였다. 운전에 신경을 쓰지 못한 탓에 차가 휘청거리는데도 제대로 핸들을 붙잡지 못했다. 깨어났을 땐 이미 모든 것이 끝나 버린 뒤였다.

"할아버지?"

"네 나이 땐 모든 게 분명했다. 옳고 그른 게 너무 빤히 보였지. 이 사람은 맞고, 저 사람은 틀리고…… 내 눈에 보이는 게, 내가 생각하는 게 맞다고 확신했다. 하지만 이 나이를 먹고 나니 예전처럼 그렇게 장담할 수가 없어."

내 딸아이라 생각하면 그 아이가 한 행동을 이해할 수 있어. 전부 받아들일 수 있다. 하지만 누군가를 사랑해 본 한 남자로선 그 아이의 행동을 용납할 수 없구나. 잘도 그런 뻔뻔하고 지독한 짓을 저질렀다 싶어.

"남들이 인정하고 부러워하는 인생을 살아왔다. 돈도, 명예도 모두 얻어 봤지. 그땐 그게 그렇게 자랑스러울 수 없었는데 지금은 뭣 때문에 아등바등 살았나 싶어. 봐라. 그렇게 남부러울 것 없는 삶을 살아온 지금 내 모습이 어떤지. 하나뿐인 딸은 먼저 가 버리고 이렇게 난 눈멀고 걷지도 못하는 하찮은 노인네가 되어 버렸어."

"할아버지."

"이 나이 먹고도 세상 사는 게 어려운데 하물며 서른 해도 못 산 넌 오죽할까. 헌데 다 부질없어. 세상사 다 부질없다. 사람이 살아 봤자 얼마나 길게 살 것 같으냐. 아무리 세상이 좋아졌다 해도 끽해야 백 년이지. 너무 고민하지 말고 네 뜻대로 살아라. 남들이 틀리다고 말하면 어떻고 어리석다 비아냥거리면 어떠냐. 세상에 때 하나 안 묻히고 살아온 놈이 있을 듯싶으냐? 뒤 구린 일 하나 없이 깨끗하게 살아온 놈이 있을 것 같아? 결국엔 잘난 놈도 못난 놈도 늙으면 나처럼 쭈그렁 노인네가 되는 거고 땅에 묻히는 거다. 그냥 그게 끝이야."

그게 전부야.

허망한 목소리가 허공으로 흩어졌다.

"여어, 오랜만이다, 이진우? 그놈의 얼굴 금칠을 한 건지 참 보기 힘들다."

"변호사님 얼굴이면 충분히 금칠한 거지."

시끌벅적한 술집의 소란을 뒤로한 채 진우가 털썩 자리에 주저앉았다. 코트를 벗을 새도 없이 대뜸 눈앞으로 잔이 내밀어졌다.

"일단 한잔 하자."

"어이, 변호사님. 오늘은 먼저 자리 뜨면 죽는다."

반년 만이었지만 중학교 동창인 찬석과 동우는 어제 만난 사이처럼 스스럼이 없었다. 강압에 못 이겨 잔을 비우기 무섭게 동우가 벼르고 벼른 앙숙을 만난 것처럼 두 눈을 빛냈다.

"아무리 바빠도 그렇지 전화 한 번 먼저 하면 손가락이 부러지냐, 부러져?"

"시커먼 사내 녀석들 만나 좋을 게 뭐 있다고."

"여자라도 만나고 다니면서 그러면 내가 말을 안 해요."

"시끄럽고, 한 잔 더 따라 봐."

이얼, 변호사님 화통한데. 찬석이 선심 쓰듯 영업 사원의 비기를 선보인다며 능숙하게 폭탄주를 만들어 냈다. 신기한 일이었다. 학창 시절엔 그다지 가깝지 않았던 두 사람과 이렇게 어른이 되어 웃고 떠드는 사이가 될 줄이야.

"이번엔 우리가 너 보러 왔으니까, 담엔 니가 와라."

"그럴게. 둘 다 내일 연차라 했지. 어디서 자려고."

"어디든 몸 하나 누일 데 없겠냐. 근처 찜질방에 가든, 모텔에 가든 하면 되지."

깔끔떠는 니 집에 가서 씻고 자라고 구박받느니 그게 낫지. 동우의 말에 찬석이 동조한다는 듯 고개를 끄덕였다.

"그래서, 여기까진 어쩐 일이야. 설마 나 하나 보러 여기까지 왔을 리는 없고."

"동우 저 녀석이 꼭 얼굴 보고 이야기할 게 있다잖냐."

"흠흠, 바로 본론이냐. ⋯⋯나, 약혼한다."

놀라 얼어 버린 진우와 설마 하는 얼굴로 미간을 찌푸린 찬석을 바라보며 동우가 말을 이었다.

"아니, 그렇다고 뭐 돈 들여서 하는 거창한 걸 하려는 건 아니야. 그냥 약소하게나마 친한 친구들이랑 가족들 모아 하는 약혼식이랄까. 결혼은 정아가 한창 공부 중이니까 당장은 무리인 듯싶고, 그래서⋯⋯ 어, 미안. 잠깐만, 정아 전화 왔다."

싱글벙글한 얼굴로 동우가 전화를 받으러 나간 사이 찬석이 잔을 채웠다. 저 녀석, 끝내 일 치는구만. 중얼거리는 목소리는 어쩐지 낮게 가라앉아 있었다.

"만나는 사람이 누군지 알아?"

"얼마 전에 우연히 만나서 소개받았어. 우리랑 동갑이고 대학원에서 공부 중이라는데⋯⋯ 사귄 지 이 년 됐단다. 저 입 가벼운 자식이 그걸 용케 숨기고 있었더라."

"그건 좀 놀랍긴 한데, 그렇게 근심인 얼굴을 할 것까지야."

"넌 보고도 안 놀랄 것 같아. 정아 씨가, 그러니까, 좀 아파."

"어디가 아픈데."

"화상. 사고였대. 대학교 졸업하던 해에 집에 불이 났는데 가구에 깔려서 미처 못 피했나 봐. 말 하나하나가 아주 똑 부러지는 게 우유부단한 동우 같은 녀석한텐 딱이랄까."

찬석이 한숨을 내쉬었다.

"근데 이런 말 하면 안 되지만, 난 좀 그래. 당사자들은 아무렇지 않다고 해도 지켜보는 입장에서는 걱정된다고. 저 녀석 부모님도 얘기 듣고 펄펄 뛰고 난리도 아니래."

"많이, 심해?"

"왼손은 팔꿈치까지 절단했고 볼이랑 턱에 흉터가 좀 있어. 오른손잡이여서 일상생활 하는 덴 별문제가 없대. 그래도 말야, 난 부모님 입장 솔직히 이해가 간다. 내 동생이 정아 씨 같은 사람 데려오면 싫을 것 같애. 겨우 팔 하나? 전신도 아니고 겨우 얼굴에 남은 화상 자국? 말이 쉽지 정말 그걸 그까짓 거라고 할 수 있냐? 아니잖아. 같이 다니면 다른 사람 시선을 얼마나 많이 받을 거며, 병원 다니면서 치료받을 때마다 보호자로 쫓아다녀야 할 거잖아. 생활하는 데 지장은 없다 하지만 알게 모르게 제약받는 게 왜 없겠냐. 정아 씨가 좋은 사람이란 건 알겠는데 동우 그 자식이 꼭 그 사람을 만나야 하나 싶어."

시끄럽긴 해도 사람은 좋은 녀석이잖냐. 남들 가는 편한 길 가면 좀 좋아. 덧붙인 찬석이 쓰게 웃었다.

"나도 나이가 들었나 봐. 예전에는 어른들이 이기적이라고 생각했는데 이제 보니 그것도 아닌 것 같아. 정아 씨 생각하면 안타까운데, 동우 생각하면 답답하고, 두 사람을 이따위로 바라보는 내가 더럽기도 하고, 여튼 마음이 복잡해. 넌 어떠냐?"

진우가 천천히 술잔을 기울였다. 거품과 함께 차가운 액체가 목을 타고 넘어갔지만 갈증은 해소되지 않았다.

"그러게. 어렵네."

"그게 다야?"

"……다 알 것 같아서."

니 마음도, 동우 부모님 마음도, 다 알 것 같아서 쉽게 말을 못 하겠네. 낮은 중얼거림에 찬석도 어깨를 으쓱였다. 그러게 말이다. 그냥 술이나 마시자. 때마침 통화를 끝낸 동우가 들어왔다. 자리를 비우기 전과 달리 숙연해진 분위기에 동우의 표정이 일그러졌다.

"정아 얘기 했냐."

"그래. 네가 답지 않게 사랑꾼이라는 얘기 좀 했다."

"뭐, 내가 좀 많이 사랑꾼이긴 하지."

이모, 여기 맥주 두 병 더 주세요! 시원하게 외치며 자리에 앉은 동우에게 진우가 물었다.

"부모님은 약혼하는 거 허락하셨어?"

"아직 아버지가 단식 투쟁 중이지만 슬슬 넘어올 때가 됐어. 내일 아버지 좋아하는 모둠 회 사 가서 담판 지으려고. 어머니는 내색 안 해도 정아 애교에 홀딱 넘어갔으니 됐고."

"너희 누나는?"

"그 인간이 나랑 살아 줄 것도 아니고 뭔 상관이냐만…… 저 좋아하는 백 하나 갖다 바쳤다."

백 하나 값으로 우리 정아가 좋아하는 떡볶이를 몇 접시 먹을 수 있는지 아냐며 괴로워하던 동우가 이내 헤쭉 웃어 보였다. 찬석의 손에서 땅콩 하나가 날아가 동우의 이마에 명중했다.

"좋냐, 이 미친놈아?"

"좋다, 어쩔래. 왜 부럽냐?"

"하나도 안 부럽거든."

"사랑이 뭔지도 모르는 어린 노무 자식들."

움핫핫핫, 웃어 젖히는 목소리에 진우와 찬석의 얼굴이 썩어 들었다.

"날짜 정해지면 초대할 테니까 빠지지 말고 와라. 대신 오늘 술자리는 이 형님이 쏜다!"

"겨우 통닭 두 마리 시켜 놓고 생색내지 마라."

찬석의 말에 진우도 고개를 끄덕이며 동조했다.

"하다못해 양주 한 병은 뜯어야 하는 거지."

"안 돼. 얼마 뒤에 우리 정아 생일이란 말이야."

다시 찬석의 손에서 날아간 땅콩이 이번에는 정확히 동우의 입 속에 안착했다. 주거니 받거니 투닥거리는 사이 화제는 서로의 근황 이야기로 넘어갔다. 테이블 아래 차곡차곡 쌓여 간 술병들이 나뒹굴어 갈 즈음 찬석이 화장실에 간다며 자리를 비웠다.

"술이 많이 늘었다?"

"그러게."

"하여간에 무뚝뚝한 녀석. 그래도 이렇게 얼굴 보니 좋다."

"약혼식엔 꼭 갈게."

뚝뚝한 목소리에 동우가 씨익, 미소 지었다.

"그보다 넌 애인 없냐? 새로 사귀는 사람 없어?"

"없어."

"왜?"

"없으면 어때서."

신경질적인 대꾸에 할 말을 잃은 동우가 쩝 입맛을 다셨다. 주변 사람들한테 이미 시달릴 대로 시달린 듯 새파랗게 날을 세우는 모습이 짠했다.

"쉽게 생각해, 쉽게."

무슨 말이냐며 꿈틀대는 눈썹이 심상찮았지만 남 눈치를 보며 제 할 말을 못 하는 건 자신의 신조에 맞지 않았다. 할 말은 하고 살아야지, 암.

"넌 생각이 너무 많잖냐. 물론 그게 네 장점이긴 하다만 가끔은 단순하게 생각해. 연애도 그렇고 사는 것도 그렇고 너무 어렵게 생각하면 될 것도 안 된다고. 뭐 맨날 손에 기름 묻히고 험한 일 하는 내가 너한테 할 말은 아닌 듯싶지만, 또 생각해 보면 나니까 이런 말 할 수 있는 거 아니겠냐."

"뭐래."

"쓸, 귀담아들으라구. 가뜩이나 어려운 인생 어렵게 생각하면 뭐 해? 넌 좀 단순히 살 필요가 있어."

"나도 그러고 싶은데 그렇게 쉬운 문제가 아냐."

"역시 뭐 있구나? 뭔데, 무슨 일인데."

"신경 꺼."

우씨, 이 자식은 뻑하면 신경 끄래. 동우가 빽 소리 높이기 전 진우의 몸이 테이블 위로 무너졌다. 얼굴색 하나 변하지 않아 취하지 않은 줄 알았는데 어지간히 술기운이 돈 모양이었다. 언제나 제 주량만큼의 술을 마시고 말짱한 모습으로 돌아가던 걸 생각하면 무슨 일이 있긴 있는 모양이었다.

"부러워."

뭐? 웅얼거리는 목소리에 동우가 바싹 귀를 가져다 댔다. 뭐라는 거야, 이 자식아. 큰 소리로 말해 보라고. 이 엉아가 다 들어 주마.

"네가 나아. 나보다는 차라리…… 네가 나아. 사람들은 널 걱정하는 거야……. 근데, 내가 그 사람을…… 말이야…… 죄야. 말도 안…… 있을 수 없…… 네가, 부러……."

이 자식, 연애하나?

"그 사람이 누군데."

"만나지…… 않…… 좋았을 텐데."

"그 사람이 누구냐니까?"

"……리 다시…… 안 만났……."

초조하게 귀를 기울이던 동우의 표정이 뭐 씹은 듯 일그러졌다. 결말을 앞두고 예고편을 날려 버린 채 끝나 버린 드라마를 본 기분이랄까. 이 녀석은 뭐 이렇게 비밀이 많아. 매번 나중에 알려 주겠다고 해 놓고 하나도 말해 주는 법이 없어.

아직도 잊을 수가 없었다. 교복을 입은 채 비에 쫄딱 젖어 휘청거리던 녀석의 모습을. 그다지 친한 사이도 아니었건만 잡아 주지 않을 수 없을 만큼 위태로워 보였었다. 아니, 실은 지금도 그랬다. 자신보다 집도 잘살아, 공부도 잘해, 무려 변호사까지 됐는데, 암만 생각해도 걱정할 이유는 하나도 없는 녀석인데, 자꾸만 마음이 쓰였다.

"혹시 그 사람인가."

'그 사람 어디서 봤어? 언제 봤는데. 왜 무슨 일이 있냐고 물은 거야?'

'그걸 왜 이제야 말하는 거야?'

무슨 영문인지는 모르지만 녀석이 할아버지까지 속여 가며 만나고자 한 건 그 사람이 분명했다. 본인은 아니라 부인하겠지만 그런 느낌이 들었다.

그날 찬석과 함께 들어가다 무심코 돌아섰을 때 본 녀석의 뒷모습이 떠올랐다. 상대에 대한 걱정으로 단단하게 굳어진 그 등은, 자신과 같은 또래가 아닌 든든한 남자의 것으로 보였다. 언젠가 자신도 저렇게 절실하게 좋아하는 누군가를 만날 수 있을까, 어린 마음에 그런 생각을 할 정도로.

다음 날 오후, 할아버지가 돌아올 시간에 맞춰 돌아온 녀석의 얼굴엔 떠나기 전의 긴장감이나 절박함은 보이지 않았다. 하지만 묘한 설렘과 슬픔이 뒤섞인 눈빛이 쉽사리 말을 걸기 어렵게 만들었다. 결국, 무슨 사정이었는지 끝내 묻지 못했다.

"너, 그 사람 못 잊고 있는 거냐?"

좀 이상하긴 했다. 뭐 하나 빠지는 것 없는 녀석이 왜 매번 몇 달 버티지도 못하고 차이고 다니나 싶었다. 더 이상한 건, 사귀는 사람이라 해 놓고도 상대방에겐 전혀 관심이 없어 보이던 녀석의 태도였다. 그냥 귀찮게 달라붙으니까 사귀어 준다는 느낌으로, 옆에 있든 말든 신경도 안 쓰는 녀석의 태도에 도리어 자신이 당혹스러울 지경이었다.

"내가 부럽다고? 아서라. 이쪽도 충분히 힘들어. 무슨 사정이 있는진 모르지만 네가 내 입장이 된다고 생각해 봐. 이것도 못 할 짓이라는 생각 들 거다. 하늘에서 점지해 준 게 아니고서야 모두가 축복해 주는 그런 사이가 어딨어. 솔직히 남녀 관계, 만날 이유보다 만나기 힘든 이유가 더 차고 넘쳐."

가볍게 생각하면 고작 화상 정도였다. 전신 화상을 입은 사람에 비해 정아의 몸에 남은 흉터 자국은 불행 중 다행에 속할 정도였다. 하지만 현실의 무게는 그리 가볍지 않았다. 정아의 팔은 현대 의학으로 되돌릴 수 없었고 비장애인과 비교했을 때 정아는 사지가 멀쩡하지 못한 장애인이었다.

부담스럽지 않았다면 거짓말이었다. 그녀의 솔직함과 당당함에 끌렸지만 자신의 마음을 쉽사리 인정하긴 어려웠다. 씩씩한 겉모습 아래 상처를 숨기고 있던 그녀를 설득해 연인이 되기까지도 많은 시간이 걸렸다. 아니 그뿐이면 다행이지. 겨우 숨 좀 돌리나 싶었더니 연인 사이임을 알리자마자 주변에서 반대를 외치고 나섰다.

뭐가 이렇게 어려운지.

잠든 녀석을 앞에 두고 이게 뭐 하는 짓인가 싶었지만 이렇게라도 말하지 않고선 견딜 수가 없었다. 주변 사람들을 걱정시키고 싶지 않아 더 씩씩하게 굴긴 하지만 실은 자신이라고 왜 두렵지 않을까.

"나라고 포기하고 싶지 않았겠냐. 왜 포기하고 싶지 않았겠어. 근데 야, 헤어지면 나는 편하겠지만 정아한텐 계속 장애인이라는 꼬리표가 따라붙을 거 아니냐. 내가 마법사라면 우리 정아 상처 싹 낫게 해 주고 싶은데, 불가능하잖아. 걔가 씩씩해 보여도 실은 마음이 무지 여려. 나 없으면 또 혼자 이 악물고 울텐데…… 난 다른 것보다 그걸 더 못 견디겠어……. 내 한 몸 편하자고 차마 그 짓은 못 하겠어. 걜 혼자 놔두느니…… 그냥 같이 껴안고 울어 줄란다."

이게 맞는 거겠지? 야, 대답해 봐라, 이 자식아. 이게, 맞는 거겠지?

곤히 잠든 진우의 얼굴을 바라보는 동우의 눈가가 붉게 젖어들었다.

"오늘은 이만 퇴근해."

"아직 일 덜 끝났습니다만."

"됐고, 나머진 내가 마무리 지을 테니까 넌 먼저 퇴근해."

수긍할 수 없다는 듯한 얼굴에 느슨하게 넥타이를 풀어낸 태성이 험상궂게 인상을 구겼다.

"지금 네 몰골을 보고 그런 소리를 해라. 산송장 치울 맘 없으니까 빨리 가서 발 뻗고 자."

"제 몰골이 어때서요."

"미친놈. 그렇게 새벽까지 진탕 술 퍼마시고 와서 밤새도록 일할 맘이 드냐? 연신 화장실 들락날락대면서 일하는 프로 정신엔 박수를 쳐 주고 싶을 정도야. 날 감동시키는 게 목적이었다면 성공했으니까 제발 너희 집에 가서 쉬어."

"이젠 괜찮습니다."

"할 거 다 했잖아. 내가 안 괜찮으니까, 제발 가서 쉬어. 벌써 아홉 시야. 나도 곧 갈 테니까, 지금 나한테 시위하는 거 아니면 좀 가. 신경 쓰여서 더 일을 못 하겠잖아."

절대로 물러서지 않겠다는 듯 부리부리한 태성의 눈빛에 결국 진우가 자리에서 일어났다. 일을 할 땐 몰랐는데 사무실을 나오는 순간 까마득한 피로감이 전신을 덮쳤다. 술이 많이 고픈 날이라 대리를 부를 생각도 접고 사무실 주차장에 차를 두고 가긴 했지만 그렇게 의식을 잃을 만큼 마실 줄 몰랐다. 눈을 떴을 때 마주한, 좁은 모텔방 안에 남자 셋이 뒤엉켜 있던 풍경은 떠올리고 싶지도 않았다. 집에 가서 얼른 잠이나 자야겠다는 마음으로 차에 시동을 걸었다.

뭘 어쩌자는 건지.

서유의 집 근처 담벼락에 차를 세운 진우가 핸들에 얼굴을 묻었다. 자신은 대체 어쩌자고 여길 찾아온 걸까.

지긋지긋해.

노력해서 바꿀 수 있다면 무슨 짓이든 해 보았을 터였다. 하지만 지나간 과거는 바꿀 수가 없었다. 현재의 노력을 바탕으로 극복할 수 있는 과거도 있겠지만 이건 그야말로 불가항력이었다.

내가 어쩔 수 있는 게 아니야.

조금 쉬어 가는 게 나을 것 같았다. 차분히 머리의 열기를 식힌 다음 집으로 돌아가자. 그렇게 자신을 다독이는데 담벼락 너머에서 작은 인영이 모습을 드러냈다. 의지를 배반한 두 눈이 멀어지는 뒷모습을 좇았다.

제정신이야. 왜 저렇게 얇게 입고 돌아다니는 거야.

오늘 밤 눈이 내린다는 일기예보가 있었다. 밤공기가 이렇게 찬데도 서유는 얇은 외투 하나만을 걸치고 있을 뿐이었다. 그때였다. 골목길 아래쪽에 세워진 차에서 누군가 내렸다.

'일방적으로 쫓아다니는 관곕니다. 서점에서 서유 씨를 보고 첫눈에 반했거든요.'

그놈이었다. 우락부락하게 생겼지만, 실상은 저 좋아하는 사람을 향해 살랑살랑 꼬리를 흔들어 댈 뿐인 대형견.

시계를 보니 열 시가 다 되어 가고 있었다. 어째서 이 시간에 저놈을 만나는 걸까. 다 포기하기로 한 마당에 소용없는 생각이란 걸 알지만 기분이 좋지 않았다. 잠시 마주 선 채 이야기를 나누던 두 사람이 어딘가로 이동했다.

멀어지는 두 사람의 뒷모습을 눈으로 좇던 진우가 잘근잘근 입술을 물었다. 자신과는 더 이상 관계없는 사람이었다. 그러니 끼어들 이유도, 명분도 없었다. 침착하게 이성을 불러 세우며 자신을 설득했다. 돌아가자. 가는 게 맞아. 시동을 켜고 후진을 시도하던 차가 멈추어 섰다. 거칠게 안전벨트를 풀어 젖힌 진우가 두 사람이 사라진 방향을 따라 뛰었다.

밝은 데 놔두고 대체 어딜 가는 거야. 이 여자가 정말, 남자 무서운 줄 모르고.

편의점이며 술집이 늘어선 거리를 지나 두 사람이 택한 골목 길 안쪽은 무슨 일이 벌어져도 이상하지 않을 만큼 어두컴컴했 다. 서유와 남자는 도로변의 가로등 불빛만이 어슴푸레 새어 드 는 골목길 안쪽에 마주 보고 서 있었다. 벽 한쪽에 바싹 몸을 붙 인 진우가 필사적으로 두 사람의 대화를 엿들으려 애썼다.

"죄송해요."

"제가 싫으신 겁니까? 마음에 안 드세요?"

"그건…… 아니에요."

"제가 싫으신 게 아니라면 한 번만 시간을 내주시면 안 될 까요. 밥 한 끼든 차 한 잔이든 괜찮습니다. 제가 어떤 사람인 지 알려 드릴 기회가 있었으면 좋겠어요. ……저라도 첫눈에 반 했다고 쫓아다니는 놈 믿지 못할 것 같습니다만, 제가 서유 씨 참 많이 좋아합니다. 저도 이런 적이 처음이라 많이 당황스러워 요."

쑥스러운 듯 손바닥으로 연신 입가를 매만지던 남자가 푹 고 개를 숙였다.

"이렇게 구질구질하게 굴면 안 된다는 거 아는데, 많이 부담 스러워하실 거라는 거 아는데, 자꾸 서유 씨 생각이 나요. 저도 벌써 서른둘이고 연애는 할 만큼 해 봤는데, 이런 경우는 처음 이라……."

덩치 큰 사내놈이 선생님 앞에 선 학생처럼 쩔쩔매는 모습이 우스웠다. 꼴사납게 저게 뭐야. 비웃었지만, 실은 저렇듯 솔직하게 감정을 고백할 수 있는 상대가 부러웠다. 자신은 고작해야 벽에 숨어 이야기를 엿듣고 있는 게 전부인데.

"현욱 씨, 호감 가져 주신 건 정말 고마워요. 그동안 저 보러면 거릴 달려와 주신 것도 감사하구요. 하지만 밥 한 끼든, 차 한 잔이든, 받아들이지 않을 거면서 괜히 여지를 드리고 싶진 않아요."

"혹시 지난번의 그 남자 때문인가요?"

자신이 거론되자 심장이 덜컥 내려앉았다.

"아니에요. 진…… 아니, 그 사람은 아무 관계 없어요. 제가 마음을 받아들일 수 없는 건 다른 이유 때문이에요."

서유의 표정이 흐려졌다. 차라리 거짓이면 좋을 것 같았다. 자신의 겉모습만 보고 가벼운 호기심으로 다가온 사람이라면 나을 것 같았다. 자신을 향해 부딪쳐 오는 현욱의 마음이 진심이란 걸 알아서, 그 마음의 무게가 결코 가볍지 않다는 걸 알아서 더 고통스러웠다.

"처음엔 그냥 예뻐서 눈길이 갔어요. 사내놈들 원래 단순하잖아요. 예쁘면 다 좋은 거. 그런데 지금은 서유 씨란 사람이 궁금해요. 어떤 삶을 살아왔고, 어떤 생각을 하고 있는지 알고 싶어요. 가끔 서유 씨가 쓸쓸해 보일 때면 바보짓을 해서라도 웃게 해 드리고 싶구요. 혹시 그 다른 사정이란 것에, 제가 도와드릴 수 있는 부분은 없을까요. 고민이 있으면 이야기해서 같이 풀어 나갔으면 좋겠어요. 혼자보다는 둘이 낫잖아요."

'당신이 그랬던 것처럼, 나도 당신 얘기를 들어 줄 수 있으면 좋겠다는 거야.'

현욱의 모습 위로 열일곱 진우의 모습이 겹쳐졌다.

'강요하는 건 아니야. 다만, 뭐랄까, 개인적인 경험이지만 속에 있는 걸 털어 내고 나면 꽤 시원해지거든.'

그 말은 사실이었다. 단지 자신이 말하고 상대방이 그것을 들어 주었을 뿐인데, 그날 이후 모든 것이 바뀌었다.

하지만.

"둘이서 나눌 수 없는 무게도 있다고 생각해요. 둘이 나누어져서 더 가벼워지는 게 아니라, 서로의 어깨에 더 무거운 짐만 지우는 기억도 있거든요."

십이 년 전 위로받던 그 날로 충분했다. 이제 남은 건 자신의 몫이었다. 더는 누군가에게 자신의 무게를 짊어지게 하고 싶지 않았다.

"현욱 씨 좋은 사람이에요. 그래서, 저보다 더 좋은 분 만났으면 좋겠어요."

"서유 씨."

"제 과거는, 제 잘못은 제가 감당해야 할 몫이라고 생각해요. 제가 벌인 일이니까 끝까지 제가 책임지고 싶어요. 이렇게 부탁드릴게요. 다신 찾아오지 말아 주세요."

현욱의 황망한 시선이 허리를 굽혀 애원하는 서유에게 닿았다.

"꼭 그렇게 혼자 감당해야 하는 건가요?"

"네."

"저는, 안 되는 건가요? 못 미더우세요?"

말문이 막혔다. 말이란 건, 어째서 이렇게 어려운 걸까. 입을 꾹 다물고 어린아이처럼 고개를 내젓고 싶었지만 그건 솔직하게 감정을 부딪쳐 오는 상대방에 대한 예의가 아니었다. 말하지 않으면 아무것도 전해지지 않았다. 설령 제대로 전달되지 않는다 해도, 비웃음당한다 해도, 그래도 할 수 있는 한 설명해야 했다.

"제 잘못으로 다른 사람이 함께 아파하는 건 이제 그만하고 싶어요. 저보다 더 나은 사람 금방 만나실 수 있을 거예요."

단단한 표정이었다. 더 이상은 그 어떤 빈틈도 용납하지 않겠다는.

현욱은 부드럽게 미소 짓는 서유의 얼굴에 덧씌워진 철벽같은 방어막을 보았다. 이 이상은 매달릴 수 없었다. 자신은 내보일 수 있는 카드를 모두 보여 주었고 상대방은 그걸 받아들이지 않기로 마음먹은 뒤였다. 연애 경험이 없는 것도 아니지만 실연의 아픔은 도무지 익숙해지질 않았다.

밤이 깊었으니 그럼 집까지 다시 바래다드리고 가겠다는 말에도 서유는 단호히 고개를 저었다. 머뭇거리던 현욱이 이내 꾸벅, 서유에게 고개 숙여 인사하고 빠르게 골목길을 빠져나갔다.

골목 안쪽에 고요한 침묵이 내려앉았다. 진우의 시선이 상처 입고 돌아선 현욱에게서 홀로 남은 서유에게로 향했다. 표정 없는 하얀 얼굴이 시커먼 담벼락을 응시하고 있었다.

무심한 시선이었다.

진우의 눈에도 서유를 향한 현욱의 감정은 올곧고 진지해 보였다. 거절했다지만 저렇게 진심으로 다가온 상대를 밀어냈다면 한 번쯤 뒤돌아볼 수 있을 텐데, 눈앞의 사람은 눈길 한 번 돌리지 않았다.

무슨 생각을 하고 있는 걸까.

홀로 남은 서유의 머릿속이 궁금했다. 대체 무슨 심정으로, 무슨 생각을 하며 거기 서 있는 거야? 눈앞의 사람이 고백을 거절해 안심했지만 마냥 기쁜 것만도 아니었다. 자신은 어차피 함께할 수 없었다. 그렇다면 차라리 받아들이는 편이 낫지 않았을까.

저 사람과 관계된 일이면 언제나 이성보다 감정이 앞섰다. 여전히 열일곱 그 여름에 멈춰 있는 기분이었다. 어린애 같은 자신이 싫어 필사적으로 노력했지만 결국 제자리걸음이었다.

어쩌란 말이야. 나보고 대체 뭘 어쩌란 거냐고.

이건 무슨 악연일까. 미웠다. 그 남자, 자신의 아버지가 원망스러웠다. 왜 하필 하고많은 사람 중에 저 사람이었냐고 따져 묻고 싶었다. 차라리, 다른 사람을 만났더라면.

자조적인 웃음이 새어 나왔다. 만약 그랬다면 애초에 저 사람을 만날 이유도 없었다. 엿같았다. 무슨 인연이 이렇게 거지 같단 말인가. 저 사람과 자신을 이런 빌어먹을 인연으로 묶어 놓은 하늘이 증오스러웠다. 밉고, 미워서 견딜 수가 없었다.

하다못해 마음만은 주지 못하게 했어야지. 이루어질 수 없는 사이라면, 차라리 좋아하게라도 만들지 말지. 그럼 이렇게 아프지 않아도 됐을 텐데. 곱씹고 곱씹어도 답이 보이지 않는 미래 속에서 헤매지 않아도 됐을 텐데.

'제 과거는, 제 잘못은 제가 감당해야 할 몫이라고 생각해요. 제가 벌인 일이니까 끝까지 제가 책임지고 싶어요. 이렇게 부탁드릴게요.'

바보 아냐? 좀 숨기면 어때서. 좀 감추고 살면 어때서. 당신이 말하지 않으면 아무도 모를 일이잖아. 아니, 차라리 말해 보지. 믿어 보지. 왜 당신이 다 책임져야 하는데. 왜 다 당신이 감당해야 하는데.

'제 잘못으로 다른 사람이 함께 아파하는 건 이제 그만하고 싶어요.'

그 다른 사람에 나도 포함되는 거야? 그런 거야? ……그럴 바엔 차라리 그러지 말지. 아무리 힘들고 아팠어도, 그런 일은 하지 말지. 당신도 이렇게 아파할 거면 그러지 말지. 눈시울이 뜨거워졌다. 자포자기한 채 삶을 방기한 그녀에게도 분명 책임이 있었지만, 과연 그것이 온전히 그녀만의 잘못이었을까.

꼬이고, 꼬여 있었다.

'쉽게 생각해, 쉽게.'

녀석은 그렇게 말했지만 대체 무얼, 어떻게 쉽게 생각하란 말일까.

'너무 고민하지 말고 네 뜻대로 살아라. 남들이 틀리다고 말하면 어떻고 어리석다 비아냥거리면 어떠냐. 세상에 때 하나 안 묻히고 살아온 놈이 있을 듯싶으냐? 뒤 구린 일 하나 없이 깨끗하게 살아온 놈이 있을 것 같아?'

할아버지, 그래도 이건 아니잖아요. 할아버지는 용납할 수 있겠어요? 제가 저 사람 손을 잡는 걸, 할아버지는 받아들일 수 있겠어요?

과부하였다. 더 이상 생각하는 건 불가능했다. 엉킨 실을 따라가다 보면 답이 보여야 하는데 아무것도 없었다. 그저 너무 피곤했다.

버석버석 메마른 얼굴을 손바닥으로 쓸어내리던 진우의 눈동자가 흔들렸다. 손끝에, 서늘하고 투명한 물기가 고여 있었다. 고개를 들어 올리자 탁한 하늘에서 눈이 내리고 있었다. 일기예보대로였다.

벌겋게 핏발 선 진우의 시선이 다시 서유를 찾았다. 여전히 어둑한 골목길에 선 그녀는 자신과 마찬가지로 하늘을 올려다보고 있었다. 태어나 처음 눈 내리는 걸 본 사람처럼 한껏 고개를 젖혀, 하늘을 바라보고 있었다.

그뿐이었다. 단지 그뿐인데, 그 모습을 본 순간 가슴이 무너져 내렸다.

누구라도 좋으니 제발 저 사람을 혼자 두지 말아 줬음 싶었다. 이제 그만 답이 보이지 않는 진흙탕에서 저 사람을 구해 주길 바랐다. 자신은 외면하고 돌아서면 그뿐이었다. 열일곱의 자신이 그러했듯 손을 놓고 돌아서면 그만이었다. 하지만 자신이 돌아선 뒤에도 저 사람은 영원히 과거라는 미로 속에 갇혀 빠져나오지 못할 게 분명했다.

열일곱 그해 여름의 기억과 스물아홉에 다시 만나 함께한 시간들이 파노라마처럼 펼쳐졌다. 이렇게 자신이 지켜본다 해도 변하는 건, 달라지는 건 없었다. 헌데 왜 미련한 짓인 걸 알면서도 저 사람을 두고 떠나지 못하는 걸까. 알면서도, 절대로 함께해선 안 되는 사이란 걸 알면서도, 왜.

대체 무얼 하고 싶어서?

'쉽게 생각해, 쉽게.'

저 사람과 자신 사이에 드리워진 검고 진득한 과거와 아픔을 걷어 내면 무엇이 보일까. 무엇이 남을까. 자신이 지금 이 순간 정말 바라는 건 무엇일까.

안아 주고 싶어.

거창한 걸 해 주고 싶은 게 아니었다. 그저, 안아 주고 싶었다. 저 어깨를 춥지 않게, 외롭지 않게 안아 주고 싶었다. 문득,

과거부터 지금까지 바라는 건 오직 그뿐이었다는 생각이 들었다. 저 아픈 사람을 안아 줄 수 있는 사람이 되고 싶다. 새하얀 눈발이 흩날리는 하늘에, 아니, 그 하늘 위에 있을지 모를 신을 향해 물었다.

안아 주면 안 됩니까? 그냥 저 사람, 안아 주면 안 돼요?

"……진우야?"

자신을 부르는 목소리에 심장이 죄어들었다.

"추운데 왜 여기……."

본인이 더 차갑게 얼었으면서도, 발간 코끝을 하고서도 자신부터 걱정하는 사람이었다. 그래서 좋아했다. 자신보다 남을 더 생각하는 사람이라서, 그게 사랑스럽고 또 한편으론 안타까워서 눈을 뗄 수가 없었다.

죄라는 걸 알았다. 용서받을 수 없을 것이다.

죽는 순간까지, 죄악감의 무게를 어깨에 얹고 살아야 할 것이다.

성큼 다가간 진우가 서유를 끌어안았다. 자신의 어깨를 겨우 넘어서는 작은 몸을 끌어안자 비로소 안도감이 퍼져 나갔다.

"예전에 했던 말, 기억나?"

'네 탓이야. 그러니까, 네가 책임져.'

"책임지라고 했었지."

품에서 바르작대는 조그마한 몸을 끌어안으며 진우가 덧붙였다. 다시 한번 더 책임져 봐. 품 안의 움직임이 우뚝 멎었다. 깊숙이 서유를 당겨 안은 진우가 낮게 속삭였다.

"이번엔 나도, 당신 책임질 테니까."

하늘을 올려다보았다. 한결 거세진 눈발이 어지러이 흔들리고 있었다. 진우의 눈시울이 젖어들었다. 지워지지 않을 것이다.
과거는 계속 자신들의 발목을 붙잡고 늘어져 놓아주지 않을 것
이다. 아플 것이다. 앞으로도 많이 아프고 힘들 것이다. 하지만
참아 낼 수 있었다. 그것이 이 사람을 안아 줄 수 있는 대가라
면, 기꺼이.

"오 변호사님, 이 변호사님, 여기예요."

태성과 진우가 오기 전에 미리 자리 잡고 앉아 있던 지현이
반갑게 손짓했다. 허기질 두 사람을 위해 바지런히 고기를 굽고
있던 서유의 시선도 자연스레 돌아갔다.

"늦어서 죄송합니다. 오래 기다리셨죠. 서유 씨도 많이 배고
프셨을 텐데, 죄송합니다."

"아뇨. 괜찮아요."

태성의 옆에 서 있는 이를 의식하며 서유가 고개를 내저었다.
진우에게 인사조차 제대로 하지 않는 서유의 행동이 의아할 법
도 했지만 태성과 지현은 자신들만의 눈짓을 주고받느라 그를
신경 쓸 처지가 못 됐다.

지현의 옆자리는 자연스레 태성의 몫이 된 터라 선택의 여지
가 없었다. 진우가 덤덤한 얼굴로 자리에 앉는 순간 옆자리에
앉아 있던 서유의 몸이 움찔거렸다.

"거기 옆에 물수건 좀 줘."

진우의 말에 서유가 재빨리 물수건을 내밀었다.

"물도 줘."

"여기."

진우의 부름에 단숨에 집게를 내려놓은 서유가 제 옆에 쌓여 있던 잔을 건넸다.

"잔만 주면 뭐 해. 물도 줘."

"아."

허겁지겁 물병을 건네던 서유가 생각난 것이 있다는 듯 물병을 열고 손수 잔에 물을 따라 주었다. 진우가 무심한 표정으로 따라 준 물을 마셨다.

남들은 다 아는, 그러나 당사자들은 모르는 비밀 연애를 하고 있던 태성과 지현이었다. 자리에 앉아서도 숙덕숙덕 이야기를 나누기 바쁘던 두 사람은 뒤늦게야 서유와 진우 사이에서 느껴지는 미묘한 이질감을 감지해 냈다.

"이 변…… 아니, 이진우. 너 뭐냐?"

"뭐가요. 아, 거기 버튼 좀 눌러 줘."

연상인 서유에게 반말을 하는 것도 모자라 부탁의 탈을 쓴 명령을 해 대는 진우의 모습에 태성이 미간을 좁혔다. 언젠가 진우로부터 두 사람이 아는 사이였단 얘길 듣긴 했지만 이런 태도는 아니지 않은가. 버릇없는 녀석이 아니었는데 갑자기 왜 이러는 건지. 태성이 간만에 연장자로서 단단히 한 소리 해 주어야겠다 마음먹은 순간 점원이 다가왔다.

"필요한 것 있으세요?"

"따뜻한 물 없습니까?"

"따뜻한 물이요? 바로 가져다드릴게요."

점원이 종종거리며 사라지자 태성이 험악하게 인상을 굳혔다. 물론 태성의 옆에 앉아 이 상황을 관망하던 지현 역시 불쾌함을 감추지 못했다.

"이 변호사님, 언니가 아무리 순해 빠졌어도 이러시면 곤란하죠."

"뭐가 곤란합니까?"

진우가 시큰둥하게 대꾸하는 사이 점원이 부탁한 물을 가져왔다. 아무렇지 않게 물병을 받아 든 진우가 서유에게 말했다.

"잔 하나 더 줘."

"야, 이진우, 말버릇이 그게 뭐야."

"이 변호사님!"

험악한 분위기에도 불구, 진우의 표정은 지극히 태연했다. 진우의 시선이 흘낏 옆자리에 앉은 서유에게 닿았다. 이 사태를 어떻게 해결해야 할지 몰라 부지런히 머리를 굴리고 있는 게 빤히 보였다.

"감기 걸려 놓고 찬물을 마시면 어쩌자는 거야?"

진우가 쯧쯧 혀를 차며 새 잔에 따뜻한 물을 따랐다. 자, 당신은 이거 마셔. 잔을 받아 든 서유가 슬그머니 앞에 앉은 두 사람의 눈치를 살폈다. 태성은 쌍꺼풀진 커다란 두 눈을 부릅뜨고 있었고, 지현 역시 믿을 수 없다는 듯 입을 벌리고 있었다.

"고기 타. 얼른 먹기나 해."

대뜸 서유의 그릇 위에 고기를 얹어 준 진우가 안 먹을 거냐되물었다. 아, 아니, 먹을 거야. 서유의 대답에 진우가 만족스러운 듯 고개를 끄덕였다.

"두 분도 어서 드세요. 고기 탑니다."

"어, 음, 이진우…… 너…… 뭐."

"이 변호사님, 저, 이게 대체."

퍼렇게 질린 얼굴로 해명을 요구하는 두 사람의 접시에도 차곡차곡 고기가 쌓였다.

"설마, 두 사람, 사귀는 겁니까?"

서유를 향한 태성의 물음에 진우가 먼저 답했다.

"그럼 안 됩니까?"

"아니, 안 되는 건 아닌데…… 이건 뭔가 좀 갑작스럽……지, 않나?"

대꾸할 가치도 없다는 듯 어깨를 으쓱인 진우가 여전히 젓가락만 물고 있는 서유에게 눈짓했다. 안 먹고 뭐 해?

"너 혹시, 서유 씨를 뭐, 협박했다든가…… 애먼 짓을 했다든가…… 뭐, 그런 건 아니지?"

저 인간이 대체 사람을 뭘로 보고.

선배에 대한 예의고 뭐고 할 말 못 할 말을 가리지 못하는 인간에게 한마디 해야겠다, 마음먹은 순간이었다. 불안한 표정으로 오물오물 고기를 씹고 있는 서유를 본 진우의 얼굴에 일순 악동 같은 미소가 걸렸다.

"정말 그런 거야?"

오해를 증폭시킬 걸 알면서도 진우가 태연히 대꾸했다.

"책임져야죠."

"여, 역시 너!"

"열일곱 파릇파릇한 소년의 입술을 훔쳤으면 당연히 책임져야 하는 거 아닙니까?"

그것도 첫 키스를 말이죠.

진우의 말이 끝나기 무섭게 서유에게서 기침이 터져 나왔다. 슬쩍 미간을 찌푸린 진우가 등을 도닥이며 나무랐다. 그러게 조심해서 먹었어야지. 왜 뭐가 찔렸어? 진우가 주는 대로 물을 받아 마신 서유가 이내 억울한 얼굴을 했다. 할 말은 많은데 차마할 수 없다는 듯한 표정에 진우가 눈썹을 치켜세웠다. 왜 그렇게 봐? 내가 뭐 틀린 말 했어?

"언니, 정말이야? 진짜냐구."

"서유 씨, 저 녀석 말이 사실입니까?"

자신을 향해 쏟아지는 관심의 화살에 서유가 난처하다는 듯 웃어 보였다. 도움을 요청하며 진우의 옷소매를 잡아당겨 보았지만 돌아오는 건 무슨 일이냐는 듯한 무심한 눈빛뿐이었다. 아니, 아니었다. 열일곱의 소년에서 스물아홉의 남자가 된 진우의 입가엔 숨길 수 없는 짓궂은 미소가 걸려 있었다.

서유는 진우의 이런 미소가 무엇을 의미하는지 알고 있었다.

'잘난 척? 잘난 걸 잘났다고 말하는 게 왜 잘난 척이야?'

'조심해. 늙어서 뼈 부러지면 잘 붙지도 않아.'

덧붙여, 자신이 이런 미소를 짓는 그를 이길 수 없다는 것도.

우리들의 이야기

"그러니까 이게 말이나 되는 얘기냐고, 으응? 뭐라고 말 좀 해 봐, 이진우."

이놈의 술주정뱅이를 그냥.

테이블에 엎어진 태성을 향해 진우가 소리 없이 이를 갈았다. 대체 이게 몇 시간째인가 싶었다. 이런 들으나 마나 한 이야기를 들어 줄 시간에 잠을 자거나 일을 했다면 얼마나 좋았을까.

"네가 봐도 지현이가 심하지 않냐? 어떻게 내 앞에서 전 남친이랑 웃으며 얘기를 나눌 수 있어?"

"그러게요."

무성의한 대꾸에도 태성은 이때다 싶은 듯 또다시 울분을 터뜨렸다.

"그 기생오라비같이 생긴 자식이 나보고 뭐라는 줄 알아? 요즘 같은 세상에 힘든 일 하시네요, 래!"

본인이 하는 일이 요즘 같은 세상에 힘든 일이 아니고 대체 뭐란 말인가. 하지만 이제 겨우 일 년여 남짓 연애를 한, 사랑으로 이성이 마비된 태성에겐 그것이 자신을 향한 비웃음으로 느껴진 모양이었다.

"어떻게 내가 옆에 있는데 그 녀석 보고 합석을 하자고 권할 수가 있어?"

"그 남자, 한의사라면서요."

"그래! 근데 그게 뭐?"

"합석을 권한 게 아니라 최 대리님이 선배님 건강 걱정해서 진맥 한번 해 달라 부탁한 것뿐이잖습니까. 진맥해 주고 곧바로 자리 떴다면서요."

"뭐가 문제냐니, 지금까지 내 말을 어디로 들은 거야!"

귓구멍으로 들었다, 왜.

그간 함께 일한 정으로 참아 왔지만 슬슬 한계가 오고 있었다.

"걱정한 거잖습니까. 제 생각엔 오히려 그 남자가 기분 나빴을 것 같습니다만."

"넌 내 말의 요지를 전혀 이해하지 못하고 있어!"

욱한 태성이 요란스레 테이블을 내리치는 순간 진우의 인내심도 산산이 부서졌다. 미련 없이 자리에서 일어선 진우의 옷자락을 태성이 다급하게 붙잡았다. 화, 화장실 가는 거지? 애처로운 시선에 진우가 꾹꾹 차오르는 욕설을 삼켰다. 맘 같아선 골백번도 더 버리고 가고 싶었지만…….

"잠시만 바람 쐬고 오겠습니다."

"오 분 안에 와."

계속 이 인간 아래 있어야 할까.

문을 열고 나오자 서늘한 바람에 막힌 숨통이 트였다. PM 10:45. 휴대폰 액정 위에서 환하게 빛나는 숫자에 망설이던 것도 잠시, 손가락이 저절로 익숙한 단축번호로 향했다.

"잤어?"

— 아직. 사무실이야?

한 손을 느슨하게 주머니 안으로 밀어 넣은 진우가 벽에 몸을 기댔다. 굳어져 있던 얼굴이 비로소 부드럽게 풀어졌다.

"아니, 선배랑 한잔하러 밖에. 집이야?"

순간 수화기 저 너머로 그 인간은 무식한 곰과 다름없다는 외침이 들려왔다. 어떻게 질투 한 번 하지 않을 수 있냐는 둥, 자기 옆자리에 전 애인이 앉았는데도 좋다고 웃어 젖히고 있냐는 둥 술 취한 목소리로 떠들어 대는 이는 분명 진우도 익히 아는 사람이었다.

"최 대리지?"

— ……안 좋은 일이 있어서.

"언제부터 있었는데?"

— 그렇게 오래 안 됐어.

"내일 일 나가잖아. 잠도 많으면서. 빨리 돌려보내."

— 그렇긴 한데, 지현이가 많이 힘들어해서.

이 인간들을 진짜. 사랑에 빠진 남녀만큼 어리석은 자들이 없다는 말은 사실이었다. 별것도 아닌 일에 일희일비하며 이별과 사랑을 논하는 두 인간은 최근 진우의 블랙리스트 1위였다. 나이는 먹을 만큼 먹은 성인들이 왜 자꾸 둘 사이의 일에 자신들을 끌어들이는 건지.

연애는 자기들만 하는 줄 알아?

"이게 대체 몇 번째야. 이래 놓고 내일이면 또 사소한 오해였느니, 화해했다느니 하면서 시시덕거릴 게 뻔하잖아."

— 그렇긴 하지만.

"다 받아 주니까 안 가고 저러고 있는 거잖아. 빨리 보내."

— 넌 괜찮아? 안 피곤해?

왜 아닌가. 피곤해 죽을 것 같았다. 차라리 일을 하면 보람이라도 느끼지, 이건 정말이지 쓸데없는 정신적 육체적 고문이었다.

— 술 너무 마시지 마.

걱정 어린 음색에 험악하던 진우의 표정이 다소 누그러졌다.

"잔소리쟁이."

— 잔소리 같아?

진우의 침묵을 무어라 해석한 것인지 서유가 풀 죽은 목소리로 반성했다.

— 앞으론 조심할게.

조심하긴 뭘 조심해.

웃음을 삼키며 무어라 말하려는 순간 등 뒤에 불쾌한 체온이 들러붙었다. 뒤를 돌아보자 시뻘건 얼굴을 한 태성이 매달려 있었다.

"사람이 이렇게 힘들어하는데 넌 서유 씨랑 밀어를 속삭이고 있냐, 이 나쁜 놈아!"

밀어 같은 소리 하고 자빠졌네.

술에 취한 곰을 떼어 내려 했지만 요지부동이었다. 원래 제정신인 놈보다 미친놈을 상대하기가 더 어려운 법이었다. 지나가던 사람들의 시선을 한 몸에 받으며 태성과 실랑이를 벌이는 와중 휴대폰에서 서유의 목소리가 들려왔다.

— 괜찮아? 옆에 오 변호사님이셔?

"괜찮…… 컥, 아, 진짜 좀 가만히……! 난 괜찮…… 최 대리님 얼른 집에 돌려보내고…… 아, 진짜 이 인간이…… 내일은, 일이 많아서 아무래도, 컥, 못 가겠어. 다시, 다시 연락할게."

— 으응.

서유의 목소리가 살짝 가라앉았지만 술 취한 곰을 상대하기 바쁜 진우는 그 미묘한 뉘앙스를 파악하지 못했다. 전화를 종료한 진우가 제 다리를 붙잡고 매달리며 우엉우엉 울부짖는 태성을 사납게 노려보았다.

서른여덟이나 먹은 사내자식이 길가에서 울지 말란 말이야.

"치정 싸움인가?"

"게이인가 봐."

"아무리 그래도 그렇지 어떻게 대놓고 길 한복판에서."

살심이 치솟는다는 게 이런 거였어. 진우의 마음을 아는지 모르는지 태성은 애처롭게 두 다리를 부여잡은 채 흐느낄 뿐이었다.

"……흑흑, 너까지 날 두고 가지 마아."

대체 이 인간을 어떻게 해야 좋단 말인가. 손바닥으로 얼굴을 가린 진우의 입에서 한숨이 터져 나왔다.

마트에서 장을 보고 집으로 돌아가는 길이었다.

— 늦어도 일곱 시 전까진 갈게.

낮의 통화를 떠올린 서유가 바삐 걸음을 옮겼다. 일이 고된 탓인지 부쩍 살이 빠진 진우에게 든든한 음식을 해 줄 참이었다.

"뭐가 그렇게 바빠? 약속 시간 되려면 아직 한참 남았는데."

담벼락에 기대어 선 남자를 발견한 서유가 눈을 홉떴다. 놀라움도 잠시, 상대를 향한 반가움에 입가가 배시시 벌어졌다. 주인 만난 강아지마냥 쪼르르 달려오는 서유의 모습에 진우가 어쩔 수 없다는 듯 웃었다.

"한참 기다렸어?"

"얼마 안 됐어. 집에 갔는데 없길래 여기 왔겠구나, 싶었지."

"들어가 있지. 날씨도 쌀쌀한데."

두 사람이 연인이 된 지도 어느덧 일 년이 다 되어 갔다. 첫눈이 내리던 겨울을 지나 봄, 여름을 함께 보내고 벌써 가을이었다. 짧다면 짧고 길다면 긴 시간 동안 서유는 진우에게 자신의 집 열쇠를 건넸다. 혹여 진우가 자신을 기다리며 문 앞에서 서성이는 일이 없도록.

"그냥."

조금이라도 더 보고 싶었다는 낯간지러운 대답 대신 진우가 손을 내밀었다.

"이리 내. 뭘 또 이렇게 샀어."

"우유는 내가 들게."

"손 시려. 내놔, 얼른."

짐을 빼앗아 든 진우가 앞서 걷고 서유가 그 뒤를 쫓았다. 자연스레 속도를 줄여 서유의 보폭에 맞춰 걷던 진우가 물었다.

"뭐가 그렇게 좋아?"

"티 나?"

"엄청. 뭔데. 뭐 좋은 일 있어?"

꽃물을 들인 것처럼 서유의 양 볼에 붉은 기가 스며들었다. 진우의 옷소매를 붙잡은 서유가 수줍게 대답했다.

"네가 와서, 그래서, 좋아서."

하여간에.

솔직한 대꾸에 진우가 어쩔 수 없다는 듯 어깨를 으쓱였다. 다소 느리고 둔하긴 하지만 서유는 감정 표현에 솔직했다. 밀당이 다 뭐란 말인가. 머릿속에 밀당이란 단어가 정착되지 않은 서유는 진우 쪽에서 당혹스러울 만큼 순수하게 자신의 감정을 부딪쳐 왔다.

'이진우, 잘 새겨들어. 연애의 기본은 밀고 당기기라고. 적절한 완급 조절은 필수야.'

'이 변호사님, 아니, 진우 씨는 잘 모르시겠지만, 연애라는 건 무조건 상대방한테 잘해 준다고 되는 게 아니에요.'

비슷한 시기에 연애를 시작한 태성과 지현의 연애는, 그래, 확실히 이쪽과는 달랐다. 두 사람은 언제나 자신의 줄을 팽팽히 당기거나 느슨하게 늘어뜨리며 스릴과 모험이 난무하는 연애를 즐기고 있었다. 이틀 전 술을 퍼마시며 전 남친이 어쩌고, 질투가 어쩌고를 떠들어 대던 태성이 오늘은 종일 전화를 붙잡고 지현과 시시덕대던 것만 봐도 그랬다.

'지현이가 일부러 질투하게 하려고 그 남자를 부른 거였대. 미안하다면서 훌쩍이는데, 귀여워 미치는 줄 알았어.'

선배만 아니었으면 정말 주먹이 날아갈 뻔했지. 아찔했던 오늘 하루를 떠올린 진우가 고개를 가로저었다.

"배고프겠다. 빨리 가서 저녁 차려 줄게."

"천천히 해. 서두를 것 없어."

앞서 말한 두 사람과 비교해 서유와 진우의 사이는 담백하기 그지없었다. 매일 안부 전화를 하지만 통화는 언제나 이 분을 넘기지 않았다. 시간이 되면 함께 밥을 먹고 차를 마시지만 서로의 눈을 마주하며 달콤한 밀어를 속삭이지도, 성인 남녀 사이에서 당연히 여겨지는 진한 스킨십을 하지도 않았다. 복잡한 곳을 싫어하는 두 사람이기에 주말을 함께 보낼 때면 집에서 좋아하는 책을 읽으며 뒹굴거리거나 공원을 산책했다.

물론, 연인이 되기 전과 달라진 게 아무것도 없는 건 아니었지만.

짐 꾸러미를 한 손으로 옮긴 진우가 나머지 손을 내밀었다. 서산 너머로 노을이 물들어 가는 시간, 이제는 자연스럽게 서로의 손을 마주 잡고 걸어갈 수 있었다.

"나도 좋아."

갑작스러운 진우의 말에 서유가 고개를 기우뚱거렸다.

"당신 만나서 좋다고."

새빨개진 서유가 시선을 어디에 두어야 할지 모르겠다는 듯 이리저리 눈을 굴렸다. 자신의 감정은 쉬이 표현하면서도 정작 그런 말을 듣는 건 쑥스러워하는 모습이 귀여웠다. 여기서 끌어안는 건 좀 그렇겠지. 잠시 단내 나는 고민을 하던 진우가 손을 잡고 느릿하게 걸음을 옮겼다.

"여어."

"언니, 진우 씨."

집 앞에 다다르자 대문 주변을 서성이고 있던 지현과 태성이 반가운 얼굴로 다가왔다. 맞잡은 진우의 손에 힘이 들어가는 것을 알아챈 서유의 얼굴에 난처함이 어렸다.

"지현아, 이제 속은 괜찮아?"

"속? 당연히 괜찮지! 두 사람 어디 갔다 온 거야. 한참 기다렸네. 아항, 장 보고 왔구나?"

거나하게 취해 태성을 욕하던 기억을 말끔히 삭제한 지현이 해맑게 미소 지었다. 썩어 가는 진우의 표정 따윈 상큼하게 무시한 지현의 시선이 단단히 맞잡은 두 사람의 손에 머물렀다. 이쯤 되면 슬슬 풀어도 되련만 진우도 서유도 잡은 손을 놓을 기미가 없었다.

"여긴 왜 오신 겁니까?"

"뭐냐, 그 발언. 내가 온 게 못마땅하냐? 왜, 서유 씨랑 있는 시간 방해될까 봐?"

그렇지 않노라 반박하는 수줍은 후배의 모습을 기대했던 태성이지만 헛된 바람이었다. 당연한 걸 왜 물어보냐는 듯한 뻬딱한 표정에 머쓱해진 태성이 뒷머리를 긁었다.

"언니 아직 저녁 전이지? 오빠랑 내가 삼겹살 사 왔어. 같이 구워 먹자. 오늘은 우리가 쏘는 거야."

그딴 거 안 쏴도 되니까 당장 돌아가.

진우도 지현과 태성 두 사람을 싫어하진 않았다. 싹싹한 동생 노릇을 하며 살갑게 서유를 챙기는 지현과 실없어 보이지만 내심 속 깊고 배울 점이 많은 선배인 태성을 어떻게 미워할 수 있을까. 하지만 독립적인 개인으로서가 아니라 연인으로서 함께하는 두 사람은 정말이지 지긋지긋했다.

자신들과 비슷한 시기에 연애를 시작한 두 사람은 벌써 세 차례 큰 고비를 맞았고, 두 번이나 이별을 울부짖다 눈물을 흘리며 화해하길 반복했다. 각자마다 연애 사정은 다른 법이니 이쪽에서 왈가왈부할 수는 없겠지만 매번 두 사람의 사랑싸움에 자신들이 끌려 들어가니 문제였다.

'분명 그 목걸이가 마음에 드는 눈치였거든. 화장실 간 사이 그걸 사다 줬는데 돈 낭비가 심하다는 거야. 그래서 내가 마음에 안 들면 환불할까 물으니까 또 화를 내는데, 대체 어쩌란 건지 모르겠어.'

'속이 쓰려서 스파게티보다는 얼큰한 걸 먹고 싶다니까 토라져서 하루 종일 말도 안 해.'

'어떻게 내가 연락을 안 한다고 자기도 삼 일이나 문자 하나 안 보낼 수 있는 거야?'

서유에게서 전해 듣는 지현의 얘기도 별반 다를 게 없었다. 목걸이 얘기는 말할 것도 없고 애도 아닌데 스파게티 따위를 가지고 다툴 일은 뭐란 말인가. 자기도 연락을 안 해 놓고서 상대방이 연락하지 않는다고 토라지는 건 또 뭐고. 자신의 일만으로도 충분히 복잡한 상황에서 두 사람의 시답지 않은 다툼에 휘말릴 때마다 진심으로 울화가 치밀었다.

"서유 씨, 삼겹살 괜찮으시죠?"

"좋아해요, 삼겹살."

자신을 올려다보는 시선에 진우가 속으로 한숨을 삼켰다. 두 사람 모두 이틀 전의 다툼에 이쪽을 끌어들였다는 것이 미안해 찾아온 게 분명했다. 문제는 그 사과의 방식이 도리어 폐가 된다는 점이었다. 하지만 어쩌겠는가. 자신의 연인은 집 앞까지 찾아온 두 사람을 돌려보낼 수 있을 만큼 모질지 못하니.

"우후, 간만에 삼겹살이구만."

"거기다 소주 한잔 하면, 크으. 역시 오빠와 나는 잘 맞아. 그치?"

"완전 천생연분이지. 하하하하."

저 인간들이 웬수지. 가만히 두 사람의 대화를 듣고 있던 진우가 냉정한 얼굴로 선언했다.

"술은 금집니다."

"에? 왜요?"

"어째서! 삼겹살엔 소준데!"

"싫으면 돌아가시죠."

"이건 횡포잖아요. 여긴 언니 집인데 왜 진우 씨 허락을 맡아야 해요? 왜 우리가 진우 씨 말을 들어야 하냐구요."

도전적인 지현의 시선에 진우가 턱 끝을 치켜들었다.

"여기 집주인이 날 제일 좋아하니까."

싸한 바람이 몰아쳤다. 오만하기 짝이 없는 대꾸에 지현이 할 말을 잃은 사이, 진우의 눈매가 부드럽게 휘어졌다.

"농담입니다."

거짓말!

억울함이 가득한 지현의 시선이, 냉큼 서유를 이끌고 대문으로 들어서는 진우의 너른 등을 향했다.

"언니, 이 영화 같이 보자. 저번에 오빠랑 같이 보려다 시간이 안 맞아서 못 봤거든. 아는 사람이 DVD 있대서 빌려 왔어. 언니도 분명 좋아할 거야. 볼 거지? 같이 볼 거지?"

지현이 설거지를 하고 있던 서유의 옆에서 살갑게 애교를 피워 댔다. 서유가 웃으며 고개를 끄덕이자 거실로 달려간 지현이 일찌감치 자리를 잡았다. 함께 설거지를 하던 진우의 등에서 피어오르는 검은 오라는 상큼하게 무시해 버린 채로.

기름기 묻은 접시를 닦아 내는 진우의 손길이 거칠었다. 지현이 도무지 쓸 일이 없다며 자신의 DVD 플레이어를 가져와 설치할 때부터 이런 상황을 예감했어야 했다. 영화는 그쪽 애인 집에서나 보시라는 말이 목까지 차올라 넘실거렸다.

"과일 먹을래?"

설거지를 끝낸 서유가 앞치마에 물기를 훔치며 거실로 나왔다.

"난 사과. 오빠는?"

"편할 대로 주세요. 제가 뭐 도와드릴 건 없나요?"

"뒷정리 도와주셨잖아요. 준비할 동안 편히 앉아 쉬세요."

그나마 염치 있어 보이는 태성이었지만 서유의 말이 끝나기 무섭게 지현의 옆자리에 착석했다. 저 몰염치한 인간들을 대체 어떻게 처리하면 좋을까. 접시에 남은 물기를 털어 내던 진우의 시선이 음산한 빛을 뿜은 바로 그 순간이었다.

"우, 우악!"

"조루! 너, 너 언제부터 거기 있었어! 자꾸 숨어 있다 나와서 사람 놀라게 할래!"

자꾸 이러면 다신 간식 없을 줄 알아! 흥분한 지현의 목소리와 그런 지현을 말리다 조루의 공격을 당한 태성의 비명이 연이

어 들려왔다. 서유가 재빨리 조루를 자신의 방에 옮겨 놓고 나
서야 사건은 일단락됐다. 물론 그 아수라장 사이에서 진우의 우
울했던 기분은 정상 궤도로 돌아왔다.

사실 진우 역시 조루의 기습 등장에 당하고 있는 피해자 중
하나였다. 허나, 자신이 당하는 것과 남이 당하는 걸 지켜보는
느낌은 다른 법. 한결 개운해진 표정으로 설거지를 마무리한 진
우가 서유를 향해 돌아섰다.

"다른 거 뭐 도와줄…… 그거, 다 뭐야."

"영화 보면서 먹을 거."

손수 구워 둔 과자며, 빵이며, 과일이며 한가득 담아내는 서
유의 모습에 진우는 오싹한 공포를 느꼈다. 서유는 늘 시골의
인심 좋은 할머니처럼 제 옆의 사람들에게 뭔가를 먹이려 했고
그 넉넉한 마음의 가장 큰 수혜자는 바로 진우 본인이었다.

살짝 부풀어 오른 듯한 자신의 아랫배를 내려다보던 진우가
고개를 내저었다. 겨우 나이 서른에 배불뚝이 아저씨가 될 수는
없었다. 티스푼으로 차를 젓던 서유와 진우의 시선이 부딪쳤다.
핼쑥한 진우의 얼굴에 서유가 근심 어린 표정을 지었다.

"피곤해? 피곤하면 방에 가서 한숨 붙일래?"

실컷 먹여 놓고 재우려 하지 마. 뚱보 되면 그쪽이 책임질 거
야?

"싫어. 옆에 붙어서 같이 영화 볼 거야."

심통맞게 대꾸한 진우가 챙겨 놓은 상을 들고 거실로 나갔다.

"우와, 이게 다 뭡니까."

"언니도 참. 오빠, 언니가 주는 대로 다 먹지 마. 정말 사십
대 배불뚝이 아저씨가 되는 수 있어."

지현의 핀잔에 슬쩍 눈을 흘겼지만 그뿐이었다. 태성의 손이 냉큼 폭신한 빵 한 덩이로 향했다. 곧 배불뚝이 아저씨가 될 분이 저기 보이는군. 냉정히 평가한 진우가 쿠션과 담요로 자신들의 자리를 마련해 놓은 태성과 지현을 피해 이동했다.

어미 새가 나뭇가지를 물어 와 둥지를 만들 듯 지현은 틈날 때마다 쿠션이며 담요며 화분이며 휑한 서유의 집을 채울 것들을 사다 날랐다. 처음 이곳에 온 날 다소 썰렁하다 느꼈던 집의 풍경조차 실은 지현이 고군분투하며 이뤄 낸 결과물이었다.

이러니저러니 해도 미워할 순 없단 말이지.

진우가 소파에 앉은 서유의 옆자리를 꿰차기 무섭게 태성이 자리에서 일어나 불을 껐다.

"공포 영화는 역시 불을 끄고 봐야 제맛이지."

지현의 싱글거리는 웃음과 함께 영화가 시작되었다.

영화가 중반을 향해 달려가고 있을 무렵 진우가 하품을 토해 냈다.

"졸려?"

"아니."

무심코 답한 진우의 시선이 다정하게 자신을 바라보는 서유에게 닿았다. 잠시 고민하던 진우가 이내 포기하고 서유의 무릎을 베고 누웠다. 소파 끝까지 긴 다리를 뻗자 당연하다는 듯 담요가 위로 올라왔다. 편히 잠들어도 된다는 듯 어깨를 도닥이는 손길에 진우가 잘 생각은 없다며 고개를 내저었다.

"어떤 의미론 저 녀석도 꽤 대단하지 않아?"

서유의 무릎을 베고 누운 진우를 훔쳐보며 태성이 지현의 귓가에 속삭였다.

"……언니도 그래."

꼭 세상에 둘만 있는 것처럼 다감하게 진우의 머리를 어루만지는 서유를 바라보며 지현도 고개를 주억거렸다.

"저 두 사람도 은근 강적이라니까."

태성과 지현의 머릿속에 당연한 듯 손을 맞잡고 있던 두 사람이 스쳐 지나갔다. 어떤 의미론 닭 털 날릴 수 있는 행동이고 남들이 저런 짓을 해 댔다면 적당히 하라며 한 소리 할 수도 있겠지만, 저 두 사람은 뭐랄까.

"꼭 사이좋은 오누이 같지 않아?"

지현의 말에 태성도 고개를 끄덕이며 동의를 표했다. 대뜸 고깃집에서 연인 사이임을 선언한 두 사람은 뭐랄까, 달콤한 연인이라기보다 서로를 소중히 여기는 다정한 오누이 같았다. 싸우거나 언성을 높이는 일도 없이 서로를 챙겨 주는 모습을 보고 있노라면 자신들이 유난을 떨며 연애를 한다는 느낌이 들 정도였다.

저 무뚝뚝한 녀석이 서유 씨 앞에선 나름 어리광도 부린단 말이지. 무릎을 베고 나른함에 취해 있는 진우를 바라보던 태성이 지현을 향해 눈을 빛냈다.

"우리도 질 수 없지."

"나도 그 생각 했어."

태성과 지현이 서로 바짝 몸을 붙여 앉았다. 닭 털은 자신들도 충분히 날릴 수 있었다. 태성이 지현의 어깨에 팔을 두르자 지현도 허리에 착, 손을 감았다.

화면이 점차 음산해지고 금방이라도 악령이 나타날 듯 음악이 기괴함을 더해 갔다. 여주인공의 두 눈에 공포가 들어참과 동시에 지현의 어깨를 감싼 태성의 손바닥에도 슬슬 땀이 들어차기 시작했다.

참아야 한다.

심장이 벌렁거릴 만큼 겁이 났지만 티를 낼 순 없었다. 자신들은 아직 일 년도 안 된 파릇파릇한 연인이 아닌가. 겁이 나는 듯 점차 자신에게 달라붙는 지현의 어깨를 바싹 당겨 안은 태성이 이를 악물었다.

내 사전에 비명은 없다.

태성이 어둠 속에서 홀로 공포와 맞설 동안 영화는 점점 클라이맥스로 치달았다. 진우가 꼴깍, 마른침을 삼켰다. 곧 악령이 나타나 여주인공을 해치려 할 것 같았다. 다음이 예상되는 뻔한 전개였지만 긴장으로 몸이 굳어지는 건 어쩔 수 없었다.

그때였다.

화면을 응시하던 서유가 진우의 어깨를 도닥도닥 다독였다. 안심하라고 말하는 듯한 행동에 진우가 소리 없이 웃었다. 하여간에 겁도 없어요. 순둥이 같은 얼굴을 하고 있지만 자신의 연인은 어지간한 일엔 놀라거나 겁을 먹지 않았다.

어이없음인지, 어깨에 전해지는 규칙적인 손길 때문인지 긴장이 풀어졌다. 공포심을 자극하듯 검게 일렁이는 화면을 떠난 진우의 시선이 태성과 지현에게 닿았다.

언제부터인가 바싹 서로에게 다가간 두 사람의 얼굴이 희게 질려 있었다. 마침내 괴이한 비명과 함께 악령이 튀어나왔다. 제대로 화면을 보지 못한 진우도 그 찢어질 듯 날카로운 소리에 절로 몸이 움찔거렸다. 태성과 지현은 이미 경악의 비명을 내지르며 물에 빠진 사람이 지푸라기라도 붙잡듯 서로를 끌어안은 채였다.

참 나, 어떤 의미론 완벽한 한 쌍이야.

자존심이 무너진 태성이 험험, 연신 낮은 헛기침을 토해 내는 사이 서유가 진우의 머리를 쓰다듬었다. 그 손길에 다시 피어오르는 웃음을 감춘 진우가 눈을 감았다.

열일곱의 자신은 이런 상황을 용납하지 못했을 게 분명했다. 아니, 애초에 일 년 전의 자신은 롤러코스터를 타지 못한다는 사실을 들키고 몹시 수치스러워했었다. 이제 와 생각해 보면 모두 쓸데없는 오기이고 자존심이었지만.

이제는 알고 있었다. 지금 자신에게 무릎을 내어준 상대에게 만큼은 그 어떤 허세도 부릴 필요가 없다는 걸. 아프다면 어루만져 주고 힘들다 말하면 위로해 줄 상대임을 알기에, 약한 자신의 모습도 비웃지 않고 끌어안아 줄 사람임을 알기에, 이렇듯 온몸에 힘을 빼고 자신을 향한 손길을 받아들일 수 있었다.

눈꺼풀이 무겁게 내려앉았다. 일에 치이고 못난 선배에 치여 며칠 동안 얼굴 한 번 제대로 마주하지 못했다. 영화가 끝나면 태성과 지현을 내보내고 느긋하게 둘만의 시간을 보내려 했지만 참을 수 없이 잠이 쏟아졌다. 배는 적당히 부르고 몸 위를 덮고 있는 담요는 따뜻했다. 무엇보다 자신의 머리를 어루만지는 손길이 달콤해서, 더는 버텨 낼 수가 없었다.

의식이 수마에 져 버린 그 순간, 열일곱 어느 날의 기억이 어른거렸다. 거실 창 너머로 새어 들던 햇살. 그 아래 동그랗게 몸을 말고 있던 뚱보 고양이. 녀석의 털을 긁어 주던 하얀 손가락. 언제나 뚱한 표정을 짓고 있던 녀석은 더없이 나른한 얼굴로 꾸벅꾸벅 고개를 늘어뜨리고 있었다.

녀석도 아마 이런 기분을 맛보고 있었으리라.

"어, 벌써 왔어? 아직 식 시작하려면 멀었는데. 엄청 일찍 와 줬네."

"늦지 않으려고 서둘렀더니. 결혼 축하한다. 이렇게 차려입으니까 정말 새신랑 같네."

진우의 말에 동우가 멋쩍은 표정으로 손을 내밀었다.

"고맙다, 와 줘서."

"기분은 어때, 떨려?"

"아직은. 너 보니까 긴장이 좀 풀린다, 야. 곧 사람들 몰릴 텐데 실수할까 봐 겁나."

"잘할 거야, 걱정 마."

"서유 씨는 같이 안 왔어?"

"잠깐 화장실."

정신없이 주변을 두리번거리던 동우의 입가로 일순 음침한 웃음이 터져 나왔다. 새신랑답지 않은 지저분한 모양새에 진우의 미간이 일그러졌다.

"나 원. 얌전한 고양이가 먼저 부뚜막에 올라간다더니. 뭐? 일곱 살 연상? 연사앙?"

이 개월 전의 일이었다. 결혼을 앞두고 개인적으로 정아를 소개할 겸 마련한 자리에 진우가 웬 여자와 함께 나타났다. 부드럽게 미소 짓는 상대의 얼굴을 본 순간 단번에 누구인지 알아차렸다. 역시 인연이란 게 있는 걸까. 새삼 감탄한 것도 잠시, 무심코 나이를 묻고 나선 충격과 경악의 도가니에 빠져들었다.

연상일 거라 생각은 했지만 무려 일곱 살 위였다. 것도 열일곱에 처음 만났다니, 무슨 말이 더 필요할까.

"새신랑이 그런 음습한 얼굴 하는 거 아니다."

"참 나. 축의금은 듬뿍 넣었냐?"

"가난한 변호사한테 뭘 바라."

"가난한 변호사치고는 어째 얼굴에 반들반들 윤기가 흐르는데. 보약이라도 먹어?"

동우의 말에 잠깐 멈칫한 진우가 낮게 중얼거렸다.

"……역시 조심해야겠어."

"조심하긴 뭘 조심해?"

"자꾸 먹이려고 해서 곤란해."

누가 자꾸 먹인다는 거지, 갸웃하던 동우가 이내 깨달았다는 듯 피식 웃었다.

"네가 봐도 살찐 것 같아? 배가 좀 나온 것 같지?"

진지한 친구의 모습이 오늘따라 낯설게 느껴졌다. 어떤 대답을 해 줘야 하나, 동우가 고민하고 있던 찰나 화장을 고치고 나온 서유가 다가왔다.

"결혼 축하드려요."

"저야말로 바쁘실 텐데 와 주셔서 고맙습니다."

"사람들이 너 찾는 것 같아. 이제 가 봐."

"어어, 내 정신 좀 봐라. 서유 씨 먼저 가 보겠습니다. 다음에 집들이할 때도 꼭 와 주세요. 아, 여기 음식 맛있으니까 잔뜩 드시고 가시구요."

꾸벅 인사를 하고 자신을 부르는 사람들에게로 다가가던 동우가 빙글 돌아섰다.

"이진우, 조만간 좋은 소식 기대한다."

사람 좋은 웃음을 흘리며 동우가 사라지자 덩그러니 남은 진우와 서유가 서로를 바라봤다. 동우가 말하는 좋은 소식이란 두 사람의 결혼을 의미하는 것일 테지만⋯⋯ 진우도 서유도 쉽사리 입을 열지 못했다. 얼마쯤 그렇게 서로를 마주 보고 있었을까. 서유가 먼저 무거운 침묵을 깼다.

"봉투 못 챙겼다고 했지. 저쪽에 있었어. 같이 가자."

"그래."

돌아오는 진우의 목소리가 낮게 가라앉아 있었다.

운전하던 진우가 흘낏 옆자리에 앉은 서유를 살폈다. 평소와 다르지 않은 담담한 표정이지만 그 속에선 어떤 생각들이 오가고 있을지 알 수 없었다. 망설이던 진우가 무심을 가장해 물었다.

"무슨 생각 해?"

"동우 씨 말이 생각나서. 남해에 계신 어른들⋯⋯ 분명, 걱정하고 계시겠지."

하나뿐인 손자잖아. 서유의 말에 어제 오후의 통화가 생각났다.

— 만나는 아가씬 없는 거냐?

두 사람 모두 안부 인사가 끝나자마자 약속이나 한 것처럼 만나는 상대가 없는가 묻기에 바빴다. 외조모는 혹 만나는 사람이 있는데 자신들이 저어할까 숨기는 거라면 괜찮노라 달래듯 속삭였고, 외조부는 사내 녀석이 여자 하나도 옆에 꿰차지 못했다며 호통을 쳤다.

바빠서 어쩔 수 없었다고, 때가 되면 생기지 않겠냐며 넉살 좋게 웃어넘겼지만 두 사람을 속이는 일이 마음 편할 리 없었 다. 두 사람을 생각하면 그저 죄송한 마음뿐이었다. 하지만, 그 렇다 해서 망설임 끝에 붙잡은 이 손을 놓을 마음은 없었다.

아니, 아니었다. 더는 외롭게 하고 싶지 않다는 이유로 손을 잡았지만 정작 위로받는 건 자신이었다. 봄 햇살처럼 따스한 연 인의 곁은 자신의 안식처였다. 일에 치이고 사람에 치여 몸과 마음이 너덜너덜해질 때면 찾아가 위로를 받고 휴식을 취할 수 있는.

'방금 어머니랑 통화한 거지? 표정이 뭐 그렇게 어두워. 아직 도 많이 불편해?'

'그냥, 좀 어렵네. 또 집에 들러 자고 가라 하시는데…… 시 간이 더 지나면 나아지지 않을까, 생각해.'

서유는 여전히 어머니와 연락을 주고받았지만 두 사람의 관 계는 타인이라기엔 가깝고 가족이라 말하기엔 멀었다. 서로 벌 어진 거리를 좁히기 위해 노력하고 있지만 예전과 같은 사이로 돌아가기는 쉽지 않은 듯 보였다.

여행과 방랑의 차이는 돌아갈 곳이 있는가의 유무라고 했다. 진우는 오랜 시간 홀로 세상을 헤매야 했던 그녀의 가족이 되어 주고 싶었다. 지친 그녀가 마음 놓고 기대 쉴 수 있는 쉼터가 되 어 긴 시간 이어진 방랑을 멈춰 주고 싶었다. 그녀가 자신에게 해 주었듯.

진우의 눈빛이 어둡게 가라앉았다.

순백의 드레스를 입고 행복하게 웃고 있던 새 신부의 얼굴이 진우의 가슴을 아프게 했다. 그녀는 대체 무슨 마음으로 그 결혼을 축하해 주었을까.

많은 하객들 앞에서 자연스럽게, 당연하다는 듯 신부의 어깨를 감싸 안던 동우가 생각났다. 뜨거운 것이 울컥 목 안쪽에서 치밀어 올랐다. 자신도 소개하고 싶었다. 자신에겐 친부모와 다름없는 외조모와 외조부 앞에, 자신이 세상 누구보다 사랑하고 아끼는 사람이라고 그녀를 내보이고 싶었다. 자신을 사랑해 주는 것처럼, 이 사람도 사랑해 달라 말하고 싶었다.

하지만.

과거라는 이름의 올가미가, 꼬일 대로 꼬인 인연의 실이, 발목을 잡고 놓아주지 않았다. 그저 남들처럼만 살고 싶을 뿐인데 그것조차 허락되지 않았다. 그녀를 마주한 적 있는 외조부는 시력을 잃은 데다 더는 예전처럼 날카로운 기세를 뿜어내지 못했다. 그렇지만 그것과는 별개로 자신이 내민 손을 맞잡는 데도 오래도록 망설이고 아파한 사람이 태연히 그 앞에 설 수 있을 리 없었다.

"설엔 가서 좀 있다 와. 금방 올라오지 말고."

나지막한 음성에 운전대를 쥔 진우의 손에 힘이 들어갔다.

"추석에도 얼굴만 비치고 왔잖아. 안 그래도 자주 못 찾아뵙는데. 나 때문에 어른들까지 밀어내려 하진 마."

미안함 때문이었을까. 예전처럼 두 사람을 마주 대할 자신이 없어 일 핑계를 대며 찾아가지 않았다. 안부 전화는 했지만 그 주기조차 뜸해져 두 사람을 섭섭하게 만들고 있었다. 걱정하게 만들 것 같아 그 문제에 대해선 내색한 적이 없었는데, 이미 알고 있던 거였다.

"계속 함께할 수 있는 게 아니니까, 후회할 일은 만들지 마. 네겐 소중한 분들이잖아."

언제부터인가 그녀는 자신에게 미안하다는 말을 하지 않았다. 그 말을 꺼내는 것조차 뻔뻔스럽다고 여기기 때문일까.

"나 때문에 다른 소중한 사람들까지 버리려 하진 마⋯⋯."

너는 아무 잘못 없어.

온 힘을 다해 끌어낸 그녀의 마지막 말이 허공에 바스라졌다. 슬쩍 돌아본 시선 끝에, 필사적으로 무릎 위의 가방을 움켜쥔 손이 보였다. 뼈마디가 도드라진 손이 하얗게 질려 있었다.

"뭐가 이렇게 오래 걸려."

진우의 물음에 막 욕실에서 나온 서유가 시선을 피했다. 목에 두른 수건을 양손으로 꼬옥 움켜쥔 모양새가 어찌할 바를 모르겠단 마음을 말해 주고 있었다. 일 년 동안 서로의 집을 드나들면서 욕실을 빌려 쓴 적이 없던 건 아니지만 이런 적은 처음이라 당혹한 기색이 역력했다.

'나, 오늘 자고 갈래.'

결혼식에서 무슨 심경의 변화가 있었던 걸까. 서유의 집 앞에 차를 세운 진우가 무심히 선언했다. 집에 오더라도 언제나 자정이 되기 전 돌아가곤 했던 진우의 돌발적인 말에 서유는 한참 동안 그 의미를 알지 못해 굳어져 있었다.

"언제까지 서 있을 건데. 머리에서 물 떨어지잖아. 이리 와,

닦아 줄게."

"아니, 괜찮아."

먼저 샤워를 마친 진우는 정장 대신 간편한 티와 바지를 입고
있었다. 여분의 옷을 가져다 놓고 집에 있을 땐 늘 편안한 차림
을 했었지만 새삼 그 모습이 낯설었다. 소파에서 일어나 자신에
게 다가오는 진우를 피해 서유가 도망치듯 방으로 들어갔다.

얼씨구.

닫힌 방문을 바라보던 진우가 느릿하게 걸음을 옮겼다. 똑똑
노크를 하자마자 화들짝 놀란 목소리가 들려왔다.

"들어가도 돼?"

"어, 저기, 어, 응."

누가 잡아먹는대. 냉큼 문을 열고 들어간 진우가 화장대 앞
에 앉은 서유를 지나 침대 끝에 걸터앉았다. 로션을 집어 든 서
유의 입술이 바짝바짝 타들어 갔다. 자신을 향한 시선을 의식할
때마다 긴장이 되어 견딜 수가 없었다.

"금방 나갈게. TV 보고 있어."

"보고 싶은 거 없어."

필사적으로 쥐어짠 말이 무 자르듯 동강 잘려 버렸다. 당황한
기색을 감추며 서유가 손바닥에 쏟아진 유백색의 액체를 차닥차
닥 제 얼굴에 펴 발랐다. 서둘러 기초 단계를 끝낸 서유가 자리
에서 일어나려다 잊은 것이 있다는 듯 다시 의자에 앉았다. 서
랍 속에서 나온 작은 화장품 병에 진우가 의아한 얼굴을 했다.

"그건 뭐야?"

"……아이 크림."

"아이 크림? 눈가에 바르는 거? 최 대리님이 준 거야?"

"아니, 내가 샀어."

조심조심 화장품을 제 눈가에 찍어 바르는 서유를 보며 진우가 의외라는 듯 눈을 떴다. 자신에게만큼은 한없이 씀씀이가 박한 사람이 무슨 일인가 싶었다.

"갑자기 웬 아이 크림? 원래 그런 거 안 썼잖아."

머뭇거리던 서유가 진우를 향해 돌아앉았다.

"주름이…… 신경 쓰여서."

"주름? 웬 주름?"

"내가 나이가 많으니까…… 그래서."

풀 죽은 강아지 같은 모습에 진우가 터져 나오는 웃음을 삼켰다. 입술 끝을 깨물고 자리에서 일어난 진우가 서유에게 다가갔다.

"뭐야, 양이 왜 이렇게 적어."

"원래 그런 거래."

"사기꾼들이네."

진우의 말에 서유가 동의한다는 듯 고개를 주억거렸다. 울분이 가득 담긴 고갯짓에 진우가 조용히 주먹을 움켜쥐었다. 귀여워 미치겠네.

"어디 봐. 왼쪽 바른 거지 방금?"

손가락으로 크림을 덜어 낸 진우가 허리를 굽혔다. 망설이던 서유가 두 눈을 감았다. 주름은 걱정하면서 맨얼굴을 보이는 건 부끄러워하지 않는단 말이지. 도대체 기준을 알 수 없다며 진우가 다시 웃음을 삼켰다.

가까이 다가가자 로션을 발라 반들거리는 피부 위로 드문드문 기미와 잡티가 엿보였다. 여전히 앳되어 보이는 얼굴이긴 해도 세월의 흔적을 감출 수는 없었다.

그래도 예뻐 보이니까 별 상관 없지만.

"이렇게 바르면 돼?"

"아마 그럴걸."

"아마는 무슨 아마."

"그게 실은, 나도 잘 모르겠어."

눈가에 크림을 펴 바르는 손길이 조심스러웠다. 손가락을 꼬물거리며 쑥스러움을 견딘 서유가 마침내 눈을 떴다.

"아."

진우의 얼굴이 어느샌가 코앞까지 다가와 있었다. 서유가 황급히 자리에서 일어났다. 피곤하지? 난감할 상황을 회피할 핑곗거리가 생각났다는 듯 서유가 진우를 침대로 이끌었다.

"여기서 자."

"……그럼 당신은?"

"소파에서 자면 돼."

어이를 상실한 진우가 황망한 얼굴로 되물었다.

"당신을 소파에 재우고 나보고 침대에서 자라는 거야?"

"난 키가 작잖아. 소파에서 자도 딱 맞아."

단호한 서유의 말에 진우의 눈썹이 꿈틀댔다. 설마 저런 말에 자신이 수긍할 수 있을 거라 생각하는 걸까. 자신이 제 여자를 소파에 재우고 편히 침대에 누워 잠들 위인이라 생각하나 싶어 기분이 나빠졌다. 물론 상대방의 의도가 그렇지 않다는 걸 알면서도. 제 할 말만 하고서 방을 나서려는 서유의 손목을 붙잡은 진우가 뚱한 얼굴로 물었다.

"잘 자라는 인사도 없어?"

"······잘 자."

"그게 다야?"

"그럼?"

"굿나잇 키스 같은 건."

"구······ 굿나잇 키스?"

붉어질 대로 붉어진 서유의 얼굴에 진우가 보란 듯 한숨을 내쉬었다.

"몇 달만 지나면 나 서른하나야. 알고 있어?"

"알아."

"주름 같은 건 신경 쓰면서 왜 다른 건 신경을 안 쓰는데?"

"다른 거······라니."

이러다 밤새겠네. 필사적으로 시선을 회피하는 서유를 향해 진우가 직구를 날렸다.

"진도 좀 나가자고."

진우가 손목을 끌어당기자 도망칠 타이밍을 놓친 서유가 얼결에 허벅지 위로 주저앉았다. 냉큼 허리에 손을 둘러 서유를 제 품에 가둔 진우가 투덜댔다.

"나도 그 싸구려 귀걸이처럼 고이 모셔만 두려고?"

"봤어?"

"쓰라고 줬지, 감상하라고 준 거 아니었거든."

"잃어버릴까 봐······."

내 그럴 줄 알았지.

두 달 전이었다. 모처럼 일찍 퇴근해 먼저 집에 와 집주인이 오기를 기다리고 있었다. 거실에서 책을 읽고 있는데 안방에서 달그락대는 소리가 들렸다. 무슨 일인가 싶어 들여다보니 뚱보 고양이가 화장대 서랍을 열어 안을 뒤적거리는 중이었다.

'너, 당장 안 내려가.'

냐아앙.

녀석은 범죄 현장을 발각당하고도 뻔뻔스러웠다. 엉덩이를 밀어 내자 도리어 불만스러운 울음을 흘리고는 훌쩍 뛰어내려 유유히 방을 빠져나갔다. 기막힘도 잠시. 녀석이 어질러 놓은 서랍 안을 정리하다 문득 손바닥만 한 작은 상자를 발견했다.

평소 액세서리 같은 건 하지 않던 사람이라 뭔가 싶어 열어 보니 그 안엔 익숙한 귀걸이가 한 쌍이 있었다. 지금쯤이면 녹이 슬어도 백 번은 슬었을 싸구려 귀걸이는 얼마나 잘 관리했는지 여전히 반짝반짝 빛나고 있었다.

자신이 준 물건을 소중히 간직해 주었다는 사실이 기쁘지 않았다면 거짓이었다. 하지만 한편으론 속이 상했다. 대체 그게 뭐라고. 말만 하면 더 좋은 걸 얼마든지 사 줄 수 있는데, 그깟 게 뭐라고 그렇게 만지지도 않고 감상만 하는 건지.

"그래서, 나도 보고만 있겠다고?"

"……."

"난 싫어. 사귄 지 일 년이 다 되어 가는데 고작 손잡고 볼에 뽀뽀한 게 전부라니, 그게 말이 돼?"

"……갑자기, 왜."

갑자기는 무슨. 진우가 불퉁한 얼굴로 따져 물었다.

"좋아하는 사람한테 닿고 싶은 게 뭐가 이상해. 당신은 나 만지고 싶지 않아?"

"……나는."

만지고 싶었다. 조금 더 닿고 싶었다. 하지만 감히, 어떻게……. 서유의 두 눈이 고통으로 어둡게 일렁였다. 자포자기하는 심정으로 살았던 지난 과거가 원망스러웠다.

"나는."

소용없다는 걸 알면서도 후회를 멈출 수가 없었다. 어째서 그토록 함부로 몸을 다루었던 걸까. 아니, 몰랐다. 그땐 정말로 몰랐었다. 열한 살의 그 여름밤 이후 자신의 몸은 그저 더럽고 거추장스러운 무언가에 지나지 않았다. 소중하게 여기기는커녕 망가트리고 싶어 견딜 수 없었다.

"내가 무서워?"

서유가 황급히 고개를 가로저었다. 하나도 무섭지 않았다. 진우라면 분명 자신을 소중히 여겨 줄 걸 알고 있었다. 지금까지 곁을 스쳐 지나간 그 누구보다도 상냥하고 자상하게, 자신을 안아 줄 걸 알고 있었다.

이제는 얼굴만이 흐릿하게 기억나는 그 사람이 그랬듯이.

진우가 지금까지 참고 기다린 이유를 서유도 모르지 않았다. 자신이 그러하듯, 진우 역시도 언젠가 자신의 몸에 닿았던 그 사람의 존재에 대해 자유로울 수 없는 거였다.

"울지 마."

울고 싶지 않았지만 눈물이 멈추질 않았다. 아무 말도 할 수 없었다. 그 어떤 말도 할 수가 없었다.

"진짜 울보 다 됐네."

장난스럽게 중얼거리는 목소리도 더운 물기로 젖어 있었다. 하염없이 눈물만 쏟아 내는 서유를 향해 진우의 고개가 기울었다. 눈물로 짭조름하게 젖어든 입술을 가볍게 빨아들인 진우가 속삭였다.

"짜다."

진우의 입술이 호선을 그림과 동시에 눈가에 매달려 있던 눈물 한 방울이 떨어져 내렸다. 근심스러울 만큼 눈물을 쏟아 내는 서유를 향해 진우가 다시 입을 맞췄다.

온기를 품은 입술을 삼킬 때마다 심장이 찌르르 아파 왔다. 물기 묻은 뺨을 어루만질 때마다, 더운 목덜미에 입을 맞출 때마다 가슴이 미어져 왔다. 행복이라 말하기엔 너무 알싸하고, 아프다고 말하기엔 지나치게 달콤했다. 이러다 둘 다 탈수로 쓰러질지 모른다고 웃음을 삼키던 진우와 서유의 붉어진 두 눈이 마주 닿았다.

소리 없는 말들이 맞닿은 시선을 타고 전해졌다. 나지막한 숨소리만이 조용히 방 안을 오갔다. 물기 어린 서유의 속눈썹이 천천히 내려앉자 진우의 몸이 천천히 사랑하는 이에게로 기울었다.

"깼어?"

진우의 음성에 서유가 가만히 눈을 깜빡였다. 몇 시간 동안 내리 울어 버린 탓에 서로 눈이 퉁퉁 부어올라 있었다. 평소라면 붕어 같다며 짓궂게 놀렸을 진우지만 이번엔 가만히 붉어진 눈가에 입술을 가져다 댔다.

"더 자. 피곤하잖아."

동이 트려면 아직도 긴 시간이 남아 있었다. 혹여 감기라도 걸릴까 진우가 서유를 제 품으로 끌어당겼다.

"잠이 안 와?"

귓가에 스며든 작은 속삭임에 서유가 가만히 고개를 끄덕였다. 진우도 더 이상 잠들라며 재촉하지 않았다. 그저, 끌어안은 채 맞닿은 피부를 타고 전해지는 온기를 느꼈다.

진우의 시선이 이불 사이로 살짝 빠져나온 서유의 손에 닿았다. 자신과 비교하면 아이처럼 작은 손은 언제고 쉬는 법이 없었다. 남들보다 가진 게 없으면 없었지 더 가진 건 없는데도 저 작은 손은 항상 누군가를 위해 바삐 움직였다.

서유의 집 주방 찬장엔 수십 개의 크고 작은 용기들이 가득했다. 처음엔 저 많은 것들을 대체 뭐에 쓰나 싶었지만 이제는 그 용도를 알았다. 서유는 틈만 나면 제 주변의 사람들에게 음식을 해 날랐다. 서점의 사장과 지현은 물론이거니와 옆집 여자, 윗집 아줌마, 심지어 서점을 찾는 단골손님까지 대상은 무차별적이었다. 언젠가 태성이 지나가는 말로 사 먹는 음식이 물린다 말하니 직접 사무실을 찾아와 한가득 음식을 안겨 주고는 돌아갔다.

다른 사람은 몰라도 서유의 사정을 빤히 아는 진우로선 그 맹목적이기까지 한 호의가 불만스럽기도 했다. 서유는 서점에서 고정적으로 일을 하는 것 외에도 틈만 나면 집 근처 식당에서 시간제로 일을 했으니까. 그렇게 악착같이 모은 돈이 통장 아니면 다른 사람들 배 속으로 들어가 버리니 지켜보는 입장은 속이 타들어 갈 수밖에. 적당히 좀 하라는 말이 매번 목까지 차오르지만 주방에서 종종거릴 때의 해맑은 얼굴을 보고 있노라면 말문이 막혔다.

뭐가 그렇게 좋은데?

차마 나오지 못한 물음은 결국 스스로에게 돌아왔다. 자신은 살아오면서 몇 번이나 대가 없는 호의를 베풀었을까. 무심코 과거를 되짚어 봤다. 천사처럼 손해를 보며 누군가를 도와준 일은 없어도, 적어도 민폐는 끼치지 않고 살아왔으리라 생각하며. 하지만 천천히 돌아본 지난날엔 너무도 많은 사람들의 존재가 스며 있었다.

소란을 일으킨 자신을 도리어 걱정해 주던 식당의 할머니. 비를 맞고 길을 헤매는 자신을 아무렇지 않게 자취방으로 데려왔던 동우. 늘 뻐딱한 태도로 일관하는 자신을 나무라는 법 없이 다독이던 담임 선생님. 아무런 대가 없이 지금까지 자신을 살펴주었던 외조부모.

이름도, 얼굴도 기억나지 않는 이들의 다정함은 또 어떤가.

교과서를 두고 왔을 때 당연한 듯 제 책을 옆으로 밀어 주던 손. 대학 입학 소식에 자기 일처럼 기쁘게 건네 오던 축하 인사. 피로한 얼굴로 앉아 있는 자신에게 내밀어졌던 커피 한 잔. 낯선 길에서 헤매는 자신을 위해 누군가 서툰 솜씨로 그려 주었던 빼뚤빼뚤한 약도.

너무 작고 사소해서, 그래서 쉽게 잊어버린 그 작은 애정들이 지금의 자신을 있게 했다는 걸 알았다. 오로지 자신만의 노력으로 여기까지 왔다고 생각했지만 모두 착각이고 오만이었다.

여전히 태성처럼 지금 하는 일이 아니면 안 된다는 확신은 없었다. 평생토록 이 일에 매달려 살아갈 자신도 없었다. 그렇지만, 지금은 이것으로 충분했다. 잡아선 안 될 사람의 손을 잡은 것에 대한 죄책감을 이 일로 덜겠다는 얄팍한 속내는 아니었다. 오히려, 반대였다.

함께할 수 없을 거라 생각했던 사람이 지금 자신의 품 안에 있었다. 많이 울고 아파하며, 멀고 먼 길을 돌아, 마침내. 차갑고 삭막하게 느껴졌던 세상이 한 사람을 만나 따뜻한, 살아 보고픈 것으로 바뀌었다. 똑같은 풍경이 어째서 그녀가 옆에 있단 이유만으로 이토록 사랑스럽게 느껴지는 건지.

그러니까, 죄책감을 덜겠다는 거창한 이유 같은 게 아니었다. 그저 가슴 가득 넘쳐 나는 이 행복을 조금이라도 돌려주지 않고서는 견딜 수 없었다. 여유 따윈 없이 앞으로 나아가기만 하던 예전의 자신이라면 상상도 할 수 없던 일이었다.

서유를 끌어안은 진우의 팔에 힘이 들어갔다. 어리둥절한 얼굴을 하던 서유가 이내 힘을 풀고 진우의 목덜미에 얼굴을 묻었다.

"……아, 비 온다."

창 너머 들려오는 빗소리에 서유가 작게 중얼거렸다. 토독, 토독. 토도독. 빗소리와 사랑하는 이의 온기 속에서 차츰 서유의 눈이 감겼다. 꿈과 현실 사이의 아득한 경계 사이에서 처음으로 열일곱의 진우를 만났던 날이 떠올랐다.

비를 맞고 서 있던 낯선 소년은 편의점을 나섰을 때도 미동 없이 맞은편 보도블록 위에 서 있었다. 빗물인지 눈물인지 모를 물기로 젖은 얼굴은 금방이라도 사라져 버릴 듯 위태로워 보였다. 무언가에 이끌리듯 걸음을 내디뎠지만 그 순간 트럭이 사이를 가로질렀다. 손을 뻗어 그 슬픈 얼굴을 닦아 주고 싶었지만 불가능했다. 빗물에 젖은 도로가 소년과 자신 사이에 흐르는 깊고 검은 강처럼 보여, 더는 다가설 수가 없었다.

'똑똑하게 머리에 박아 둬. 열일곱 살. 고등학교 1학년이니까.'

'엄마, 아빠 모두 죽었으니까.'

'네 탓이야. 그러니까, 네가 책임져.'

시작은 뿌리 깊은 원망과 증오였다.

'책임지라고 했었지. 다시 한번 더 책임져 봐.'

어떻게. 대체 어떻게.

'이번엔 나도, 당신 책임질 테니까.'

믿기지 않는 행복에 숨을 죽이는 순간, 가느다란 빗소리가 귓가를 파고들었다. 보슬보슬 대지 위를 적시는 빗소리에 불현듯 깨달았다. 좁힐 수 없던 그와 자신의 거리를 메워 준 건 다름 아닌 시간이었단 사실을.

소년이었던 그와 자신이 함께했던 그해 여름. 때로는 화를 내고 때로는 눈물짓고 때로는 마주 보며 웃었던 그 시간 속에서, 우리들은 서로에게 젖어들었던 건지도 몰랐다. 가랑비에 옷이 젖어들 듯, 그렇게, 조용히.

어느 봄날에

"이진우, 나 진지하게 뭐 하나만 물어보자."

"물어보세요."

시큰둥한 진우의 대답에 태성이 버럭, 소리 질렀다.

"야, 정말 진지하다니까?"

"네, 압니다."

"전혀 모르는 눈치잖아."

"별로 중요한 얘기가 아니면 이만 퇴근……."

"중요해, 진짜 중요하다고! 그러니까 옷 내려 두고 이리 와
봐."

챙겨 들었던 겉옷을 내려놓은 진우가 태성이 가리킨 소파에
앉았다. 이번엔 또 뭔지. 물어볼 게 있다며 기어이 퇴근 시간에
자신을 붙잡은 태성은 몇 분이 지나도록 입을 열지 않았다. 답

답한 기다림에 미간을 좁힌 진우가 시계를 확인했다. 다행히 약속까지 시간은 남아 있었다.

설마 또 연애 상담은 아니겠지.

"……지현이 얘기 아니야."

노골적으로 안도를 드러내는 진우의 표정에 샐쭉한 것도 잠시, 태성이 큼큼 헛기침을 했다.

"……그게, 음, 그게 말이다. 내가 정말 많이 고민했는데, 그러니까, 음, 너한테 묻기 전에 검색도 해 보고 그랬거든. 근데 아무리 생각해 봐도 답이 없는 거야."

언제나 거침없이 제 할 말을 하던 사람이 왜 이러는 건지. 답지 않게 두서없는 말을 늘어놓는 건 그렇다 쳐도, 그 짧은 시간 동안 얼마나 얼굴을 문질러 댔는지 피부가 벌겋게 일어나 있었다. 정말 심각한 일인가 본데. 어느새 자세를 바로잡은 진우가 진지한 얼굴로 태성의 말을 기다렸다.

"있잖아, 난 정말 이상한데 서유 씨도 그렇고 너도 그렇고 지현이까지 다들 너무 자연스럽게 부르니까……."

"뭘 말입니까?"

"그, 왜, 그러니까, 그 서유 씨 고양이 말이야."

아아. 난 또 뭐라고.

상황 파악을 한 진우가 속으로 한숨을 삼켰다. 무슨 큰일이라도 난 줄 알았잖아. 허탈함도 잠시, 당혹스러움을 감추려 또다시 얼굴을 문질러 대는 태성의 모습에서 불현듯 진한 연민의 감정이 느껴졌다. 저 거칠 것 없는 양반이 그간 얼마나 마음고생이 심했을까. 하기야, 태성 정도나 되니 지금까지 참고 내색하지 않았던 거지 보통은 '조루'라는 이름을 듣는 순간 자신이 제대로 들은 거냐며 되물었을 터였다.

"난 아무리 생각해도 그 이름이, 영…… 뭐 눈엔 뭐만 보인다고, 내가 이상한 건가?"

평소와 달리 초조함을 감추지 못하는 얼굴로 태성이 덧붙였다.

"내가 못 찾아서 그렇지 어떤 외국어라든가, 고대 신화에 나오는 특별한 의미가 있는 이름이라든가, 뭐 그런 걸 거야, 그치? 근데 암만 그래도 오해하게끔 왜 그런 이름을 붙인 건가 싶기도 하고…… 야, 네 눈엔 바보 같아 보여도 나한텐 중요한 문제라고. 뭐라고 말 좀 해 봐."

"글쎄요."

"너 진짜 이러기야?"

"생각하시는 그 뜻이, 맞을 겁니다. 아니, 그랬습니다. 예전엔."

"……뭐?"

"물론 지금은 다를지도 모르지만."

"그게 대체 무슨 소리야?"

이해할 수 없다는 듯한 태성의 물음에 진우가 어깨를 으쓱했다.

처음엔 전혀 몰랐다. 묘하게 귀에 익은 단어라곤 생각했지만 열일곱의 자신은 생각 외로 둔감했었다. 아니, 그래도 제법 열일곱다웠다고 해야 하나.

'처음부터 당신이 길렀던 게 아냐?'

지금은 연인이 된 그 사람의 아픈 상처를 전해 들었던 그날

495

새벽이었다. 친구처럼, 혹은 누나와 동생처럼 밤늦도록 수다를 떨었던 그 밤, 우연찮게 뚱보 고양이가 전 주인에게 버려졌었다는 걸 알게 됐다.

'따라왔다고? 저 녀석이?'

'응.'

'당신은 그걸 또 냉큼 주워 왔고?'

'귀엽잖아.'

새침데기 모습이 버림받았던 기억에서 비롯된 걸지도 모른다 생각하니 마음이 무거워졌다. 왜 생긴 것답지 않은 내숭을 떠냐고 심술궂게 놀려 대던 것이 미안했다. 물론, 그렇다 해도 감정에 휘말려 현실마저 왜곡할 순 없었다.

귀엽긴 개뿔.

'귀여운데.'

쯧. 그렇게 무르게 구니 버릇이 나빠지지. 하긴 그건 나도 다를 바 없다. 뚱보 고양이와 자신에게 많은 접점이 있다는 걸 알았지만 썩 좋은 기분은 아니었다.

'조루가 지금처럼만 건강했으면 좋겠어.'

'아팠었어?'

'그땐 좀 위험했었어. 몸도 약한 데다 제대로 먹질 않아서……'

'저 뚱뚱이가?'

'살이 조금 찌긴 했지만 뚱뚱하진 않은데…… 의사 선생님도 비만까진 아니고 과체중이니까 사료만 좀 조절해서 주라고 하셨어.'

그런 걸 보고 뚱뚱하다고 하는 거거든. 쟨 이미 충분히 비만 고양이야. 핀잔을 주려던 것도 잠시. 의사? 조루? 어째서 하필 그 순간이었는지는 알 수 없지만, 불현듯 의식 밑바닥에 묻혀 있던 기억이 되살아났다. 가만 보자, 조루라면…… 응?

'자, 잠깐만. 나 지금 뭔가 생각났는데. 내가 알기로 음, 그 거, 남자들, 음…… 그거에, 음, 문제 생겼을 때 사용하는 말이 었던 것 같은데.'

'맞아.'

'알면서 그렇게 지었다고? 대체 무슨 생각으로?'

제정신이야?

잠시 머뭇거리던 상대가 이내 털어놨다. 손님으로 만났던 사 람의 부인이 기르던 동물을 데려왔다는 사실이 껄끄럽지 않았다 면 거짓이었다. 그럼에도 아무 말도 할 수 없었던 건, 자신이 그 런 말을 할 수 있는 처지가 아니라는 걸 알았던 탓이었다.

'그 여자는 그렇다 쳐. 그래도 이젠 당신이 주인인데 다른 이 름을 붙여 주면 되잖아. 왜 계속 그런 이름으로 불러?'

'조루는, 조루일 뿐이니까.'

이야기는 이랬다.

집으로 데려왔지만 고양이는 삶을 포기한 듯 아무것도 먹지 않았다. 물도 마시지 않고, 밥도 먹지 않았다. 억지로 먹이면 토 하고서 그저 힘겹게 숨만 내쉬었다. 주말이라 동물 병원도 열지 않은 상황이었고 이럴 땐 어떻게 해야 하는 건지 물어볼 사람도 없었다. 차차 호흡이 옅어져 가더니 오르락내리락하던 몸의 움 직임도 점점 잦아들었다. 겁이 났지만 차마 만져 볼 용기가 나 지 않았다.

조……루야?

그 이름을 부른 순간 고양이의 작은 귀가 쫑긋거렸다. 집으로 데려온 후 한 번도 자의적으로 몸을 움직인 적이 없던 고양이가 처음으로 고개를 들어 시선을 마주했다. 마치 자신을 왜 부른 거냐 묻듯이.

'그래도…… 다른 이름을 만들어 주는 게 낫지 않아? 처음엔 좀 헷갈려도 시간이 지나면 익숙해질 텐데.'

그 녀석도 그렇고, 그런 이름으로 불러야 하는 당신도 그렇고, 여러모로 못 할 짓 아냐? 이해할 수 없다는 듯 되묻던 자신에게 그 사람은 어떤 표정을 지었던가. 아마 웃었던 것 같았다. 언제나처럼 무엇이든 받아 줄 것 같은, 그런 말간 얼굴로.

아무리 태성이라도 모든 것을 말해 줄 순 없었다. 진우는 서유와 고양이 주인의 관계에 대한 부분은 적당히 뭉뚱그려 설명했다. 담담하게 이야기를 전해 듣던 태성이 이내 진지한 얼굴로 물었다.

"그래도 말이야, 그 이름은 좀 그렇지 않냐."

"계속 듣다 보면 익숙해지실 겁니다. 최 대리님도 그랬고, 민 사장님도 그랬고, 저도 그랬듯이."

사람은 괜히 적응의 동물이 아니었다. 때때로 굳이 이런 부분에 적응해야 할까, 하는 회의감이 들기도 하지만.

"아니, 그런 차원의 문제가 아니라……."

"조루는 조루일 뿐이니까."

"뭐?"

"그 사람이 그러더군요. 조루는, 조루일 뿐이라고."

"그건 또 무슨 말인데."

태성은 여전히 적응되지 않는다는 얼굴을 하고 있었다. 진우 역시도 일반적인 시각에서 자신이 하고 있는 말이 얼마나 이상한지 모르지 않았다. 조루는 조루일 뿐이라니, 이 무슨……. 깊이 관계할 필요가 없는 사람이라면 구질구질하게 설명 따윈 하고 있지 않겠지만 앞으로도 종종 조루와 조우할 태성이었다. 피곤해도 짚고 넘어가야 할 건 확실히 짚고 가야 했다.

'조루는, 조루일 뿐이니까.'

그땐 그 말을 제대로 이해할 수 없었다. 아니, 그 말을 이해하려고 들 정신적 여유도 없었다. 순진해 보이는 얼굴로 잘도 그런 말을 하는구나 싶어 낯을 붉히기 바빴으니까. 하지만 세월이 흘러 나이를 먹은 지금, 어렴풋이나마 그 의미를 알 것 같았다.

그녀는 억지로 바꾸려 들지 않은 거였다. 이름으로 부르기 뭣한 껄끄러운 말이라 해도, 녀석은 이미 그 이름을 자신의 것으로 받아들인 뒤였으니까.

자신이라면 당장은 혼란스러워한다 해도 다른 이름을 붙여 주고 서서히 익숙해지게 했을 터였다. 그렇지만 그녀는 다른 방법을 택했다. 그녀는 예쁘고 귀여운 이름을 새로 만들어 주는 대신 녀석을 그 이름 그대로 불러 주었다. 누구도 본래의 뜻 따윈 짐작조차 할 수 없을 만큼 애정이 듬뿍 담긴 목소리로.

누구의 방법이 옳다, 그르다 말할 순 없었다. 중요한 건, 그렇게 불릴 때마다 이름의 주인공이 도도한 얼굴로 날 불렀냐며 고개를 치켜든다는 사실이었다. 원래의 뜻 따윈 더는 문제가 되지 않았다. 서유 주변의 인물들에게 있어 조루는 살가운 애교 따윈 기대할 수 없는, 콧대가 도도한 고양이를 의미하는 고유명사가 되어 버린 지 오래였다.

"무슨 말인지는 알겠는데, 그래도 난……."

"익숙해지시면 괜찮아질 겁니다."

"정말, 그럴까?"

가치관의 혼란으로 괴로워하는 태성을 보며 진우가 속으로 혀를 찼다. 당분간은 좀 힘들겠지만 별수 없었다. 바뀌어야 할 대상은 조루가 아니라 태성이었으니까. 그래, 슬프지만 그건 서유를 아끼는 지현과 사랑에 빠진 태성이 감당해야 할 몫이었다.

인간이 만물의 영장은 무슨.

고양이 한 마리로 인해 한평생 쌓아 온 가치관을 바꿔야만 했던 인간은 태성만이 아니었다. 지금은 더없이 자연스럽게 조루를 불러 대는 지현도, 민 사장도, 혜수 어머니와 심지어 혜수까지 모두 한 차례 겪고 넘어간 일이었다.

물론, 모든 상황을 이렇게 만든 대단한 주인과 사랑을 하고 있는 자신도 예외일 순 없었다.

"안 무거워?"

"안 무거워."

거짓말.

느긋한 자세로 서유에게 안겨 있는 조루를 향해 진우가 눈을 흘겼다. 아주 그냥 상전이 따로 없어. 자신도 겁이 나 세게 잡지도 못하는 가느다란 팔은 투실한 살덩어리에 파묻혀 보이지도 않았다. 차라리 자신이 안아 들기라도 하면 좋으련만, 사람으로

치자면 어느덧 고령에 접어든 할머니 조루는 서유 외의 사람에
겐 곁을 잘 내주지 않았다.

"어리광이 많이 늘었다, 그치."

서유의 말에 반쯤 눈을 감고 있던 조루의 귀가 움찔거렸다.
으샤. 조루를 고쳐 안은 서유가 다시 천천히 거실을 한 바퀴 걸
었다.

"이제 그만 내려놔, 팔 빠져."

네 무게를 생각하고 안겨라. 진우는 안아 달라 칭얼대는 저
게으른 고양이가, 밤마다 근육통으로 잠 못 이루는 제 주인의
노고를 알아주길 바랐다.

그나저나 큰일이란 말이지.

이리저리 알아보니 십오 년 이상을 사는 고양이도 제법 있었
지만 녀석도 그럴 거라 확신할 순 없었다. 그래도 혹시나, 하고
희망을 걸었던 게 얼마 전인데 기대를 짓밟듯 요 몇 주 사이 녀
석은 부쩍 쇠약해졌다.

창가로 간 서유의 시선이 담벼락 근처 꽃을 피우기 시작하는
매화나무에 닿았다. 봄이 오려나 봐. 서유의 말에 대답하듯 조
루가 냐옹, 짧게 울었다. 다정한 반려인과 반려묘를 물끄러미
지켜보던 진우가 불쑥 입을 열었다.

"다 좋아, 다 좋은데 말이야. 나한테도 관심 좀 가져 주지?"

"어?"

"이건 뭐 꿔다 놓은 보릿자루도 아니고."

"미안."

"다 잡은 물고기라 이거지? 아니면 벌써 질렸다, 뭐 그런
거?"

"질리다니. 그런 거 아냐. 그럴 리가 없잖아."

"못 믿겠어."

"믿어. 믿어도 돼."

다급한 서유의 말에 진우가 코웃음 쳤다.

"증거를 대."

"증……거?"

"그래, 증거."

처음엔 장난인지 긴가민가하던 서유의 표정이 어느새 진지해 졌다. 증거, 증거라……. 고심하는 목소리에 진우가 고개를 내저 었다.

귀여워, 귀엽긴 한데.

"힌트 좀 주면 안 될까."

설마 내가 정말 증거를 대라고 하겠어. 기필코 자신의 마음을 증명해 보이겠다는 듯 결연한 얼굴을 하다 이내 풀 죽은 표정으 로 힌트를 요구하는 서유의 모습에 진우는 허탈해졌다.

힌트는 무슨 힌트.

여기가 무슨 법정도 아니고 뭐 대단한 증거가 필요하단 말인 가. 이럴 땐 모른 척 다가와 옆에 앉으면 될 것을. 불현듯 답답 함에 가슴을 치고 싶어졌다. 상대의 성격을 모르는 것도 아니건 만 새삼 억울해졌다.

왜 매번 나만 이렇게 안달해야 하는 거야.

최대한 어른스럽게 굴자고, 재촉하지 말자고 다짐해도 슬며 시 불퉁한 가시 하나가 솟아오르는 건 어쩔 수 없었다.

'내가 해낼 수 있을까?'

'해낼 수 있을 겁니다.'

'정말?'

'모두 한 번쯤 겪는 성장통이라고 생각하세요.'

이곳에 오기 전까지 혼자 절망으로 땅을 파고 들어가던 태성을 설득하느라 얼마나 진을 뺐던가. 내가 누굴 위해 그 고생을 했는데. 저 녀석은 잘만 안아 주면서 나는 손 한 번 먼저 잡아 주는 법이 없어.

"화, 났어?"

"……."

"화났구나. 미안해."

어쩐지 분위기가 심상치 않았다. 슬슬 성가셔졌는지 꼬리를 흔드는 조루를 바닥에 내려놓은 서유가 진우에게 다가갔다. 옆에 앉았지만 한 번도 시선을 마주치지 않고 앞만 노려보는 모습이, 정말 기분이 상했다 말하는 것 같았다. 어떡하지, 어떡하지.

"화…… 풀어."

"……."

"내가 잘못했으니까."

"화난 게 아냐."

버림받기 직전의 강아지 같은 얼굴을 더는 참아 낼 수 없었던 진우가 항복을 선언했다. 요령도 없기는. 연상의 여유로움 따윈 털끝만큼도 느껴지지 않는 모습에 진우는 방법을 달리 해야 할 필요성을 느꼈다.

할 수 없나.

"뭔가 착각하나 본데, 이건 삐친 거야."

웃음기 하나 없는 냉정한 얼굴로 진우가 선언했다. 둔감한 연인을 상대로 연애를 하려면 뻔뻔함은 선택이 아니라 필수 요소였다.

"화를 내는 게 아니라, 토라진 거라고."

"그런 거야?"

"그런 거야. 그래서, 이제 어떻게 달래 줄 건데."

느긋하게 팔짱을 낀 진우가 눈썹을 추켜세웠다. 뭐 해, 빨리 생각 안 하고. 서유는 거만해진 진우의 태도에서 어서 자신을 달래라는 무언의 압박을 느꼈다. 아무리 눈치 없는 서유라도 이쯤이면 상대가 원하는 게 뭔지 감이 왔다.

주춤하는 서유를 위해 진우가 모른 척 고개를 기울였다. 뺨 언저리에 입술이 다가왔을 즈음 진우가 고개를 돌렸다. 입술이 맞닿은 순간 주인의 관심에서 밀려난 조루가 발치에 다가와 냥냥 울음소리를 흘렸다. 바로 가까이 지켜보는 눈이 있다는 사실을 깨달은 서유가 후다닥 떨어져 나갔다.

방금 뭐가 지나갔나.

때때로 밤을 보내기도 하는 연인이 맞는가 싶을 만큼 순진한 반응이었다. 내가 지금 일곱 살 연상이랑 연애를 하는 게 맞긴 한 거지? 그런 진우의 속마음을 아는지 모르는지 서유의 푹 숙여진 고개는 금방이라도 땅을 파고 들어갈 기세였다.

대체 뭘 했다고 부끄러워하는 건데.

냐아앙.

마치 그만 좀 괴롭히라 말하는 듯한 조루의 울음에 진우가 뚱한 얼굴을 했다. 내가 뭘 어쨌다고. 조루와 치열한 눈싸움을 벌여 승리를 거둔 진우의 시선이 발갛게 열꽃을 피운 서유의 목덜미에 닿았다.

정말이지.

기막히다는 듯 헛웃음을 토해 낸 것도 잠시. 제 입술 끝을 어루만진 진우의 눈가가 달콤하게 휘어졌다.

세수 좀 하고 올게.

뽀뽀 한 번에 얼굴의 열기를 식히러 달아난 서유의 뒷모습을 지켜보던 진우가 중얼거렸다. 갈 길이 멀구나.

"야, 네 주인은 나이를 거꾸로 먹었나 봐."

발치에 몸을 낮춰 앉은 조루를 발끝으로 툭툭 건드리자 신경질적인 울음이 돌아왔다. 까칠하기는.

"나도 너 싫어."

냐아앙.

"……이럴 때만 재깍 대답하지."

이쯤이면 슬슬 가까워질 때도 됐건만 여전히 녀석과 자신의 관계는 앙숙 그 이상도 이하도 아니었다. 이 녀석이 정말 암컷이면 날 싫어할 리가 없는데. 진우가 진지하게 조루의 성 정체성을 고민하는 동안 흥미를 잃은 조루가 고개를 늘어뜨렸다.

"야."

이번엔 무시냐. 하여간에 예뻐할 수가 없어.

자도 자도 잠만 오는지 조루의 눈이 구물구물 감기고 있었다. 손을 뻗으니 예민한 귀가 팔락였지만 그뿐이었다. 서유가 곧잘 하는 것처럼 머리통을 살살 긁어 주자 조루가 얌전히 손길을 받았다.

사이가 나쁜 건 사실이지만 확실히 예전보다는 마음을 열었다는 게 느껴졌다. 물론 이 이상 가까워질 수는 없을 것 같지만.

"야."

……

"조루."

이름을 부르자마자 재깍 고개를 치켜든 조루가 귀찮게 그만 부르라는 눈빛을 보냈다. 굳이 해석하자면 입 다물고 머리나 긁어, 정도랄까.

"아프지 마."

……

"계속 멋대로 굴어도 좋으니까…… 아프지는 마라."

……

"네가 가면 저 사람은 어떡하라고."

……

"내가 있어도 네 빈자리는 채워 줄 수가 없으니까……"

너무 서둘러 가지 말고, 조금만 더 곁에 있어 줘.

활짝 열어 놓은 창문 너머에서 살랑살랑 바람이 불어왔다. 몇 달 전만 해도 에일 듯 차가웠던 공기는 어느덧 포근한 봄 내음을 품고 있었다. 아침 출근길엔 도롯가의 헐벗은 가지들이 초록 순을 피워 낸 것을 보았다.

이번 소송 건만 마무리하면 나들이나 가 볼까.

어디선가 부스럭부스럭 소리가 들려왔다. 진우의 시야에 그새 냉장고 앞에 서서 뭔갈 주섬주섬 꺼내고 있는 서유의 모습이 들어왔다.

"네 주인은 또 뭘 저렇게 먹이려는 건지."

나직한 중얼거림에 조루가 답했다.

냐앙.

동의를 한다는 건지, 기쁘다는 건지 알 수 없는 애매한 울음으로.

—The end

작가 후기

안녕하세요. 하얀어둠입니다.

'너에게 젖어들다'는 '솔티 솔티 솔티' 보다 앞서 이북으로 출간되었던 글이지만 감사한 기회를 얻어 다시 새 옷을 입고 세상에 나오게 되었습니다.

글의 큰 흐름과 인물 간의 주요 갈등 요소는 변하지 않았지만 이야기를 다듬는 과정에서 달라진 부분도 많이 생겼습니다. 완성도를 높이고자 전체적인 문장을 손보고 일부 설정을 변경했지만 이전에 출간된 이북을 읽으셨던 분들께는 혼란을 드릴 수 있는 부분이라 죄송하다는 말씀을 꼭 드리고 싶습니다.

로맨스란 장르에 속해 있지만 이 글은 두 사람의 성장 소설이 기도 하며, 제 자신의 성장 소설이기도 했습니다. 실수와 잘못을 거듭하며 매번 갈팡질팡하는 불완전한 두 사람과 울고 웃는 사이 제 안의 무엇이 변했던 걸까요. 처음 글을 쓰기 시작했을 때와 달리 글을 끝맺을 무렵 차갑고 삭막하던 제 세상은 어느샌가 따뜻한, 살아 보고픈 것으로 바뀌어 있었습니다.

게임처럼 인생에도 리셋 버튼이 있어 돌이키고 싶은 과거의 순간으로 돌아가 새로이 시작할 수 있다면 얼마나 좋을까요. 도저히 떨쳐 낼 수 없는 과거의 기억들로 인해 앞으로도 두 사람은 종종 아파할지 모르겠습니다. 하지만 우리 모두가 '그럼에도' 꿋꿋이 살아가듯이, 두 사람 역시 자신들만의 방식으로 서로를 아끼며 살아가지 않을까 생각해 봅니다.

민감하고 예민한 소재를 다룬 글이기에 글을 쓴 당시에도 그랬고, 지금도 두 사람의 이야기가 어떻게 받아들여질지 조심스러운 마음입니다. 선뜻 손을 뻗기 어려우셨을 이 긴 글을 끝까지 읽어 주셔서 감사합니다.

2020. 6. 30.
하얀어둠